हिन्द पॉकेट बुक्स

लद्दाख की छाया

भवानी भट्टाचार्य अंग्रेज़ी भाषा के विख्यात साहित्यकार हैं। इनके द्वारा रचित उपन्यास *शैडो फ्रॉम लद्दाख* के लिए उन्हें सन् 1967 में साहित्य अकादमी पुरस्कार से सम्मानित किया गया। इस उपन्यास का दुनिया की अनेक भाषाओं में अनुवाद हुआ है।

इस पुस्तक के हिन्दी अनुवादक प्रभाकर माचवे हिन्दी के प्रमुख साहित्यकार हैं। इनका जन्म ग्वालियर में हुआ एवं शिक्षा इंदौर में हुई। इन्होंने मौलिक लेखन के अलावा विश्वप्रसिद्ध कृतियों का हिन्दी अनुवाद भी किया।

लद्दाख की छाया

भवानी भट्टाचार्य

हिन्द पॉकेट बुक्स

पेंगुइन रैंडम हाउस इम्प्रिंट

हिन्द पॉकेट बुक्स

यूएसए। कनाडा। यूके। आयरलैंड। ऑस्ट्रेलिया। सिंगापुर
न्यू ज़ीलैंड। भारत। दक्षिण अफ्रीका। चीन

हिन्द पॉकेट बुक्स, पेंगुइन रैंडम हाउस ग्रुप ऑफ़ कम्पनीज़ का हिस्सा है,
जिसका पता global.penguinrandomhouse.com पर मिलेगा

पेंगुइन रैंडम हाउस इंडिया प्रा. लि.,
चौथी मंजिल, कैपिटल टावर -1, एम जी रोड,
गुड़गांव 122 002, हरियाणा, भारत

पेंगुइन
रैंडम हाउस
इंडिया

प्रथम हिन्दी संस्करण हिन्द पॉकेट बुक्स द्वारा 1970 में प्रकाशित
यह हिन्दी संस्करण हिन्द पॉकेट बुक्स में पेंगुइन रैंडम हाउस द्वारा 2022 में प्रकाशित

10 9 8 7 6 5 4 3 2

इस पुस्तक में व्यक्त विचार लेखक के अपने हैं, जिनका यथासंभव तथ्यात्मक
सत्यापन किया गया है, और इस संबंध में प्रकाशक एवं सहयोगी
प्रकाशक किसी भी रूप में उत्तरदायी नहीं हैं।

ISBN 9789353496272

मुद्रकः रेप्रो इंडिया लिमिटेड

www.penguin.co.in

FSC www.fsc.org MIX Paper from responsible sources FSC® C047271

लद्दाख की छाया

वह अपनी आरामकुर्सी-जैसी सीट की सुखद गहराई में से जैसे सहमकर जाग पड़ी। उसने अपनी नींद से घिरी आंखें खोलीं, और एअर होस्टेस हवाई जहाज़ के बीच के रास्ते में जल्दी-जल्दी जाते हुए रुकी, उसपर झुक आई और उसने धीमे से पूछा—"एक और कम्बल दूं, देवीजी ?"

"नहीं, धन्यवाद ! मुझे सर्दी नही लग रही।"

साड़ी पहनी हुई होस्टेस ने एक ओर झुककर वह तकिया, जो फर्श के कार्पेट तक झुक आया था, ऊपर उठाया; उसे प्रवासिनी की झुकी हुई केश-राशि के नीचे व्यवस्थित किया। "हम हिमालय के ऊपर से उड़ रहे हैं..." उसने मुंह के पास धीमे से फुसफुसाकर कहा, "आप खिड़की के पासवाली सीट पर जाना चाहेंगी ? अगर आप देखना चाहें..."

"हिमालय ?" स्वर में आश्चर्य "कौन-सा हिस्सा ?"

"हम बहुत करीब में उड़ रहे हैं..." आवाज़ ज़रा तेज़ हुई, उसमें कुछ नाटकीयता भी थी—"लद्दाख के।"

होस्टेस धुंधले गलियारे पर तेज़ी से दूर चली गई, और सुरुचि उस लौटती हुई सजी-सुथरी आकृति की ओर टकटकी लगाए देखती रही,जब तक कि वह ओझल नहो गई। इस लड़की की उसकी अपनी लड़की से कुछ-कुछ समानता थी, नहीं थी क्या ? नहीं, वह निरी कल्पना का खेल रहा होगा। या, शायद वे आंखें ! अर्थ छूने पर वे काली पुतलियां कैसी गहरा आती थीं। हां, वही बात थी। सुमिता कभी काजल नहीं लगाती थी, और न और ही कोई प्रसाधन करती थी। और यह होस्टेस तो शायद बंगाली लड़की भी नहीं थी।

सुरुचि ने आह भरी। वह अकेली, अपनी पुत्री से दूर एक पराये देश में दस

दिन से थी और यह पहली साड़ी पहनी हुई आकृति उसकी दृष्टि से गुज़री और उसे अपनी परिचित मूर्ति याद हो आई। यात्रा के बाद घर लौट आना सुखद था। सुमिता नई दिल्ली के हवाई अड्डे पर राह देख रही होगी। शायद सत्यजित भी हो। उसने इस मास्को जानेवाले डेलीगेशन में उसे क्यों भेजा ?

हवाई जहाज़ को धक्का-सा लगा। सुरुचि ने अपनी कुर्सी के हत्थे को मजबूती से पकड़ लिया। जब तक हवाई जहाज़ फिर से सीधे समतल पर नहीं आ गया, उसे याद आई : लद्दाख ! वह आधी उठी, अपनी बायीं ओर की खिड़की के पासवाली सीट पर जल्दी से गई। इस सीट पर मास्को के नुकोवो हवाई अड्डे पर एक रूसी बैठा था,और तीन घंटे बाद जब वह ताशकन्द में उतरनेवाला था,तो दोनों हाथ जोड़कर उसने जाते हुए भारतीय ढंग से विदाई ली थी और कहा था—'नमस्ते !'

अपने सिर को गर्व से झटका देकर उसने जवाब दिया था रूसी में—'दस्विदानिया !' सोवियत राजधानी में दस व्यस्त दिन उसने व्यर्थ नहीं बिताए थे।

हिमालय-गिरिमालाएं चमकीली चांदनी में नहा रही थीं। टेढे-मेढे चट्टानी शिखरों पर बर्फ चमक रही थी और उनके बीच का काला हिस्सा भी उस चमक से धुंधला लगता था। उसी भूमि पर कहीं वे नाम थे, जो समाचारों में उछले थे—लद्दाख, और अकसाई-चिन का रास्ता, चीनियों द्वारा सिंकियांग के सीमाप्रदेश को तिब्बत के पठार से जोड़ने के लिए बनाया हुआ मोटर जाने जैसा रास्ता, और वह रास्ता भारत के नक्शे पर एक बड़े हिस्से में गुज़रता था।

दिल्ली से जब वह चली तब ये चौंकानेवाले समाचार अखबारी सुर्खियों में नहीं छपे थे, और जब वह हवाई जहाज़ पर थी तभी उसने यह खबर पढ़ी थी, नहीं तो वह हवाई अड्डे के विश्रामालय में अपने पति से और जानकारी पूछती। वैसे तो वह खबर एक साल से मद्धिम ढंग से सुनी ही जा रही थी: चीन की रेंगती हुई, टटोलती हुई उंगलियां सिंकियांग के बाहर से भारतीय प्रदेश तक पहुंच रही थीं। उसके पति ने शान्त स्वर में समझाया था कि यह सब गलत नक्शों का परिणाम है। यही बात तो चाऊ-एन-लाई ने भारत के प्रधान मंत्री से कही थी, जब वह उनसे मिलने नई दिल्ली आया था। ये नक्शे पुराने थे, चांगकाईशेक के जमाने के बने हुए। 'मैं तुम्हें कुछ दिखाता हूं, रुचि !' वह एक पूरब की दिशा के पास कोने में अलमारियों में रखे पत्र-पत्रिकाओं के एक बड़े-से ढेर के पास गया, और उनमें से एक उठाकर लाया,

उसके पन्ने टटोले और आखिर उसे जो चाहिए थी, वह चीज़ मिल गई।

'उन दोनों को देखो!' उसने अपनी लम्बी तर्जनी उठाकर उन दो बांहगुंथे भाग्य-पुरुषों के प्रेस-फोटोग्राफ को दिखाते हुए कहा। मैत्रीपूर्ण हास्य, चाऊ किस प्रेमोत्साह से नेहरू की ओर देख रहे थे! 'मनुष्यस्वभाव पर कैसे सन्देह किया जा सकता है?' उसने तीखे ढंग से पूछा।

लेकिन उस सवेरे की खबरों में एक भयानक बात का संकेत था। भारतीय चौकियों ने खबर दी थी कि उन रेंगती हुई, टटोलती हुई उंगलियों के पीछे आटोमैटिक (स्व-चालित) राइफलों से लैस चीनी फौजें बढ़ी हुई आ रही थीं। अकसाई-चिन रास्ते से पंखे की तरह ये सेनाएं अच्छी तरह चारों ओर फैली हुई आ रही थीं, कई चौकियां उलांघकर, भारतीय भूमि की तरफ मोर्चा बढ़ाती हुईं, मानो यह भूमि उन्हींकी हो।

हवाई जहाज़ में और भारतीय डेलीगेटों की ओर सुरुचि ने अपनी निगाह दौड़ाई। नौ आदमी थे, जिन्हें उसने हवाई अड्डे के विश्रामालय में पहले ही देखा था। उनमें से तीन को वह अच्छी तरह जानती थी। सबके हाथों में सवेरे का अखबार था। और सबके चेहरे पर रोष और त्रास के निशान थे। गलियारे के पास उसके निकट की सीट पर थे संघमित्र, पीत चीवरधारी बौद्ध भिक्षु, अपनी अंगुलियां उस बड़ी सुर्खी पर टिकाए, आंखें मूंदे, मानो प्रार्थना से उसका अर्थ बदल जाएगा, इस मुद्रा में। उनके पीछे भारतीय राष्ट्रीय कांग्रेस पार्टी के पी० के० मेनन, जो उनके पास बैठे हुए कम्युनिस्ट बलवन्तसिंह के साथ आधे दबे क्रोध से बोल रहे थे। ये और छः और। हर आदमी के अपने-अपने इतिहास और संस्कार यहां एक सपने से जैसे बंधे थे। यह उनका साझा सपना था, विश्वशान्ति का। शांति-सम्मेलन के डेलीगेटों से और क्या आशा की जा सकती थी!

बाद में, मास्को में, सुरुचि ने उन्हें एक बातचीत में पूछने की कोशिश की। पर ऐसा लगता है कि सबने पहले से निश्चय कर लिया था कि लद्दाख की चर्चा नहीं करेंगे। यह दुखद खबर जैसे उन्होंने सुनी ही नहीं। दूसरे देशों के प्रतिनिधियों ने उन्हींकी बात मानी। शांतिसम्मेलन के पांच दिन के अधिवेशन में लद्दाख एक ऐसा शब्द था जिसपर मानो प्रतिबन्ध था। उसका उच्चारण नहीं किया गया। सुरुचि कारण समझती थी। आग को लहकाने से और उकसाने से क्या मिलनेवाला था? शायद इसी तरह आग बुझ जाए, इस अग्नि में ही शायद कोई नई प्रकाश की लौ निकल आए!

सुरुचि हवाई जहाज़ की खिड़की के बाहर देखने लगी। अब दस दिन बीत चुके थे, अब क्या स्थिति थी ? सफेद कुहरे के एक टुकड़े से परे ज़मीन साफ-साफ दिखाई दे रही थी, बर्फ और चांदनी का एक परीलोक। उस सौन्दर्य के व्यापक दृश्य में जैसे कोई आदमी बसता ही नहीं हो। पर वहां भारत की फौजी चौकियां थीं। छोटे-छोटे बिन्दु, बीसियों मीलों के अन्तर पर। एक-दूसरे से सम्पर्क की विरल सम्भावना।

आंखें मूंदे हवाई जहाज़ की सीट पर आराम से बैठी हुई सुरुचि के विचार मास्को की ओर लौटे। स्त्री-प्रतिनिधियों की समिति की सभा। विश्व-शांति की रक्षा के संघर्ष में स्त्रियों के कार्य पर चर्चा चल रही थी। सुनते हुए, सुरुचि का मन, गोर्की स्ट्रीट की एक दुकान में भटक गया। मोम के पुतले। वह उस विचित्र शिर-सज्जा और लेसवाले चौड़े स्कर्ट पहनी गुड़िया को खरीदना चाहती थी। पर यह इच्छा बेकार थी। ऐसी सुन्दर वस्तु को रखने के लिए उस गरीब की कच्ची कुटिया में जगह कहां थी ? अगर होती भी तो...

एक नक्की आवाज़ ने उसे समिति की सभा की तरफ खींचा। और वह उस बोलनेवाली की ओर आश्चर्य से देखने लगी। वह पीकिंग की बुढ़िया श्रीमती तुंगपाओ थी। मोटी-सी, उसके चेहरे पर वैसी ही चिन्ता की सलवटें थीं जैसी दुनिया की सारी दादी-अम्माओं के चेहरे पर होती हैं। शांति-सम्मेलन के पास की एक छोटी-सी खिलौनों की दुकान में सुरुचि उसे मिली थी। श्रीमती तुंगपाओ गहरे रंग के इंजन खरीद रही थी—'मेरे पोतों के लिए' हलकी मुस्कान के साथ उसने समझाया, 'मेरे पोतों की एक पूरी पल्टन है' उसकी अंग्रेजी भाषा थोड़ी हकलाती हुई थी, पर अच्छी थी।

'चीनी जन-गणतंत्र में हम लोगों का एक ही विचार, एक ही कार्यक्रम, एक ही योजना होती है, वह अपनी भाषा मे ज़ोरों से चीख रही थी, जब एक तरुण दुभाषिया लड़की, निकिल के फ्रेम का चश्मा पहने, हर वाक्य का अंग्रेजी अनुवाद करती जा रही थी, 'साम्राज्यवादियों पर प्रहार करो; उनपर मरणान्तक प्रहार करो !' और आवाज़ और भी तीखी होती जाती थी, 'पुरानी दुनिया के जलते हुए अंगारों में से एक नई दुनिया चिरन्तन शांति की निर्मित होगी। सह-अस्तित्व बच्चों की परी-कहानी है। अपने मन का धोखा दूर करो, कई मुल्कों के प्यारे कामरेडो ! इस कठोर सत्य की आदत बनाओ : शांति, चिरन्तन शांति, बिना युद्ध के नहीं जीती जा सकती। विश्वशांति के लिए एकमात्र रास्ता युद्ध है। सब कुछ

समाप्त करने के लिए युद्ध !'

सुरुचि ने आवाज़ और चेहरे पर पीड़ा के साथ कहा, 'नहीं !' उसने गहरी सांस ली। वह कुछ और कहना चाहती थी। पर वह हिचकिचाई। सब तरफ से गरदने लंबी होकर उसकी ओर मुड़ीं, पर किसीने कुछ नहीं कहा। कमरे में भारी मौन छा गया—चीनी स्त्री इस तरह की बाधा से एकदम चुप हो गई। एक मिनट बीता। फिर एक गुस्से से भरी गुर्राहट सुनाई दी—साफ अंग्रेजी में : 'भारत की प्रतिनिधि महिला मुझसे सहमत नहीं है। कोई आश्चर्य नहीं। उसके देश ने अपनी नई-नई पाई हुई आज़ादी साम्राज्यवादी शक्तियों को बेच दी है। और उन शक्तियों का यह देश एक असहाय पिछलग्गू बना हुआ है। वहां के देशवासी भिखारी हैं, जो सहायता के रूप में फेंके जानेवाले टुकड़ों पर जीते हैं।'

सुरुचि ने अपने दिल में हुआ घाव नकली हंसी के बीच छिपाते हए शांतिपूर्वक उत्तर दिया : 'हर विकासशील देश को सहायता की ज़रूरत रही है। चीनी जनता के गणतंत्र को सोवियत रूस ने इतने वर्षों तक इतनी बड़ी सहायता दी—बिना उसके, उसके उद्योग, उसका आर्थिक जीवन...'

अब वह चीनी बुढ़िया मारे गुस्से के थरथराने लगी। वह फिर गुर्राई, और अब गुर्राहट उसके गले के नीचे से आ रही थी : 'अंग्रेज़अमरीकी पंजीवाद के बेशर्म चापलूस !' उसकी मोटी बांह और तगड़ी भिची मुट्ठी हवा को यों तोड़ रही थी जैसे गदा हो। पर उसी क्षण कमरे के पीछे से एक आवाज़ आई और एक चीनी शब्द कहा गया। श्रीमती तुंगपाओ अपने सामने चौंककर टकटकी लगाए देखती रही और जैसे जंगल में खो गई। अपने होंठों पर आए शब्द जैसे उसने निगल लिए, भावनाएं निगल लीं। और सबको आश्चर्य हुआ, वह मंच पर से नीचे उतर गई और अपने स्थान पर बैठ गई।

सभा सभाप्त हुई,समिति का कमरा खाली हो गया; परन्तु सुरुचि झुकी हुई बैठी रही, सिर उसका नीचे था, विचार चक्कर काट रहे थे। विश्वशांति-परिषद् में युद्ध का प्रचार ! यह एक ऐसा धक्का था जिसके लिए वह तैयार नहीं थी। उस बात का अन्तिम अर्थ क्या होगा, इसका विचार भी भयानक था ! यदि चीनी जनता का गणतंत्र, दुनिया का एक-चौथाई हिस्सा, इस तरह से सोचता था—यदि दादी-मां भी ऐसी क्रोध-भरी इच्छा से हिचकिचाती नहीं थी कि आधी दुनिया रेडियोसक्रिय राख में बदल जाए...

उसने पास आते हुए कदमों की आहट नहीं सुनी थी। 'सुनिए...' और उसने

चौंककर ऊपर देखा, तो एक चीनी चेहरा था। सुरुचि ने इस स्त्री को पहले कभी नहीं देखा था। नौजवान, आकर्षक, इस लड़की ने पीछे मुड़कर देखा और यह भरोसा कर लिया कि वे दोनों वहां अकेली हैं। चमकदार हरे स्कर्ट के एक तरफ कटे हिस्से में से एक सुन्दर पैर की नरम गोरी त्वचा दिखाई दी।

'भारत की प्रिय बहन, सुनिए'—इस आवाज़ में नकलीपन नहीं था, और उच्चारण प्रायः अमरीकी थे—'श्रीमती तुंगपाओ ने गलत शब्दों का प्रयोग किया। उसे हमारे भारतीय भाइयों के बारे में इस तरह से नफरत से बोलने की ज़रूरत नहीं थी।'

सुरुचि ने संतोष की सांस ली। 'तो आप मुझसे सहमत हैं?' वह रोनी-रोनी चिंतित हो आई—आपकी साथिन प्रतिनिधि के शब्द शांति-परिषद् की आत्मा के विरुद्ध हैं।'

उत्तर देनेवाली आवाज़ गंभीर और दृढ़ थी : 'प्रिय बहन, ज़रा सारे मामले का मूल देखें। तुम्हें और मुझे सब बातों से अधिक उसीकी चिन्ता है। दो बड़े एशियाई राष्ट्रों की जनता अनगिन बरसों से साथ-साथ रही है। हिमालय की दीवार ही दोनों के बीच में बाधा थी, सो दोनों का परस्पर मिलन न हो सका। आज यह बड़ी बाधा मिट गई है। भूगोल को विज्ञान ने हरा दिया है।'

सुरुचि ने प्रसन्न होकर, जल्दी से उत्तर दिया : 'बड़ी बाधा गई है। परन्तु मैं आपको याद दिला दूं: वह जब थी भी, तो वह हमें दूर नहीं रख पाती थी। हमारे धर्म-प्रचारक पर्वत उलांघकर सिंकियांग के रेगिस्तान पार करके गए, जहां आज भी बुद्ध को समर्पित गुफा-मंदिर खड़े हैं। और, यद्यपि कई मरे, फिर भी यह आवागमन दोनों तरफ से चलता रहा-हमारे प्राचीन विश्वविद्यालय—जैसे नालन्दा—हुए नत्सांग और ईत्सिंग जैसे गुरुओं से शोभा पाते रहे।'

सुघर चीनी चेहरे पर मुसकान खिली। छोटी-छोटी काली आंखें एक गाढ़ी काली फ्रेम की रेखा जैसी लगीं।

'क्या अच्छी बात कही, भारत की प्रिय बहन! तुम्हारे नेहरू ने लिखा है : 'भारत और चीन दुबारा एक-दूसरे को देख रहे हैं और प्राचीन स्मृतियां उनके मन में जमा होती हैं; फिर नये ढंग के तीर्थयात्री पर्वत पार करते हैं या उनपर से उड़कर जाते हैं—उन पर्वतों के जोकि दोनों के बीच विभाजक रेखा थे। और वे परस्पर आनन्द और कल्याण का संदेश लाते रहे, और मैत्री के नये बन्धन बनाते रहे। तुम्हें वे शब्द याद हैं?'

सुरुचि ने उस अपरिचिता का हाथ अपने हाथों में लिया—एक पतला सुकुमार हाथ, कई अंगुलियों पर अंगूठियां पहने हुए।

'दोनों देशों के बीच में एक दुखद गलतफहमी हो गई है। शायद आपको उसका पता न हो। यह सचमुच बेहूदी बात है! मैं भारत से आ रही थी, तब नई दिल्ली हवाई अड्डे पर...'

तरुणी ने अपना हाथ उसके हाथों से छुड़ा लिया, उसने अपने दोनों हाथ सुरुचि के कंधे पर रख दिए और वह झुक आई। उसका चेहरा कड़ा पड़ गया।

'साम्राज्यवादी शक्तियां हमारे इरादों को गलत ढंग से दुनिया के सामने रखने का कोई मौका नहीं चूकतीं। उनके प्रचार-यंत्र बहुत मज़बूत हैं। परन्तु तुम्हें और मुझे तो सत्य जानना चाहिए। हमने चीन में निश्चय किया है कि तुम्हें साम्राज्यवादी लोहे की बेड़ियों से मुक्त करेंगे और तुम्हें सच्ची आज़ादी देंगे। हम तुम्हें अपनी गुलाम सरकार का तख्ता उलटने में, तुम्हारे पूंजीवादियों को कुचलने में, जनता का राज स्थापित करने में मदद करेंगे।' वह कुछ क्षण रुकी, सतर्कता से। 'हां' उसने फिर अपनी आवाज़ में तीखापन लाकर कहना शुरू किया, 'हमें तुम्हारे देश में ऐतिहासिक भूमिका अदा करनी है और हम पूरी ज़िम्मेदारी अपने ऊपर लेते हैं।'

सुरुचि भौचक्की-सी गूंगी होकर एकटक देखती रही। उसके कंधे पर ये नाजुक चीनी हाथ उसे भारी और बोझिल जान पड़े। आखिर जब वह बोली थी तो उसकी आवाज़ झीनी थी, जैसे मूक कर दी गई हो।

'परन्तु फिर...' उसने कहना शुरू किया।

'हम चीनी आजाद भारत में एक नया स्वर्ग देखना चाहते हैं। हम तुम्हारी जनता से प्रेम करते हैं, तुम तो जानती ही हो।' उस गुलाब की कली जैसे मुंह से फिर एक मुसकान फूट निकली, 'तुम्हारी जनता और उसकी महान प्राचीन संस्कृति गांधीजी के अहिंसा के आदर्शों से प्रेरित...।' अब यह मुसकान ऊंची मांस की हड्डियों तक चढ़ गई और हर आंख के छिद्र में जैसे फिसल गई। 'भारत की जनता हमारी प्रिय मित्र है और अगले दस हजार वर्षों तक हम भाई-भाई बने रहेंगे।'

'परन्तु...'

'**हिन्दी-चीनी भाई-भाई!** ... भाई-भाई! तुम्हारे महान देश के एक कवि ने एक अन्तर्दृष्टि के क्षण में यह नारा बनाया। उसने अपने हाथ खींच

लिए। वह एक झटके से तनकर खड़ी हो गई। 'प्रिय बहन, हम जल्दी ही फिर से मिलेंगे। शायद भारत में।' और वह बाहर जाने के दरवाज़े की ओर तेज़ी से चली गई।

इस चांदनी की बाढ़वाली रात को, आकाश से लद्दाख की ओर नीचे झांकते हुए, सुरुचि उस सौन्दर्य के लेप के नीचे धातु के बने चेहरे की याद से भर उठी। उसने शांति-परिषद् के हाल में कई प्रश्न मन में लिए हुए, उसकी बहुत खोज की। पर वह चीनी स्त्री डेलीगेट नहीं थी। क्या वह दूतावास के अधिकारी की पत्नी थी ? पूछताछ से कोई परिणाम नहीं निकला। वह मानो कहीं गायब हो गई थी, वह शायद निरी कल्पना थी !

... सहसा तेज़ प्रकाश ने उसकी जगती आंखों को आघात पहुंचाया। वह सो गई थी। इण्टरकाम पर आवाज़ सुनाई दी : "हम नई दिल्ली पहुंच रहे हैं ! कृपया अपनी कमर की पेटी बांध लें।" एअर होस्टेस गलियारे में से नीचे तेज़ी से जा रही थी, कस्टम्स के फार्म जमा करते हुए। "नई दिल्ली के हवाई अड्डे पर आपको किसी मदद की ज़रूरत है ?"

सुरुचि मानो उसे कहना चाहती थी, 'तुम्हें और नींद चाहिए थी।' मौन विदाई देते हुए उसने उस लड़की की ओर प्रेम से देखा जो उसकी पुत्री सुमिता जैसी थी। नहीं, उसे नई दिल्ली में किसी मदद की ज़रूरत नहीं पड़ेगी। समिता वहां होगी ही। वह सुदूर गांधीग्राम से आ रही थी अपनी मां से मिलने—रेल से अठारह घंटे की यात्रा। मास्को से दिल्ली तक की यात्रा से दुगुना समय। और यह सुमिता की पहली दिल्ली-यात्रा होगी।

पासपोर्ट कंट्रोल के लंबे क्यू में उसके पैर अधीर होने लगे। उसे कस्टम्स पर कोई चिन्ता नहीं थी। वहां उसे कुछ भी घोषित नहीं करना था, एक मोम की गुड़िया भी नहीं। सुमिता को उसे बहुत देर रोके नहीं रखना पड़ेगा।

"मादाम, आपके लिए पत्र है, हमारी मारफत भेजा हुआ..." एक सफेद वर्दीधारी एअर इंडिया का अफसर वहां आया और उसने हाथ बढ़ाकर चिट्ठी दी। सुमिता के अक्षर थे ! सुरुचि को लगा कि उसके मुंह का पानी सूख गया है। तो सुमिता हवाई अड्डे पर नहीं आई थी। कहीं न कहीं कुछ गड़बड़ी हो गई थी... शायद सत्यजित के साथ ? हवाई थैली, कई पलकों से भारी, उसके कंधों पर भारी हो रही थी। उसने उसकी ज़िप खोली, वह अपने पढ़ने का चश्मा खोजने लगी। कहीं उसको दिल का दौरा तो नहीं था ?

तनाव कुछ कम हुआ। सत्यजित के बारे में कोई बुरी खबर नहीं थी। पूरे गांव, गांधीग्राम में ही संकट आया था। तीन मील चरागाह से परे जो नया इस्पातनगर निर्मित हुआ है, वह और भी फैलने की धमकी दे रहा था। वह धीरे-धीरे पशुओं की चरने की भूमि को लील जाएगा, वह उस गांव पर तेज़ी से बढ़ा चला आ रहा था।

सुमिता ने लिखा था, "हम ऐसा नहीं होने देना चाहते। इसका अर्थ है तेज़ी से योजना बनानेवाले शक्तिशाली लोगों के खिलाफ भयानक संघर्ष। मुझे पिताजी के समर्थन में खड़े रहना पड़ेगा। मैं दो-तीन दिनों के लिए भी गांधीग्राम नहीं छोड़ सकती। मुझे बहुत दुःख है। तुम जानती हो कि यह अनपेक्षित संकट, मुख्यतः लद्दाख के कारण है, ऐसा सुनती हूं..."

बर्फीले शिखरवाली चट्टान पर चंद्रमा की किरणों की झिलमिल। और यह कैसे होता है कि वहां कुछ हो जाने का असर एक हजार मील दूर के गांव पर पड़ता है?

सुमिता घर के दरवाज़े पर खड़ी थी, राह देखती, सत्यजित के साथ सवेरे नित्य-नियम से गांव का चक्कर लगाने के रोज़ के कार्यक्रम के लिए। जब उसने बरामदे की सीढ़ियों पर उसे आते हुए सुना, वह अपने मन में भारी होती बात को कह बैठी: "बेचारी मां! हवाई अड्डे पर मैं नहीं मिली—बल्कि खराब खबरवाली एक चिट्ठी मिली।"

बड़े हवाई जहाज़ से मां को नीचे उतरते हुए देखना उसे बहुत अच्छा लगा होता। विदेश से लौटकर भारतीय भूमि पर उतरना कैसा लगा होगा? मां दस दिन तक बाहर थी, परन्तु वह छोटी-सी अवधि अब इतिहास का पृष्ठ बन गई थी।

सत्यजित ने कहा, "दो घंटे पहले वह लद्दाख पर उड़ रही थी।" वह अपने पीछे बांस का दरवाज़ा बंद करते हुए आ रहा था, तो उसे इस बात से बहुत आनन्द हुआ कि जाने से पहले सुरुचि ने उस धूल-भरे साधारण द्वार को हरे रंग से रंगा था। यह रंग उसने गांव में मिले कुछ द्रव्यों से बनाया था और परिणाम खासा चमकदार था।

सुमिता ने मानो प्रतिध्वनि रूप में कहा, "लद्दाख! वह कश्मीर का भाग नहीं

है ?" उसने भूगोल की किताबों में देखा था, पर उनमें लद्दाख के बारे में एक पंक्ति भी नहीं थी। एक महत्त्वहीन अज्ञात क्षेत्र, अब एक ज़बरदस्त प्रकाश-क्षेत्र के नीचे आ गया था।

उस ऊंचे आदमी ने अपने आगे सीधे देखा, क्षितिज की ओर, और मानो हज़ार मील परे। "देखो"—उसने हाथ उठाकर मुट्ठी भींचे कहा, "यह हाथ है भारत का उत्तर की ओर का सीमाक्षेत्र—कश्मीर और उसकी राजधानी श्रीनगर। श्रीनगर से अगर रास्ता बने..." उसने दूसरे हाथ से उसपर एक रेखा खींचते हुए बताया, "तो पूर्वी कश्मीर के ऊबड़-खाबड़ भूरे पर्वतों पर चढ़ती हुई वह लद्दाख तक पहुंचेगी। बारह हज़ार फुट ऊंचाई पर लेह नगर की बस्ती है। लद्दाख से शेष भारत का केवल एक हवाई जहाज़ की रेखा ही संबंध जोड़ती है। उस विस्तृत निर्जन में कुछ भी नहीं मिलता।"

"क्या लेह हमारे भूप्रदेश की सीमा है ?"

"नहीं जी, लद्दाख चीनी सीमाओं तक सिंकियांग और तिब्बत तक जाता है। वहां पहाड़ों से घिरी अनेक घाटियों से परे ऐसे-ऐसे रास्ते हैं कि वे हमारे बीस हजार फुट की ऊंचाई पर के सीमा-प्रहरियों तक पहुंचते हैं। वे चौकियां पूरी तरह से हवाई जहाज़ से मिलनेवाली रसद पर निर्भर करती हैं।"

उन एकान्त तंबुओं में भयानक सर्दी में सीमा-प्रहरियों को उसने देखा था। वह प्रदेश बिलकुल उत्तरी ध्रुव प्रदेश जैसा था, यद्यपि वह भारत के धूप से झुलसे मैदानों से इतने करीब था। कई लोग टुकड़ियों में, अलग-अलग हिस्सों में। पठार के हज़ार मील की अपेक्षा पहाड़ी इलाके के दस मील कहीं बड़ी बाधा थे। उन सिपाहियों से मिलानेवाली यह हवाई जहाज़ की रेखा यदि काट दी जाए तो उन्हें वहां कोई नहीं बचा सकता। वहां बर्फ से ढंकी आकाश को छूती चोटियों को देखने के अतिरिक्त कुछ नहीं। वहां की भारी नीरवता से दम घट जाता है। सब वहां आश्रमवासी हैं, संन्यासी हैं।

कुछ भी करने को नहीं। वे भारत की स्वतन्त्रता के चौकीदार थे। क्या वह आज़ादी कभी खतरे में पड़ेगी ! उस मौन के पीछे से अगर शत्रु के हाथ हमला करने बढ़े तो...सिंकियांग से ? पर ऐसा नो कभी नहीं हो सकता।

नई दिल्ली ने पीकिंग को प्रतिवाद-पत्र भेजा था, चीनी फौजों के संचालन में जो स्पष्ट गलती थी उसकी ओर संकेत करते हुए। कोई भी उत्तर सरकारी तौर पर नहीं आया था, परन्तु रेडियो पीकिंग ने सिर्फ कहा था: चीनी सीमारक्षक सिर्फ

अपने चीनी जन-गणतंत्र के अधिकार के भूप्रदेश में ही आगे बढ़े थे। भारतीय चौकियों को एक बड़े हिस्से से वापस हटा लेना चाहिए था। इस तरह से प्रश्न सुलझ जाता, एशिया की दो महान जनताएं अगले दस हज़ार वर्षों के लिए सबसे अच्छी मित्र बन जातीं।

रेडियो पीकिंग यही शब्द गए पांच-छ: दिन से बार-बार दुहराता रहा था।

अब क्या ?

सत्यजित ने उत्तर दिया : "सुमिता, मेरा यह विश्वास है। नई दिल्ली और पीकिंग के लोग मिलें, चर्चा करें। दोनों बांडुंग की एशियाई देशों की संस्मरणीय कान्फ्रेंस में पंचशील से प्रतिबद्ध हैं। बांडुंग—वही इंदोनेशिया का नगर। इन सिद्धान्तों में भूप्रदेशों की एकता के प्रति आदर और किसी भी दशा में अनाक्रमण की शर्त थी। दोनों ओर सद्भावना हो—और वह तो आवश्यकता से अधिक है—तो सीमाएं न्याय्य रूप से और सम्मानपूर्वक पुन: निश्चित की जा सकती हैं।"

अब वे मुख्य रास्ते पर पहुंच गए थे। गांव दायें और बायें फैला था—कच्चे मकान, हरएक के साथ एक बागड़ के पीछे छोटा-सा हरा सागभाजी का खेत और बांस का दरवाज़ा। उनके आगे एक जीप भाग रही थी, सौ गज़ दूर; सड़क के मोड़ पर वह एक मिनट में आंख से ओझल हो गई।

सत्यजित ने कहा—"इस्पातनगर के आदमी।"

"वे ही दीखते हैं। आज वे बहुत जल्दी आ गए। वे शायद बहुत जल्दी में हैं।"

लोहापुर से कई जी भर-भरकर लोग उस चरागाह के फैलाव में चले आ रहे थे। अपने लम्बे लोहे के गज़ से ज़मीन नापते, नोट्स लिखते। और आखिरी चार-पांच दिन में तो वे गांव में घुस आए थे। इस्पात कारखाने के इंजीनियर होंगे। सुमिता उन्हें जानती थी। बिना समझ के आदमी। ऐसे आदमी जिन्हें गांधीग्राम का क्या अर्थ है,मालूम नहीं था। नकद दाम देकर खरीदे जाने लायक चार वर्गमील फार्म की ज़मीन-बस, उनके लिए उसका यही अर्थ था। ज़रा इन भ्रमितचित्तों को कुछ सिखाया जाए। उन्हें आखिर ऐसी भी चीजें मिल जाएंगी, जो कि नकदी 'पैसे' में नहीं तौली जा सकेंगी।

गांधीग्राम कुछ दूसरे मूल्यों के आधार पर बना था—लोहापुर को यह समझना चाहिए था। यह बाह्यतः विशेषताहीन छोटा-सा गांव समूचे भारत के लिए

एक आदर्श बना रहा था। जनता की यह नई बस्ती एक ऐसी समाज-व्यवस्था बना रही थी जिसमें सब समान होते। सारी ज़मीन सहकारी ढंग पर सबकी होती। खेतों से मिलनेवाला अन्न सबमें आवश्यकताओं के अनुसार वितरित होता। और ज़रूरतें छोटे-छोटे उद्योगों से पूरी होतीं जो स्थानीय आधार पर होते; आर्थिक आत्म-निर्भरता ही मुख्य उद्देश्य था। वहां बुनकर थे जो गांव के लिए आवश्यक हर कपड़े का उत्पादन हथकरघों पर करते। दो लुहार थे, जो हल के फाल बनाते, बैलगाड़ियों का लोहे का अरा बनाते; और घरघर में काम आनेवाले बर्तन और कटोरे भी। दो आदमी गन्ने से गुड़ बनाते—फैक्टरी में बनी चीनी से कहीं अधिक अच्छा खाद्य था लालपीले रंग का मोटे दाने का गुड़। एक कारीगर पास के जंगलों में से कुछ पेड़ों की लुगदी बनाता और हाथबना कागज़ तैयार करता। तीन आदमी सरसों के दानों से तेल निकालते।

औरतें भी इस उत्पादन काम में हाथ बंटातीं। वे धान कूटतीं, अपना आटा खुद पीसतीं और इन सबसे बढ़कर वे अपनी ज़रूरत के कपड़े का सूत भी काततीं। गांव के हर घर में एक चरखा था।

गांधी ने हाथकती-हाथबनी खादी के बारे में हज़ार बार कहा था। ग्राम के सौरमण्डल का उसे सूर्य कहा था। "अलग-अलग उद्योग ग्रह हैं। वे खादी को रक्षण देते हैं, चूंकि वे उससे ही अपनी गर्मी और जीवनपोषक तत्त्व पाते हैं। खादी के बिना और उद्योग बढ़ नहीं सकते। परंतु दूसरे उद्योगों के पुनर्जीवन के बिना खादी आगे प्रगति नहीं कर सकती। गांव का जीवन सब बिन्दुओं पर छूना चाहिए था।"

वह कमज़ोर पुराने ज़माने का लकड़ी का पहिया आधुनिक युग की राक्षसकाय विशाल मशीनों का सामना करने जा रहा था।

यह लड़ाई उस व्यवस्था से थी जो मानव-प्राणियों को मशीनों के साथ चिपका देती थी। लेकिन इतना ही नहीं था। गांधी ने कहा था कि यंत्रीकरण वहां ज़रूरी है जहां श्रमिक कम हों। वह निरर्थक हो जाता है, और इतना ही नहीं वह एक पाप भी है। जब देश में काम करनेवाले इतने हाथ मौजूद हों। भारत में समस्या यह नहीं थी कि उसके गांवों में रहनेवाली इतनी बड़ी जनसंख्या को फुरसत कैसे मिले, बल्कि यह थी कि उनके खाली समय का क्या उपयोग हो ? गांधी ऐसी मशीनों के विरोध में नहीं थे जोकि व्यक्ति की योग्यता बढ़ाने में मदद करतीं और उसे एक निस्सहाय गुलाम नहीं बना डालतीं।

सड़क के किनारे पहुंचने पर उन्हें फिर जीप दिखाई दी, यह एक पेड़ के नीचे

खड़ी थी। सत्यजित अपनी लम्बी-लम्बी टांगों से चला गया यह कहकर कि "ज़रा मैं भी देखूं..." क्या सुमिता भी उसके पीछे-पीछे जाए, वह निश्चय नहीं कर सकी। उसके कदम धीमे हुए और उसके विचार लौटकर लद्दाख की ओर गए। स्कूल में एक रेडियो-सेट था, और शाम को जल्दी खा-पीकर गांववाले स्कूल के पास के खेल के मैदान में जमा हो जाते, गाने और भाषण सुनकर मनोरंजन पाने के लिए। कल रात सुमिता ने रेडियो पीकिंग सुना था। जो भाषा वह काम में ला रहा था, वह उद्धत और गालियों से भरी हुई थी।

सत्यजित ने जीप के पहिये के पास एक आदमी को देखा जिसका सिर झुका हुआ था, एक दफ्तर की फाइल पर। रास्ते से दूर आम के पेड़ों के कुंज के नीचे दो सर्वेक्षक तिपाइयों पर वैज्ञानिक औज़ार रखे कुछ काम कर रहे थे।

सत्यजित ने बहुत तीखी आवाज़ में पूछा, "यह सब क्या है ?"

जीप में बैठे आदमी ने इस तरह के सवाल पर बहुत गुस्सा व्यक्त करते हुए, उधर देखा, पर ज्योंही उसने दूसरे आदमी की ओर देखा, उसके चेहरे का भाव आदर में बदल गया। उसने अभिवादन करने के लिए हाथ उठाया।

"मैं आपको जानता हूं, श्रीमान, प्रेस में छपे चित्रों से," उसने अपनी फाइल एक तरफ फेंकी और बाहर चला आया।

"वहां क्या हो रहा है ?"

"वे आदमी ? उस जगह पर हमारी चौथी वात-भट्टी बनेगी।" उसने अपने हाथ के फैलाव से सब आम के पेड़ बता दिए।

"वात-भट्टी ?"

"मैं लोहापुर स्टील कम्पनी का चीफ इंजीनियर भास्कर राय हूं। आपने हमारी प्रसार-योजना के बारे में सुना होगा। मैं यह सर्वे पूरा होने पर आपसे मिलने आने ही वाला था। यह बड़ी खुशी की बात है कि..."

सत्यजित ने बीच में टोका, "क्या आप बहुत अधिक मानकर नहीं चल रहे हैं ?"

"मैं माफी चाहता हूं। लेकिन बताइए, दूसरा चारा क्या है ? हमारे हाथों पर दबाव डाला गया है। हमें अपनी योजना बहुत जल्दी पूरी करनी है।"

"किसने आपके हाथों में यह दबाव डाला है ?"

भास्कर ने कहा, "लद्दाख ने।" उसकी आवाज़ कठोर हो आई।

सत्यजित रुका।

"हमने आपकी स्वीकृति मानकर चलने में कोई गलती नहीं की... आप जानते हैं कि देश की दशा क्या है। हमारी सेनाओं को आधुनिक अस्त्र-शस्त्र चाहिए। अभी जो कुछ उनके पास है वह पुराना है, बेकार हो चुका है। और सारे शस्त्रास्त्रों का प्राण इस्पात है।"

"यह शस्त्रास्त्रों पर इतना ज़ोर क्यों ?"

भास्कर टकटकी लगाए देखता रहा, अचरज से।

"क्या आपको लद्दाख के बारे में कहना पड़ेगा, श्रीमान् ?"

"यह आपकी इस्पात का कारखाना बनाने की कल्पना तो लद्दाख से बहुत पुरानी है, है न ? लद्दाख तो आपके लिए अच्छा बहाना बन गया है।"

उत्तर देनेवाली आवाज़ एक आश्चर्य और शिकायत से भरी भुनभुनाहट थी—"अति सरलीकरण ! इस्पात का अर्थ है आर्थिक प्रगति। मशीन के पूर्जे, ट्रैक्टर, बड़े औद्योगिक संयत्र, स्वयंचालित यंत्र। गरीबी और भुखमरी दूर करने के लिए इस्पात। परन्तु इस्पात का एक दूसरा अर्थ हो गया है। वह हमारे देश की स्वतंत्रता का पर्यायवाची शब्द है। यह एक ऐसा तथ्य है जिससे बचना सम्भव नहीं। यह केवल इच्छापूर्ण विचार से बदलनेवाला नहीं है। विकास, धन, सुरक्षा-यही हमारे वर्तमान इतिहास की अनिवार्यता है। उसकी मांग की पूर्ति इतनी आसान नहीं। हमारे लिए कोई और मार्ग नहीं है, मानो !"

"देखिये, मिस्टर राय..."

"मुझे भास्कर क्यों नहीं कहते ?" वह आश्चर्य से भरा चेहरा सहसा स्नेहमय हो आया। "सच बात यह है कि मैं जितना दिखता हूं, उतना उम्र में नहीं हूं।"

पहली बार उस आतंक के पीछे का मानव सत्यजित ने पूरी तरह देखा।

"बाबा !" जीप के कारण वह लड़की उनसे छिपी हुई थी। वह चलकर आ रही थी। दस कदम पास आने पर वह दिखाई दी।

"भास्कर, यह सुमिता है, मेरी पुत्री।"

उसकी दृष्टि एक क्षण के लिए उस अपरिचित चेहरे को छू गई। यह वही व्यक्ति था जिसके बारे में पिताजी बोले थे। वह इस्पात नगर का मजबूत आदमी था जो गांधीग्राम को नष्ट करना चाहता था। किस साधन से ? किस तरह की हिंसा से ? क्या उसने सुना नहीं था कि दुनिया के सबसे शक्तिमान् साम्राज्य के तीव्रतम मारक अस्त्रों को बचा अहिंसक प्रतिरोध ने मोथरा बना दिया था ?

जो कुछ उसने हाल में सुना था, वही सत्यजित अपनी बेटी से कह रहा

था। आम्रकुंज के स्थान पर वात-भट्ठी बन जाएगी। "क्या प्रतीकवाद है!" उसने कहा। उसकी मुस्कान में वक्रता थी, और उससे भास्कर का तुरत उत्तर आया।

"उस तरह की भावुकता के लिए आज कोई जगह नहीं। अब तो सवाल ज़िन्दा रहने का है। हमें इस्पात चाहिए, और अधिक इस्पात, चाहे जिस दाम पर हो! उत्पादन की गति बढ़ानी चाहिए।"

"किसी कीमत पर?" लड़की की शांत आंखें उस अपरिचित की ओर मुड़ीं, "मानवीय कर्तव्यों का क्या होगा?"

उसने उसकी दृष्टि की चुनौती को देखा। बड़ी-बड़ी साधारण आंखें, उसने निश्चय किया। गौ माता की आंखें। पर उसके व्यवहार में कहीं भी गन्दापन नहीं था।

"मानवीय कर्तव्य भी राष्ट्रीय हित के आगे झुकने चाहिए।"

"सुनिए, भास्कर," सत्यजित बोल रहा था, "हम भी राष्ट्रीय हित में काम कर रहे हैं, अपने विनम्र ढंग से।"

"भारत में कौन यह नहीं जानता?" वह पूर्ण आदर से पुनः कहने लगा, "आपने अपने सिद्धान्तों पर अपने-आपको अर्पित किया है। पर वह श्रीमान्, यहां बहस से परे की बात है। यहां सवाल सिर्फ उत्पादन की गति बढ़ाने का है। ज्ञान-विज्ञान। नवीनतम टेकनीक। योजनाएं। प्रारूप। आपको एक तरफ हो जाना होगा और हमें अपना काम करने देना होगा।"

"हम किसी तरह उत्पादन के विरुद्ध नहीं हैं। हमारी अपनी पद्धतियां हैं।"

भास्कर एकदम हंस पड़ा, पर झट से फिर उसने अपने-आपको रोका।

"तथ्य यह है कि साल-भर आप अपने हाथों से जो कुछ निर्माण करते हैं, वह हमारे यन्त्र एक मिनट में पैदा कर सकते हैं। आपने तो, हम जो बिजली उनको देने वाले थे, उसे भी मना कर दिया। इस गांव में बिजली पर भी प्रतिबन्ध है।"

उसने फिर मुड़कर सुमिता को पूरी तरह देखने का यत्न किया। वह शांत प्रतिष्ठित ढंग से खड़ी थी। एक तरह की तटस्थता लिए हुए, मानो वह अपने में बन्द हो—क्या यही उसके बारे में सच था, या यह सिर्फ उसके कपड़ों का प्रभाव था? सफेद हाथकती खादी का? अलंकरण का एक चिह्न भी नहीं। उसके सारे बदन

पर कहीं कोई रंग नहीं, उसके फटे हुए से अधर पर लालिमा का ज़रा-सा स्पर्श लाभदायक ही होता।

सत्यजित ने समझाने की कोशिश की, “बिजली में अपने-आपमें कोई बुराई नहीं है। वह तो उत्पादन की पद्धति है जो मजदूरों को सामूहिक काम...”

“साध्य साधनों को न्याय्य बनाता है।”

सत्यजित ने सिर हिलाया। “ना-ना, बुरे साधनों से अच्छा साध्या कभी नहीं प्राप्त किया जा सकता। यही गांधीजी जो कुछ कहते थे, उसका सार था।”

भास्कर ने अपने कंधों को झटका दिया।

“सामूहिक उत्पादन से कहीं भी कोई चारा नहीं है। यही एक तरीका है तेज गति से उत्पादन बढ़ाने का।”

“उस में से पैदा होनेवाले सह-उत्पादनों का क्या होगा ?” सत्यजित ने सरोष पूछा। खंजर की तरह एक तर्जनी दूसरे की ओर उठी।

“अन्य सह-उत्पादन ?”

“बुराइयां। कई तरह के पाप।”

होंठ भिचे। भास्कर थोड़ी देर चुप रहा—हो सकता है भीतर ही भीतर वह हंस रहा हो। उसने सुना, सत्यजित आगे कह रहा था :

“क्या आप यह सब गंदगी गांधीग्राम में लाना ज़रूरी समझते हैं। आपकी योजनाओं के पहियों में ये सब बुराइयां तो जैसे जन्म से ही पैदा होनेवाले रोग हैं...’

“पाप में क्या बुराई है ?” अनपेक्षित प्रश्न कौंध उठा।

सत्यजित एकदम हक्का-बक्का हो गया। उसके पास कोई जवाब नहीं था।

‘सुनिए, एक बात मैं आपको बता दूं, श्रीमान्, पाप वह अंधेरा है, जो पुण्य के प्रकाश को मूल्य देता है। अंधेरा नहीं हो तो, प्रकाश भी मारक हो सकता है। कुछ पुण्य और कुछ पाप को साथ-साथ रहने दीजिए। उन दोनों का संतुलन, आमना-सामना होने दें।” सत्यजित को फिर भी कुछ कहते न बना। और वह कठोर स्वर बराबर भारी ढंग से अपनी बात आगे बढ़ाता रहा, “पाप और पुण्य मिलकर जीवन को रंगीन बनाते हैं, स्वाद-भरा बनाते हैं। यही मैंने अपने जीवन में व्यक्तिशः अनुभव किया है। एक के बिना दूसरा सहज हमें नष्ट कर सकता है।”

आश्चर्य से सत्यजित ने सोचा कि ऐसी आत्म-स्वीकृति में कुछ गांधी जैसा है।

परन्तु जो शब्द वह बोल रहा था, उनमें एक विरोधी स्वर था।

"नहीं, मेरे मित्र, पुण्य रचनात्मक, जबकि..."

"वैसे ही पापभी है। सीमा के भीतर। संयम के साथ। पाप आत्मज्ञान का भी एक मार्ग हो सकता है। वह शायद..." वह फिर अपने चौड़े कंधों के एक झटके से रुका, "आप वह नहीं समझेंगे साहब! हम पाप की बात पर बहस न करें.. कभी भी।"

कारखाने की सीटी ने अपनी अन्तिम तीखी पुकार दी, और उसकी आवाज़ धीमे-धीमे शान्त होती चली गई। भास्कर ने एक पत्र पर हस्ताक्षर किए, अपने बायें ओर की ट्रे में वह डाल दिया। उठकर उस गहरी नीली दरी पर उसने चार डग भरे। उसके चेहरे पर गर्म हवा की झकोर बहकर आई, जब उसने अपने वातानुकूलित कमरे की खिड़कियां खोलीं। वह इस्पात नगर वहां फैला था-दस हजार दीयों के प्रकाश-वृत्त सड़कों पर कई ज्यामितिक डिज़ाइन बना रहे थे। दो मील दूर, एक खुली हुई भट्ठी की रोशनी सारी हवा को जैसे ज्वाला-स्नान दे रही थी। हर लौह-गलन के एक दौर में दो सौ टन इस्पात के इनगौट : यानी दो सौ नवजात बालकों का जीवन-साधन दान। बच्चे इस्पात नहीं खाएंगे। परन्तु उस अर्थ-व्यवस्था की रीढ़ था इस्पात। इस्पात था अन्न और वस्त्र और मकान। इस्पात था संस्कृति और कला और संस्कार। और इस्पात शीघ्र ही बनने जा रहा था जनता का सम्मान, स्वतन्त्रता की ढाल।

टेलीफोन की घंटी बज रही थी। उसने मुड़कर देखा। ऐसा कौन हो सकता है जिसे यह पता हो कि वह इतनी देर रात गए यहां होगा? क्या कुछ कहीं बिगड़ गया और सब ओर से उसकी तलाश हो रही है? ऐसे समय रोकना या गति धीमी करना भी खतरनाक था।

आवाज़ आई, "सर, मैं आपके लिए कॉफी की प्याली लाऊं?"

उसे अपने आश्चर्य से होश में आने में थोड़ा समय लगा।

"कॉफी, मिसेज़ मेहरा? क्या समय है, पता है?"

"आपने रात को कुछ खाया नहीं।"

"आपको कैसे पता? आप समय से दफ्तर छोड़कर नहीं जातीं?"

"हां, सर, आपका रसोइया रामलाल मेरे घर आया था। वह बतला रहा था। वह आपके लिए रात का खाना डिब्बे में ले गया था। आपने दो-तीन चम्मच टमाटो-सूप पिया और आधा टुकड़ा टोस्ट का खाया और बाकी सारा खाना लौटा दिया। शायद आप..."

उसने शब्द पूरे किए, "भूखे होंगे।" और आगे कहता गया, "वह आदमी जाकर सब कुछ आपसे क्यों कहता है कि मैंने खाया है या नहीं; यह तो उसकी नौकरी या काम का हिस्सा नहीं है।"

रिसीवर से जो आवाज़ आई वह मानो कानाफूसी में थी, "सर, मैंने ही उसे कहा था।"

अच्छा तो यह बात थी! उसकी निजी सचिव कार्यालय में न होने पर भी उसकी हर बात पर निगाह रहती थी। अब वह टेलीफोन के दूसरे सिरे पर उसके कॉफी के निर्णय के लिए राह देखती खड़ी थी। उसी समय उसके पेट में जैसे कुछ एकदम खालीपन का अनुभव हुआ।

"आप कब आएंगी, कहां रहती हैं?"

"सर, मैं तो अपने कमरे में हूं। मैं एक मिनट में आ सकती हूं।"

उसने राय के निर्णय की चिन्ता नहीं की। वह उसका मन जानती थी। राय ने कहा, "ओ० के०" और राह देखता रहा।

उसके एक हाथ में एक थर्मस था, दूसरे में एक बड़ा-सा ब्रेकफास्ट का कप और दूध का जग था। थर्मस कप पर ढालते हुए उसने कहा, "आपको तो कॉफी दूध के साथ अच्छी लगती है, मैं जानती हूं।"

"और क्या-क्या तुम जानती हो? ...चीनी?"

वह उत्तर में मुस्कराई, उसने अपना हाथ अपने सफेद ब्लाउज़ के गले के भीतर डाला और चीनी का एक प्लास्टिक का पैकेट निकाला।

भास्कर ने आश्चर्य से सोचा, चीनी रखने की जगह भी खूब ढूंढ़ी। श्रीमती मेहरा ऊंची, मोटी, तीसेक बरस की होंगी। उसके पति कोक ओवन बैटरी में फोरमैन थे। वह श्रीमतीजी के इस कृपापूर्ण मिशन को क्या समझते?

फिर उसका हाथ उसी जगह ब्लाउज़ में गया और एक पैकेट और उसने निकाला। केक के तीन टुकड़े थे।

उसने बड़े इसरार से कहा, "फ्रूट केक है जी। घर की बनी हुई

वह कॉफी हिलाते हुए बोला, "आपके पति को यह अच्छा लगेगा?"

"अच्छा लगना इसमें क्या है जी?"

"आप जानती हैं, मेरा क्या मतलब है ?"

श्रीमती मेहरा आधे घंटे पहले का घर का दृश्य याद करने लगी।

चीफ इंजीनियर का मुंह केक से भरा था। "या शायद आप नहीं समझीं कि मैं क्या कह रहा हूं ?" वह एकदम कह उठा और उसकी आंखों में कुछ चमका।

श्रीमती मेहरा ने राय के शब्दों की ओर ध्यान नहीं दिया। उसने बोतल टेढ़ी करके कहा, "और कॉफी चाहिए, सर ? जब आप तैयार हो जाएं तो मैं डिक्टेशन ले लूंगी। वह गांधीग्राम पर रिपोर्ट।"

उस बड़े-से टेबल पर कागजों के ढेर की ओर राय निराश दृष्टि से देखने लगे।

"अभी तैयार नहीं है। अगर मैं दो घण्टा और काम करूं तो..." वह श्रीमती मेहरा की ओर देखने लगा। और राय ने देखा कि उसके चेहरे पर डर छा रहा है। "आपको यहां ठहरने की ज़रूरत नहीं है," उसने धीमे से कहा, "कुछ भी हो तो, आपको इस समय का मैं ओवरटाइम भी नहीं दे सकता।"

श्रीमती मेहरा के दिमाग में एक विचार आया। वह शायद काम में आ जाए या न आए। वह कोशिश करके देखेगी।

"मैं इसी इमारत में ठहरती हूं—सवेरा होने तक," मानो अपनेआपसे वह बुदबुदाई।

"ओह, नहीं।"

"तनखा के दिन, रात के इस समय अकेले घर तक पैदल जाना ! इतने सारे पियक्कड़ राह में होंगे..."

वह उसपर हंसने लगा। "उन लोगों से कोई नुकसान नहीं। उनके दिमाग में शराब पिए वे अपनी ही दुनिया में घूमते हैं।" स्मृति से वह फिर अपने-आपसे हंसने लगा।

उसने अपना सिर ऐसे हिलाया कि उसीसे मानो सब कुछ कह दिया, 'मैं अपने कमरे में बैठी रहती हूं, रात बीतने तक। यही अच्छा होगा। स्त्री को सुरक्षा चाहिए। मेरे पास कुछ टाइप करने को है और उसीमें मैं लगी रह सकती हूं।"

"नहीं, आप घर पर जाइए और सो जाइए। कल फिर बहुत-सा काम आपके लिए होगा।"

"परन्तु...सर..."

वह सोचने लगा। एक तेज़ निगाह से वह उसका चेहरा भांप गया। श्रीमती मेहरा ने देखा कि राय भी अपना हाथ उठाकर जमुहाई रोकने की कोशिश कर रहा है। और उसे आशा बंधने लगी। टेबल के हरे रंग के कपड़े पर एक केक का टुकड़ा पड़ा था। उसने उसे उठाकर पास की रद्दी की टोकरी में फेंका। थर्मस का लाल प्लास्टिक का कप उसने गोल घुमाकर ढक्कन बन्द किया।

मैं अपने कमरे में रहूंगी, सर..."वह दरवाज़े की ओर दो कदम बढ़ी।"

"मिसेज़ मेहरा, एक मिनट रुकिए। मुझे लगता है कि मैं भी बहुत काम कर चुका। मैं भी घर जा रहा हूं। आप चाहें तो मोटर में मैं आपको पहुंचा दूं। आप सेक्शन आठ में रहती हैं न?"

"आपके लिए बहुत कष्ट होगा, सर।"

... सरोजिनी मेहरा सच्चे सुख से विभोर हो उठी। उसका छोटासा षड्यन्त्र सफल हो गया था। सी० ई० (चीफ इंजीनियर)वापस घर जा रहे थे, सोने। और वहां वह जीप में उनके साथ अगली सीट पर बैठी थी, और वह चुपचाप तेज़ी से गाड़ी चला रहा था, विचारों में डूबा। शायद वह फिर उन्हीं फाइलों में लौट गया था। उसी गांधीग्राम और नई वात-भट्ठी में। सिर्फ इस्पात ही नहीं, इस्पात से होनेवाले उत्पादन तक। जिसका अर्थ था शस्त्रास्त्र। वह तो अत्यन्त गुप्त बात थी। सरोजिनी कातो काम था कि 'गोपनीय' लिखी हर फाइल का सब कुछ अत्यन्त गुप्त रखे।और उसे वह और सब फाइलों से अलग विशेष सेफ में रखती। यह भी अफवाह थी कि शत्रुओं के एजेण्ट आसपास काम कर रहे थे। सुरक्षा के उपाय विविध स्तरों पर मज़बूत किए गए थे। वह सरोजिनी मेहरा तीन बच्चों की मां थी और उसपर पूरा विश्वास और ऊंचा दायित्व सौंपा गया था। लद्दाख से तो प्रायः प्रतिदिन एक नया 'सबसे गुप्त' घटित हो रहा था।

उस जगमगाती मिल तक पहुंचने तक सारी सड़कें खाली थीं। मिल में आखिरी शिफ्ट के आदमी गेट से जा रहे थे। सारी रात अब वे बड़े-बड़े इस्पात के इनगौट पिघलाएंगे और उन्हें आकार देंगे—और पांच मिनट गाड़ी चलने पर सेक्शन आठ आ जाएगा। भास्कर मिसेज़ मेहरा के दरवाज़े तक ऊपर गया।

उसने आंखों में परिचित चमक लाकर कहा—"हमें शराबी नहीं मिले।"

वह वापस लौटकर नहीं गया; वह पूरब की ओर कुरूप आवासों से परे, मज़दूरों के सेक्शन बारह के क्वार्टरों से परे गाड़ी चलाता रहा। फिर सड़क के दीये कम होते गए-अंतिम दीया चरागाह के किनारे पर था। जीप एक गहरे बैलगाड़ी के

पहियों से बने ढरें से जा रही थी। तीन मील पूरे होने पर चरागाह के किनारे ताड़ के पेड़, उनमें बीचबीच में अबाध रूप से कच्चे घर घोंसला बनाए हुए दिखाई दिए। वह था गांधीग्राम का आरंभ। जीप के पहिये एक धक्के से रुके।

वह अपनी सीट पर पीछे झुका, गांव के अंधेरे में टकटकी लगाए देखता रहा। एक फलांग दूरी पर एक लकड़ी के खंभे पर एक अकेला तेल का दीया टिमटिमा रहा था। गांधीग्राम गहरी नींद में था।

दिल्ली के हवाई अड्डे पर वीरेश्वर राय की एक झलक सुरुचि को मिली थी, पर उस समय नहीं जब वह मास्को के लिए जानेवाले हवाई जहाज की उड़ान की घोषणा सुनने की राह देख रही थी। वह कस्टम्स में से निकल हवाई पट्टी की तरफ जा रही थी कि उसे रस्सी की सीमा के पास वह दिखाई दिए। उनकी आंखें मिली तो वे मुस्कराए, उसे लगा कि वह दयनीय भाव से मुस्करा रहे थे। वह पहले क्यों नहीं आ पाए ? शायद वे उसे स्पष्टतः टालना चाहते हों। क्या वह मास्को से लौटकर इसी तरह जाएगी तो वे यही करेंगे, ऐसा ही टालेंगे ? निस्संदेह वह स्पष्ट था।

सो यों हुआ। सुमिता का पत्र हाथ में लिए वह खड़ी थी। उसका विश्वास था कि कोई भी उसे हवाई अड्डे पर लेने नहीं आएगा। वह अकेली रेल के स्टेशन पर जाएगी, जहां उसे सारा दिन बिताना पड़ेगा, अगली गाड़ी की प्रतीक्षा में। परन्तु— क्या आश्चर्य ! वीरेश्वर कस्टम्स के दरवाज़े पर खड़े थे।

"आपने तो इस दिशा में नज़र भी नहीं फेरी।" उन्होंने सुरुचि की चिरपरिचित हंसी के साथ कहा।

उसे बहुत आनन्द हुआ। "मैं आपकी उम्मीद नहीं कर रही थी। अगर सिर्फ..." वह रुकी। उनके पास ही एक लड़की खड़ी थी। उत्सुकता से देखती हुई।

"नन्दिनी, मेरी भतीजी," वीरेश्वर ने परिचय कराया, "यह आपसे मिलने के लिए बहुत बेताब थी। सत्यजित की यह बड़ी प्रशंसक है, उसकी किताबें इसने पढ़ी हैं।"

"नन्दिनी, तुम सुमिता की उम्र की ही होगी।"

"करीब-करीब। एक साल के भीतर मैं भी उतनी ही बड़ी हो जाऊंगी।" वह बहुत ही दुबली-पतली थी, गले की हड्डी दिखाई दे रही थी, ऊंची-सी गर्दन पर नाज़ुक चेहरा था, गर्दन ने जैसे ऊंचाई में एक इंच बढ़ा दिया था। उसके बाल छंटे हुए थे, कंधे तक नहीं पहुंच पाते थे।

वीरेश्वर ने कहा, "हम नन्दिनी के घर जा रहे हैं। उसके पिता सेना में हैं —ब्रिगेडियर हैं। और उसकी मां"...फिर से हंसी आ गई... "वह मेजर जनरल हैं!"

नन्दिनी हलकी-सी मुसकाई, "सचमुच मेजर जनरल हैं !"

"वह घर तुम्हारे लिए एक अच्छा नया बातावरण देगा, सुरुचि, विशेषतः शांति-परिषद् के बाद। चलो स्नान कर लो, नाश्ता कर लो और थोड़ा आराम कर लो अगर घर की स्त्रियां तुम्हें वैसा करने दें। शाम को मैं आऊंगा और तुम्हें रेलवे स्टेशन पर ले जाऊंगा। इस बीच में मुझे पार्लमेंट में जाना होगा; आज देर तक सेशन चलेगा। प्रधान मंत्री लद्दाख पर वक्तव्य देंगे।"

हवाई अड्डे से दूर रहकर भी उसने सुरुचि का अपेक्षा-भंग नहीं किया था, फिर भी वह उससे बराबर अपनी दूरी रखता था। क्या यह आवश्यक नहीं था ? सुरुचि ने उसकी ओर आश्चर्य से देखा। वे चूड़ी के टुकड़े उसने कब तक अपने साथ रखे होंगे ? उसने कहा था, एक विचित्र क्षण के प्रतीक। वह इस क्षण के बारे में क्या जानता था ?

यह प्रश्न जो वह पूछ रही थी, टैक्सी में बैठी हुई, वे सब निर्वैय. क्तिक थे। क्या शांति-परिषद् में लद्दाख की चर्चा हुई थी ? क्या पीकिंग के किसी प्रतिनिधि से उसकी बातचीत हुई थी ? क्या वह समझ सकी थी कि चीनी आखिर क्या चाहते थे ?

सुरुचि ने कहा, "लद्दाख के बारे में एक अक्षर भी नहीं कहा गया।"

"यह समझ में आता है।"

"यहां भारत में क्या भावना है ? मैं जानना चाहती हूं।"

एकदम विस्मय। एक तरह का धक्का। "ये सब सेनाएं किसलिए हैं ? भारतीय प्रदेश पर सेनाएं मार्च करती हुईं। नेहरू तो वर्षों से जानते थे कि अक्साई-चिन में क्या हो रहा है। परन्तु वे अपने विश्वास में दृढ़ थे कि सब कुछ मैत्रीपूर्ण ढंग से सुलझ जाएगा। वे इस समस्या को एक गुप्त रहस्य की तरह, वर्षों अपने मन में रखते रहे; शायद इस भय से कि कहीं भारत में गुस्सा न बढ़े और समझौते की सारी संभावना

मिट जाए।"

"और—अब क्या होगा?"

उसने विचारपूर्ण प्रतिध्वनि-सी दी, "अब क्या होगा?" थोड़े क्षणों तक वह चुप रहा। "सुरुचि, इस सवाल का जवाब इतिहास देगा।"

फिर उसने उसे उस चीनी स्त्री के बारे में बताया, वही जो युद्ध चाहती थी, सब युद्धों को समाप्त करनेवाला युद्ध। चीनी भारत में मुक्तिदाता बनकर आएंगे। और उन शब्दों का सम्बन्ध, लद्दाख में जो कुछ हुआ था उससे मिलाने पर—यह एक भयानक विचार था। नहीं, वह स्त्री शायद अपने निजी विचार ही व्यक्त कर रही थी।

उसने कहा, "जल्दी से कोई निर्णय कर लेना ठीक नहीं। ज़रा रुकें और देखें।"

नन्दिनी के पिता एक ब्रिगेडियर थे। और मेजर जनरल-वह वीरेश्वर का सिर्फ एक मज़ाक था। नन्दिनी ने सुमिता के बारे में कई प्रश्न पूछे। "वह दिल्ली कुछ दिन छुट्टी लेकर आती तो कितना अच्छा होता।" उसने ललककर ज़ोर से कहा।

कई घंटों बाद, जबकि गाड़ी चलनेवाली थी और वह खिड़की के पास प्लेटफॉर्म पर खड़ा था, तब आखिर वीरेश्वर व्यक्तिगत स्तर पर आए।

"मैं भी तुम्हारे साथ चला चलता। पर तुमने मुझसे कहा ही नहीं, सुरुचि! मैं ऐसे ही चला चलता, बिना किसी तैयारी के।"

सुरुचि ने उसकी आंखों में देखा और देखती ही रह गई, अचल दृष्टि से।

"चलो। जैसे हो वैसे ही चल पड़ो। और इसके बारे में दो बार मत सोचो!

उसका चेहरा चमका, पर थोड़ी ही देर के लिए। "गार्ड की सीटी सुनाई दी? अब बहुत देर हो गई!"

सुरुचि की आवाज़ में एक अजब क्षिप्रता आ गई थी—"नहीं, नहीं, सिर्फ गाड़ी के डिब्बे में एक कदम चढ़कर चले आना है।"

"बहुत देर हो गई, सुरुचि।" ट्रेन अब चलने लगी थी।

खिड़की का कांच नीचे गिरा था, सुरुचि ने हाथ बाहर बढ़ाया और हिलाती रही। इसका भान उसे नहीं रहा कि प्लेटफॉर्म चला गया था। उसे एक आवाज़ सुनाई दी।

"पति—या बड़ा भाई?"

उसने अपना चेहरा उस तरफ किया—दो सहप्रवासी सामने की बेंच पर बातें कर रहे थे। एक होगा बारह एक बरस का लड़का, मूंगफली छील रहा था। दूसरी एक सफेद बालोंवाली बुढ़िया, उम्र से लदी अस्सी से ऊपर होगी, उसकी ओर घूर-घूरकर देख रही थी। उसने बूढ़ी को ज़रा अक्खड़पन से भरा जवाब दिया—"पति के भाई।"

कहते हुए वह सोच रही थी कि 'बड़ा भाई' क्यों नहीं कहा। पर वह, हमेशा की तरह, ऐसी आन्तरिक चुभन से मन ही मन में भाग गई।...

अपनी बेंच पर लेटकर, आंखें मूंदे सुरुचि सोच रही थी, एक छोटा-सा सपना जो टूटनेवाला था।

क्यों उसके पति ने सुझाया था कि उसके बदले वह शान्ति-परिषद् में जाए? 'उससे क्या फायदा होगा?' सुरुचि ने चिल्लाकर निषेध किया था, 'वे आपको अच्छी तरह जानते हैं, उन्होंने आपकी किताबें पढ़ी हैं, वे आपको चाहते हैं। आप वहां के वाद-विवाद में कुछ विचार दे सकेंगे।

उसके कानों में उसका उत्तर विचित्र लगा, 'पर तुम अपने-आपको छोटा क्यों समझती हो?'

आखिर उसने उसमें कुछ गुण देखा तो। पर वह अपना विरोध जताती ही रही—'मैं वहां बिल्कुल नहीं शोभा दूंगी। मैं मूर्ख समझी जाऊंगी।'

'विश्वशान्ति-परिषद् को एक भारतीय माता की आवाज़ सुनने का मौका दो।'

ऐसा ही हो। वह मास्को में सत्यजित बनेगी। वह परिषद् में सत्यजित के विचारों का प्रचार करेगी। पर वह यह नहीं चाहता था। उसने सुरुचि के लिए भाषण लिख देने से इनकार किया। आरम्भिक सत्र के लिए सन्देश भी नहीं लिखा।

'अपने दिल से बोलो। ऐसे बोलो, जैसे मां बोलती है। ऐसी मां की तरह जो पांच करोड़ बच्चों को एटमबम से नष्ट होते हुए देख रही हो। और फिर तुम जो कहोगी वह सही होगा।'

प्रतिनिधियों में शिष्टाचार और विनम्रता थी। उसका छोटा-सा रुकते-रुकते हुए दिया गया भाषण उन्होंने बड़ी ऊष्मा और सराहना से ग्रहण किया। उसे सत्यजित नहीं होना था। बस एक स्त्री, सिर्फ सुरुचि होना काफी था। यद्यपि, वापस घर लौटने पर वह फिर एक छाया या प्रतिध्वनि मात्र बनी रहती।

छाया या प्रतिध्वनि...सुमिता की तरह।

ऊंची, गोरी, सुघर, निरलंकृता—उसके पिता की इच्छा ही सुमिता के लिए आदेश था, भले ही वह नारी-सुलभ न हो।

मास्को में, सुरुचि को वही परिचित हृदय-वेदना सताने लगी। ये कंकण या विक्रान्त सुमिता के हाथों में कितने अच्छे फबते! वह एक कंकण खरीदने ही वाली थी। उसके पास रूबल थे; मास्को-रेडियो पर एक भाषण दिया था उसका मानधन। पर अन्तिम क्षण पर उसने लालच रोका और कंकण को वापस दुकान में रख दिया। सुमिता के लिए रंगीन मणि भी किसी काम की नहीं थी। तो गार्नेट की तो बात ही क्या थी? वह अपनी मां के कारण दुखी बने। गांधी के आश्रम में मां ने व्यर्थ ही इतने वर्ष बिताए। व्यर्थ ही उसने सत्यजित के साथ सहजीवन में भाग लिया।

सहजीवन में भाग! यह सही शब्द नहीं था। वह तो सत्यजित का भाग थी। उसके पैर के अंगूठे का नख। उसके सिर पर एक बाल की लट। और अपने-आपको खोजने के लिए उसे अन्तर आवश्यक था—इतने वर्ष बीत जाने के बाद!

फिर भी यह सत्य था कि वह उसके आदर्शों में अब भी विश्वास करती थी। वे उसका हिस्सा बन गए थे। वह उतनी ही गांधीग्राम थी जितना वह।

वह गांव और उसके दो सौ कच्चे मिट्टी के घर, एक निश्चित मूल्य-क्रम मानते थे। ये मूल्य जीने के लिए थे, कर्म में उतारने के लिए थे। सम्पूर्ण समानता। कोई भी भेदभाव न मानते हुए भाईचारा। असीम अहिंसा। कर्म में, विचार में। ये सारे नारे सब जगह बड़ी आसानी से बोले जाते; गांधीग्राम में वे कृति में उतारे जाते। गांधीवादी ग्राम का अर्थ सिर्फ कच्ची दीवारें नहीं था। उसकी भावना मुख्य थी। मनुष्य की यह भावना शारीरिक बंधनों से परे जाने का यत्न कर रही थी।

दस वर्ष—ज़रा-सासमय। और आन्तरिक उपलब्धियों को नापनेवाला गज़ कहां था? बड़े लोगों के बारे में सब निश्चित मत रखते थे। उनके वृद्ध जीवन में वे जी चुके थे, और वे नये समर्पण के लिए उत्सुक हो सकते थे। परन्तु और बाकी लोग? ये बीस से नीचे के किशोर और किशोरियां, जो गांधीग्राम में आए और जो अब नौजवान बन रहे थे, उनका क्या हो?

छोटी उम्र ही से अनुशासन सबपर चलाया जाता। गांव के तालाब में लड़के

और लड़कियां एकसाथ नहाते थे—यह सत्यजित का विचार था। उसके अन्य सभी विचारों की तरह यह भी गांधीजी के प्रयोग से ही लिया गया था। कुछ संवेगों के उत्तोलीकरण के लिए यह उपयोगी था। ब्रह्मचर्य का मूल आधार पलायन नहीं, आत्मसंयम था। जंगल के निर्जन में जाकर जीवन से वैराग्य नहीं लेना था, पर सारे गृहबंधनों के बीच विरक्ति अनुभव करनी थी।

सत्यजित के अतिक्ति चार और व्यक्ति नेतृत्व देते। और उनमें से एक छोड़कर बाकी सब गांधीजी के सीधे शिष्य रह चुके थे। गांधी इन्द्रधनुष थे, और ये पांच उसके पांच रंग। सत्यजित गांधीजी के बुद्धिपक्ष थे। स्वामीजी गांधी के धार्मिक पक्ष थे। कृष्णमूर्ति समाज-सेवक थे, समाज-कल्याण-कार्य में लगे रहते। चित्तरंजन घोष प्रखर राजनीतिज्ञ थे, उनकी ज़िन्दगी के बारह बरस ब्रिटिश जेलों में दफना दिए गए थे। और माधव चाचा, गांधी के मानवीय पक्ष थे। गांधी को भारतीयों ने जैसे बापूजी माना था। इनमें से चार तो गांव के बाहर से आए थे। माधव चाचा गांव में उसके पुनर्निर्माण के पहले से थे। इतने वर्षों की अखण्डता की सच्ची कड़ी। और जबकि अन्य लोग बाहर जाते, अपने विचार और जगह फैलाते, दूसरी शाखाएं और छोटे-छोटे मंडल स्थापित करते, माधव चाचा इस गांव की जमीन में बराबर गड़े हुए थे।

सत्यजित इन सबमें सबसे ऊंचा माना जाता। सब बराबर थे, फिर भी वह कुछ और बड़ा था। हर वर्ष के बीतने के साथ-साथ, उसने अपने-आपको अपने अकेले मन में बन्द कर लिया था, जहां कोई नहीं पहुंच पाता था। सिवा सुमिता के, जो उस एकाकीपन का दरवाज़ा खटखटाती थी। और वह दरवाज़ा उसके लिए थोड़ी देर के लिए खुलता, फिर बन्द हो जाता।

सत्यजित सेवाग्राम के व्यक्ति का ही अनुवर्तन था।

सुरुचि उदास हुई। यह एक ऐसा प्रश्न था कि वह उसे झेलने के लिए तैयार नहीं थी। पर यह भी हो सकता है कि यह सवाल किसी दिन एक बड़ा संकट बन जाता। यदि किसी दिन वह बड़ी चुनौती, वह परम परीक्षा आ जाए तो ?

उसके हृदय में जैसे किसीने पिन चुभा दी, ऐसा कष्ट हुआ। सहानुभूति, करुणा-बिलकुल दया के निकट। और एक दिन ये पिन की चुभन अगर तलवार का घाव हो जाए ?

उस दुःखमय स्वप्न से हटकर वह सुखद स्वप्न की ओर मुड़ी। प्रभात-दूत—बारह-बारह लड़के-लड़कियां, जुलूस बनाए हुए सामूहिक गान करते हुए जा रहे थे।

गांव की बस्ती में वे सवेरे लोगों को जगाते हुए जाते।

गांव के जीवन का एक-एक नित्यक्रम था। उसीने उसे शुरू किया था। शांति-निकेतन की कहानी का ही यह एक पृष्ठ था। सत्यजित भी उस कहानी का एक भाग था। उसे अब भी याद आता था कि कैसे सत्यजित अतिथिगृह के बाड़े में खड़ा रहता। गायकों के आने की राह देखते हुए—उसकी ओर देखता, यद्यपि उसे देखने के लिए सुरुचि को गर्दन नहीं मोड़नी पड़ती।

क्या उसने उस स्मृति के कोमल तार को नहीं छेड़ दिया था, ज़ब तीन साल पहले गांधीग्राम में प्रभात-दूत बनाने और उन्हें गाना सिखाने का प्रस्ताव किया था। यह प्रस्ताव सुनकर वह एक मिनट खोया-सा बैठा रहा। और फिर उसने कहा, 'रुचि, यह अच्छी कल्पना है। हम तो हमेशा चाहते हैं कि लड़के और लड़कियां साथ-साथ मिलकर काम करें। यह तुम्हें बताने की ज़रूरत नहीं।'

बात बहुत सही थी। फिर भी आशा यह थी कि इन दो टोलियों में काम की भावना न जगे। सिर्फ मैत्री। जैसे आधी शताब्दी पहले दक्षिण अफ्रीका में गांधीजी ने जो टाल्स्टाय फार्म बनाया था, वहां उस आश्रम में थी। पर एक बार एक गलती हुई, और गांधी ने अपने ऊपर प्रायश्चित्त का भार ले लिया, उन्होंने पांच दिन का उपवास किया था।

दो वर्ष पहले गांधीग्राम में ऐसा हुआ था और सत्यजित ने पांच दिन का उपवास किया था।

उसे याद आया वह तरुण जो भट्टी पर काम करता था। सारा गांव उसे बड़े चाचा का नाती मानता। सत्यजित के उपवास से उसके मन में कोई पछतावा नहीं जागा था, पर लड़की से इस तरह पराजित होकर वह गांव छोड़ गया था, इस्पात नगर में और वहां मिल-मज़दूर हो गया था।

और लड़की का नाम था झनक। उसकी तेज़ आवाज़ बाहर की टोली में सबसे ऊपर रहती, अब भी।

आंखें मुंदीं, सोने के लिए प्रस्तुत सुरुचि देख रही थी, तरुण और तरुणियां एक कतार बांधे उसके दरवाज़े के सामने से जा रहे हैं और उसने सुना :

"उठ जाग मुसाफिर भोर भई
अब रैन कहां जो सोवत है..."

सिंगल की हरी आंख जैसे प्रकाश ने हाथ नीचे किया और रेल आगे बढ़ी। गांधीग्राम दृष्टि-पथ में था।

वह धीमी होती हुई गाड़ी के दरवाज़े में खड़ी हो गई—गाड़ी इस छोटे-से स्टेशन पर विशेष अनुरोध पर एक मिनट के लिए ठहरती थी—और वह प्लेटफॉर्म धीरे-धीरे रेंगते हुए जैसे उसे मिलने आया। उसपर इतनी भीड़ थी, सारा गांव चमेली की मालाएं लेकर उसके स्वागत के लिए जैसे उमड़ आया था। यह कोई नया दृश्य नहीं था। गांधीग्राम में राष्ट्रीय नेता अक्सर आया करते थे। आज कौन आ रहे हैं? तो कांग्रेसअध्यक्ष आ रहे हैं? इसी समय तो वह आनेवाले थे। हां, इसीसे यह भीड़ है? उसे लगा कि सुमिता और उसके पिता इस बड़े नेता के स्वागत-सत्कार की औपचारिकता पूरी होने तक उसे नहीं मिलेंगे। घर लौटने के पहले मधुर क्षण इस तरह नष्ट हो जाएंगे। क्या वह प्लेटफॉर्म के सिरे पर यह सब देखती अलग खड़ी रहे? नहीं, वह भी अपनेअपको उस व्यस्त भीड़ में मिला देगी और इस अतिथि का स्वागत करेगी।

उसका डिब्बा इंजन के पास था। वह सौ फूट प्लेटफॉर्म से भी आगे निकल गया था। जब तक कि गाड़ी के पहिये बिलकुल रुक नहीं गए। वह पटरी के पास वाली गिट्टी पर उतरी। एक हाथ में सूटकेस था। दूसरे कंधे पर हवाई उड़ानवाला थैला था। भीड़ इसी तरफ उमड़ी चली आ रही थी। वह प्लेटफॉर्म के दालान की ओर बढ़ रही थी कि लोगों की जय-जयकारें सुनाई दीं। और अतिथि की एक झलक पाने के लिए वह इधर-उधर देखने लगी। एक माला उसीके गले में आन पड़ी। माला पर माला। उसकी गर्दन अब और सह नहीं सकती थी। वह स्तम्भित, पीछे मुड़कर देखने लगी। यह सब क्या था? उसके पति कहां थे? उसकी बेटी कहां थी?

अच्छा, वह भी आ गए। सारी भीड़ में से उनका ऊंचा सिर अनायास दिखाई देता था। वे उसे मुस्कराकर देख रहे थे। वह आगे बढ़े, "मैं तो कोई फल लाया नहीं तुम्हें देने। परन्तु...घर आने का स्वागत!" दूसरे ही क्षण माला उसके गले में पड़ी। यह सुमिता पहना रही थी। "घर आने का स्वागत!" उसने सांस ली। इतना सुख सहन करना कठिन था।

सुमिता ने कहा, "यह सब मालाएं मैं तुरन्त उतार लूं; और मालाएं पहननी होंगी, उनके लिए स्थान चाहिए।" और फिर रुककर, "ओह मां, मैं तुम्हें उस बड़े हवाई जहाज़ से उतरते हुए देख सकती!"

"सूमिता, यह सब क्यों—क्या गांव को नष्ट करने की धमकी के कारण?"

"अभी-अभी पता चलेगा।"

पंचायत के चार आदमी आगे आ रहे थे। सुरुचि का स्वागत करनेवाला सबसे पहला था बूढ़ा किसान। उसके हाथों में फूलों की माला नहीं थी। रंगीन सूत की माला थी।

"यह सब कष्ट क्यों करना पड़ा। माधव का चाचा ? तुम्हारा पैर..."

"सारा गांव वहां था, सुरुचि,तुम्हारा स्वागत करने के लिए। और ऐसे वक्त यह बूढ़ा कैसे अकेला अपना गठिया से अकड़ा पैर लेकर बैठा रहता ?"

फिर आए स्वामीजी। दूसरी रंगीन सूत की माला।

"आप मुझे शरमा रहे हैं।"

"नहीं, सुरुचि, यह मेरा गौरव है।"

स्टेशन के गेट से सड़क पर, गांव की स्त्रियां उसके पीछे-पीछे चल रही थीं। पुरुष सब अपने-अपने रास्ते चले गए थे। बीना की दादी, एअर इंडिया लिखा हुआ नीला थैला बड़े गर्व से ले जा रही थी। कई तरह की बातें सुनाई दी :

"देखो, चेहरा कैसे चमक रहा है ? विदेश के सूर्य, प्रकाश और हवा ने उसे चमका दिया है !"

"वह खुश है। फिर अपने सादा घर में आ गई।"

"इसमें क्या शक है ! वह हमारी ही तरह है, इसी गांव की मिट्टी में बनी।"

"बेचारी लम्बे सफर में थक गई होगी। उसे आराम ज़रूरी है। वह मिला ही नहीं होगा।"

"हम जरा धीरज से काम लेते। वह शायद शाला में कल आ सकती थी।"

"उसका विचार करना अब व्यर्थ था। एक घंटे में सारा गांव वहां शाला में जुट जाता। उसकी राह देखता।"

सुमिता इस नये अनपेक्षित संकट, इस्पातनगर के खेतों की बात मां से कर रही थी। सारा गांव आक्रमण सहने के लिए तैयार था। अब यह देखना था कि सचमुच वह आक्रमण कौन-सा रूप लेता है। भास्कर राय का विश्वास था कि वह राष्ट्रीय हित में काम कर रहा था। उसमें जनूनी जैसा एकाग्र भाव था।

"भास्कर राय ?"

"चीफ इंजीनियर। हम कल उसे आम्रकुंज के पास मिले थे। वहां तो इस्पात की भट्टी की स्थापना का स्थान है। उसके ऐसे विचित्र विचार हैं।"

"कैसे ?"

"वह कहता था कि पाप-पुण्य दोनों मिलकर जीवन को रंग देते हैं, स्वाद देते

हैं। दोनों चाहिए। ऐसा कभी समझ सकते हो ?"

"उसने ऐसा कहा, उसके विचार बड़े साहसिक हैं। उसकी उम्र क्या होगी ?"

"बिल्कुल नौजवान है। पिताजी कहते हैं, ऐसे पद पर वह सबसे छोटी उम्र का व्यक्ति होगा।"

"वह देखने में कैसा है ?"

'पिताजी जैसा ऊंचा।"

"ओह, और वैसा ही सुन्दर ?"

सुमिता ने सोचा। और निर्णयपूर्वक कहा, "हां, वैसा ही सुन्दर।"

"तो वह सत्यजित का योग्य विरोधी होगा।"

"वह अहिंसा की शक्ति क्या जानता है ? और उसे पाठ देना सुखद नहीं होगा।"

"यह सही है। बेचारा भास्कर राय !"

"बेचारा भास्कर राय ! ओ मां !"

मां का चेहरा गम्भीर हो उठा। और अधिक वह इस विषय पर नहीं कहना चाहती थी।

चार या पांच मिनट बाद, वे घर के फाटक पर पहुंचे। सुरुचि ने मुड़कर स्त्रियों से कहा—"आइए, घर में आइए।" पर बीना की दादी ने हवाई उड़ानवाला थैला उसे वापस दिया और कहा, "एक घंटा रह गया है, उसमें तैयार हो जाओ। हम तुम्हारी शाला में प्रतीक्षा करेंगे, सुरुचि।" और वे वापस चली गईं।

सुरुचि ने अपनी लड़की की तरफ आश्चर्य से देखा।

सुमिता ने समझाया—"सारा गांव शाम को यहां जुटेगा। वह तुम्हारी विश्वशांति-परिषद् की कहानी सुनना चाहता है।"

सूरज डूबा नहीं था। पर सूर्य-प्रकाश तेजी से बिलम रहा था। सुरुचि उठकर खड़ी हुई। वह भाषण देने वाली थी-जीवन में दूसरी बार। पहला था शांति-परिषद में। ज्यों-ज्यों निश्चित समय करीब आता जा रहा था, उसका हृदय धड़कने लगा। उसकी आवाज़ कांपेगी या शायद रुंध ही जाएगी। परन्तु ऐसी

कोई बात नहीं हुई।

श्रोतागण घास पर बैठे थे। चित्तरंजन अध्यक्ष होने वाले थे।

चित्तरंजन ने बुलाया, "सुरुचि!"

उसने भाषण दिया, सहज सौम्यता से। शांति-परिषद् के दृश्य की याद करते हुए। उसका ध्यान दुनिया से आई हुई सब नारी-प्रतिनिधियों पर था। उन माताओं और बहुओं पर जोकि विश्वशांति की अन्तिम आशास्थान थीं। दस या बारह मिनट बीते होंगे कि कमेटी रूम में वह उन दो स्त्रियों के पास आई, वह बूढ़ी जो सारे युद्ध समाप्त करने के लिए युद्ध चाहती थी। और वह सुन्दर स्त्री जो वैसी ही विचित्र दूसरी बातें सुनाने वाली थी। उसकी दृष्टि पति के चेहरे की ओर गई। और उसने लक्ष्य किया पति का आश्चर्य और चिन्ता, परन्तु उसने उस ओर ध्यान नहीं दिया।

उसका अन्तिम उत्तर था, "हम जल्दी से कोई निर्णय नहीं कर सकेंगे। हम उस चीनी बहन को पूरा मौका देंगे—हो सकता है हमारा शक गलत हो। और साथ ही हम सारी सचाइयों की तरफ अपनी आंखें बराबर लगाए रखेंगे। हम उस शेखचिल्ली के स्वर्ग में नहीं रह सकते कि जहां सब कुछ अच्छा ही अच्छा होता है, ऐसा हम समझते हैं।" वह रुकी, "तथ्य बोलेंगे—थोड़े-से महीनों में या थोड़े-से हफ्तों में, शायद। फिर हमारी सुन्दर चीनी बहन की पहेली शायद हल हो जाए।"

जब वह नीचे बैठी तो एक मिनट आश्चर्य-भरा मौन छा गया। फिर चित्तरंजन ने हंसकर कहा, "सत्यजित ने भी कभी इतना सुन्दर भाषण नहीं दिया था।"

सुरुचि सकबकाकर निषेध में चिल्लाई—"चित्ता चाचा!"

"नहीं, यह सच है।" सबने शोर-भरी सम्मिलित हामी भरी।

"हम उनसे फिर भाषण सुनेंगे।"

"सत्यजित जानते थे। तभी उन्होंने उन्हें मास्को भेजा।"

"वह हमेशा हमारी खुशी थी। अब वह हमारा गर्व है!"

और सुमिता ने कांतिमान चेहरे से, अपनी मां से कहा, "देखती हो? मैं क्या कहती थी तुमसे? तुम कभी अपने-आपको छिपाकर न रख सकोगी?" वह रुक गई। किसीने रेडियो लगा दिया था :

"अब आप समाचार सुनिए।" वही नई दिल्ली से सुपरिचित आवाज़।

वह सब श्रोताओं पर बमबारी की तरह गिरी :

"हम बहुत दुःख से सूचित करते हैं कि चीनी फौजी टुकड़ियों ने लद्दाख में कौंग्का दर्रे के प्रदेश में गरम पानी के सोतों के पास, भारतीय रक्षादल के बीस व्यक्तियों पर, बिना किसी कारण के गोलीबारी शुरू की। यह गोलीबारी चलती रही जब तक कि नौ सीमा-रक्षक मर नहीं गए। और दल के बाकी लोगों को गिरफ्तार कर लिया गया।"

भास्कर ने चरागाह के अन्त पर अपनी दृष्टि जमाई, और यों बोला, मानो जोर से विचार कर रहा हो—"वह गांव रहा। सत्यजित के विचारों की दीवारों से घिरा। इस्पातनगर की उस दीवार को तोड़ना है। हम लोग अपने मजदूरों की एक संस्था बनाएंगे—सामाजिक मेलजोल का एक केन्द्र। हम गांव के लोगों को बुलाएंगे और कहेंगे कि इस नवनिर्मित मकान में हमारे मज़दूरों से मिलो। शहर के प्रतिदिन के जीवन का हिस्सा बनी आधुनिक इमारतें गांववाले भी देख सकेंगे। उन्हें दोनों जीवन-पद्धतियों की तुलना का मौका मिलेगा। उससे जो निर्णय निकलेगा, वह हमारे पक्ष में होगा। हमें गांधीग्राम की कुछ एकड़ जमीन का हिस्सा ही नहीं, उसकी आत्मा ग्रहण करनी है।"

रंगास्वामी ने पूछा— "तुम अपना मेडो हाउस (चरागाह-गृह) कब बनाना शुरू करोगे ?"

"कल से।"

"और वह पूरा कब होगा ?"

"तीस दिन में।"

"तीस दिन में ? क्या मज़ाक कर रहे हो ?"

'ये भी ज्यादा हैं।"

"सचमुच !"

"क्या तुम सचमुच ऐसा सोचते हो—ओह !" उसने उसके व्यंग्य को पकड़ लिया। "यह चरागाह सरकारी जमीन है, निस्सन्देह। न जाने कितने बरसों की परम्परा से गांववालों को यहां पशु चराने का अधिकार है। हमने राजस्व के अधिकारियों से तीन वर्ष के पट्टे पर यह जमीन का टुकड़ा—मेडो हाउस बनाने के लिए लिया है। नक्शे और प्रारूप तैयार हैं। रात-दिन चौबीसों घंटे काम चलेगा। तीस दिन —इससे ज्यादा हम समय ज़ाया नहीं कर सकते।"

रंगास्वामी ने स्वीकृति दी, "शायद ही ?" उसकी आंखें धुप के चश्मे के पीछे आधी मुंदी-सी थीं। उसे ऐसी जल्दी, समय के विरोध में तेजी से भाग-दौड़, की कोई जरूरत नहीं जान पड़ती थी। परन्तु वह चाहता था कि उसमें जो आग बची है उसका अंश जब तक बाकी रहे तब तक अपने तरुणस हकारी जनों को लाभ उठाने दे। हां, जब तक वह बाकी रहे।

"यह नई संस्था एक दिखावा-भर होगी, यह तो ज़ाहिर है। सामाजिक मेल-जोल के अलावा वह और क्या करेगी ?"

"हमारा उद्देश्य क्या है यह श्रव्य-दृश्य के माध्यमों से हम प्रचारित करेंगे। पहले राष्ट्रीय सन्दर्भ होगा। इस्पात-निर्माण का सुरक्षा की दिशा में कार्यक्रम। हिमालय की दीवार जाने पर, हमारे इतिहास में जैसा पहले कभी नहीं आया, ऐसा उत्तर दिशा से सीधा खतरा हमारे ऊपर है, दुसरे वैयक्तिक सन्दर्भ में। जीवन प्रामाणिक हो, पर वह आनन्द से भी भरपूर हो। वह...अच्छा, मैं सुझाता हूं कि यह सब आप मुझपर छोड़ दें। मैं 'पब्लिक रिलेशन अफसर' (जन सम्पर्क अधिकारी) से बात कर लूंगा।"

जनरल मैनेजर को सन्तोष हुआ।

भास्कर ने कहा, "एक उद्घाटन समारोह होगा। गांव के सब लोग बुलाए जाएंगे।"

"अगर सत्यजित अपने लोगों को इस समारोह से दूर रखे तो ?"

'वह ऐसा नहीं करेगा। वह विचार, भावना और कर्म में भी अहिंसा में विश्वास करता है। हमारे निमन्त्रण को अस्वीकार करना हिंसा होगा।"

"निमन्त्रण तुम कब भेजोगे ?"

"उद्घाटन से दस दिन पहले, जिससे गांव को विचार करने का मौका मिलेगा।"

"अगर योजना के अनुसार तैयार नहीं हुआ तो ?"

"वह तीस दिनों में तैयार हो जाएगा।"

रंगास्वामी ने हंसकर कहा, "हां, भूकंप हो तो बात दूसरी है।"

जब वह अपनी बड़ी स्टाफ-कार में जा रहा था, तो भास्कर ने अपना पाइप फिर से सुलगाया, और वह इधर-उधर देखने लगा। वाला अपनी बंसरी बजा रहा था और बहुत अच्छी तरह बजा रहा था, इस तरुण गायक को और पास से क्यों न देखें !

वह धीरे-धीरे उसकी ओर बढ़ा। गांधीग्राम की बुनियादी शिक्षा प्रणाली का, जिसे गांव ने कबूल किया था—पशु चराना कहीं मुख्य भाग तो नहीं था ?

उसके दर्शन में सिर्फ किताबी ज्ञान से नहीं बल्कि अपने शारीरिक और सामाजिक वातावरण से सीखना भी एक महत्त्वपूर्ण भाग था। 'जीवन के द्वारा जीवन-शिक्षण' गांधी ने उसकी परिभाषा दी थी। हाथ के शिक्षण द्वारा दिमाग का शिक्षण था वह। बुनियादी शिक्षा हस्तशिल्प पर जोर देती थी और वह सह-सम्बद्ध शिक्षण भी था—स्कूल के विषय, जो भी दस्तकारी सिखाई जाती उसकी मारफत सिखाए जाते। इससे गांव के छोटे-छोटे उद्योग सामने आए—लुहार के, सुनार के, तेली के, हाथ-कागज़ बनाने की 'फैक्टरी'—ये सब शालाएं बन गईं, जिनमें उसके अपने विद्यार्थी होते। शाला का अपना घर भी था, पर उसका प्रयोजन मानो द्वैतीयिक या पूरक था।

भास्कर अंजीर के पेड़ के नीचे के ग्वाले के सामने खड़ा था। पर वह अपनी बांसुरी बजाता रहा। भास्कर की ओर उसने कोई ध्यान नहीं दिया। मानो चुनौती दे रहा हो। जब बजाना बन्द हो गया तो भास्कर बोला, "तुम अच्छी बंसरी बजाते हो। कहां सीखा तुमने ?"

"मैं ?"

भास्कर एक सुविधाजनक शिला पर बैठ गया, पूछा—"तुम्हें यह किसने सिखाया ?

"दीदी ने।"

"ओह, एसी अच्छी दीदी होना कितना अच्छा है !"

"हम सब गांववाले उसे दीदी कहते हैं। उसके पिता बड़े आदमी हैं। उन्हें गांधीजी ने चरखा भेट दिया है—हां जी, खुद गांधीजी ने।"

भास्कर ने सोचा, वह सुमिता होगी। कुछ क्षणों के लिए दो दिन पूर्व वह उससे मिला था, तब से उसके मन में वह बराबर आती रही है, इसका कोई कारण नहीं बताया जा सकता। यह शायद इसलिए कि वह ऐसी विचित्र थी। यहां उदाहरणार्थ, एक परस्पर-विरोध था; विधवाजैसे कपड़ों में जो लड़की रहती थी, वह वंशी-वादन के मनोरंजन में कसे भाग ले सकती थी ?

"तुम्हारी बंसी लूं एक मिनट के लिए ?"

बच्चा डर गया।

"मैं सिर्फ देखना चाहता हूं कि बांस की बांसुरी पर मैं अब भी कुछ स्वर बजा सकता हं या नहीं।"

डर चला गया था, फिर भी बच्चा हिचकिचा रहा था।

"मैंने उसे अपने मुंह से बजाया है, उसे धोना होगा, पानी कहां है?"

"तो क्या हुआ ? मुंह से लगाए बिना बंसी कैसे बजा सकते हैं ?"

बच्चे ने अपना वह मूल्यवान् वाद्य उसे दे दिया। भास्कर ने एक लोकगीत बजाया, तेज़ खुशी से भरे ताल के साथ। जब वह समाप्त हो गया तो बच्चा खुशी से चिल्लाया—"दीदी को वैसे गाने पसन्द हैं।" वह और कुछ कहने वाला था, पर वहीं रुक गया और फटी-सी आंखों से उस अजनबी को देखने लगा। बंसरी के बजाय वहां एक टेढ़ा काला भूरा-सा कुछ आ गया था, और लोहे के आदमी के मुंह से धुआं निकलने लगा था। बच्चे ने ऐसा पाइप पहले कभी नहीं देखा था।

दीदी फिर, और वही परस्पर विरोध, भास्कर ने सोचा। जिस तरह का गाना उसने गाया था, सुमिता उससे प्रेम करती, ऐसा वह नहीं था। हर गांव के घर में परिचित और अखंड एकस्वरता से दुहराए जानेवाले भजनों से परे वह कैसे जा सकती थी ? उसने बच्चे की ओर मुंह फेरकर कहा, "एक सवाल है जो अब तक मैंने नहीं पूछा है। शायद तुम उसका अन्दाज़ा लगा सको।"

बच्चा ज़ोर से विचार करने लगा। उसने पूछा—"गांधीग्राम के बारे में ?"

"नहीं।"

"भारत ?"

"नहीं।"

"लद्दाख," जैसे जीत हुई हो। "हर आदमी और किसी चीज़ की बात ही नहीं करता। मुझे उत्तर मालूम है। दूर हिमालय में..."

भास्कर ने सिर हिलाया। "मैं वह प्रश्न पूछूं ?"

"ज़रूर पूछिए।"

"तुम्हारा क्या नाम है ? —यही वह बड़ा सवाल है।"

बच्चा खिलखिलाकर हंसा। भास्कर रुका।

"गोपाल। —यही वह बड़ा जवाब है।" बच्चे ने कहा।

"सुनो, गोपाल ! कल से इस जगह पर खूब कोलाहल होगा। एक मकान बनाना है। ये पशु यहां से हटाने होंगे। तुम्हें सब कुछ धीरेधीरे पता चलेगा। अब मुझे बताओ, तुम कभी मोटरकार में बैठे हो ?"

उसने सिर हिलाया : "बड़ी-सी में ?"

"बड़ी-सी ? ओह, वह तो बस होती है !"

"बड़ी लाल बस ?"

बच्चे के चेहरे पर जैसे पुनः एक सुखद स्मृति का स्पन्दन भास्कर को दिखाई दिया। "हां।" वह और सुनना चाहता था।

गोपाल अपने बड़े अनुभव की कहानी सुनाते हुए जैसे अवाक् हो गया। कई बार छुट्टियों में वह इस्पातनगर के बड़े रास्ते के किनारे तक पैदल गया है। उसने बड़ी लाल बस को आवाज़ करते हुए, रुकते और उसमें राह देखते कई लोगों को चढ़ते देखा है। कण्डक्टर हमेशा उसे देखकर मैत्रीपूर्ण ढंग से हंसता, वह भूरा कोट और पतलून पहने रहता। एक दिन उसने कहा, "बच्चे, चलना है ? आ जाओ।" वह जादुई आधा घंटा जो बाद में बीता। एक स्टाप पर बस दूसरी ओर से आनेवाली बस से सटकर रुकी थी। और कण्डक्टर ने गोपाल को उस बस से लौटा दिया। पीठ पर यह थपकी देकर उसने विदा दी—"मज़ा आ गया !"

भास्कर ने समझाकर कहा—"सच्चासाहस-भरा सफर था न ?"

वह वैसा ही था। गांधीग्राम के लड़के उसके बड़े भाग्य से कैसी ईर्ष्या करते थे ! कई बच्चे तो बस-स्टाप तक इसी आशा से जाने लगे कि शायद उनपर भी कण्डक्टर की कृपादृष्टि पड़ जाए। वे लम्बे उदास चेहरे बनाकर लौटते।

गांव के बच्चों को उस बड़े रास्ते पर बस में जाने की सुविधा क्यों न दी जाए ? उससे भी अच्छा हो कि उन्हें लोहापुर ले जाया जाए, वह चरागाह के आसपास ही तो है, और उन्हें इस्पात का कारखाना दिखा दिया जाए। उन्हें देखने दिया जाए कि बड़े यंत्र कैसे काम करते हैं। उनके उमंग और आनन्द की कल्पना सहज हो सकती थी। वह एक नई दुनिया होगी जो उन्होंने पहले कभी नहीं देखी। और इस्पातनगर को एकसाथ पचास नये उम्मीदवार मिल जाएंगे।

गोपाल उनका नेता होता, वह सही ढंग का नेता था।

"देखो, तुम चरागाह के किनारे मेरी जीप में चलो, फिर पैदल लौट आना। मैं तुम्हें कुछ कहना चाहता हूं।" वह रुका, "आते हो ?"

जवाब था सिर हिलाने का एक मौन इशारा। गोपाल इतना आनंद से भरा था कि बोलना संभव न था। तब भास्कर को उसके पशुओं की याद आई।

उसने उंगली से इशारा करते हुए कहा—"तुम्हारे मित्र ? जब वे देखेंगे कि तुम चले गए हो..."

"उन्हें सब समझ है। वे जानते हैं कि मैं उनके बिना घर को लौट नहीं सकता। वे चरते रहेंगे—और राह देखेंगे।"

देश पहले भय-चकित हुआ, फिर दुःख से भर उठा, और जब कूटनयिक बातचीत के बाद एक हैलीकाप्टर से नई दिल्ली में नौ वर्दीधारी शवों को हिमालय की बर्फ से सुरक्षित लौटाया गया, तो बड़े क्रोध का स्फोट हुआ। जिस चिता ने मृतकों की देहों को जलाया, उसीने साथ ही साथ शहर और गांव, फैक्टरी और फार्म, महल और कुटियों में बसनेवाले करोड़ों के दिल से 'भाई-भाई' का नारा भी जला दिया। जिस पन्ने पर बड़ी मैत्री के अक्षर लिखे गए थे, वहां सिर्फ चुटकी-भर राख बच रही।

सत्यजित को इस भयानकता का आघात लगा, परन्तु उसका दुःख जितना उस नष्ट हुए पन्ने के लिए था उतना ही जनसाधारण के लिए भी था। क्या यह हो सकता था कि करोड़ों लोगों का भाईचारा इस तरह सदा के लिए नष्ट हो जाता? सभ्यता ऐसा धक्का कैसे सहन कर सकती थी? आज जो एक छोटी-सी लहर थी, वह प्रलय की बाढ़ बन सकती थी।

नित्य संध्या समय दिन का काम समाप्त कर वह कुछ समय अकेले में बिताता। तब वह अपने विचारों को मुक्त और स्वच्छन्द भटकने देता। उसके हाथ चरखा चलाते गए। बीस बरसों का उसका वह नियम था, यह गांधीजी की विरासत थी। जो चरखा कपास को सूत में बदलता था वह गांधीजी के हाथों सामाजिक दर्शन का एक अस्त्र था और आज भी सत्यजित की दृष्टि में वह ऐसा ही था। यह चरखा शक्ति-मत्त यंत्रों को जनसाधारण का उत्तर था। वह जनता के सब वर्गों की एकता का प्रतीक था; सबके लिए चरखा चलाना एक-सा श्रम-यज्ञ था। स्वराज्य से पहले, विदेशी सत्ता तो इस चरखे को भयानक भय और घृणा से देखती थी।

इस चरखे से सत्यजित फिर अपने गुरु के पास चले जाते और बीते हुए दिनों की स्मृति को वे पुनः स्मृति में ग्रहण कर सकते थे। प्रतिदिन एक निश्चित समय पर गुरु-शिष्य-मिलन बराबर पूरा होता। और अब इस मिलन की ज़रूरत और भी गहरी थी।

हां, यह बड़ी कल्पना थी, सत्यजित आश्वस्त था। वह एक शांतिसेना ले जाएगा। हिमालय की बर्फीली सीमा तक, पहले रेल से, फिर बस से कश्मीर की राजधानी तक। और फिर पैदल मार्च करता हुआ। लद्दाख से परे अक्साई-चिन के पास विवादग्रस्त क्षेत्र के पास तक। शांति-सेना उसी पुराने खोए हुए नारे को दुहराएगी—दोनों देशों के बीच दोस्ती का नारा। उसकी घोषणा पहुंचेगी हिमालय

के पार, सिंकियांग और बड़ी दीवार से परे। वह पीकिंग में भी सुनाई देगी।

आक्रमण झेलने के लिए तैयार। मृत्यु में शांति-मिशन अमर हो जाएगा। और यदि वह जीवित रहा तो...

यह था सीधा-सा गांधी-मार्ग। जब वे युवक थे तो गांधीजी ने यह रास्ता सुदूर दक्षिण अफ्रीका में खोजा था। वह एक अजब कहानी थी। बाद में अहिंसक प्रतिरोध भारत में जन-आंदोलनों का साधन हो गया और उसने देश में स्वतन्त्रता प्राप्त की। परन्तु उसके विनम्र आरम्भ की महानता...

सत्यजित ने अपनी दृष्टि एक समुद्र और एक आधी सदी के पीछे डाली।

गांधीजी के नेतृत्व में भारत में, बाद में, कई शांति-सेनाएं एकचौथाई सदी तक गठित हुईं। सत्यजित बरामदे के फर्श पर बैठा हुआ सोच रहा था। पर तब तक तो वे विश्वविख्यात हो गए थे। अपने आभा-वलय में वे चल रहे थे और उनके चरण-चिह्नों से उनके पीछे चलनेवालों को प्रकाश मिलता था। और जो स्त्री-पुरुष उनकी पुकार सुनते थे, वे करोड़ों की संख्या में थे।

वे चले गए, परन्तु उनके विचार जीवित हैं। और वे सदा के लिए जीवित रहेंगे। स्वराज्य के पंद्रह वर्ष बाद आज देश के सामने जो नया संकट उपस्थित हुआ है उसमें वही विचार पुनः नाटकीय रूप ग्रहण करेंगे या नहीं ? उसी तरह के एक दूसरे व्यक्ति के द्वारा ? परन्तु एक गांधी तो कभी-कभी एक सदी में जन्म लेता है !

सत्यजित को गांधीजी के सम्पर्क का आशीर्वाद मिलता रहा था। उसने अपने-आपसे कहा : इस संकट में मैं उसी तरह काम करूंगा जैसे कि वे करते। यद्यपि मैं उनकी छाया के बराबर भी नहीं हैं। फिर भी मैं उनके पैरों के चिह्नों पर चलने का प्रयत्न करूंगा।

बहुत बड़ी शान्ति-सेना की ज़रूरत नहीं है। दस या उससे कम का मिशन चल सकता है। जैसाकि गांधीजी पूर्वी बंगाल में ले गए थे।

गांधीजी की छाया के योग्य भी जो आदमी नहीं था वह फिर उसी संकटमय रास्ते पर चलेगा और इतिहास फिर उसे देखेगा। इस बार शायद पहले से अधिक सावधानी से। क्योंकि प्रश्न अब जो सामने था वह युद्ध या शान्ति का था और वह सारी मानवता पर या तो प्रकाश डालता या अंधेरा फैलाता।

हर हफ्ते शाला में एक घंटा बातचीत के लिए रखा जाता, गांव की तरुणियां, जो नियमित छात्राएं नहीं थीं, वे बड़े कमरे में जमा होती और सुमिता से प्रश्न पूछतीं। सुमिता उत्तर देती। प्रश्न सबकी दिलचस्पी वाले होते, और ज्यादातर सरल होते। कभी-कभी वे बहुत मूर्खतापूर्ण भी होते। "हमारे गांव से इस्पातनगर ज़्यादा गर्म है— उसकी सड़कों पर वे बिजली जलाते हैं, इसीलिए न ?" सारी क्लास में से एक किसान स्त्री ने जब यह प्रश्न पूछा तो हंसी फैल गई। पहली बार सुमिता का ज्ञान यहां जैसे अपर्याप्त जान पड़ा और उसे अपनी मां को उत्तर के लिए बुलाना पड़ा। सुरुचि अपने विद्यार्थियों को एक मिनट के लिए क्लास में छोड़कर इस प्रश्नोत्तर की कक्षा में चली आई, परन्तु शायद इस प्रश्न का उत्तर उससे भी देते नहीं बना। अब सत्यजित की बारी थी। आखिर यह प्रश्नोत्तर कक्षा उसीकी कल्पना थी। उसका विश्वास था कि इस तरह प्रश्न बनाने के आग्रह में उन लोगों के मन को कुछ प्रेरणा मिलेगी।

यह सचमुच एक आग्रह ही था। क्योंकि सुमिता, एक छोटी लकड़ी की चौकी पर बैठकर, उस मिट्टी के फर्श पर कतार बांधे बैठी स्त्रियों पर अपनी आंखें घुमाती, उन स्त्रियों को एक-एक कर नाम से पुकारती, और कहती, "आज तुम्हें क्या पूछना है ?" अगर मन प्रश्नों से खाली होता तो डरने की बात थी। इससे तो कक्षा में तैयार होकर आना अच्छा था। वह सब हमेशा सच नहीं होता था। कभी-कभी सहसा प्रेरणा भी काम करती थी। ऐसा समय था जब बीना, उसका नाम पुकारते ही गले में जैसे कोई निवाला निगल रही हो, ऐसे अपनी हथेली में इस तरह देखती मानो कोई जवाब खोज रही हो जो वहां लिखा रखा हो। अपनी गर्दन मोड़कर खिड़की से बाहर आसमान की ओर झांकती और फिर बोल उठती, "आसमान नीला क्यों है ?" सारी कक्षा खिलखिला उठी। "बीना, तुम्हारे बाल काले क्यों हैं ?"और फिर दूसरी आवाज़ आती, "अगर आसमान में बादल न हों तो वह नीलाहुए बिना कैसे रह सकता है ?"

बीना शर्माकर चुप हो जाती,पर सुमिता गंभीरता से बोलती, "यह बड़ा अच्छा सवाल है, आसमान नीला क्यों है ? यह दूसरा सवाल भी उतना ही अच्छा है कि बीना के बाल काले क्यों हैं ? आसमान नीला इसलिए है कि वहां कोई बादल नहीं हैं—यह कोई उत्तर नहीं हुआ। इसी तरह से जवाब दिया जा सकता है कि काले बाल इसलिए हैं कि सफेद बाल अभी उगे नहीं हैं।" उसने समझाना शुरू किया, सूर्य प्रकाशित हवा में धूल से नीलापन कैसे आसमान में पैदा होता है ! शरीर में त्वचा के

रंगों का रहस्य क्या है ! जब वह बोल रही थी तो बीना उन सब लोगों की ओर यों चमक से देख रही थी।

उन सैकड़ों लोगों में चार-पांच नेतृत्व के लिए चुने गए थे। उस बड़े कमरे में स्त्रियों में वे चुनी गई थीं। वे उन सब स्त्रियों में मिल जानेवाली; न तो रूप में, न व्यवहार में, उन सबसे किसी तरह अलग नहीं, ऐसी चित्तरंजन घोष की बेटी राधा थी, जिसे कभी ऐतिहासिक नमकसत्याग्रह के कुछ ही वर्षों बाद गांधीजी के पासवाली जेल की कोठरी मिली थी। विजयन्ती, जो सुदूर दक्षिण से अपना घर छोड़कर यहां आई थी। उसके पिता थे, एक प्रसिद्ध समाजसुधारक और जो सत्यजित रूपी चुम्बक की ओर अनिवार्य रूप से, बहुत अधिक आकृष्ट हुए थे। वे दोनों, सुमिता की तरह, आजीवन ग्राम में रहने का व्रत ले चुकी थीं। वे विवाह नहीं करनेवाली थीं और ग्राम छोड़कर नहीं जानेवाली थीं। विजयन्ती ने इस बात को पसन्दन करनेवाली अपनीमां कोयों समझाया था, "हमारे देश में इसमें क्या नई बात है ? क्या समर्पित स्त्रियों की हमारे यहां कमी रही है ? तुम कहोगी-वे धर्म के लिए अर्पित थीं। और गांधीग्राम भी एक धर्म है-मूलतः !"

राधा और विजयन्ती सुमिता की तरह सफेद साड़ी पहनती थीं।

पर और लोग सफेद साड़ी को टेढ़ी नज़र से देखते। सरजू ने कहा कि स्त्री को असुन्दर, अनाकर्षक दीखने का कोई अधिकार नहीं है। उसे पुरुषों जैसे सादा कपड़े पहनना ज़रूरी नहीं है। उन पुरुषों के आदर्श और संघर्ष के साथ वह हाथ बंटाती थी। कल्याणी ने अपने माथे पर लाल तिलक किया था और नरगिस भड़कीली लाख की चूड़ियां पहने थी, उसे ये चूड़ियां ऐसी स्त्री ने दी थीं, जिसके और उसके बीच में कुछ भी समान नहीं था—वह स्त्री थी झनक !

झनक अछुत लड़की थी। सुमिता उसकी ओर लम्बी देर तक देखती रही। गांधीग्राम जब बना तब इस गांव में अछुतों की एक छोटी बस्ती थी। वे चरागाह के किनारे, अकेले झुग्गियों में या विवरों में रहते थे। और मरे जानवरों का चमड़ा कमाकर अपनी जिंदगी बसर करते थे। जब नये नेतृत्व ने अछूतपन को नष्ट किया, ये अवर्ण भी ऊंचे वर्णवालों के मकानों के पास ही रहने लगे। पर तब तक जात-पांत शब्द ही अर्थहीन हो चुका था। गांधीग्राम के सब लोग जातिविहीन थे, सब सामाजिक दर्जे से समान थे।

वे बचपन से साथ-साथ खेली थीं, सुमिता और झनक। दोनों के स्वभाव में अन्तर था। और वे जल्दी ही अलग-अलग दूर हो गई। झनक गांव के लड़कों में

विशेष रस लेने लगी, सुमिता अधिकाधिक अपने पिता की आध्यात्मिक साथिन बनती गई।

मानो काली मिट्टी से बनी हुई हो, ऐसी विचित्र ढंग से आकर्षक, झनक की ओर गांव के तरुण सबसे अधिक आकर्षित होते। चंचल और प्रगल्भ, वह अपना शिकार बनाती उन तरुणों को जिनके पूर्वज उच्च्य वर्ण के थे। उसमें जैसे एक प्रकार की आदिम जिघासा थी, मानो वह उन लोगों से बदला लेना चाहती थी जिन्होंने पूर्वकाल में सामाजिक विभाजन को महत्त्व दिया था।

'सुमिता मां !"

शाला के दरवाज़े से एक आवाज़ उसके विचारों को तोड़ती हुई आई। वह बड़े चाचा थे। जब वह झनक की सोच रही थी, तभी उनका आना अचरज की बात थी। उसका पोता झनक का एक प्रेमी था। परन्तु दोनों के बीच कुछ हुआ और उसे गांव छोड़ना पड़ा।

वह दरवाज़े तक गई। बड़े चाचा शाला तक क्यों आए होंगे ?

वह अपने हाथ में एक पीला-सा लिफाफा लिए हुए थे, "उस सूअर पोते की चिट्ठी है जो लोहापुर चला गया। घर के सब लोग काम पर गए हुए हैं—कौन पढ़कर सुनाएगा ये चिट्ठी ?" उनकी आवाज़ में बड़ी झिझक थी—"आप... ?"

बड़े चाचा-तरुण या वृद्ध हर कोई उन्हें इसी नाम से पुकारता था। गांधीग्राम बनातब सत्तर के थे। फिर भी वे रात को प्रौढ़ कक्षाओं में भाग लेते। सारे गांव में वही एक अकेले थे जो पढ़ना नहीं जानते थे—पुराने दिनों के एक अकेले खंडहर।

"क्यों नहीं, बड़े चाचा !"

"निजी पत्र है। सिर्फ मेरे पढ़ने के लिए है।" और उन्होंने अपनी उंगली खाली खेल के मैदान की ओर उठाई और कहा—"चलिए।"

जब वे एकान्त में पहुंचे तो उन्होंने गर्व से कहा—"इसपर पैसे नहीं देने पड़े चिट्ठी लेने के। वह नौजवान सूअर कंजूस नहीं है। दो अच्छी अच्छी तस्वीरें चिपकाकर भेजी हैं एक नीली, एक हरी, एक आदमी बैलजोड़ी से हल चला रहा है, यह है नीला। और हरा...।"

"मुझे पढ़ने दीजिए।"

"रुकिए। निजी पत्र है यह, समझीं ? आपके सुनने का नहीं है। पहले दोनों हाथों से कान ढंक लीजिए। मज़बूत—जिससे कि कोई शब्द भीतर न जाए। इस तरह से चिट्ठी को पकड़िए...।"

यह सारी बात सुनकर उसे हंसी आ गई। उसने वह प्रकट नहीं होने दी। उसके हाथ ऊपर गए, कानों तक, जैसा उसने कहा, किया।

"अब क्या ? पत्र ? मेरे तीन हाथ हैं क्या, बड़े चाचा ?"

"मैं चिट्ठी का हर पन्ना आपके सामने यो पकड़कर खड़ा रहूंगा। इस तरह... !"

उन्होंने सिर्फ कहा ही नहीं, अपितु सुमिता के दोनों कान बन्द करके वह इशारे से कहने लगे—"पढ़िए !"

एक मिनट के पढ़ने के बाद वह पत्र के मुख्य भाग पर आई : "मुझे यहां यह इस्पात मिल अच्छी लगती है, बड़े चाचा। अच्छी तनखा मिलती है। कड़ी मेहनत करनी पड़ती है, सो क्या। कितनी गर्मी होती है—पिघला हुआ इस्पात एक धार में पानी या तेल की तरह गिरता है। मुझे तब की याद आती है जब मैं गांव में एक लुहार था। और इस पर हंसी आए नहीं तो क्या। बड़े चाचा, यहां सिर्फ मुश्किल काम ही नहीं करना पड़ता। ऐसा मज़ा आता है ! हमारे चीफ इंजीनियर—तरुण हैं पर बड़े पद पर हैं—वह अपने साथ में विदेश से कल्पनाएं लाए हैं। हम मजदूरों के लिए एक संस्था बनी है जहां हम शाम को मिलते हैं। हम खेल खेलते हैं और अखबार पढ़ते हैं, किताबें भी। सब कुछकम्पनी के खर्चे से। कम्पनी का अपना सिनेमाघर है। सब मजदूरों को वहां मुफ्त प्रवेश मिल सकता है—बिलकुल मुफ्त नहीं, पर करीबकरीब। फिर उस संस्था की बात करूं। उसके दो हिस्से हैं, एक पुरुषों के लिए, एक स्त्रियों के लिए। पर एक दोनों के लिए साधारण कमरा भी है जहां वे आसानी से मिलते-जुलते हैं। यहां अपने लिए बहू चुनने का मौका मिलता है। जैसी चाहो वैसी बहू चुन लो। यह उस तरीके से अच्छा है कि जिसमें पता ही नहीं चलता कि वह जो दूसरे गांव से आ रही है वह बकरी है या शेरनी—कई बार तो तुमने उसे देखा भी नहीं होगा, जब तक कि घास और पन्नी का मुकुट सिर पर पहन रखे विवाह की वेदी पर तुम नहीं पहुंचो...बड़े चाचा, इस सबके बारे में तुम क्या सोचते हो ?"

वह चिल्लाए "सूअर !" सफेद झाड़ी की तरह लटकती भौंहों के नीचे आंखें चमकीं। "जो कुछ हमारे पूर्वजों के लिए अच्छा था..." फिर उन्होंने बात काटकर सुमिता के कानों में उंगलियां हैं यह देखा। तब वह सन्तोष से सिर हिलाने लगे—चलो, इस सुमिता ने ये सब गंदी बातें जो पढ़ीं, सुनीं नहीं। वाह !

"फिर उस संस्था की बात कहता हूं। यहां एक मास्टर स्त्री-पुरुषों को

लोक-नृत्य सिखाते हैं। वे मिले-जुले समूहों में नाचते हैं—आप समझे ? मैं भी इस्पात नगर के कई और लोगों की तरह नाच जानता हूं। हमने हाल में जनता को एक बड़ा 'शो' दिया था। हमारे चीफ इंजीनियर हमारे मुख्य अतिथि थे। हां, साहब, मैं उस 'शो' में बहुत काम करता हूं। एक कार्यक्रम, शिकारी नृत्य, बड़ा पसन्द किया गया, खूब तालियां बजीं। और चीफ इंजीनियर ने घोषणा की दो चांदी के मेडलों की—एक मेरे लिए अर्थात् शिकारी के लिए, और दूसरा शिकारी की पत्नी के लिए, जमुना नाम से सत्रह बरस की एक लड़की है। वह..."

"सूअर !" बड़े चाचा फिर चीखे, बीच में टोकते हुए, और हवा में उन्होंने एक मुक्का भी मार दिया। बहुत हुआ यह पत्र, उन्होंने सोचा। यह लड़की चिट्ठी पढ़ते-पढ़ते कहीं उत्सुक हो जाए और कान में डाली उंगलियां नीचे कर ले या हटा ले, उससे पहले यह पढ़ना बन्द कर दिया जाए।

अपनी बांस की लकड़ी पर झुकते हुए बड़े चाचा चले गए। सुमिता विचारमग्न धीमे कदमों से वापस गई। एक बागी है वहां—बड़े चाचा का पोता। एक बागी यहां है, झनक। क्या ये आगे कुछ कर गुज़रेंगे ? क्या इतने सारे लोग जिनमें विश्वास की समद्धि और शक्ति है, उनके विरोध में कुछ थोड़े लोग पलड़ा झुका सकेंगे ?

वह बड़े कमरे में शान्त चेहरे से लौटी, मानो जो उत्तर उसे मिला था, उससे वह पुन: आश्वस्त हुई थी।

चरागाह में से अपनी साइकिल पर से एक वर्दीधारी लड़का गांव के रास्ते पर उतरा। उसके दुबले हड्डी के ढांचे के कन्धे से एक चमड़े का थैला लटक रहा था। उसने लाठी टेककर वहां से जल्दी-जल्दी जाते हुए एक बूढ़े आदमी को पुकारा : मैं "सत्यजित का घर ढूंढ़ रहा हूं।"

बूढ़ा राहगीर रुका, आंखें उसने संकुचित कीं और लड़के को सिर से पैर तक उसने ताका।

"नया डाकिया है। हमारा राधानाथ गया। अजब कपड़े हैं।"

"मैं डाकिया नहीं हूं," नौजवान ने चेहरा बनाते हुए कहा।

"क्या कहते हो ! तुम्हारे बेग में तो पेट-भर चिट्ठियां हैं।"

"हां, चिट्ठियां हैं, पर और तरह की।"

"मैं जानता हूं भाई, चिट्ठियां कई तरह की होती हैं। पोस्टकाड होते हैं। डाक के चिलवाले टिकटों के लिफाफे होते हैं...पल, सभी, कुछ भी कहिए। गांव में इसमें से कितने देने हैं?"

"करीब दो सौ।"

बूढ़ा बिना दांत की हंसी हंसा।

"दो सौ! तो एक मेरे लिए भी होगी। अभी आठ-दस रोज़ ही तो हुए कि उस सूअर पोते ने मुझे एक चिट्ठी भेजी थी।"

"नाम?" लड़के ने चिट्ठियों के ढेर में अपना हाथ डाला।

"बड़े चाचा।"

"बड़े चाचा!" अकारादि-क्रम से सारे लिफाफों में लड़के ने सब नाम पढ़े। उसका चेहरा और भी उलझन से भर गया। ऐसा नाम तो कहीं भी नहीं था।

बूढ़े आदमी ने विचारपूर्वक सुझाया, "शायद उन्होंने दूसरा कोई नाम लिखा हो। केदार मंडल।"

"हां, यह तो!"

भूरी भौंहों के नीचे की आंखों ने तीखे ढंग से देखा। "बड़े चाचा के लिए नहीं।" उसने अपना सिर झुकाया, जैसे अपमान हो गया हो। "सत्यजित के लिए। उसके लिए तो दसों दिशाओं से सुन्दर-सुन्दर लिफाफे आते हैं।"

"हां, सत्यजित के लिए भी एक है, निश्चित रूप से। और हरएक के लिए। अब मुझे बताओ..."

"तुम्हें और क्या बताना है जब तुम सीधे उसके मकान के सामने देख रहे हो—करीब-करीब?" रास्ते पर कुछ कदम चलकर बूढ़े ने पुकारा, "सुमिता मां!"

वह बांस के दरवाज़े के करीब थी, कुछ खोदती हुई, वह रुकी—"बड़े चाचा!"

"नया डाकिया।"

हरकारा ऊपर गया। "निमन्लण-पल।" उसने लिफाफा ऊपर उठाया—"लोहापुर से।"

"लोहापुर?"

चरागाह-घर के उद्घाटन-समारोह का निमन्लण था। वह अभी बन रहा था-

दस दिन बाद का समारोह था। गोपाल हर दिन नई खबरें लाकर देता था।

"डाकिया भाई गांव में से सबके लिए निमन्त्रण लाया है।" बड़े चाचा ने सूचना दी। "क्या ! संस्था अब हमारे आंगन-दरवाज़े तक आ गई ? वही जिसके बारे में सूअर लिखता था ?" उसकी सफेद भौंहें भारी नापसन्दगी दरसाते हुए जुड़ आईं। "क्या, हम वहां नाचेंगे ? मर्द औरत साथ-साथ—ता धिन् धिन् ता धिन् धिन् ...।"

सुमिता ने कहा—"बड़े चाचा, इस लड़के को चिट्ठी पहुंचाने में मदद नहीं करेंगे ! यह यहां नया है।" बैगन के पौधे के बडे से पत्ते पर उसने लिफाफा रख दिया और अपनी खुरपा से बगीचे में काम करने लगी।

फिर से—लोहापुर। आज सवेरे पिताजी जल्दी-जल्दी खाना खाकर शहर में गए सार्वजनिक पुस्तकालय में पढ़ने। वे वहां कई घंटे रहेंगे। उसने सोचा। उसका मन स्पष्टतः चिन्तामग्न था। उसकी आंखों में एक विचित्र नई चमक थी—खुशी की। ऐसी चमक उसने एक बार पहले देखी थी। एक दिन किताबों पर से धूल झाड़ते हुए, उसे 'दि इमिटेशन आफ क्राइस्ट' पुस्तक के पन्नों के बीच एक चिट्ठी मिली थी। उसने हस्ताक्षर देखे—रवीन्द्रनाथ ठाकुर। क्या सुन्दर अक्षर थे ! वह पत्र उसने पिताजी को दिया, तो उनके आनन्द का ठिकाना नहीं था— वह तो मानकर चले थे कि चिट्ठी खो गई।

वह लान के किनारे तक उसके साथ चल रही थी, बिना सांस लिए और वह उसके लम्बे-लम्बे डगों के साथ चल रही थी। विचारों में डूबे उसने एक शब्द भी नहीं कहा था। वह लोटने को हो आई। तब उसने उसकी तरफ एक दृष्टि डाली और वह प्रश्न उसके चेहरे पर मानो लिखा हुआ था, साफ-साफ पढ़ा जा सकता था; पर उसने अपना सिर हिलाया।

"आज नहीं। बाद में तुम्हें पता चलेगा।"

"क्या तुम दिखाई दे रहे हो, उतने ही सुखी भी हो ?"

वह एकदम अचकचा गया। "मैं..." उसने अपनी बात खुद ही काटी और अपना सिर फिर से हिलाया और जैसे कहा, "हां।" पर यह 'हां' अस्पष्ट था। उसकी आंखों ने उसे धोखा दे दिया था।

"मुझे भी लाइब्रेरी में क्यों नहीं जाने देते ? मैं तुम्हारे लिए नोट ले सकेंगी।"

"आज तो मैं नक्शों का अध्ययन करूंगा।"

"नक्शे ?"

"अब मैंने अपना रहस्य बता दिया।"

उसका चेहरा घबराहट से भर उठा। "लद्दाख ! मैं जानती हूं पर अखबारों में इतने मानचित्र छपते हैं और तुम्हें कौन-से नक्शे चाहिए ?"

उसने उसे एक हाथ के इशारे से दूर कर दिया। "घर जाओ सुमिता !" फिर भीवह एक मिनट खड़ी रही, उसे लम्बे डग भरते जाते हुए। शायद वह पीछे मुड़कर देखे—उसने नहीं देखा। वह शायद उसे भूल गया था। वह कहीं दूर खो गया था।

सुरुचि ने एक दिन कहा : "सुमिता, मुझे ऐसा ही लगता है। हम लोग भास्कर राय के बारे में गलत सोचते थे। वह हमारे खिलाफ कोई आक्रामक रुख नहीं लेगा। वह किसी तरह की ताकत का प्रयोग नहीं करेगा।"

"पिताजी को डर है कि कहीं वह सरकार से अपील न करे। सरकार के पास कोई भी ज़मीन या घर राष्ट्रीय हित के लिए अपने अधिकार में कर लेने की शक्ति है।'

"यह तो शुद्ध हिंसा होगी।"

"तो क्या हुआ ? भास्कर राय ने हिंसा के प्रयोग के विरोध में कभी कुछ नहीं कहा। कभी कहा है ?"

"उसका उद्देश्य वही है। परन्तु वह शांतिपूर्ण घुसपैठ के मार्ग से करेगा। चरागाहघर उसी प्रयोजन से बनाया गया है-अहिंसक ढंग से विजय प्राप्त करने।"

सुमिता अवाक् ! यह कैसे संभव हो सकता है ? मां को एक तरह अन्तर्ज्ञान हो गया था...हां, यह हो सकता है कि उसने सचाई पा ली हो। एक अभूतपूर्व सचाई ! इससे तो भास्कर राय एक बिल्कुल दूसरे ढंग का आदमी नज़र आने लगा। उसे जैसे एक नया आभास मिल गया। उसकी कृति के पीछे जो कल्पना थी, उसमें कदाचित् कुछ सत्यजित का सा आदर्श ही हो।

वह काम कर रही थी तो उसकी उंगलियों में से खुरपी फिसलफिसल जाती थी। तब उसने खुरपी ज़मीन पर डाल दी और बैंगन के पत्ते पर रखी चिट्ठी उठा ली। निमन्त्रण दस दिन पूर्व दिया गया था : दस दिन में चरागाह में घर पूरा हो जाएगा। उसकी ओर क्यों न देखा जाए ? अभी से।

उसने शीघ्र निर्णय किया और वह घर के द्वार से निकली। एक मिनट में वह चरागाह तक जानेवाले रास्ते पर पहुंच गई।

मां ने कहा, "दो विरोधी मोर्चों पर अहिंसा ! हमारे सारे इतिहास में ऐसा कभी

नहीं हुआ।"

भास्कर राय एक साहसिक प्रयोग करने जा रहा था। एक अपूर्व प्रयोग। उसे ज़रा भी सफलता की आशा नहीं थी। गरीब बेचारा! गांधीग्राम इस नये ढंग के आक्रमण को भी सह लेता। यह फिर भी एक न्याय्य आक्रमण होता।

मसलन गांव के लड़कों के मन पर आक्रमण। दो बड़ी बसें आएंगी और उन्हें इस्पात मिल तक ले जाएंगी, और उन्हें वहां के सब आश्चर्य दिखाए जाएंगे। गोपाल सन्देश लाया था। वही इस यात्रा की व्यवस्था कर रहा था। लड़के उस बड़े दिन की प्रतीक्षा कर रहे थे—अगले शनीचर की।

चरागाह में पशु चर रहे थे, हमेशा की तरह, परन्तु कहीं गोपाल नज़र नहीं आ रहा था। एक कनात के पास जीप खड़ी थी। वह एकदम धक से रह गई। यह वही जीप तो नहीं है जो उस दिन उसने देखी थी? पर इस्पातनगर में पचासों जीपें होंगी। वह आगे बढ़ी तो मुंह बाए खड़ी रही, जैसे अब धरती क्यों न लील ले मुझे। कनात में से एक आदमी बाहर आया, अरे, यह तो वही था!

अब वह भागने के लिए तैयार हो गई। पर उसने उसे देख लिया था। सूर्य-प्रकाश से अपनी आंखें हाथों से बचाते। वह उसकी ओर देख रहा था, निश्चय करने के लिए। फिर वह लम्बे-लम्बे डगों से जल्दीजल्दी उसीकी ओर बढ़ा आ रहा था।

अजब बात है, भास्कर ने सोचा। तीन हफ्ते पहले वह सुमिता से मिला था। वह तब से कई बार गांव में आया, घूमता रहा, प्रतीक्षा में, पर कभी उसका पता नहीं लगा। वह शायद शालाघर में व्यस्त होगी। वह उससे फिर से मिलना चाहता था। उसे कोई अनुभव नहीं था कड़े संयम में पली लड़कियों का। फिर भी उसके मन में बड़ा कुतूहल भी होगा, नहीं तो वह इस अधबने चरागाह-घर में क्यों आती!

वह मुस्कराते हुए पास आकर बोला—"यह अनपेक्षित दर्शन।"

"मैं...मैंने सोचा गोपाल शायद यहां हो..."उसकी आवाज़ हकला रही थी।

"होगा, ज़रूर होगा। उसकी बंसी खो गई है—जानती हैं?"

"खो गई?" गोपाल ने वह धन्यवाद की तरह दे दी थी, वह जानती थी।

"हां, एक तरह से।"

उसकी आंखें जब उससे मिलीं तो उनमें उत्सुकता और चिन्ता मिली हुई थी।

उसने कहा, "अचरज की बात है कि बांस की बांसुरी आप इतनी अच्छी तरह बजा लेते हैं।"

"अचरज ? क्यों ?"

यह एक मुश्किल सवाल था। उसने शुरू किया, "कौन जानता था कि..."और फिर वह रुक गई। और उस वाक्य को पूरा किया भास्कर ने।

"...एक लोहे का आदमी...संगीत में भी दखल रखता होगा। एक गैंडे को नाच के पाठ लेना आसान है।"

वह खिलखिला उठी। "गैंडा..." उसके सामने चित्र खिच आया और वह और खिलखिला पड़ी। उसके दांतों में मोतियों की आभा है, भास्कर ने सोचा। इसके साथ में फटे-से होंठ और भी दुःख की बात। ज्योंही वह मुड़ा और इमारत की ओर उसे ले जाने लगा तो उसका ध्यान उसके नंगे पैरों की ओर गया। जूते विलास की वस्तु हैं। साड़ी के बिना-किनारी के सिरे के नीचे नाज़ुक पायल लाल मिट्टी से सने थे।

उसने भास्कर की नज़र को देख लिया और फिर भी वह शर्माई नहीं। आप जानते हैं कि सौ आदमियों में से अस्सी लोग इस देश में हमेशा नंगे पैरों चलते हैं ? वह कहना चाहती थी। और वे कोई स्वेच्छा से ऐसा नहीं करते थे। इस्पातनगर के बड़े आदमी, ऐसी बातों के मामले में तुम क्या जानते हो ?

ईंटें जमानेवाले मज़दूर काम पर थे। उठते हुए मकान में दरवाज़े के चौखटे लगाए जा रहे थे। लाल और हरे फर्श के टाइलों के ढेर वहां जमा थे। काम करने वाली स्त्रियां तेज़ी से, पीठ सीधी करके, अपने सिर से बंधी टोकनियों में सामान लादे जा रही थीं। उसने पूछा—"दीवार का कैसा रंग हो ?"

"मैं...मैं नहीं जानती।"

"पीला ? हल्का नीला ?"

"हां।"

"दो रंग का घर। कल्पना बुरी नहीं है।"

वे कमरे से कमरे तक गए। उसने समझाया, यहां पुरुष अन्दर के खेल खेलेंगे। यह जगह है जहां स्त्रियों को बुनाई के पाठ सिखाए जाएंगे विशेषज्ञ द्वारा। बच्चों का कमरा वहां होगा, जिसमें तस्वीरों की किताबें और झूलता हुआ घोड़ा होगा...अन्दर के बरामदे के सिरे पर एक टेबल के सामने जिसपर नक्शे और बहीखाते थे वह रुक गया।

"इस नक्शे को देखकर तुम मकान के आकार की कल्पना कर सकती

हो ?" वह अपने मित्र से पूछने लगा, "इस तरह से सामने का हिस्सा दिखाई देगा।"

वे उस इमारत के पिछले हिस्से तक चलते गए, और वह उसे सारे विवरण दे रहा था। "हम यहां पर ठंडे पानी की मशीन लगा देंगे। नल से हमेशा ठंडा पानी मिलता रहेगा। इस गर्मी से परेशान करनेवाली हवा में यही सच्ची ज़रूरत है।" तब उसे समझ में आया कि इतनी देर सुमिता ने दस शब्द भी मुश्किल से अपनी राय के कहे होंगे। "तुम इस सबके बारे में क्या सोचती हो ?" उसने तीखे ढंग से पूछा।

उसने अपना सिर हिलाया और उसकी ओर स्थिर दृष्टि से देखने लगी।

"जब हमारे लोग यह घर देखेंगे—तो क्या होगा ?"

"मन की स्वाभाविक प्रवृत्ति आगे आएगी !"

"वह प्रवृत्ति क्या है ?"

"एक भरा-पूरा जीवन बिताना। सारे समय काम ही करते रहना नहीं। मनोरंजन, आराम। नित्य के कर्तव्य से विश्राम। एक सांस्कृतिक विकास।"

उसने अपना सिर हिलाया, "यह सब इतना सरल नहीं है।"

भास्कर ने कहा—"मनुष्य का स्वभाव सब जगह एक-सा होता है। गांधीग्राम कोई अपवाद थोड़े ही है। जो कुछ भी कृत्रिम है, बाहर से बलवान् व्यक्तित्व के द्वारा थोपा गया है, उसके स्थायी होने की कोई सम्भावना नहीं।"

वह कहना चाहती थी कि गांधीग्राम में कुछ भी बाहर से थोपा हुआ नहीं है, पर कहने से क्या लाभ था, वह समझ ही नहीं सकता था।

भास्कर कहता गया, "यह चरागाह एकदम बदल जाएगा। यहां सब जगह जगमगाती रोशनी आ जाएगी। गांव के अंधेरे की तुलना में यह सब कितना भिन्न होगा ? और यह प्रकाश तो प्रतीक होगा। यह निर्जन श्मशान जैसी जगह,सदियों से मुर्दा पड़ी थी, वह रातोंरात आधुनिक सभ्यता का भाग बन जाएगी।"

वह कुछ चकित हुई। "तुम समझते हो...हम गांव में सभ्यता से बाहर हैं ?"

"स्वेच्छित दरिद्रता यह हमारे देश की समस्याओं का उत्तर नहीं है। सचमुच जैसी चीजें हैं, हम लोगों में सिवादरिद्रता के और क्या वितरित कर सकते हैं। औद्योगिक विकास के साथ बहुत थोड़े समय में हम ऊंचे स्तर तक पहुंच जाएंगे। मनुष्य-शक्ति कच्चे माल के रूप में हमारे पास बहुत सामग्री है। आवश्यकता है

उसे लगाने की, शक्ति की। हम सदियों से निष्क्रिय बैठे हुए हैं। अब हम कुछ हिलना शुरू करें। जितनी भी सामग्री हमारे पास है, उसे अब पूरी तरह सक्रिय बनाना होगा। गलत विचारधारा, जीवन के प्रति ऐसे दृष्टिकोण से हम विपथ पर न चले, जो..."

उनके पास ही एक कंकरीट को पीसनेवाला यंत्र ज़ोरों से चलने लगा, और उसकी जोरों से 'चग-चग' ध्वनि में उसके अन्तिम शब्द कहीं खो गए। वह मशीन पर से चीखा : "क्या हम आगे कहीं चलें ?"

वह फिर चलते हुए उसके नंगे पैरों की ओर देख रहा था। वह किसी कील या धारदार पत्थर पर न चले और ज़ख्मी न हो जाए। इसके लिए वह क्या कर सकता है ? उसकी चिन्ता से उसका ध्यान हटा सुमिता के स्वर से।

"हम भी कर्म में विश्वास करते हैं," उसने कहा, "हम एक नई समाज-व्यवस्था बनाने जा रहे हैं।"

उसका उत्तर तीव्र अधीरता में तेजी से आया—"यह ऐसे ही है जैसे न्यूयार्क स्टेट में एक देहात फिर प्लेटो के ज़माने की ओर लौट रहा हो। तुम इतिहास में सन्दर्भ से कटी हुई हो।"

"हो सकता है हम आगे आनेवाले ज़माने में रह रहे हों। हो सकता है कि हम एक अजन्मे युग में जी रहे हों।"

"तुम उस कल्पना में विश्वास करती हो ?"

उसके गालों में हंसते हुए गड्ढा पड़ा जिसके सौंदर्य से भास्कर चकित हुआ। उसे लगा कि उसके भीतर एक विचित्र झुंझलाहट उठ रही है। उसने मांग की—"तुम—क्या तुम सुखी हो ? जिस स्थिति में हो उससे सुखी हो ?"

"सुखी, बिलकुल !" और फिर वही गालों में गड्ढा।

उसने विचार किया, कोई अचरज नहीं। उसने और कोई जीवन देखा ही नहीं है। किसी भी हाथ ने उसे प्रेम से छुआ नहीं है। किन्हीं भूखे अधरों ने उसके अधरों को बन्द नहीं किया है। एक पूरी परिपक्व होती हुई स्त्री का शरीर, पर उसे पता नहीं है कि अनुभव क्या होता है। भारतीय नारी-जाति के पावित्र्य की जय ! न जागने की महत्ता की जय !

उसने तीखे होकर कहा, "तुम्हारा सुख भी एक कल्पना है।" भास्कर में सहसा एक नया परिवर्तन घटित हुआ, और वह ठंडा और तटस्थ हुआ। उसे देखते हुए उसकी सांस जैसे रुक गई, उसकी बड़ी-बड़ी काली आंखें आश्चर्यचकित हुईं। वह

कहता ही जा रहा था, "सत्यजित तो प्राचीन रामायण का एक सन्त है। तीन हजार बरस बाद उसका पुनर्जन्म हुआ है और उसमें स्मृतियां भरी हैं। इतना समय बीत चुका इसकी उसे कोई कल्पना नहीं। उन्हीं ऋषि-मुनियों की वैकल्पिक आत्मा!" वह थोड़ा रुका जब उसने उसके चेहरे को सिकुड़ते हुए देखा, और फिर निर्मम भाव से आगे कहता गया :

"उसे प्राचीन काल में और अजन्मे भविष्य में रहने दो। हमारी करोड़ों की संख्या में रहनेवाली जनता के लिए वह विलास नहीं है। उन्हें आज के जीवन में ही जीना है और सिर्फ दो जून रोटी जुटाने और अस्तित्व के लिए जाना है। हम लोग आर्थिक मोर्चे पर कुछ संभल रहे हैं। वह चीन के नव-साम्राज्यवाद को पसन्द नहीं है। पीकिंग के लोग हमारे लिए दूसरा मोर्चा खोलने पर उतारू हैं—सुरक्षा। वे हम पर बहुत बड़ा हमला न भी करें, तो भी वे हमें बराबर अटकाए रखेंगे। सुरक्षा के लिए बढ़ती हुई मांग से हमारा विकास रुक जाएगा। शीतयुद्ध के दबाव में, हमारे बोझ पहले से भारी हैं ही, वे और भी बढ़ जाएंगे। उनसे हमारी आर्थिक रीढ़ की हड्डी पूरी तरह टूट जाएगी। पीकिंग इसीपर अपना दांव लगाए हुए है। यह है चीन की बड़ी भारी कूटनीति।"

उसने धीमे से, शिकायत के स्वर में आखिर जवाब दिया: "यह सोचने का एक ढंग है। दूसरा भी तो हो सकता है।"

"हां। सत्यजित का रास्ता। खतरनाक आत्म-भ्रम का रास्ता।"

वह कहने वाली थी कि तुमने भी तो यह रास्ता कुछ हद तक स्वीकार किया है। हिंसा अधिक आसान रास्ता हो सकता है। और उसपर उदासी छा गई, इसके कारण उदासी। सत्यजित की पराजय का विचार असह्य था। और विकल्प...

उसे लगा कि उसकी आंखें उसके चेहरे पर टिकी थीं, और वह डर गई कि वह कहीं भीतर तक देखकर मन की सब बातें न जान ले। सो वह झट से मुड़ गई और वापस जाने लगी। वह भी थोड़ी देर चकित हो गया। फिर वह उसके पीछे-पीछे चला। उसे अपने उद्रेक पर शर्म लग रही थी। "मेरे कठोर शब्दों के लिए मुझे क्षमा करो' फिर कभी आना।"

उसने कोई उत्तर नहीं दिया, और चलने लगी। उसके चेहरे पर की लाली कितनी भली लगती थी—शायद यही एकमात्र रंग था जिससे वह कभी अलंकृत हुई थी। और उसकी वह प्रतिमा उसकी आंखों में बहुत दिनों तक बसी रही, इस्पातनगर

और अपनी फाइलों की दुनिया में जाने के बाद भी।

वह फाइल औरों से भिन्न जान पड़ती थी, वह हाशिये पर नोट्स के। साथ टाइप किए हुए कागज़ों की तरह नहीं थी। हर पक्ति हाथ से लिखी हुई थी। पत्र। ऊपर का पत्र था बाक्स नम्बर 1243, हिन्दुस्तान के नाम। "यह आपके विज्ञापन के संबंध में है..."

भास्कर ने मोटी हरी फाइल में जल्दी-जल्दी से देखा। हर पत्र उसी तरह से शुरू होता था। यह फाइल उसकी मेज़ पर नहीं आनी चाहिए थी। उसने झुंझलाकर फोन उठाया और एक शब्द कहा। एक मिनट में मिसेज़ मेहरा सामने आ गई।

"शायद तुम बता सकती हो..." भास्कर ने अधीर उंगलियों से इस चिढ़ाने वाली फाइल पर बाजा-सा बजाते हुए कहा।

उसने झट से उत्तर दिया—"आपके विज्ञापन के ये उत्तर हैं।"

वह आश्चर्यचकित हुआ। "मैंने कब विज्ञापन दिया ? वह नियमित रूप से बाज़ाब्ता क्यों नहीं भेजा गया ?"

"सर, आपने मुझे उसके बारे में कुछ नहीं बताया। यह तो निजी मामला है।"

"निजी ?" उसकी आंखें उन चिट्ठियों के ढेर की तरफ देखने लगीं। "आप क्या कहती हैं ?"

"आपने एक वधू के लिए विज्ञापन दिया था। ये उसके उत्तर है।"

"वधू ? किसके लिए ?"

मिसेज मेहरा ने अपना सिर इस तरह हिलाया मानो इलज़ाम लगा रही हो, "वह मैं नहीं जानती।'

भास्कर ने डांट दी, "अब मिसेज़ मेहरा, ज़रा और जानकारी देंगी या नहीं ? तुम जानती हो कि मेरे पास ज़रा भी गप मारने के लिए समय नहीं देखो तुम—" मेज़ के पास की कुर्सी की तरफ उसने इशारा किया।

मिसेज़ मेहरा बैठ गई। "ये पत्र इस अखबार ने एक बड़े से लिफाफे में जिस पर चीफ इंजीनियर का पता लिखा गया था, भेजे थे। फाइल में उनमें से पन्द्रह हैं। होनेवाली वधुओं के पिता या चाचाओं के; एक चिट्ठी एक बड़े भाई की है। समय

बचाने के लिए मैंने एक नोट बनाया है जिसमें मुख्य तथ्यों का सारांश दिया गया है। वह नोट फाइल में आपको मिल जाएगा, सर।"

उसने टोका, "तुमने लड़के के बारे कुछ भी कहा नहीं। वह वर कौन है ? माना, चीफ इंजीनियर ने विज्ञापन दिया—पर किसके लिए ?"

"हर पत्र में उस विज्ञापन का उल्लेख है। मैंने अखबारों के पुराने अंक देखे हैं और उसकी कतरन भी फाइल में मेरी नोट में लगी है।"

"उसमें क्या कहा है ?"

"उसमें कहा है...बहुत गोरी, ऊंची, पढ़ी-लिखी वधू चाहिए, एक सुन्दर, अच्छे वेतनवाले कम्पनी के प्रमुख अधिकारी को (जिसकी आयु 33 वर्ष की है)। वह अमरीका से लौटा है। उसका दृष्टिकोण अत्याधुनिक है। वधू का दृष्टिकोण भी वैसा ही होना चाहिए। प्रजाति, जाति, भाषा, सामाजिक दर्जा नहीं देखा जाएगा। बस, इतना ही है, सर।"

भास्कर सोचता रहा, उसका हाथ पाइप में तम्बाकू ठूस रहा था। थोड़ी देर लगी उसे सारी बात समझ में आने में।

वह चीखा, चकित होकर, "क्याऽ ?"

"हां, सर" मिसेज़ मेहरा ने स्वीकृतिसूचक सिर हिलाया।

भास्कर ने उसकी ओर कुछ क्षण एकटक देखा। "तुम कहती हो, तुम कुछ नहीं जानतीं इस सारे अजीब मामले में ?"

उसकी आवाज़ में उसपर इलज़ाम था। "आपने मुझसे नहीं कहा। मैं कैसे जानूं, सर, कि आपके मन में क्या था..."

"पैसे किसने दिए विज्ञापन के ?"

"यह बात भी आपको तै करना है। बिल मेरी नोट के साथ लगा है। विज्ञापन तीन अंकों में बराबर छपता रहा।"

"अच्छा !"

मिसेज़ मेहरा ने उसे सांत्वना देने की कोशिश की। "वह बहुत थोड़ी-सी रकम है। विवाह-विज्ञापनों का कुछ कम रेट होता है। मैं मानकर चलती हूं कि शायद इसके लिए कम्पनी पैसे नहीं देगी, सर ! परन्तु यदि आप अकाउंट्स विभाग में बिल भिजवाना चाहतेहों तो..."

"मिसेज़ मेहरा, तुम अच्छी तरह जानती हो कि ऐसा तुम कर नहीं सकतीं। कम्पनी अपने अफसरों के लिए वधुओं के विज्ञापन का खर्चा नहीं देती।"

उसने हां कहा। "इसलिए मैंने उस फाइल में आपकी चेक-बुक भी रख दी है। मैंने आपके लिए चेक भी लिख रखा है, आपके हस्ताक्षर के लिए।" उसका गदराया चेहरा खुशीसे खिल उठा था, "क्या मैं आपको अपना बनाया नोट अकेले में पढ़ने के लिए यहां दे जाऊं ? हां, आपको मूल पत्र भी पढ़ने होंगे. एक पार्टी ने वधू का फोटो भी भेजा है। बिना मांगे। वह सुन्दर लगती है..."

भास्कर ने ऐसे इशारे से उसे जाने को कहा, जो वह जानती थी। वह उसके पीछे दरवाज़ा बंद करने जा ही रही थी, जबकि तेज आवाज़ आई।

"एक और शब्द। इस फाइल पर 'शीघ्र' की चित्ती क्यों चिपकाई ? इसमें इतनी जल्दी की क्या बात है ?"

"विवाह !" उसने सांस ली, आंखें घुमाई, उस छोटे-से शब्द में दिव्यता का आवाहन भरा था।

वह अपनी चक्राकार कुर्सी में पीछे की ओर झुका। इस सबका क्या मतलब है ? उसके पिता... ? वह—और मां—ने कई बार सुझाया था कि वह शादी कर ले, ठीक से घर-संसार बसाए। प्रजाति, जाति, भाषा, सामाजिक दर्जे की परवाह न करे—वह पिता के उदार मत का परिणाम था। 'क्या तुम्हारी कोई भावी वधू अमरीका में है ?" एक महीना पूर्व उन्होंने एक पत्र में उसे पूछा था। 'यदि है तो उसे भारत में क्यों नहीं बुला लेते और यहीं शादी कर देंगे। इसमें तुम्हें कौन रोकता है ?'

नहीं, पिताजी नहीं हो सकते। नहीं तो उन्होंने अखबार में अपना कलकत्ता का पता दिया होता। और अपने पुत्र को कम से कम अपने इरादे की पूर्व सूचना तो दी होती। मां ने फिर एक इसरार-भरी चिट्ठी लिखी होती। वह उनका इकलौता बेटा है

एक मित्र ! लोहापुर से बाहर उसके बहुत कम सम्पर्क के थे। वह शायद कोई शहर में का मित्र रहा हो। परन्तु उसका क्या हेतु होगा ? कोई गम्भीर बात नहीं। बस, यों ही एक व्यावहारिक मज़ाक। और यह बिल भी अब भुगताना होगा उसे ही यह भी मज़ाक का ही हिस्सा था क्या ? जब वह क्लब जाएगा तो वहां खासी परिहास-भरी बातें होंगी।

दुःख की बात इतनी ही थी कि इस व्यावहारिक मज़ाक में तीसरा पक्ष भी निस्सन्देह रूप से भोले भाव से आ गया था—ये थीं भावी वधुएं। या, शायद, उनके मां-बाप। पन्द्रह पत्र। सारे एक ऐसे लक्ष्य की ओर निशाना किए हुए, जो

था ही नहीं।

यह सब एक व्यंग्य था। उसके जीवन में इतनी स्त्रियां आईं और गई—किसीने कोई स्थायी प्रभाव उसपर नहीं छोड़ा। और आखिर में इस तरह विज्ञापन से जुटाया हुआ विवाह! इसमें दिए हुए विवरण की जांच कीजिए, एक अन्दाज़ से चुनाव कीजिए। फोटो मंगाइए। इसके बाद वधू-निरीक्षण बाद में होगा। ऐसी अति-आधुनिक दृष्टिकोणबाली स्थिति में शायद पहले से कम रूढ़िवादिता होगी। वधू और वर कहीं सार्वजनिक स्थान में एक या अधिक बार मिल-जुल लेंगे—जबकि वे इस या उस पार निर्णय नहीं कर लेंगे। पर यह तो अमरीका की 'डेटिंग' पद्धति से बहुत दूर की बात होगी। दोनों पक्षों में मां-बाप की छाया बराबर संरक्षण देती रहेगी।

वह धीमे-धीमे हंसने लगा। कल्पना कीजिए, यही उसकी भी नियति होने वाली थी। वह जो अपने-आपको आजीवन ब्रह्मचारी मानता था।

दरवाज़े पर थपकी। रामलाल दिन का भोजन लाया था—डेढ़ बज चुका था। जब वह भोजन करेगा तभी यह पत्रों का बेढंगा मामला देखेगा। पर जिस आवक ट्रे में चिट्ठियां रखी जाती हैं, वह खाली था, और वह अब एक घंटे तक खाली ही रहेगा, क्योंकि मिसेज़ मेहरा भी खाने को चली गई है। वह उसकी ट्रे इतनी खाली शायद ही कभी छोड़ जाती होगी। अनजाने में, उसने अब भास्कर के लिए और कोई विकल्प नहीं छोड़ा था, सिवा इन चिट्ठियों के पढ़ने के।

उसने फाइलों के चेक पर हस्ताक्षर किए। फिर नोट पढ़ गया। अपनी व्यावहारिक बुद्धि से मिसेज़ मेहरा ने सारी सामग्री को एक तालिका के रूप में प्रस्तुत किया था। तालिका में स्तम्भ थे: वय, सौंदर्य, शिक्षा, पिता का व्यवसाय, विशेष टिप्पणी। ये सब बातें एक से पन्द्रह तक लिखी गई थीं। एक फुटनोट में लिखा था : "कृपया इन नम्बरों पर निशान कीजिए, जिनके फोटो मंगाने हैं।"

मिसेज़ मेहरा ने जिस फोटो का उल्लेख किया था उसे वह देखने लगा। हां, एक आकर्षक चेहरा। बहुत छोटी है। इसके लिए यों पूर्वनिश्चय पद्धति से विवाह क्यों आयोजित किया जाता है? कितनी बार उसका फोटो यों डाक से घूमेगा, कितने लोगों की सख्त निगाह से गुज़रेगा, जबकि अन्त में जाकर वह स्वीकृत होगा? वाह रे स्वीकृति! इस तरह से अपना शरीर और आत्मा ऐसे अज्ञात व्यक्ति को समर्पित करना और उसीके साथ हमेशा के लिए रहना। डर... सपना. संपूर्ति.. स्वप्नभंग...निराशा...समझौते के लिए तनाव...विवशता...इस

चिल्ल की लड़की के लिए भास्कर को दया जान पड़ी। इसके लिए कोई अच्छा-सा पति मिले। उसे सुखी होने दो।

पर यह सही तरीका नहीं था। इस तरह से अन्तर्तम भावनाओं के साथ जुआ खेलना। हम लोग पश्चिम जैसे कब होंगे ? जब तक कि बड़ी मशीनें सब काम नहीं ले लेतीं। उत्पादन—और उत्पादन—आर्थिक क्रान्ति और उससे मानसिक क्रान्ति। नये युग के स्त्री-पुरुष को स्वीकृत करने के लिए बाध्य समाज !

मिसेज़ मेहरा दोपहर के भोजन के लिए घर नहीं गई थी। उसे अपने पति से मिलने की बड़ी उत्सुकता थी। वह दिन के समय काम करती तो कैंटीन चार में खाती थी। इस्पातघर से वह दस मिनट का रास्ता था, साइकिल से।

अब कैटीन आधा खाली था। मिसेज़ मेहरा ने उत्सुकता से चारों ओर देखा। वह एक कोने के टेबल पर बैठी थी। उसका पति आधा खाना खा चुका था।

वह चुपचाप बैठी रही, खाती हुई। मानो कुछ न हुआ हो। एक झख में ही वह कैंटीन चली आई थी, बस। पर मि० मेहरा को शक था।

"एक दही का कटोरा मैं ले जाऊं ?" उसने कहा।

"थोड़ी देर बाद।"

"छः-सात मिनट में मुझे तुम्हें छोड़कर जाना होगा।"

"काफी समय है," पर उसे शंका हुई, और वह मूल मुद्दे पर जल्दी से आ गई। "मैंने तुम्हें एक अखबार की कतरन दिखाई थी, याद है ?"

"विज्ञापन ? शादी का... ?"

"हां। कोई नाम नहीं था, सिर्फ बाक्स नम्बर था। हम लोगों ने यह निष्कर्ष निकाला था कि वर और कोई नहीं चीफ इंजीनियर होगा—याद है ?"

"सो तुमने निष्कर्ष निकाला था।"

"अब सब शंकाएं समाप्त हो गईं।"

"सचमुच ? यह कैसे हुआ ?"

"आज सवेरे हमारे दफ्तर में कुछ चिट्ठियां आ गईं, अखबारवाले ने भेजी थीं। विवाह, योग्य वय की कुमारिकाओं के माता-पिताओं से आए जवाब। कुल पन्द्रह पत्र। एक फोटो भी..."

"क्या चीफ इंजीनियर ने खुद विज्ञापन भेजा था ?"

"वे कहते हैं, नहीं।"

"तो फिर ?"

"यह उसके किसी अच्छे मित्र का काम है। कोई यह चाहता है कि उसकी शादी जल्दी हो जाए और उस बड़े बंगले में वह बस जाए। बारह कमरों के मकान में एक आदमी !"

उसने अस्वीकृति की घुरघुराहट गले से व्यक्त की : "अच्छा मित्र, सचमुच ! वह उल्लू अपने काम पर ध्यान देता तो क्या बुरा था ? क्यों वह दूसरों के काम में खलल डालता है ?"

"उसे गालियां देने की ज़रूरत नहीं है।" मिसेज़ मेहरा ने कहा, "मैंने यह काम किया—" वह रुक गई।

"तुमने ? तुमने ?"

उसने चुपचाप अपना सिर झुका लिया, जैसे वह गूंगी हो गई है। क्या उसकी आंखों में आंसू थे ? मेहरा उसकी ओर डर से देखने लगा, कहीं वह कैंटीन में एक तमाशा न खड़ा कर दे। परन्तु फिर वह एक मिनट के लिए ऊपर देखने लगी और उसका चेहरा चमका।

"चलो" एक भारी बोझ मेरी छाती से हट गया।

उसने बहुत धीरे से सिर हिलाकर 'हां' कहा।

वह विचारों में डूबी-सी कहने लगी : "कमरा उन्नीस में फाइलों में इतनी अति गुप्त हैं। उनमें से एक भी रहस्य कभी मेरे मुंह से बाहर नहीं जाएगी, चाहे मुझे कितना ही शरीर-दंड क्यों न दिया जाए, मेरे बदन के टुकड़े-टुकड़े क्यों न कर डाले जाएं। पर यह यह..." इधर से उधर उसका हाथ हवा में झूलने लगा और उसकी आवाज़ उदासी में डूब गई। "ऐसा आदमी तो किसी भी औरत के लिए झेलना कठिन है।

वह कुछ घबराया-सा दिखाई दिया—"क्या तुमने ही यह विज्ञापन अखबारों में भेजा था ? तुम्हीने ?"

"कोई उपाय नहीं था। सी० ई० के मां है, आप जानते हैं। उस मां ने अब तक चिन्ता नहीं की कि बेटा शादी करता है या नहीं। उसके लिए यह बात कोई मानी नहीं रखती कि उसका पुत्र बारह कमरे के बंगले में अकेला रहता है या क्या करता है। उस लंबे-चौड़े घर में उसकी ऊंची लाल टाइलों के नीचे सैकड़ों दीये जलने से क्या फायदा ? बिना गृहिणी के और बच्चों के वहां सिर्फ अंधेरा है।"

मेहरा ने कहा : "क्या इसलिए तुम भागती हुई यहां कैंटीन तक आई हो ? गुनाह कबूल करने के लिए। शाम तक भी तुम रुक नहीं सकती थीं ?"

उसका चेहरा गम्भीर हो गया : "तुम मुझपर हंस रहे हो। तुम्हें स्त्रियों की बात समझ में नहीं आती।'

उसने कहा—"हां, नहीं आती।" अपनी थाली पर झुकते हुए, उसने मिर्चों से भरी तरी में अपनी रोटी डबोई। "हां, नहीं आती।" उसने कौर चबाते हुए दुहराकर कहा, "वैसे सब स्त्रियों के बारे में शायद सच हो। पर एक अपवाद है। एक स्त्री..."

ग्राम में भी एक घर बन रहा था।

चरागाह के पास आधा एकड़ जमीन एक परती जमीन की फैलीसी जीभ थी। वहां धरती इतनी पथरीली और सूखी थी कि घास भी नहीं उगती थी। थोड़े-से कैक्टस (थूहरों) को छोड़कर वहां कोई हरियाली नहीं थी। यह ज़मीन हमेशा से बेकार पड़ी थी। जब ग्राम पंचायत ने तय किया कि पुराने शालाघर के बदले एक बड़ा-सा मकान बनाया जाए और उसके लिए स्थान की तलाश हुई, तो यह सूखा जमीन का हिस्सा सबसे पहले चुना गया। वह अन्न-धान पैदा करने के लिए कभी भी काम में नहीं आ सकता था।

यह भी एक फूस की छतवाला कच्चाघर होनेवाला था। कक्षाओं के साथ-साथ वहां एक बडा हाल होनेवाला था, जहां सूर्यास्त के बाद लोग जमा होते और पुराने-नये ग्रंथों से पाठ सुनते। गांव के भाट उन्हें रची हई कविताएं सुनाते। नये स्थान में रेडियोसेट लगाए जाते। और यहां बड़े-बड़े आदमी, जो अतिथि-रूप में आते, वे सत्यजित की दुर-दूर तक फैली हुई कीर्ति से आते और उनका मनोरंजन किया जाता।

एक वर्ष पूर्व यह योजना बनी थी और छः महीने निर्माण में लग गए थे। वहां के आदमी अपने फुरसत के घण्टों में अलग-अलग गुटों में, श्रमदान करते, जमीन एकसार बनाते, गहरा कुआं खोदते, मकान की नींव डालते, और छत को संभालनेवाले खंभे बनाते...इसमें सत्यजित ने भी श्रमदान दिया था। फिर स्त्रियों की बारी आई। उन्होंने बांस चीरकर खंभों के चौखट बनाए थे, और अगला कदम था चूना जमाने का। वे आदमी फिर अपने काम में जुट गए जब फूस की छत बिछानी थी।

बूढ़े-जवान सब काम में जुटे थे। कमर तक साड़ियां खोंसे, घुटनों तक सांवले पैर खुसे हुए, युवतियों ने अधिक कष्टकर काम किया, खेतों से मिट्टी खोदने का, उसे टोकरियों में भरकर उस जगह तक लाने का। उनमें से कुछेक ने कुएं से पानी खींचा और वह उस भुरभुरी मिट्टी में डाला, और उसमें धान की सूखी भूसी मिलाई। बांस को चीरकर चौखटे बनाए गए थे। उनपर बूढ़ी स्त्रियों ने यह गीली मिट्टी का गारा जमाया और अच्छी तरह उसे लीपा।

इस तरह से वे घंटों काम करते रहते थे, इस दोपहर को सुरुचि शालाघर से अपना काम करने आई—सुमिता बाद में आनेवाली थी। सब तरफ से उत्सुक आवाज़ों ने उसका स्वागत किया।

एक किसान-स्त्री ने सुरुचि से चिढ़कर कहा, जब वह गीली मिट्टी में अपने हाथ सान रही थी—"बहन, साड़ी ऊपर खोंस ले।

सुरुचि हंसी और उसने सिर हिलाया। वह छोटी नहीं थी कि पैर खुले छोड़ती। उसके चालीस बरस पूरे हुए थे, हैं न ?

"तुम तो ऐसी जवान लगती हो कि मानो सुमिता की बहन हो।"

स्त्रियां सुरुचि के करीव आ रही थीं। सैकड़ों सवालों के जवाब वह दे चुकी थी। और पांच सौ सवाल उन्हें पूछने थे। वे प्रश्न एक के बाद एक एकदम जैसे टूट पड़े।

कुछ आवाजें पुकार रही थीं, "सुमिता—वह आ गई।"

सुरुचि ने पीछे मुड़कर देखा। उसकी बेटी आठ-दस लड़कियों को शालाघर से लेकर आ रही थी, सबके हाथों में टोकनियां थीं। खेतों से मिट्टी भरी थी। उस निर्माण-स्थान पर पहुंचकर वे एक बड़े से ढेरमें मिट्टी गिरा देती थीं और काम शुरू करतीं।

एक स्त्री ने सिर हिलाकर कहा, "समिता, तुमने एक चिट्ठी गिरा दी। अभी वह खोली नहीं गई।"

लड़की ने लिफाफा उठाया और अपनी मां को दिया। "आपका है। डाकिया भाई शालाघर में लाए थे।" और दूसरे ही क्षण वह चिल्लाई, "ओ मां !

"क्या हुआ ?"

"तुम लजा रही हो। कितनी सुन्दर लगती हो !"

और सुरुचि ने हलकी-सी आह भरकर कहा, "शरमा रही हूं, सचसुच ! मेरी उम्र में। सुमिता, कभी-कभी तुम्हारे दिमाग में क्याक्या बातें उठती हैं।"

"तुम लिफाफा खोलती क्यों नहीं ? इतना मोटा है !"

"हम वापस घर आएंगे तब तक वह रुक सकता है। तुम वह अक्षर पहचानती हो ? तुम्हारे वीरेश चाचा हैं। उन्हें सिर्फ यह कहना है कि वह इस वर्ष नहीं आ सकते। बहुत व्यस्त हैं। राष्ट्रीय महत्व का काम है। संसद्-सदस्य हैं।"

"जब वे यहां आते हैं तो बड़ी मौज रहती है।"

"वह हमेशा तुम्हारी टांग खींचते हैं। वह तुम्हारे पवित्र चरखे का भी मजाक उड़ाते हैं।"

"वह उनका केंब्रिज के बारे में हमेशा बोलना। अपने पिता के साथ वह वहां कितने वर्षों पहले गए थे और फिर वह हर कहानी की शुरुआत यों करते हैं, केंब्रिज में, जब मैं था तो उस दिन..."

सुरुचि ने लिफाफा खोला, अपना चेहरा लड़की की आंखों से बचाकर। पर उसमें तो कोई पत्र ही नहीं था। सिर्फ अखबार की कतरनें थीं। वह हमेशा की तरह निर्वैयक्तिक था। दिल्ली में वह नन्दिनी के पीछे अपने को छिपा लेता था। वही उसे हवाई अड्डे तक लाया था। आश्चर्य की बात यह है कि वह उसे रेलवे स्टेशन पर भी नहीं ले गया—यह एक गलती थी जिसका उसे बाद में दुःख हुआ होगा। एक क्षण के लिए उसे कितनी शर्म लगी होगी कि वह भावुकता का शिकार हो गया और गाड़ी जब जा रही थी तो उसमें वह भी चढ़ना चाहता था।

"यह कूड़ा तुम रख सकती हो, सुमिता।

"कतरनें—इतनी सारी ! तुम्हारे मास्को के भाषण के बारे में !"

पर सुरुचि गुस्से में बोली, "बासी, इतने सारे समय के बाद। वह और जल्दी भेज सकते थे, नहीं ?"

सुमिता अपनी मां की तरफ आंखें फाड़कर देख रही थी। "ऐसा क्यों कहती हो। वीरेश्वर चाचा अगर बिल्कुल ही नहीं भेजते तो !"

"उनसे किसने कहा था ? मुझे इनकी ज़रूरत नहीं।"

मां मास्को-यात्रा के समय से एक पहेली बन गई थी, सुमिता सोच रही थी। उसके भीतरएक नया असंतोष जागा था और वह कभी-कभी फूटकर ऊपर सतह तक आ जाता था। वह किस कारण से दुखी थी, जबकि उसे अभिमान करना चाहिए था. और संतुष्ट होना था।

"पिताजी को ये सब कतरनें अच्छी लगेंगी। मैंने अब तक कहा नहीं है—वे भी इधर ही आ रहे हैं।"

"इधर ही ?"

"जब वे तेजी से चल रहे थे तो मैंने उन्हें एक झलक देखा। उन्होंने मेरे लिए हाथ हिलाया। एक मिनट में वे यहां आ जाएंगे। मैं उनके लिए रुकती, पर मेरे साथ में यह सब बोझ था।"

"वे दिन में इतनी जल्दी लाइब्रेरी छोड़कर क्यों आ रहे हैं ? वे तो सूर्यास्त तक वहां काम करते रहते हैं।"

सुमिता को निश्चित नहीं मालूम था। "शायद वे मेरी मदद करना चाहते हैं।"

"हो सकता है वह इधर से गुजर रहे हों।"

सुमिता ने कहा, "फिर उन्हें मुख्य रास्ते से इस दिशा में नहीं मुड़ना चाहिए था।—देखो मां !"

हाथ के इशारे से बुलाते हुए सत्यजित पचास गज की दूरी पर खड़ा था।

"मैं एक निर्णय पर पहुंच गया हूं। लद्दाख के बारे में।"

"लद्दाख ?" सुमिता ने जैसे प्रतिध्वनि के स्वर में कहा, उत्सुकता से, "आप उसके बारे में किताब लिखेंगे ? मैं आपके लिए सामग्री जुटाऊंगी।"

"नहीं, सुमिता, यह किताब की बात नहीं है। मैं शांति-सेना ले जाऊंगा—लद्दाख के विवादग्रस्त क्षेत्र में।"

दोनों अचरज से काठमारी-सी खड़ी रहीं।

सत्यजित ने कहा, "चलते चलें।" और जब दोनों उसके साथ कदम मिलाकर चलने लगी तो उसने कहा: "शांति-मिशन पर्वत-श्रेणियों पर से, गहरी घाटियों में से, भारत और चीन की सीमा पर पहुंचेगा। वह तिब्बत की सीमा हो सकती है—सिंकियांग की भी हो सकती है—मुझे अभी पता नहीं। शांति के लिए मांग ही हमारा अकेला अस्त्र होगा। और मनुष्य की आत्मा में श्रद्धा हमारी ढाल होगी।"

दोनों स्त्रियां इस निर्णय के आघात से अवाक् थीं। परन्तु सत्यजित उनकी प्रतिक्रिया जानना चाहता था। जब सुरुचि को जैसे अपना स्वर मिला, तब उसमें भय का कंपन था। "तुम पहाड़ों की चढ़ाइयों में सैकड़ों मील चलकर नहीं जा सकते। अभी पांच महीने पहले ही तुम्हें दिल का दौरा आया था।"

उसने हाथ के इशारे से उसका डर दूर हटाते हुए कहा, "वह कुछ नहीं था।"

"यह शांति-दल कितना बड़ा होगा ? बड़ा या छोटा ?"

"छोटा ही होना होगा। जो कुछ हमें आवश्यक हो वह पीठ पर लादकर

चलना होगा। हां, सीमा-रक्षक, उनके पास से जब हम गुज़रेंगे तो हमारी मदद करेंगे, ऐसी आशा है।"

सुरुचि ने कहा, "क्या दल के सदस्य सारे भारत से आएंगे ?"

"नहीं। मैंने उसके बारे में सोचा है। केवल गांधीग्राम में से ही यह शांति दल बनेगा। यह अपने ढंग का पहला होगा। समय आने पर सारे देश के सैकड़ों गांवों और शहरों से लोग आएंगे और आवश्यकता होने पर अपनी शांति-सेनाएं लद्दाख भेजेंगे। दूसरे देश भी भेजेंगे—और इस तरह से अंतर्राष्ट्रीय प्रतिक्रिया होगी। इस तरह से लद्दाख में एक विश्व नैतिक दल पहुंचेगा। कोई भी पाशवी शक्ति उस नैतिक शक्ति के आगे नहीं चल सकेगी। वही मनुष्य का जाग्रत् विवेक होगा। और उस सबके अंत में...दो बड़ी एशियाई जनशक्तियां अपनी मैत्री की खोई हुई परम्परा फिर पा जाएगे। यह क्षणिक विपथगामिता वे भूल जाएंगी।"

सुरुचि को लगा कि उसके होंठों तक एक शंका उठी है। कदाचित् अंतिम चुनाव इस दल का होना शेष हो ? परन्तु सत्यजित के स्वर में कोई हिचकिचाहट नहीं थी,जब उसने फिर से कहना शुरू किया : "ग्राम पंचायत के सब लोग माधव को छोड़कर जो अब बूढ़ा और बीमार है।"

उसके तीन चुने हुए व्यक्ति उसके मन के सामने आए : चित्तरंजन घोष कई मुसीबतों में से तपकर निकला हुआ और मुसीबतों का सामना कर सकने वाला; कृष्णमूर्ति, अपने विश्व समाज का चिरंतन स्वप्न पाले हुए, जिसमें मौलिक मानवी मूल्य, संपत्ति और शक्ति की राजनीति के ऊपर राज करनेवाले थे; और स्वामीजी, गांधीजी के शब्दों के आधेय, जिनका जीवन इसी दृढ़ निष्ठा के आधार पर बना था कि भगवान् न मंदिर में बसते हैं, न मस्जिद में, न गिरजे में पर मनुष्य जाति की सजीव प्रतिमा में।

सुरुचि ने कहा, "चार ? बस चार ?"

"चार पुरुष और एक स्त्री।"

"एक स्त्री ?" सुमिता अचरज से चीखी। पर सत्यजित फिर मौन में डूब गया।

"कौन ?" उसने पूछा, उत्तर की मांग करते हुए। उसकी उत्सुक आंखें उसकी मां की ओर जल्दी से मुड़ीं, जिसे यह अपूर्व सम्मान मिलनेवाला था।

"तुम, सुमिता।"

"मैं !"...चमककर उसने कहा। उसके हृदय में आनन्द फूटा और कुछ क्षणों के लिए वह मंत्रमुग्ध-सी रही। जितनी जल्दी बाढ़ आई वह उतर गई,

भावना स्वयं बदल गई। उसकी आंखें अपनी मां पर लगी थीं और वे करुणा की छाया से नत थीं।

'न, न, मां अकेली..."

सत्यजित ने मुस्कराकर कहा—"वह मना नहीं करेगी। इस बारे में तुम आश्वस्त रहो।" उसे आत्म-संतोष-सा हुआ। जिस सांचे को उसने बनाया था, क्या सुरुचि उसे पूर्णतः नहीं मानती थी ?

सरोजिनी मेहरा को बड़ा मज़ा आ रहा था। वह अपने-आपमें खुश थी। दो मोटे भूरे लिफाफे आए थे, हरएक में एक दर्जन या ज्यादा छोटे लिफाफे थे। इनमें के विवरणों की तालिका बनानी थी, फिर उनपर विचार करना था। कुछ तो कलम के एक झटके से अस्वीकृत की जा सकती थीं।

सिर्फ मैट्रिक, जाओ। सी० ई० ने साफ-साफ कहा है कि उसे पढ़ीलिखी स्त्री चाहिए यानी ऐसी स्त्री जो कॉलेज के दरवाज़े से गुज़री हो। कम से कम बी० ए० तो हो। सरोजिनी मेहरा अपने-आपसे मानो कह रही थी क्यों, मैं भी तो खुद बी० ए० हूं और ऊपर से सेक्रेटरी की ट्रेनिंग लिए हुए हूं। और अधिक ज़रूरी है सामान्य ज्ञान का अच्छा खज़ाना। ज़रा सोचिए, सी० ई० की पत्नी हो और वह टोक्यो और और क्योटो का अन्तर न जाने। या चाऊ-एन-लाई औरचौप सूए (एक चीनी खाद्य पदार्थ) का अन्तर न जाने, या फ्रैंच गणतन्त्र के अध्यक्ष का नाम न बतला सके।

बीच के रंग की, जाओ। बहुत गोरी—सी० ई० ने यही कहा था। मिस्टर मेहरा ने कई बार कहा है कि बहुत गोरी लड़की पुरुष की आंखों में कुछ सांवली लड़की से अधिक सुखद जान पड़ती हो सो बात नहीं। बहुत गोरी त्वचा उसे कुछ नीरस लगती है, उसमें गहराई की कमी होती है। सांवले चेहरे पर एक रहस्य का वलय रहता है। हां, ये सब मिस्टर मेहरा के कहे हुए शब्द हैं। परन्तु वह पुरुष बेचारा, कभी विलायत तो गया ही नहीं है। त्वचा के रंग के मामले में रुचि, जैसे खानपान, कपड़े आदि के बारे में भी, अपनी-अपनी आदतों और संस्कारों के अनुसार बनती है।

जहां लड़की के पिता ने विज्ञापनदाता की जाति और मातृभाषा पूछी है,

वहां भी प्रार्थनापत्र फेंक दिया गया। उसकी लड़की है तो अधिक सुन्दर और पढ़ी-लिखी और उसकी ऊंचाई भी बिलकुल ठीक जैसी चाहिए वैसी है। पर सी० ई० ने तो आधुनिक दृष्टिकोण के बारे में बहुत साफ-साफ कहा था। जिस बाप ने जाति पूछी है उसने अपनी लड़की में कूट-कूटकर पुराणपन्थिता भर दी होगी। बारह बरस अमरीका में रहे आदमी को पुराने ढंग की बहू मिले। यह चल नहीं सकेगा।

अच्छे, आप बड़े अकड़ रहे हैं, जाइए। अपने-आपको बहुत-सी ज़मीन-जायदाद का आदमी कहना और बड़ी दहेज की रकम देना ! सी० ई० को पत्नी का पैसा नहीं चाहिए। वह शादी के बाज़ार में सिर को कीमत का संबल लगाए नहीं खड़ा है। विज्ञापन में योंही नहीं कहा गया था कि सामाजिक दर्जा महत्त्व का नहीं है।

कई फोटोग्राफ आए थे। लगता था कि ये लोग बहुत अधीर थे, जल्दी करना चाहते थे। इस पार, उस पार निर्णय। कुछ और अर्जियां सीधे अस्वीकृत की जा सकती हैं—यह चिपटी नाक—ये तो चीन से आई हुई लगती हैं। कुछ लोगों को ऐसी नाक बहुत पसन्द होगीपर लोहापुर स्टील के सी० ई० साहब को नहीं। यह बड़ी-सी लड़की अपने को बीस ही बरस की बता रही है, पर होगी कहीं अधिक उम्र में—वह खूब घने ताड़ के पेड़ जिस काले पर्दे पर रंगे हुए हैं, उसके सामने खड़े होकर उसने फोटो खिचवाई है। इससे कहीं अधिक अक्लमंद फोटोग्राफर उसे खोजने दो...यह दुबली-पतली लड़की जिसके नाक-नक्श अच्छे हैं...उसका चेहरा तो चौकोन चाकू जैसा है और दूसरी... ।

दूसरी कुछ अच्छी थी। एक तो बहुत ही आकर्षक थी। दूसरी सुघर थी। बड़ी-बड़ी आंखें, उनमें सुकोमलता। —यह चेहरा बिलकुल अण्डाकृति था—यह कहना कठिन था कि सी० ई० साहब को कैसा सौन्दर्य पसन्द था। एक सीमा थी जहां तक उसकी सेक्रेटरी मदद कर सकती थी। अंतिम निर्णय तो उसका अपना था। ठीक तरह से लिखी टिप्पणियां हों तो उसका काम आसान बन जाए।

सरोजिनी मेहरा ने अपने नोट बनाए और पत्रों के साथ वे भेज दिए, हर फाइल पर 'शीघ्र' लिख दिया। वे बाहरवाली ट्रे से लौटकर नहीं आईं, तीन दिन बाद भी। सी० ई० जब वहां नहीं थे, तब चुपके से जाकर उसने देखा। उसने देखा कि सारी फाइलों का टेबल के एक तरफ ढेर है और उसपर से 'शीघ्र' का लेबल हटा दिया है। वह मुस्कराई, जैसे समझ रही हो। अपना जीवन-साथी ऐसी जल्दी में नहीं

चुना जाता। ठीक है, जितना समय लगे, लो। हर फोटोग्राफ की तरफ अच्छी तरह से देखो, फिर-फिर दुबारा देखो, जब तक कि कोई एक तुम्हारे हृदय पर अंकित न हो जाए, इस तरह से कि वहां से हट न सके।

सच्चा तमाशा तो अब शुरू होनेवाला था।

एक हफ्ता बीत गया। एक दिन सवेरे मिसेज़ मेहरा अपनी मेज़ पर पहुंची नहीं कि टेलीफोन की घंटी बजी। उसने घंटी को थोड़ी देर तक बजने दिया और फिर उसने रिसीवर उठाया।

"सी० ई० का आफिस..."

एक स्त्री का स्वर था। उसने नाम बताया और काम भी। वह सी० ई० को भोजन पर बुलाना चाहती थी—सारे कार्यक्रम चाहे निजी हों या अन्य, सेक्रेटरी द्वारा ही पूर्व निश्चित कराने होते। परन्तु सी० ई० ने यह आदेश सदा के लिए दे रखा था कि अगले महीने कोई सामाजिक कार्यक्रम तय न किया जाए। कोई डिनर नहीं, कोई काकटेल पार्टी नहीं, रविवार को दोपहर का लंच भी नहीं। पहले हफ्ते कोई निमन्त्रण नहीं आया था। यही पहला निमन्त्रण था जिसे अस्वीकार करना पड़ा।

कुछ देर बाद फिर फोन बजा। फिर एक स्त्री स्वर...कर्कश, पुरुष। वह 'न' सुनना ही नहीं चाहती थी क्योंकि वह लोहापुर के दूसरे नम्बर के अफसर डिप्टी जनरल मैनेजर की पत्नी थी।

"आप कहती हैं कल रात को वे व्यस्त हैं ? किसका डिनर है, आप कह सकती हैं ?" उसके स्वर में जो उत्सुकता थी वह छिपी हुई नहीं थी।

"नहीं, श्रीमतीजी, भोजन नहीं है। एक नया स्लैग ग्रैन्यूलेशन प्लैंट लगना है, उसकी फाइल पर उन्हें काम है।"

स्पष्टतः दुसरी ओर की स्त्री जैसे आश्वस्त हुई।

"तो परसों का रखिए।"

"माफ कीजिए, श्रीमतीजी ! उस शाम को तो तीस हजार किलोवाट के जैनेरेटर का काम है। एक नया यंत्र का हिस्सा आर्डर करना

"गुरुवार। पक्का रहा।"]

मिसेज़ मेहरा ने दृढ़तापूर्वक कहा, "सच बात यह है कि सी० ई० की सब संध्याएं पूर्वनिश्चित हैं, उन्हें बहुत काम है। कई हफ्तों तक। कोई सामाजिक कार्यक्रम वे ले नहीं सकते। यही उनका आदेश है।"

"मुझे उनसे बात करने दीजिए। ज़रा टेलीफोन उन्हें दीजिए..."

"माफ कीजिए, श्रीमतीजी, सी० ई० कोई प्राइवेट टेलीफोन नहीं लेते। मैं मजबूर हैं।" और उसने मधुर शब्दों में यह बात भी जोड़ दी, "उनके निवासस्थान पर क्यों नहीं आप फोन करतीं शाम के समय ज़रा देर से। जैसे ग्यारह बजे..."

"उनके निवास पर फोन तब कटा हुआ रहता है, इसीलिए तो।"

मिसेज़ मेहरा अपने-आपमें मुस्कराई। मानो उन्हें यह सब मालूम ही न हो। "तो क्या करूं, देवीजी, मैं बिलकुल मजबूर हैं।" उसने और भी मधुर शब्दों में कहा।

यही और कई बातों का स्वर था ! मिसेज मेहरा सी० ई० की लोकप्रियता में इस सहसा वृद्धि पर चकित थी। इस तरह दसवीं स्त्री के टेलीफोन का उत्तर देते समय उसके दिमाग में प्रकाश पड़ा। शार्टहैंड पैड पर जिन बुलानेवालों के नाम उसने नोट किए थे उनके नामों की ओर वह शीघ्र मुड़ी। अपने मज़बूत सफेद दांतों पर पेंसिल बजाते हुए, उसने इन नामों पर विचार किया।

रहस्य अब स्पष्ट था। यह तथ्य स्पष्टतः सामने आया कि ये सब ऊंचे-ऊंचे पदवाले फोन पर बुलानेवाले लोगों की विवाह योग्य वय की लड़कियां थीं।

यानी कहीं से भी तो यह रहस्य फूटा था। इस्पातनगर में सब लोग स्पष्टतः जान गए थे कि बाक्स नम्बर 1243 चीफ इंजीनियर का ही पता है। यह बात तो सिर्फ एक आदमी से कही गई थी और वह बड़-बड़ करनेवाला व्यक्ति नहीं था। फिर यह कैसे हुआ ?

मिसेज़ मेहरा को लगा कि इस रहस्य का कभी पता नहीं चलेगा। कैसे यह रहस्य खुल गया। और अब यह अप्रिय बात सहनी पड़ेगी। अप्रिय एक कारण से : सी० ई० लोहापुर की लड़की वध के नाते नहीं चाहेंगे। मिसेज़ मेहरा अपने निर्णय को समझ नहीं सकती थी, परन्तु वह उसके मन में पक्का जम गया था।

माताओं को हर दिन फोन करने दिया जाए। कमरा नम्बर उन्नीस के किले की रक्षा करना मिसेज़ मेहरा को मालूम था। इसमें बड़ा मज़ा था। लोहापुर के सब बड़े लोग एक ओर थे और वह अकेली, दूसरी तरफ। ये बड़े लोग उसकी ओर साधारणतः यों देखते थे जैसे कोई चुहिया हो, पिंजरे में बन्द चुहिया।

अब चुहिया की बन आई थी। यह मज़ाक अब कुछ लम्बे अर्से तक रहेगा। 'क्षमा कीजिए, देवीजी, सी० ई० कोई सामाजिक कार्यक्रम नहीं स्वीकार कर सकेंगे।'

मिसेज़ मेहरा जिस बिन्दु तक समझती थी उससे भी अधिक मजाक अब होने

जा रहा था।

शाम को देर से ग्यारहवीं बार फोन आया। मिसेज़ मेहरा अपने वही शब्द रिसीवर पर कहने जा रही थी कि वह रुक गई।

"देवीजी, कृपा करके अपना संदेश फिर से दुहरा सकती हैं?"

"मैं श्रीमती मल्लिक हूं। श्रीमती मेहरा, आज रात को क्लब में मेरे साथ खाना खाएंगी?"

"आप सी० ई० से बात करना चाहती हैं?"

"नहीं, मेरा मतलब आप ही से है, मिसेज़ मेहरा! आज शाम को हम आप ही के साथ भोजन करना चाहती हैं। मेरे पति पब्लिक रिलेशन अफसर हैं...शायद आप जानती हैं?"

"हां, हां।"

दूसरी आवाज़ उधर से कहती गई : "क्लब में डिनर और डांस होगा। इतने कम समय पहले कहने के लिए क्षमा करें। मेरा निश्चय नहीं था कि मैं जाऊंगी—और हां, 'हाउसी' भी होगा, कुछ लोग उसे 'बिंगो' कहते हैं। यह खेल आपने खेला है?"

"हां, मिसेज़ मल्लिक! पर मेरा भाग्य कभी नहीं जगा है।"

"इस बार शायद जग जाए। कौन जानता है? कभी-कभी एकदम पैसे आ जाते हैं। तुम भी जीत सकती हो। पैसे की बात नहीं है, पर ऐसा मज़ा रहता है।"

फिर रुके, और फिर जीवन में पहली बार मिसेज़ मेहरा फोन पर हकलाई : "आप निश्चित रूप से...मुझे...ही चाहती हैं?"

"अवश्य, मेरा निश्चय है। नहीं तो मैं क्यों तुम्हें पूछती। आपसे परिचय पाकर हमें बहुत आनन्द होगा, मिसेज़ मेहरा! मैं अपनी गाड़ी आपके पास भेज दूं? यदि आप अपना पता..."

"नहीं, नहीं, आपको गाड़ी भेजने की आवश्यकता नहीं है। मैं टैक्सी ले लूंगी आठ बजे।"

अच्छा तो यह बात थी!

सो मिसेज़ मेहरा ने अपनी सबसे अच्छी साड़ी पहन ली और शहर से बाहर वह टैक्सी में गई। उसकी उत्सुक दृष्टि मीटर पर लगी थी। पैसा जल रहा था। आखिरकार वह उस लोहे के गेट तक आई जो बिजली की बत्तियों से उस उत्सव की रात की घोषणा करता जगमगा रहा था। एक वर्दीवाला पोर्टर आया। उसने दरवाज़ा खोला और तपाक से सैल्यूट करके एक ओर खड़ा हो गया।

मिसेज़ मल्लिक वहीं कहीं मंडरा रही थीं। "हलो, हलो, हलो, मिसेज़ मेहरा!" वे ज़ोर से कूकी, "इतना आनन्द हुआ—" वह थीं मध्यम वय की दुबली-पतली, गर्दन पर बालों की वेणियों का एक गुच्छा-सा जूड़ा लटका हुआ।

"मुझे बहुत खुशी हुई। सच्ची बात यह है कि..."

बैण्ड बजने लगा और उसके बाकी के शब्द उस शोर में खो गए। मिसेज़ मल्लिक अपने अतिथि को हाल के बीच के रास्ते से ले गई। "हमारा बैडमिंटन कोर्ट" उसने बताया, "हर पन्द्रहवें दिन इसे डांस का फर्श बना देते हैं।"

वे बाहर आए, एक लम्बे, गहरे खम्भोंवाले बरामदे में, दस-दस फुट की दूरी पर बोगनवालिया की लताएं अपने रंग बिखरा रही थीं।

आवाज़ में कुछ हिकारत थी—"आप दोनों को अलग-अलग क्यों नहीं रखते? नाच और बैडमिंटन एक ही फर्श पर होता रहे तो?"

"ऐसे विलास के लिए हमारे पास पैसे कहां हैं," मिसेज़ मल्लिक ने कबूल किया, "अभी भी हमारा बैण्ड सिर्फ एक बार बजता है एक पखवारे में।"

"सचमुच" हिकारत अब और साफ थी।

"भारी टैक्स जो कुछ हम कमाते हैं, खा जाते हैं। यह सब आपको बताना है।"

मिसेज़ मेहरा ने मान लिया, फिर भी वे नहीं मानी।

"हां, पर हम सबको देश के लिए कुछ करना है न? हमारी तीसरी पंचवर्षीय योजना शुरू हुई है। उसे बड़े फंड की ज़रूरत है। हम राष्ट्र के नाते जी नहीं सकते जब तक कि हम निजी और सार्वजनिक दोनों क्षेत्रों में ऊंचे उत्पादन लक्ष्य प्राप्त न करें। आपको सार्वजनिक क्षेत्र पर तो आपत्ति नहीं है, मिसेज़ मल्लिक? हमारी अर्थ-व्यवस्था को जो समाजवादी झुकाव मिला है उसे?"

"सार्वजनिक क्षेत्र?" मिसेज़ मल्लिक रिक्त मुद्रा से देखने लगी।

"यानी राष्ट्र के अधिकार में जो उद्योग हैं। हमारी सरकार ने एक औद्योगिक नीति बनाई है जिसमें इन दो हिस्सों को अलग-अलग काम दिए हैं। साथ ही एक समान चलनेवाली सूची भी है। जैसे, इस्पात। एक ओर भिलाई स्टील है जिसकी शक्ति प्रतिवर्ष पन्द्रह लाख टन की है और यहां यह लोहापुर है निजी क्षेत्र जो कि विकास की तीव्र गति से आगे बढ़ रहा है।"

एक मोटी-सी महिला दोनों के बीच आकर खड़ी हो गई। "यह आपकी अतिथि हैं क्या, लीना,हम लोग शायदफोन पर बोल चुकी हैं।"

मिसेज़ मेहरा को यह पुरुष स्वर परिचित था। वही अधिकार में नम्बर दो वाली। एक क्षण के लिए वह कुछ डर गई। कुछ भी हो तो भी कुछ ही वर्षों का प्रश्न था, शायद चार-पांच वर्षों में सी० ई० डिप्टी जनरल मैनेजर होनेवाले थे। वह फिर अपनी स्थिति में आ गई। सारे भारत में उस पद पर यह सबसे कम उम्रवाला अधिकारी था। फिर वह जी० एम० बनेगा—शायद बयालीस की उम्र में। और यह स्त्री तब तक नौकरी से कभी की सेवा-निवृत्त हो चुकी होगी। यानी उसके पति पेन्शन पा चुके होंगे—और कोई भी नहीं जानेगा।

लीना ने पहले ही उनका परिचय कराया। "हम उद्योगों की रचना के बारे में बोल रहे हैं।" मिसेज़ मेहरा ने चतुराई से कहा, "हम अभी मुद्रास्फीति की बात करनेवाले थे। कैसे मूल्य स्थिर रखे जाएं, अतिरिक्त विक्रय-शक्ति को कैसे समेटा जाए।"

अधिकार में नम्बर दो ने अपनी नापसन्दगी पी० आर० ओ० की पत्नी की नज़र से व्यक्त की।

"लीना, मैं नहीं जानती थी कि तुम भी ऐसी बातों की चिन्ता करती हो। मूल्य, शक्ति और न जाने क्या-क्या ?"

लीना को बहुत दु:ख हुआ। वह दोनों को ही नाराज़ नहीं करना चाहती थी। "मैं..." उसने कहना शुरू किया, "बात यह है कि मैं..."

"हौसी।" माइक्रोंफोन पर आवाज़ आई, "हाउसी के लिए तैयार हो जाइए। अपने-अपने कार्ड खरीदिए।"

लीना को कुछ आश्वासन-सा मिला। "मेरी अतिथि पहली बार यहां आई है। उसे मैं सबसे मिला दूं। फिर हाउसी पर बैठेंगे।" मिसेज मेहरा को उसने कुहनी से ठेलते हुए कहा। वे आगे चलीं।

"हर कोई उसे नम्बर दो कहता है। क्योंकि..."

"हां। मैं जानती हूं," मिसेज़ मेहरा ने धीमे से हंसकर कहा।

जी० एम० की पत्नी यहां बहुत कम रहती है-वह तो मद्रास ही पसन्द करती है। इसलिए नम्बर दो ही सबसे बड़ी है। और लीना ने बीच में बात काटी यह कहकर, "यह है हमारा लाउंज।" उस बड़े कालीनवाले कमरे में लोग छोटे-छोटे गुटों में जमा थे। "देखो, यह है मीनाक्षी, मेरी सबसे बड़ी लड़की। लोग कहते हैं बिलकुल मुझपर आई है।" उसने अगले ही वाक्य में बात बदली, "वह मेरे जैसी बिलकुल नहीं है, वह सुन्दर है। आप ऐसा नहीं सोचती ? तुम उससे बाद में बात करना। वह तुम्हारी

सब पंचवर्षीय योजनाओं को जानती है।"

वे उस गुट के पास से आगे गए। मीनाक्षी अपनी मां को देखकर मुस्कराती रही। क्लब में उसे बुलाने के लिए वही निमित्त कारण थी, मिसेज़ मेहरा ने सोचा। एक आकर्षक चेहरा। पर उसके कान कुछ ज्यादा बड़े हैं, उसने अलग तरह से बालों की सजावट करके उन्हें छिपाया क्यों नहीं, सिर्फ अपने कान में सोने के छल्ले नीचे लटकते रहते तो क्या बुरा था ?

लीना ने कहा, "सर्दी है। इतना एयर कंडीशनिंग मुझे नहीं रुचता। तुम्हें रुचता है ?"

"आदत हो जाती है। फिर वही आवश्यक लगने लगता है। जैसे और कई आराम की चीजें हैं, उनके बिना भी तो लोग जीते हैं।"

"मसलन, रेफ्रिजरेटर," लीना ने कहा, 'हमने पांच बरस पहले अपना फ्रिज खरीदा था और अब ऐसे लगता है कि जैसे जनम-भर की आदत हो।"

"हम लोग ऐसी बेकार ज़रूरत की चीजों के बेबस गुलाम हो जाते हैं। यह सब आदमी की कामेडी का भाग समझिए।"

"यानी...ट्रेजेडी का ?"

मिसेज़ मेहरा उत्तर में सिर्फ मुस्कराई। उनकी प्रगति चल रही थी। लीना को कई आवाजें बुला रही थीं, पर वह कहती ही गई। लीना उस अतिथि को क्लब में और किसीसे बात नहीं करने देना चाहती थी। इतनी चतुराई से जो फल उसने प्राप्त किया था, उसे वह खोना नहीं चाहती थी।

'यह ब्रिज का कमरा है—दरवाज़े से देखिए। मेरे पति के लिए यह पवित्र स्थान है। वह वहां हैं, इस सिरे से चौथे टेबल पर। नीला सूट, धारीदार टाई।"

'और सिर पर बड़ी-सी चांद,' श्रीमती मेहरा ने मन में जोड़ा। वह चांद-ऐसे लगती थी मानो किसी नाई ने मज़ाक में बालों का एक बड़ा-सा हिस्सा उस्तरे से निकाल दिया हो और आसपास के बाल ज्यों के त्यों रहने दिए हों। नम्बर उन्नीस में उसने पी० आर० ओ० को एक-दो बार देखा था। इस्पात कारखाने का हर अफसर उस कमरे में आता रहता था। इसलिए नहीं कि सी० ई० सी० ई० थे। पर वह आदमी विचार करनेवाला था। वह बिजली के करैंट की तरह से था जो प्रकाश, गर्मी, सब तरह की शक्ति देता है—और आघात भी देता है। और वह पूरी तरह मुक्त था अपनी वृत्ति में। हर कोई जानता था कि वह व्यक्ति अपने भीतर के पाकेट में एक त्यागपत्र लेकर चलता था।

मिसेज़ मेहरा को बोर्ड के साथ उसकी लड़ाई याद आई। एक दिन वह एक तार लिखा रहा था। उसका हाथ पैड पर कांप रहा था। न, यह नहीं...वह चिल्लाना चाहती थी। सारा जीवन समझौता है। कभी झुकना होता है तो कभी वहां उसका बदला मिल जाता है। परंतु वह बेचारी उन्हें उपदेश देने की जुरअत कैसे करे ? एक बड़ा सफल जीवन इस तरह राख हो जाएगा।

तार अपने रास्ते गया। मिसेज़ मेहरा ने बिना नींद की रातें गुजारी। उसने सब देवताओं से प्रार्थना की। और उसकी प्रार्थना का उत्तर मिला।

फिर माइक्रोफोन से आवाज़ आई—"कृपा करके अपने हाउसी कार्ड खरीदिए।"

लीना ने कहा, "चलो, लॉन में चलें; वर्ना हम अपनी प्रथम हाउसी खो देंगे। बाद में, मैं तुम्हें तैरने का तालाब दिखाऊंगी। खाने के बाद हम लोग स्वीमिंग पूल के किनारे बैठेंगे और बातें करेंगे। बस, हम ही होंगे।"

इस तरह से खाने के बाद बातें होनेवाली थीं-मिसेज़ मेहरा अपने ज्ञान से मुस्कराई और अपने मेज़बान के लिए कुछ दुखी हुई। वह लीना के पीछे-पीछे प्रकाश से चमकते उस लान में गई और उन्होंने दूर एकान्त में अपने स्थान ग्रहण किए। औरों से ज़रा अलग। उत्सुक हाथ बुलाते रहे, पर लीना ने यों दिखाया जैसे उसने देखा ही नहीं। उसने कहा, "भीड़ से दूर नम्बरों पर अच्छी तरह सोच सकेंगे।" उसने दो कार्ड खरीदे और एक छोटी पेंसिल के साथ उसने अपने अतिथि को एक कार्ड दिया। "हर लाइन पर पांच नम्बर होते हैं और तीन लाइन हैं। देखती हैं ? हर लाइन के लिए दस रुपये, पूरे घर के लिए पचास। तुम्हारा अच्छा भाग्य हो !"

"अच्छा भाग्य तुम्हें भी !"

"आंखें नीचे" समारोह का मुखिया चिल्लाया माइक्रोफोन में। नम्बर आ रहे हैं—दो छोटे-छोटे बत्तख—22। एक अकेला, नम्बर नौ...घर का ऊपरी हिस्सा, खिड़की में 90...एक और छः, सुन्दर 16—नम्बर 12, यह मेरी उम्र है ?"

"लाइन !" कोई चिल्लाया। मिसेज़ मेहरा के कार्ड पर एक भी नम्बर रद्द नहीं हुआ।

दूसरी लाइन चली, एक जादुई सन्दूक से दस बार 'काल' हुए। नम्बर छः। उस समय तक मिसेज़ मेहरा ने सिर्फ चार नम्बर काटे थे। तीसरी लाइन गई, और

इस तरह पचास काल के बाद एक स्त्री की तीखी आवाज़ आई, "हाउस।" मिसेज़ मेहरा ने अपना कार्ड फाड़ डाला।

लीना ने उसे ढाढ़स दिलाया, "नहीं भी जीतो तो भी अच्छा मनोरंजन है। हम लोग फिर से कोशिश करेंगे।"

पांच मिनट के मध्यान्तर में मिसेज़ मेहरा ने चारों ओर दृष्टि दौड़ाई—साड़ियों और ब्लाउज़ों की चमक-दमक वह देखने लगी, वह यह नहीं जानती थी कि इतनी देर से कई टेबलों पर उसीकी चर्चा हो रही थी।

"उसका पति.. क्या करता है ?"

"ऐसा ही कुछ है। वह सिर्फ पी० एस० (प्राइवेट सेक्रेटरी) है...।"

"एक अफसर की पत्नी भी पी० एस० का काम कर सकती है, कुछ और कमाने के लिए।"

"मैंने उसे फोन की किताब में देखा है। वह तो है, पर मि० मेहरा का नाम नहीं है।"

"लीना को एक तरफ क्यों नहीं ले जाते और पूछते ?"

"मैंने उसकी नज़र में आने की कोशिश की, पर उसने मेरी ओर देखा ही नहीं। शायद वह अपने अतिथि से हमें मिलाना नहीं चाहती।"

"मानो हमारी लड़कियां भास्कर को उसकी आफिस-सेक्रेटरी की मारफत पकड़ने जा रही हैं।"

"मानो भास्कर ने उसे अधिकार दे रखे हैं अपनी शादी तय करने के !"

"उसने विज्ञापन दिया था। जितना हमारा वर देखने का काम है, उतनी ही वधू देखने की उसकी भी तो गरज़ है।"

"ईमानदारी की बात तो यह होगी कि वह पहले सब लड़कियां देखे, फिर निश्चय करे। अगर वह अपने को छिपाना चाहता है तो उसने वधू के लिए विज्ञापन क्यों दिया ? यह बात समझ में नहीं आती।"

"शायद वह लोहापुर की किसी लड़की से शादी नहीं करना चाहता।"

"लोहापुर की लड़कियों में क्या बुराई है, बताइए। दो-तीन महीने पहले वह एक दूसरे ही ढंग का आदमी था। वह रात के ढाई बजे तक नाच सकता है। वह अपनी बांहें चाहे जिस लड़की की कमर में डाल सकता है। यानी, नाचघर के बाहर भी।"

"मैंने तो उसे एक लड़की को ले जाते हुए देखा था—मैं उसका नाम नहीं

बताऊंगी—बगीचे के रास्ते से। वह अंधेरी रात थी।"

"किसी ने क्लब कमेटी को उसके ज़रा ज़रूरत से ज्यादा मुक्त शैली के ट्विस्ट नृत्य के बारे में शिकायत की थी। हां, मैं उदार मत की हूं, मैंने भी यूरोप में कैबरे और नाइट-क्लब देखे हैं।"

"हम सबको ही अपनी लड़कियों को चेतावनी देनी पड़ती है। नहीं ?"

"कुछ लड़कियां माताओं पर हंसती हैं।"

"यह सबसे बुरी बात है। भास्कर सुन्दर है। वह लोगों को आकर्षित कर सकता है। वह किसी लड़की को पागल बना सकता है।"

"चलो, सौभाग्य की बात है, कम से कम उसने ढंग से घरेलू जीवन बिताने की बात तो सोची। उसे हमें अपनी इच्छा बतानी भर थी, अखबार में विज्ञापन क्यों देने गया ? हमने खुशी से मदद की होती।"

"हमें खुशी है कि कम से कम उसे अकल की बात सूझी तो। उसे इस बात का पता चला होगा कि भारत में वैसी रंगीन, बे-ब्याही ज़िन्दगी वह नहीं बिता सकता जैसे अमरीका में बिताता था। उसे यह सीधी बात समझने में एक साल लगा।"

"उसने गृहस्थी के जीवन का एक वर्ष योंही खो दिया। अब तक तो वह बाप बन जाता।"

"अब भी उसे पिता बनने के लिए काफी समय है। अच्छा पति भी साबित होगा ऐसी आशा है। एक बार किसी चीज़ के लिए रुचि पैदा हो जाए तो...तुम जानती हो कि अमेरिका में तरुण लोग कैसे रहते है।"

"यह बहुत कुछ उसकी पत्नी पर निर्भर करेगा। अगर वह शादी को मेरी...। हां, मेरा मतलब यह था कि अगर अपनी पत्नी से वह प्रेम करे तो वही उसकी दुनिया बन जाएगी। हमारे स्वामी जैसे हैं ही।"

"दूसरी बार हाउसी !" लाउडस्पीकर चीखा। "अपने-अपने कार्ड खरीदिए। इस बार स्नो-बाल होगा, इकठे खूब सारे पैसे मिलेंगे। अगर पहले पैंसठ 'काल' में आप अपने सब नम्बर कैंसल कर डालें तो दो सौ रुपये एक मुश्त। जल्दी कीजिए। इसके बाद डिनर होगा।"

सो फिर खेल शुरू हुआ। पहली लाइन हो गई, दो और लाइनें। 'काल' चलने लगे। मिसेज़ मेहरा ने यांत्रिक ढंग से अपने नम्बर काटना शुरू किए। उसे कोई आशा नहीं थी। एकदम वह तन उठी। गए सात 'काल' में उसके पांच नम्बर गए थे।

अब सिर्फ दो बचे थे कार्ड पर। पर हो सकता है किसीके कार्ड पर सिर्फ एक ही बचा हो, और वह हाउस किसी भी समय चीख पड़े।

"किसी अभागे का है, नम्बर तेरह" समारोह का मुखिया कहता जा रहा था। पर मिसेज मेहरा के लिए वह अभागा नहीं था। अब सिर्फ एक नम्बर कटना शेष है। वह अपने हृदय की ज़ोर की धड़कन सुन रही थी। उसने नम्बर पर पेंसिल रखी, उसके होंठ चुपचाप प्रार्थना बुदबुदा रहे थे, "चार और छः...'चार और छः..."

उद्घोषक ने पुकारा, 'यह स्नो बाल के लिए आखिरी मौका है। चार और छः...

अब जिस आवाज़ ने जवाब दिया, वह मानो एक चीख थी। उस चीख की तरफ एक सौ आंखें देखने लगीं।

मिसेज़ मेहरा ने फुसफुसाकर लीना की ओर कहा, "शायद कोई गलती हो। शायद मैंने गलत नम्बर काट दिया हो।"

"चलिए, टेबल पर आइए," समारोह के मुखिया ने लान के दूसरे सिरे से पुकारा।

वह लान में से कुर्सियों और टेबलों में से होते हुए रास्ता बनाती हुई गई। जब उसके कार्ड पर के नम्बरों को चेक कर रहे थे तो उसका दिल धड़धड़ाया। अगर एक भी गलती हुई तो एम० सी० (मास्टर आफ सेरेमनीज़—समारोह का मुखिया) चिल्लाएगा—'बोगी' (झूठा है)! श्रोता हंस पड़ेंगे और प्रतिध्वनि देंगे 'बोगी'! परन्तु एम० सी० ने कहा—"हाउस ठीक!" उसने दस रुपये के नोटों की गड्डी उठाई और उसे देते हुए कहा, "अभिनन्दन!"

जब वह नोट ले रही थी तो उसके पति उसके मन के सामने आए और उससे जैसे वह गर्दन हिलाकर मन ही मन में बोली, "रुको, घर आऊंगी तो सारा किस्सा बता दूंगी। मैं जीती हूं इतनी अच्छी तरह। इतना ही नहीं, दो-चार पंखों से नहीं, पूरे मोर से। मैंने उन्हें उनके क्लब के खेल में हरा दिया।"

हर हफ्ते रूपा दो-तीन बार कमरा नम्बर उन्नीस में आती; सुरक्षा विभाग से गुप्त फाइल लेकर और अगर कुछ शीघ्रता की बात होती तो जवाब ले लेती।

उसकी हरी-सी आंखें सुपरिचित रूप से चमकीली दृष्टि डालतीं। वैसी दृष्टि या चमक भारतीय आंखों में नहीं दिखाई देती। पर रूपा अर्ध-अमरीकी थी। उसने रूपा से हाल में ही कहा था—"भारत को पश्चिम के यंत्रों की ज़रूरत है, वैसे ही तुम्हारी जैसी स्त्रियों की भी जरूरत है।" "मेरी जैसी ? इसका मतलब" उसने अचरज से पूछा। उसने जवाब दिया, "तुम हमारे समाज-जीवन की सुस्थिरता को नष्ट कर दोगी; तुम अराजकता पैदी करोगी, पर तुम हमें कुछ गति दोगी। तुम देश में फिर से जवानी पैदा कर दोगी।" इसपर, नीली-सी पुतलियां शरारत से चमकी थीं—"कमरा नम्बर उन्नीस की स्थिरता तो नहीं ?"

सुमिता और रूपा। चरखा और टारबाइन यंत्र। पुराणकालीन भारत और भावी भारत। उसकी अपनी रुचि स्पष्ट थी। फिर भी जब वह लाइब्रेरी के दरवाज़े से गुजर रहा था तो उसे सहसा एक प्रेरणा हुई, उसने सत्यजित को छज्जे की रेलिंग पर झुका हुआ देखाथा। बिना कुछ विचार किए वह सड़क की गली में तेजी से मुड़ गया और फिर कई चक्करदार घुमाव पार करके वह चरागाह तक पहुंचा। वह उस कच्चे रास्ते पर ज़रा भी नहीं रुका। जब वह लालटेनवाले लकड़ी के खम्भे तक पहुंचा तो उसने ब्रेक खींचे। उसने स्टीयरिंग व्हील पर अपने हाथ टेक दिए और उनपर सिर झुका लिया।

वह चाहता था कि सुमिता चौड़े सूर्य प्रकाश में पहुंचे। वह अपने पिता के अस्वस्थ आभा-मंडल से घिरी हुई न रहे। अस्वस्थ, क्योंकि वह उसे स्त्री के नाते पूरा विकास नहीं करने दे रहा था।

काश, सुमिता का एक मित्र होता जो कि उसने अपने आसपास जो वर्जनाओं का रेशम-कोष बनाया था उससे उसे मुक्त कर सकता ! नहीं तो यह बारीक तंतुओं का जाल बहुत मज़बूत हो जाएगा और वह पूर्णतः विकसित पतंग स्वतन्त्र होने में अशक्त-अवरुद्ध हो जाएगा।

वह मित्र वह स्वयं नहीं हो सकता था। वह सोचता था, उस तरह के व्यक्तित्व से वह बहुत दूर है। उसकी दृष्टि में स्त्री को प्रौढ़, अनुभवी, वर्जना-विरहित होना चाहिए था। परन्तु सुमिता में कुछ ताज़गी लानेवाली बात तो थी।

वह एक मिनट में उसके पास पहुंच जाएगा—बस ज़रा-सी जीप वहां तक ले जाए। उसने गए चार दिनों में उसके कठोर शब्दों के लिए उसे अवश्य क्षमा कर दिया होगा। ऐसा तो नहीं होगा कि उसके मन में उसके लिए कटु भावनाए हों।

जीप को झटका देकर चलाया तो उसमें एक प्रकार का सुनिश्चित आनन्द

जागा। वह घर जानता था और उसके सामने उसने जीप रोकी। वह हिचकिचाया, फिर उसने हॉर्न बजाया, फिर बजाया। वह बाहर आई। उसने देखा कि जीप सड़क पर थी, और वह सब्जियों की हरी क्यारियों के पास बांस के फाटक के बाहर नीचे उतरी।

"पिताजी लोहापुर गए हैं।"

इंजन चल ही रहा था, जब वह उछलकर उतरा।

"मुझे पता है। मैंने उन्हें लाइब्रेरी के छज्जे पर खड़ा हुआ देखा था।"

"तब ?"

"तब क्या ?"

वह हल्की-सी हंसी और उसने वह बात छेड़ दी।

भास्कर ने कहा : "मैं किसी काम से नहीं आया था। आज छुट्टी थी और सोचा कि कुछ सैर की जाए।"

"आज रविवार या और कोई छुट्टी का दिन तो नहीं है।

"मेरे लिए छुट्टी है। कम से कम एक घंटे की।"

"गांव और सैर-सपाटा ? हमें तो तुम्हें कुछ दिखाने जैसा नहीं है, मिस्टर राय !"

जब भास्कर के चेहरे पर आश्चर्य देखा तो वह जल्दी से बोली : "पुराने मंदिर तो तुम्हें देखने नहीं हैं। एक गांव के दूसरे सिरे पर है।"

"मैंने उसके बारे में सुना है। अगर गोपाल मेरा पथ-दर्शक बनकर चल सकता..."

"वह शाला छोड़कर आ नहीं सकता" वह रुकी, हिचकिचाई, "मैं गाइड हो सकती हूं ? मुझे कुछ समय के लिए कक्षा में पढ़ाना नहीं

"बहुत ही अच्छा !" उसका चेहरा चमक उठा। वह झट से उसे जीप में चढ़ाने के लिए लौटा। उसे डर था कि कहीं वह अपना इरादा बदल न दे। ज्योंही वह जमकर बैठ गई, वह जल्दी से दूसरी तरफ से चढ़ा और उसने गियर बदले।

उसने धीमी-फुसफुसाती आवाज़ में मानो अपने-आपसे कहा, "सच बात यह है कि मैं अस्थिर हूं। मैं काम नहीं कर सकता था। एक घंटा छुट्टी चाहता था।"

"आप...अस्थिर ?"

"क्या मैं मशीन हूं—इस्पात का बना हुआ ?"

"इस्पात नहीं। इस्पात तो सोच नहीं सकता।"

"शायद मैं ऐसा इस्पात हूं जो सोच सकता है—एक कम्प्यूटर (गणक-यंत्र)! परन्तु मैं अनुभव नहीं कर सकता। यही है न?"

उसने अपना सिर ज़ोर से हिलाया। "आपकी भारत के लिए गहरी भावना है। आधुनिक युग के लिए। औद्योगिक क्रांति के लिए।"

और तीखे पड़कर उसने कहा, जब जीप तेज़ चल रही थी—"धीमे! पहले बाईं ओर। वहां।"

"अब मुझे बताइए..." उसने विषय बदला, "खेतों में वे लोग काम कर रहे हैं और तुम्हें देख सकते हैं। वे क्या कहेंगे?"

उसके उत्तर में शुद्ध विस्मय था, "वे मुझे हमेशा देखते हैं। इसमें कहना क्या है?"

"एक अजनबी के साथ जीप में बैठे हुए..."

"तुम अजनबी नहीं हो।"

"इस्पातनगर से एक आदमी के साथ मोटर में..."

"इसमें क्या बुरा है?"

"क्या यह चल सकता है? गांधीग्राम क्या इतना प्रगतिशील हो गया है?"

"प्रगतिशील? इसमें प्रगति की क्या बात है?"

वह समझ गया कि उसने गलत शब्द का प्रयोग किया था। उसने समझाया, "पुराने लोगों में स्त्री-पुरुष को अलग-अलग रखते थे। हर गांव में यही नियम था।"

"गांधीग्राम में नहीं।"

"सचमुच! इससे समस्याएं नहीं पैदा होती?"

"समस्याएं?" उसने उसकी ओर विचित्र दृष्टि से देखा।

क्या इस गांव में सब सुमिताएं ही थीं? विश्वास करना कठिन था। उसने और एक तरह से कहना शुरू किया, "जिस आदमी से तुम्हें नफरत है उसके लिए तुम यह सब कष्ट क्यों करती हो?"

उसकी आंखों में प्रश्न और भी उलझन-भरा हो गया: "नफरत!" उसने सांस ली "आपसे नफरत!"

"ऐसा आदमी, जिसकी गांधीग्राम पर बुरी दृष्टि है-जो अमराई के बदले भट्ठी बनाना चाहता है। ऐसे आदमी से तुम्हें नफरत नहीं होती?"

वह चुप थी। मानो वह कबूल कर रही थी; फिर उसकी आवाज़ धीमी शिकायत-भरी हुई: "हम तुम्हारा विरोध करेंगे। हम अपने-आपको खोने के

बदले मर जाएंगे। पर उसमें किसी तरह की नफरत नहीं होगी। कल ही पिताजी इस्पातनगर के संकट के बारे में बोल रहे थे। उन्होंने हमें धमकाया : 'घृणा का उत्तर घृणा से देना केवल बुराई को बढ़ने देना है। घृणा करना नैतिक संघर्ष में पराजय मनाना है।"

उसके शब्दों से प्रभावित—और उससे भी अधिक उनके पीछे की भावना से प्रभावित होकर—वह एकदम ज़ोर से कह उठा, "सुमिता, मैं तुम्हें ज़रूर समझाना चाहता हूं।"

सुमिता ! उसने उसे नाम से पुकारा।

वह तेजी से बोलता जा रहा था: "हर रात को घंटों जो चीनी प्रचार चलता रहता है उसका उत्तर तुम कैसे दोगे ? उन्होंने हमारी सीमाओं के करीब एक रेडियो स्टेशन बना लिया है। और वे शक्तिशाली ट्रांसमीटर लगाए हुए हैं। वे हमारे नेताओं की निन्दा करते हैं; वे नेहरू पर कीचड़ उछालते हैं। वे सब समय द्वेषपूर्ण गालियां बकते हैं। उन्होंने झूठ बोलने को कला बना लिया है। उसके बदले में हम क्या करें ? उन प्यारे भाइयों की स्तुति गाएं ? चीन की प्राचीन संस्कृति की महत्ता का गुणगान करें ?"

आंखें पास के खेतों की ओर मूड़ गईं, जो जतकर तैयार थे और मानसून की वर्षा की प्रतीक्षा कर रहे थे। सुमिता ने क्षण-भर विचार किया और उसने उत्तर दिया: "हमने वहां की संस्कृति में दो हज़ार वर्षों तक विश्वास किया था, है न ? एक भाड़े के प्रचारक के शब्दों से उस विश्वास को हम नकार नहीं सकते। किसी भी सफेद झूठ को सिद्ध करने के लिए दूसरे झूठों का या अर्ध-सत्यों का सहारा लेना ज़रूरी नहीं है।"

भास्कर के चेहरे पर चौड़ी हंसी से वह और भी नौजवान जान पड़ा।

"ये तुम्हारे अपने शब्द हैं ?"

"तुम्हारा क्या मतलब है ?"

"उधार के तो नहीं हैं ?"

एक क्षण में वह उससे कई मील दूर चली गई, अपने-आप में खोई सी।

उसने तीखे पड़कर कहा, "इसमें क्या फर्क पड़ता है। पिताजी मेरे लिए सोचते हैं। यह मेरा हक है। मेरे लिए उसमें लज्जा की क्या बात है ? मैं जानती हूं वह गलत नहीं सोच सकते। मैं जानती हूं..." उसने विषय बदलते हुए धीमी शिकायत की आवाज़ में कहा, "हमारी बातचीत में उन्हें घसीटने की ज़रूरत नहीं।"

उसने चुपचाप हां कही। उसे याद आ गया कि पहले वे मिले थे तब क्या हुआ था।

"रास्ते से हटकर चलिए। वह दूसरा चरागाह है। उसके पार के गांव का नाम है रानीघाट।"

अपनी ही छत के नीचे इतनी समृद्धि फूल रही है और कोई उसके प्रति इतना बेख़बर रहे ! और जब यह समृद्धि अपनी ही बेटी की हो ? क्या तरुणों को देखकर उस पिता को अपनी और पत्नी की तरुणाई का ख्याल नहीं हो आता ? क्या ऐसी कोई स्मृति नहीं है, जो वह पुनर्जीवित करना चाहे ?

"वह देखो मन्दिर ?"

विचारों में डूबा वह अनमनी आंखों से देखता रहा। एक टूटाफूटा पत्थर का खडहर-सा था। पुराने समय का जान पड़ता था और काला पड़ा था। जीप उसके सामने के आंगन में जा रुकी।

"वैसे तो यहां कुछ भी देखने लायक नहीं है। परन्तु तुम्हें एक मूल्यवान् घंटा बिताना था—सैर-सपाटे में !"

"अन्दर चलें।"

दीवारें कभी चिकनी रही होंगी, अब आबोहवा से खुरदरी हो रही थीं। ऊपर शिखर का सिरा—कभी शायद चक्र रहा हो—आधा टूटा हुआ था। प्रवेश द्वार में दरवाज़े नहीं थे, किसीको शायद लकड़ी की ज़रूरत रही हो, वह उठा ले गया था, शायद दो सौ वर्ष पहले। और विचित्र बात यह थी कि गर्भगृह खाली था। न वहां कोई देवी थी, न देवता।

ऐसा लगता था, मानो प्रतिमा वहां के अकेलेपन और विनाश से घृणा करते हुए कहीं बाहर चली गई हो।

ज्यों-ज्यों आंखें अंधेरे के भीतरी भाग की आदी हुईं, उसने चारों ओर देखा। दीवार पर कई तोरण और शिल्पाकृतियां थीं, पुराणकथाओं की। वहां भारत के प्रसिद्ध मंदिरों के मुख्य आकृति-बंधों की जैसी प्रतिध्वनियां थीं। एक बड़ा-सा शिल्प, ऊपर आले में भास्कर की आंखों को आकृष्ट करता रहा। वह और नज़दीक खिंच आया। एक पत्थर की स्त्री एक आदमी के घुटनों पर बैठी थी, एक खरबूजे के आकार का स्तन उस पुरुष के बड़े हाथ में थमा था। यह तो किसी प्रसिद्ध मूर्ति जैसा था जो क्ष़ज़ुराहो में थी—या शायद कोणार्क में ? वह आश्चर्यजनक ढंग से सुन्दर अनुकृति थी। परन्तु भास्कर उस पाषाण की प्रतिमा पर इतना ध्यान नहीं दे रहा था जितना अपने साथ की स्त्री पर।

वह उस सारे उत्तम शृंगार से अपरिचित थी, ज़रा भी लज्जालु नहीं थी। इस बात का भी उसे भान नहीं था कि उसका साथी ऐसे शिल्पित प्रणय को एकटक देख रहा है।

'सुमिता, तुम इसके बारे में क्या सोचती हो ?"

"मैं शिल्पकला के बारे में कुछ भी नहीं जानती।"

उसकी ज़बान पर कई अनपूछे सवाल आते रहे। क्या इस शिल्प का कोई अर्थ तुम्हारे लिए नहीं है ? क्या तुम्हें वहां एक वास्तव पुरुष और वास्तव स्त्री नहीं दिखाई देती ? उसे सुमिता के अंतरंग जीवन में इस तरह झांकने का कोई मतलब नहीं था। यह विचार करना कठिन था कि उसके चेहरे पर लज्जा के स्पर्श से जो नई सुन्दरता आती वह कैसी होती।

वह मुड़ गया, अपने-आपसे झुंझलाया और मन्दिर के बाहर जल्दी से चला गया। एक मिनट बाद वह भी जीप में उसके साथ हो ली।

वे जल्दी के रास्ते से लौट रहे थे, "मैंने कहा था न कि वहां कुछ भी देखने लायक नहीं है ?"

वह मानो अपने-आप से बोल रहा था, "जीवन की एक झलक।"

"जीवन ?"

"यह शिल्प। तुमने देखा ?"

"वह" उसने प्रामाणिक अज्ञान से जीभ से 'च...च' ध्वनि की।

उसका अपना अज्ञान उसके ही बराबर था। उसके लिए यह विश्वास कर सकना कठिन था कि कोई स्त्री वक्ष पर हाथ के स्पर्श के दश्य से अछूती रह सके, जबकि दोनों इतने हुबहु शिल्पित थे।

उसके विचार संकट से भर उठे।

"हम रेडियो पीकिंग की बात कर रहे हैं, सुमिता ! कल रात चीनियों ने यह कहा: "यदि लड़ाई शुरू हो जाए तो ? आधी मानव जाति शायद नष्ट हो जाएगी। परन्तु शेष आधी बची रहेगी। समय बीतता जाएगा; स्त्रियां बच्चों को जन्म देंगी। और दुनिया की लोक. संख्या फिर पूराने स्तर पर आ जाएगी।"

"रेडियो पीकिंग ने यह कहा ?" ये शब्द शांति-परिषद् की रहस्यमय नारी ने भी शायद ही कहे होते।

"वे लोग अपनी जनसंख्या के बीस-तीस करोड़ लोग नष्ट हो जाने की कोई चिन्ता नहीं करते। बस पचास बरस बीतने की ज़रूरत है कि फिर वही पुरानी संख्या आ जाएगी। ऐतिहासिक समय में पचास वर्ष क्या होते हैं ?"

सुमिता ने कहा, "मैं आपको एक रहस्य बताऊं।" वह रुकी, उसके चेहरे पर सहसा एक आभा दमकी, उसकी काली आंखें और गहरी हो गईं।

उसे सदा ऐसी ही मुद्रा रखनी चाहिए थी, उसने सोचा, जीप रोककर वह उसके चेहरे की ओर एकटक देखता रहे तो कैसा हो। और फिर उसे लगा कि उसे इस मोटे खद्दर से अधिक और कोई कपड़ा इतना नहीं सुहाता। उसकी दृष्टि उसके लाल मिट्टी से सने तलुओं की सुन्दरता की ओर झुक गई।

जब वह चुप बैठी रही तो उसने इसरार किया, "कहो भी!" वह चाहता था, उसे प्यार से पुकारे। ऐसा सम्बोधन उसके होंठों से निकला ही था। उसे क्या हो गया था? बुद्धू कहीं का!

"उनके हृदय-परिवर्तन की आवश्यकता है। उनमें भी परमात्मा बसते हैं, जैसे हम सबमें। उस परमात्मा को जगाना होगा।"

"हां।" वह समझना चाहता था, सत्य जानना चाहता था, आवश्यकता हो तो जीवन-दर्शन बदलना चाहता था।

"सो पिताजी ने यह निर्णय किया है कि वे एक शांति-मिशन लेकर लद्दाख जाएंगे। अभी उन्होंने अपनी योजना की घोषणा नहीं की है। सिर्फ मां और मैं जानते हैं। और आप..."

वह आश्चर्य से चकित था। उसे अपने कानों पर भरोसा नहीं हुआ।

"शांति-मिशन...लद्दाख को?"

"इसका परिणाम ऐतिहासिक होगा। चीनी जनता की आत्मा का मर्मस्पर्श होगा। उनमें जो कुछ अच्छाई है, मानवीय स्वभाव में जो भी उदात्तता है उसका स्पर्श होगा।"

उसकी आवाज़ बीच में रुक गई, "इस शांति-मिशन में कौन-कौन होंगे?"

"चार आदमी और.. एक स्त्री।"

"एक स्त्री?"

उसका चेहरा उदास हो गया। "मैं चाहती हूं वे माताजी होती!"

"तुम जानती हो वह कौन है?"

"मैं!

वह भयाक्रांत हो उठा। मोटर के पहिये पर का हाथ जैसे सुन्न हो गया। और जीप सड़क के एक तरफ घिसटती गई, एक बड़े-से गड्ढे पर वह जोरों से टकराई।

इसके बाद जो लम्बा मौन चला तो उसमें तो भय कटु क्रोध में बदल गया।

एक घंटा पहले जिस तरह की थकान उसे रोलिंग मिल में अनुभव हुई थी, वह फिर जैसे लौटकर आई। वह अकेले रहना चाहता था, अपने सुरक्षित कार्यस्थान की दीवारों में डूबा हुआ..'या.. रूपा में डूबा हुआ।

रूपा अपने आफिस से रिपोर्ट लेकर कमरा नम्बर उन्नीस का दर वाज़ा थपथपा रही थी। भास्कर ने अपना अनजला पाइप हिलाते हुए उसे कुर्सी पर बैठने के लिए कहा। उसने जल्दी से नोट पढ़ा।

"तुम्हें देखना अच्छा लगता है, रूपा! तुम्हारी उपस्थिति में शांति मिलती है।"

"शांति ?" यह प्रतिक्रिया वह नहीं चाहती थी।

"तुम्हें देखकर मैं अपनी समस्याएं भूल जाता हूं।"

"दो क्षणों के लिये !

वह हंसते हुए टेबल से हटकर उसके पास गया और उसने उसका हाथ अपने हाथ में लिया। "तुम्हारी उंगलियां कलाकार-जैसी हैं।" उनकी आंखें मिलीं। पर वह दूसरी ओर देखने लगी। क्या वह उसका भाव समझ गया? उसे सिर्फ उसकी उंगलियों से ही प्रेम करना नहीं चाहिए था। पर उसने सिर्फ इतना ही किया। उसने अपना हाथ खींच लिया, और वह स्त्री जिसे उसने दो क्षणों के लिए सिंहासन पर बैठाया था एकदम शून्य में परिणत हो गई।

बिलकुल शून्य नहीं। वह जा ही रही थी कि वह उसकी ओर टेबल तक आया। उसके पीछे वह खड़ा हो गया। उसने हाथ की उंगलियों से उसकी ठोड़ी उठाई और चेहरा ऊपर किया। फिर उस आधे खुले मुंह को उसके ऊपर के होंठ से नीचे झुकी मुद्रा को अपने मुंह से ढंकता रहा। उसने धीमे से कहा, मानो अपने-आपसे कह रहा हो, "अजब बात है, तुम मेरी अँन हो सकती थीं !" यह कहकर जैसे वह उसके स्पर्श से अपने को छुड़ाना चाहता था। वह उसे उस स्त्री की याद नहीं दिलाना चाहता था जो उसे अमेरिका में मिली थी, और उससे तुलना नहीं करना चाहता था, परन्तु उसका चुम्बन अस्वीकृत करने की शक्ति उसमें नहीं थी। वह चुपचाप, सिर झुकाए बैठी रही। जबकि उसका हाथ उसके गले के गोले

तक फिसल गया, धीरे-धीरे उसकी गले की हड्डी के अर्द्धगोल तक। उसकी सांस बढ़ती गई और उसके उरोज आतुरता से विह्वल होने लगे। ऐसे क्षण पर टेलीफोन बजना था ! थोड़ी देर तक उसने टेलीफोन की ओर ध्यान नहीं दिया। उसे लगा कि धीमा, प्रेममय हाथ नीचे आ रहा है। विह्वलता और भी बढ़ी। पर टेलीफोन नहीं मान रहा था। उसने झुंझलाकर वह टेलीफोन उठा लिया। उसका चेहरा एकदम बदल गया। एक क्षण में "हां-हां, मैं वहां पांच मिनट में आया।" और वह, जोकि हर अंग में सिहरन अनुभव कर रही थी : "रूपा, स्ट्रक्चरल्स में मशीन टूट गई हैं। मैं नहीं भागंगा तो बड़ा संकट हो जाएगा।" उसके जाने के बाद भी अपना झुका हुआ सिर एक मिनट तक ऊपर नहीं उठा सकी। फिर उसे अपने-आपसे बहुत संघर्ष करना पड़ा, नहीं तो वह उस नीले रंग के टेलीफोन रिसीवर को जाकर छीनती और ज़मीन पर पटककर दे मारती।

आज, टेबल पर कुहनियां रखे और चेहरा हाथों में संभाले वह बैठा था और रूपा उसका मूड बदलने की राह देख रही थी। वह सोच रही थी कि शारीरिक कष्ट की भी एक सीमा होती है। उसने उस सीमा को पार कर डाला था। और अब उसकी कीमत उसे चुकानी पड़ रही थी। यदि वह रूपा को एक मौका देता, वह उसे अपने भीतर से बाहर निकाल लाती और इस प्रक्रिया में उसमें की सहनशक्ति को पुनः नया कर देती।

"रूपा..."

उसके गम्भीर स्वर से चौंककर वह राह देखती रही।

"रूपा, युद्ध छिड़ने की स्थिति में हम हैं।"

"युद्ध ?"

"विस्तार। हमें गांधीग्राम को अपने रास्ते जीत लेना है। उसका सारा दृष्टिकोण हमारे विपरीत है। इसलिए हमें सारे भारत में उससे लड़ना होगा।"

वह बिना जवाब दिए सिर हिलाती रही। वह उससे नहीं बोल रहा था, पर एक तरह से ज़ोर से अपने-आपसे बड़बड़ा रहा था।

"यह संघर्ष रुक सकता था। पर लद्दाख ने उसे बड़ी तीव्रता दे दी है। और लद्दाख से अजीब फोकस में यह विचित्र आदमी सत्यजित भी सामने आ रहा है। वह सशस्त्र शक्ति में विश्वास नहीं करता। इसका अर्थ यह नहीं कि वह अपने देश की स्वतन्त्रता को हम सबसे किसी तरह कम समझता है। उसके उस स्वतन्त्रता की रक्षा के अपने विचार हैं। वह करने जा रहा है एक नाटकीय..."

आवाज़ टूट गई। उसका चेहरा सोच में डूब गया, जब कि गुस्सा उसकी आंखों में कठोर होकर उतर पड़ा—"रूपा, हमें सत्यजित से लड़ना है।"

अच्छा, तो यह था कारण उसकी थकान का। इस्पात नहीं, पर उससे कठोर और कुछ। गांधीग्राम का प्रसिद्ध नेता इस्पातनगर से आनेवाली चुनौती का जवाब देने के लिए पूरी तरह तैयार था।

"यह रिपोर्ट जो तुम अपने आफिस से लाई हो—मुख्यतः सत्यजित के बारे में है। एक हफ्ते से ज़्यादा हुआ, वह शहर की लाइब्रेरी में जाता रहा है। लद्दाख के विषय में किताबों और नक्शों से सामग्री जुटाता रहा है। उसे वह ज़मीन जाननी चाहिए।"

"उसे लद्दाख के बारे में जानना क्यों ज़रूरी है?"

उसने उस प्रश्न का उत्तर नहीं दिया।

"सत्यजित गांधीग्राम की आत्मा है। वही गांधीग्राम है। बिना उसके नेतृत्व के यह विचारों का जो ढांचा बना रहा है वह रेत के महल की तरह गिर पड़ेगा। ग्राम-पंचायत के दूसरे लोग, जैसे कृष्णमूर्ति, कहीं छोटे लोग हैं। यदि सिर्फ सत्यजित को नष्ट किया जा सके..."

रूपा ने सांस रोककर कहा—"नष्ट?"

"मेरा विचार उसके भीतर के आदमी से है। उस स्फटिक पावनता का आदमी। वह जो पाप से घृणा करता है। हां, जिस किसी बात को वह पाप समझे। उसे अपनी नैतिक ऊंचाई से गिराना होगा, और उसे अपने-आपको नेतृत्व के लिए अयोग्य घोषित करने की स्थिति में लाना होगा।"

रूपा ने सिर हिलाया, "यह नहीं हो सकता।"

उसके चेहरे का उदास होना उसने देखा और उसका दिल दुखा। फिर भी वह आशा के साथ कहता रहा :

"मैंने भी यही सोचा था, और फिर भी मैं ऐसे शुद्धतावादियों के बारे में कुछ संदेहशील हूं। तुमने टैगोर की कहानी 'उपलब्धि' पढ़ी होगी। टैगोर एक पुरानी कहानी लेते हैं और उसे एक नया रंग देते है।"

वह एक लंबे मिनट के लिए चुप रहा। खिड़की का कांच बारिश से धुंधला हो रहा था। सारे दिन आज वर्षा होगी, उसने सोचा। इस बार आशा से पहले मानसून शुरू हो गया। सारी रात गहरी वर्षा होती रही, बार-बार बादल गरजते रहे। उसे नींद भी थोड़ी ही आई थी।

वह अब भी चुप था। पर फिर बोलने लगा, अपने-आपसे :

"शुद्धतावादी—अपने मन में—ऊंचे आसनों से गिरे हैं, अगर यही सत्यजित के बारे में हो जाए !"

"तो फिर ?"

"ज्योंही उसे पता चलेगा कि उसकी अन्तरात्मा कलंकित हो गई है।"

उसने नीचे देखा। चेहरा लाल हो आया। भास्कर हंसा।

"यह मत कहो, रूपा, कि तुम भी ढोंग की शिकार हो। तुम्हें संकोच हो तो हम यह विषय छोड़ें।" और फिर माफी के अन्दाज़ में "ज़रा-सा मैंने योंही चाहा और सोचा। यह बात मुझे तुमपर नहीं लादनी चाहिए थी। और देखो तो मेरी मूर्खता ! यह समझना कि जो इतने सारे वर्षों में नहीं हुआ, वह रातों-रात हो जाए।"

उसके चेहरे में एक गाल पर जरा-सी हरकत हुई, एक छोटी-सी नस की अस्थिर हलचल। इस तरह के गंभीर मूड के लिए वह तैयार नहीं थी। उसका हाथ अब उसकी तरफ खिंचा बढ़ा आ रहा था,पर वह बड़े विचित्र भय से पीछे हटी। वह उससे कहीं दूर था, उसके मन से; वह उसकी उंगलियों से ही प्रेम करे, केवल उंगलियों से, तो अच्छा हो। उस क्षण में वह यह बात सह न सकी। वह एकदम उठ खड़ी हुई।

"मुझे अपने आफिस वापस जाना है, समय हो गया।"

वह दरवाज़े पर रुकी, मुड़कर उसने यह जवाब फेंका, "एक संन्यासी के बदले आज मेरी अँन को क्या मौका है ?"

उसका क्या मतलब था ? उसने अचरज से जाते हुए देखकर विचार किया। उसमें और मेरी अँन में बड़ा रूप-साम्य था।

रूपा के साथ जीवन ने बहुत कठोरता का व्यवहार किया था। वह छः बरस की थी, तभी उसकी मां नहीं रही। वह अमेरिका चली गई, वहीं की थी वह। रूपा फिर बोडिंग हाउस गई, कालेज गई, ग्रेजुएट होकर उसने सेक्रेटरी की ट्रेनिंग ली। एक दिन क्या झक सवार हुई कि उसने एक विज्ञापन पर अर्जी दी और एक दिन एयर होस्टेस की वर्दी में उसने अपने-आपको पाया।

यह सब उसने उसे एक दिन बताया था। वह दुखी जान पड़ती थी, और वह उसका कारण जानना चाहता था। वह कहती गई, दबी हुई ज़बान से दबी भावनाओं को वह एक मार्ग देना चाहती थी। पर होस्टेस का काम उसने क्यों छोड़ा ? इस प्रश्न

के पूछने पर उसके चेहरे पर ऐसी भावना आई जैसे उसने कोई भयानक चीज़ देखी हो। उसका मुंह तन गया।

दूसरे घंटे रूपा गहरे विचार में अपने कमरे में बैठी थी।

उसने कहा था—सिर्फ मन की उमंग थी। परन्तु ऐसा भी तो हो सकता है कि गांधीग्राम के इस संन्यासी के बड़े नैतिक कवच के भीतर कहीं एक कमज़ोर कड़ी हो। शारीरिक वासना है और वह पापकर्म की ही तरह है। सिर्फ इच्छा, भावना और विचार मनुष्य की अन्तरात्मा को कलंकित कर सकते हैं।

उसके मन में एक विचार बिजली की तरह कौंधा : मैं ही उसकी परीक्षा करूं तो ? हंसकर उसने यह विचार टाल दिया। शायद यह परीक्षा लेने के लिए वह उचित व्यक्ति नहीं थी। उसकी मानसिक तैयारी कहां थी। न शारीरिक तैयारी ही थी।

क्या उसकी ओर जो पुरुष देखते थे वे दुबारा उसकी ओर देखना नहीं चाहते थे ? और उनकी आंखों की तृष्णा छिपी नहीं रहती थी ?

यह विचार उसके मन में फिर लौटकर आया और उसके मन में बढ़ता गया, जबकि वह काम कर रही थी। एक घंटा बीत जाने पर यह विचार एक आवेग बन गया। और कुछ नहीं तो यह प्रयोग मनोरंजक तो होगा ही। वह भास्कर से नहीं कहेगी। अगर सफल हो गई तो यह उसे उसके तौर से एक उपहार होगा जिसे चाहे वह कबूल न करे। अगर वह हार गई तो भी कुछ फर्क नहीं पड़ता है। परन्तु उसे जल्दी शुरू करना होगा। कौन जानता है कि सत्यजित शहर की लाइब्रेरी में आना कब बंद कर दे ?

अध्येताओं के लिए सुरक्षित तीसरी मंजिल के कमरे में वह अकेला होगा। वह उसकी मदद करेगी। उसे आफिस से अनुपस्थित रहना होगा—यह कोई समस्या नहीं थी, पन्द्रह दिन की छुट्टी बाकी थी।

उसे एकदम उत्कंठा-सी लगी। वह झट से अपनी पूरी योजना बनाने लगी। ये कपड़े ठीक नहीं होंगे, साड़ी पहनकर जाएगी तो उस विरक्त के संयम-बंधन और बढ़ेंगे। पर एक पश्चिमी ढंग का लिबास जो अक्सर विदेश में पहनती थी, उसके उद्देश्य की ठीक पूर्ति कर सकेगा। उन्हें पहनकर वह ठीक अपनी अमेरिकी मां की तरह लगेगी।

...उसका काम मनोरंजक होगा। पचास की उम्र का आदमी—इस उम्र में ये सब पुरुष काफी जल्दी स्खलित हो सकते हैं। संन्यासी ज़रा नई वस्तु थी। अगर वह

उसे रूपा मां कहकर पुकारे तो सब कुछ सत्य हो जाएगा। पर वह यदि उसे विदेशी की पोशाक में देखे तो शायद ऐसा नहीं कहेगा।

बाद में, घर में, हरे चुन्नटदार स्कर्ट और सफेद गर्दन की ओर नीचे कटे ब्लाउज़ को पहनकर, रूपा ने शीशे में देखा तो ऐसे लगा, जैसे उसकी मां ही उसकी ओर देख रही थी।...

ज़रा-से फैले मुंह पर आखिरी लाल लिपस्टिक लगाई। वह ढीला ब्लाऊज़, जब वह नीचे झुकी तो झैसे उभार से चमक उठा।

रूपा ने टैक्सी ली। लाइब्रेरी में वह थोड़ी देर रीडिंग रूम में विचार करते बैठी रही। सत्यजित से मिलने से पहले उसके बारे में और जान लेना अधिक उपयोगी होगा। भास्कर के थोड़े-से वाक्यों से ही वह उसके बारे में—उसके अंतरंग के बारे में—जो कुछ जान पाई थी उतना ही वह जानती थी। वह उसकी एक-दो पुस्तकों को टटोल ले तो अच्छा हो। और टैगोर की कहानी 'उपलब्धि' भी शायद कुछ बता सके।

वह किताबों की अलमारियों की ओर बढ़ी। उसे जो चाहिए थे वे ग्रंथ मिले। फिर वह अपनी जगह पर जाकर पढ़ने लगी।

गहन वन में तपस्या में डबा संन्यासी अमरता प्राप्त करने में लगा था। लकड़हारों में से एक तरुणी रोज़ उसके लिए फल ला देती और पत्तों के दोनों में पानी। उसके सामने फूल रखती। उसके सब उपहार उपेक्षित रह जाते। आधे दिन चढ़े वह संन्यासी के पास खड़ी हो जाती। अपने साड़ी के आंचल से उसे धूप से बचाती। वह ध्यान ही नहीं देता।

पर देवताओं ने संन्यासी की तपस्या को देखा। अच्छा, पृथ्वीलोक का होकर वह इस तरह आत्म-बलिदान के सहारे मृत्युंजयता की शक्ति की उपलब्धि चाहता था। इन्द्र, देवों के देव, क्रोधित हो गए,एक साधारण मर्त्य की इस धृष्टता पर। और उन्होंने स्वर्ग की अप्सरा मेनका को आदेश दिया कि पृथ्वी पर उतरे और इस संन्यासी की समाधि को भंग करे। मेनका हिचकिचाई। एक मर्त्य की हार के लिए मेनका का उपयोग—यह स्वर्ग की हार नहीं होगी क्या? सबसे मारक अस्त्र तो पृथ्वी पर ही था—नारी। और इन्द्र समझ गया।

सो ऐसा हुआ कि इन्द्र की इच्छा से उन लकड़हारों की एक लड़की को यह मोहिनी मिल गई। संन्यासी ने अब निश्चय किया कि वह जंगल में और गहरे जाएगा और अपनी तपस्या और कठिन और उग्रतर बनाएगा। उसने इस लड़की पर दृष्टि

डाली और इस तरह से देखा कि जैसे अब तक वह अपरिचित थी और अब वह जानना चाहता था। उसने संन्यासी की इच्छा सुनकर यह कहा कि वह वन में वहीं रहे जहां था, जिससे कम से कम वह उसका दर्शन प्रतिदिन पा सके। विचित्र बात यह हुई कि संन्यासी ने पहली बार उसकी प्रार्थना स्वीकार कर ली।

उसका 'हां' कहना उस लड़की के लिए एक धक्का-सा था। उसने उसकी साधना की उपलब्धि की राह रोक दी थी और उसने उसकी बात मान ली। वह लड़की अपने से डरने लगी। और वह संन्यासी उसके हाथ से फल और पानी लेने लगा।

उसके आनन्द को आंसुओं ने धो दिया। एक दिन उस संन्यासी पर से अपनी बुरी शक्ति को समेटते हुए उसने उसे विदा दी—वह अब कहीं दूर की जगह जा रही थी। उसने उसे आशीर्वाद दिया, "जाओ, तुम्हारी इच्छा पूरी हो।"

जब उसकी कठिन तपस्या पूरी हुई, इन्द्र संन्यासी के सामने आए, और उन्होंने उनकी विजय मानते हुए उन्हें देवताओं जैसी अमरता देनी चाही। परन्तु अब उन्हें वह वरदान नहीं चाहिए था। इन्द्र ने आश्चर्य से कहा, "तुम क्या चाहते हो ?" उत्तर मिला, "मैं तो वह लकड़ी जमा करनेवाली लड़की चाहता हूं।"

पुस्तक को बन्द करते हए रूपा ने मन में सोचा कि कोई इन्द्र उसे ऐसी मोहिनी शक्ति नहीं देनेवाला है। उसके पास जो कुछ था उसका सबसे अच्छा उपयोग करना होगा। क्या उससे संन्यासी का पूरा अध:पतन हो सकेगा ?क्या उससे जो मुक्ति मिलेगी, उसे वह छोड़ सकेगा ?

दरवाज़े पर थपकी की आवाज़ आई। तब सत्यजित का ध्यान उस ओर गया। वह ज़वाव देने के लिए मुड़ने ही वाला था कि दरवाज़ा धीमे से खुला। एक अजनबी का चेहरा झांका। अरे, यह तो एक स्त्री है !

वह दरवाज़े की चौखट में जड़ी-सी खड़ी बोली—"मैं आ सकती हूं, श्रीमान् ?"

उसने कुछ क्षण उसका अध्ययन किया। वह खड़े होकर नम्रता दिखाते हुए कहने लगा, "यह आप जो चाहती हैं वह कमरा नहीं हो सकता।"

"सर, मैं आपके काम में मदद कर सकती हूं ? मैं लाइब्रेरी-आफिस से एक टाइप-राइटर ले आऊं। जो भी नोट्स आपने लिए हों या और कोई जो सामग्री हो...

वह उसकी ओर आश्चर्य से देखने लगा। "मैं समझा कि आप कोई विदेशी टूरिस्ट हैं।"

मैं इस्पातनगर में ही काम करती हैं। आप कोई नई किताब लिख रहे हैं न —'अहिंसा की विजय' के बाद तो कोई पुस्तक आपने लिखी नहीं।" और उसने रुक-रुककर कुछ सुन्दर अंदाज़ से कहा, "मैं शायद आपके लिए बाधा हूं। ऐसी बात हो तो मुझे आप जाने को कह दीजिए, मैं चली जाऊंगी।"

मैं समझा नहीं..." गए कई वर्षों से लाइब्रेरी में कई तरह की सुविधाएं मिलती रही हैं। पर उसमें टाइपिस्ट की भी व्यवस्था होगी, ऐसा तो कहीं नहीं था। और यह तरुणी मेरी पुस्तकों के बारे में भी जानती है।

"शायद आपको इस्पातनगर से कोई मदद करने आए, यह पसंद नहीं होगा। मैं आपकी आवश्यकताएं जानती हैं।"

वह उसकी तरफ देर तक देखता रहा। यदि उसने यह सोचा हो कि उसके मन में कोई कड़वाहट है तो वह गलत सोचती थी। अगर उसका प्रार्थनापत्र उसीके सामने टाइप हो जाए तो उसके लिए बहुत उपयोगी होता।

"आप कब शुरू करना चाहेंगी ? कल से ?"

"कल से क्यों साहब ? शुभस्य शीघ्रम्" वह भीतर जल्दी से चली आई। उसने अपने पीछे दरवाज़ा बन्द कर लिया। "पहले मुझे टेबल ठीक करने दीजिए—टाइपराइटर को कुछ जगह चाहिए न !" वह सारे कागज़ों के ढेर को व्यवस्थित करने में लग गई। उसने मौनपूर्वक उसे देखा। रूपा सोचने लगी, यह खतरे का मामला है। वह मुझे 'मां' कहेगा और सब खेल खत्म हो जाएगा।

बादलों को घनी छांह कमरे में छा गई थी, पर सत्यजित ने टेबल लैम्प नहीं जलाया था। उसने उसे बरामदे के प्रकाश में ही देख लिया था। वह काम नहीं कर सकता था ऐसे अंधेरे में। शायद सोचता हो—मुक्ति की उपलब्धि की। अब भी, रूपा ने ही स्विच खोला और प्रकाश किया। क्या यह भी भास्कर की तरह उसे देखेगा ? यानी उसे देखने के बहाने उसके पार कुछ देखेगा ? फिर उसे क्या मौका मिल सकेगा ? "श्रीमान, आपने मुझे टूरिस्ट क्यों समझा ?"

"तुम भारतीय नहीं हो।"

"मेरी मां बोस्टन से आई थी। उसने यूनवर्सिटी में एक भारतीय विद्यार्थी से विवाह किया; परन्तु मैंने अभी तक अपना नाम भी तो नहीं बताया। रूपा है मेरा नाम।"

"रूपा क्या ?"

"बस रूपा। इस्पातनगर में मेरा इतना नाम ही सब लोग जानते है।"

"क्यों ?" उसकी आंखें उसकी ओर एकटक देखने लगी और हरी पुतलियां ऐसी चमक रही थीं जैसे पन्ने के टुकड़े हों।

"शायद उन्हें नाम पसन्द हो।"

हवा का रुख सहसा बदलने से वर्षा कमरे में तेजी से आ गई। कागज़ इधर-उधर उड़ने लगे। सत्यजित उठा, धीमी चाल से खिड़की के पास पहुंचा। रूपा वहां पहले ही पहुंच चुकी थी। हवा के ज़ोर के विरुद्ध खिड़की के कांच बन्द करते हुए दो हाथों के जोड़े मिले। उसने अंत में लोहे का बोल्ट लगा दिया, तब रूपा ने सोचा, कैसी लम्बीलम्बी मज़बूत उगलियां हैं। कांच पर बूंदें तडातड़ गिरने लगीं। आंधी की आवाज़ में हवाई जहाज़ की आवाज़ सुनाई दे सकती थी; वहां से बीस मील की दूरी पर एक हवाई अड्डा था। जब कुछ दिखाई न दे तो हवाई जहाज़ का उतरना संभव नहीं था।

साधारण दिन होता तो यहां से इस्पातनगर की पांचमंज़िली इमारतें दिखाई देतीं। कमरा नम्बर उन्नीस दूसरी मंजिल पर था। और वह उसे भी पहचान लेती, एक कोने पर कमरा है, पश्चिमोत्तर दिशा में। वहां का आदमी नित्य की तरह व्यस्त होगा, उसे आंधी की ओर देखने की फुरसत कहां थी ! अनगिन फाइलों को समर्पित।...

"अगर आपको मदद करनी ही है तो काम कीजिए," सत्यजित की आवाज़ तीखी पड़ी। उसके चेहरे पर एक विचित्र भाव था.. क्रोध ? वह किस बात से क्रुद्ध था ?

वह फर्श पर फैले हुए कागज़ समेटने लगी। ज्यों ही वह झुकी, उसे लगा कि उसकी नज़र उसपर है और उसे ब्लाउज़ की याद आई। उसकी अपनी नीची दृष्टि एक क्षण-भर उसके खुले अंगों पर पड़ी। परन्तु किसी आसन्न विजय की भावना ने उसे अभिभूत नहीं किया। सहसा अपने उद्देश्य में उसकी दिलचस्पी समाप्त हो गई। यदि वह कमरा नम्बर उन्नीस में हो सकती—फल और पत्तों के दोनों में पानी लिए...

नम्बर उन्नीस कमरे में ब्लाउज़ का आक्रमण असफल हो चुका था। यदि उसे विजय भी मिले और वह उसके जीवन-प्रवाह की गति को न बदल सके तो क्या लाभ ? वह बात अब उसे जला रही थी। जैसे पहले एक बार, हार में।

वह कागज़ समेटती हुई अपनी ऊंची एड़ी की जूतियों पर मुड़कर देखने लगी। और सारे कागज़ टेबल पर समेटकर वह बुदबुदाई, "क्या मैं टाइपराइटर लाऊ ? अभी लाइब्रेरी दो घंटे और खुली रहेगी, और कुछ भी हो तो यह घनी वर्षा रुकने तक तो आप यहां से जा ही नहीं सकेंगे।"

"हां।" उसने कहा। उसकी आवाज़ विचित्र ढंग स रिक्त थी। "टाइपराइटर लाओ.. रूपा।"

सुमिता ने खुशी से चीखकर कहा—"क्या मजे का काम है। मैं 7 बहुत जल्दी सीख रही हूं।" उसने बिजली के यन्त्र को दुलारते हुए कहा।

बिजलीवाले ने अपने औज़ार उठाए और वह चला गया—दिन का काम पूरा हुआ। भास्कर लड़की की तरफ मुड़ा, और ज्योंही उसे गुस्से में देखा तो वह कुछ सहम-सी गई। उसने पूछा—"तुम यहां कितनी बार आई हो ?"

"क्यों आपको पसंद नहीं ? मैंने कोई नुकसान नहीं किया है, मैं यह दावे से कह सकती हूं।"

"तुम शायद ऐसे वक्त आती रही हो, जब मैं यहां नहीं आ पाता था। आज भी यह वर्षा थम गई इसलिए इस समय आया, वर्ना नहीं आता। मैं कभी जान भी नहीं पाता कि कब तुम यहां आती हो और बिजली के तार लगाने में मदद करती रहती हो।"

"आपने मुझे मना किया होता !"

"सुमिता, तुम तो गांधीग्राम को गिरा रही हो। यह पाप, यह कलंक। इस बिजली को तो तुम्हारे पिता ने ग्राम से दूर रखा है।"। उसने अपनी गर्दन हिलाई, नकारते हुए। "उन्हें ज्ञान से कोई विरोध नहीं है। वह तो कहते हैं सारा ज्ञान पवित्र है। सच बात तो यह है कि मैं कुछ सीख रही हूं..."

"बिजली का स्विच, वह छोटा-सा बटन, शायद आखिर में गांधीग्राम का अंत ले आए।"

"यह सब ऐसा आसान नहीं है।" रुककर फिर बात को उठाते हुए उसने कहा, "जो कुछ लोहापुर के लिए अच्छा है, वह हमारे लिए भी हो यह ज़रूरी नहीं। बिजली की शक्ति में कुछ बुरा नहीं है। यह तो जादू है। यह..." शब्द उसे सूझ नहीं रहे थे

पर आंखों की चमक सब कुछ कह दे रही थी।

वह आश्चर्यचकित था। वह कई तरह से विरोधों का मिश्रण थी। कितनी आसानी से वह अपने मन में से सब विरोध हल कर डालती थी। यंत्र शत्रु थे। और फिर भी वह उन यन्त्रों की जीवन-स्फुलिंग, बिजली, से इस तरह आकृष्ट थी।

उसने निमन्त्रण दिया—"हमारे टर्बोजेनेरेटर देखने आना। वे हमें नब्बे हजार किलोवाट बिजली देते हैं। और हम एक और नया संयंत्र लगाने जा रहे हैं। ये तार तो सिर्फ वितरण के माध्यम हैं। शक्ति तो सारे चित्र का छोटा-सा हिस्सा है। इस्पात बनाना—वह मुख्य बात है। लोहे को इस्पात के इंगौटों में बदलते हैं। और वह है स्ट्रिप मिल, ब्लूमिंग मिल। बड़े-बड़े राक्षसाकार यंत्र रात-दिन हमारे गुलामों की तरह काम करते हैं।"

सुमिता ने सोचते हुए कहा—"हमारे बच्चों ने वह सब देखा। एक ट्रक भरके बच्चे वहां गए थे। कई दिनों तक वे और कुछ बोलते ही नहीं थे। एक बच्चा...नेपू उसका नाम था...वह तो एक एलेबेटर से बहुत खुश हुआ। उसे बटन दबाने दिया गया। वह कई दिनों तक चिल्लाता रहा.. वाह ! क्या मशीन है !"

"पार्टी में एक बूढ़ा आदमी भी था...उसकी भयानक मूंछे थीं...।

"बड़े चाचा। वह बच्चों पर अपना रोब जमाता था।"

भास्कर हंसा, "यह मेरी समझ में नहीं आता। बच्चों को तुमने जाने क्यों दिया। तुम उन्हें रोक सकती थीं। वे तो अनुशासन मानते हैं। मैं जानता हूं।"

"उन्हें कैसे रोक सकते थे ? क्या हम तानाशाह हैं ? और हम ऐसा क्यों करते ?"

"अच्छा।"

"मुझे बुलाओगे ? वह सब देखने दोगे ? वह बिजली की आरी, जो लोहे की छड़ें काटती है....'

वह हंसकर जवाब देने लगा—"लोहापुर सत्यजित की लड़की को पकड़ता है, इससे बढ़कर और क्या फायदा हो सकता है ?"

आवाज़ में स्पन्दन ने उसे मोटा बना दिया। "कब आ सकती हूं मैं ?"

"जब तुम चाहो।" आवाज़ और आग्रहयुक्त हुई—"किसी भी समय !"

"हां, सुमिता ! कल सही। मैं चाहता हूं कि तुम्हें इस्पातनगर दिखाऊं। कुछ ऐसी अर्थपूर्ण चीज़ जैसे तुम्हारे गांव में देखी थी।"

"अर्थपूर्ण ? हमारे गांव में ?"

"उस पत्थर के टुकड़े पर अमर कलाकृति। हमारे लोहापुर में वैसी कोई चीज़ नहीं है। हमारे पास जो कुछ है वह बहुत जल्दी पुराना पड़ता जाता है और उसके स्थान पर कुछ और नया लाना पड़ता है।"

"यह शिल्प..."उसके शब्द वर्षा की झड़ी में खो गए। ज़ोरों की हवा से वर्षा का एक झोंका एकदम बरामदे को झकझोरता-सा आया। उसका छाता उसकी बांस की मूठ के साथ दीवार से खड़ा था। उसे उठाया, और दोनों जल्दी से पास के कमरे में गए। एक खुली-सी खिड़की हिली, जोरों से बन्द हुई और कांच के टुकड़े इधर-उधर बिखरे। छत पर मानो कोई तेज़ी से ढोल बजा रहा हो ऐसी आवाज़ हो रही थी।

आकाश सारी वर्षा से खाली हो जाए कि जिससे कल शायद हवा अच्छी हो जाए, उसने मन ही मन प्रार्थना की। पर सुमिता घर कैसे जाएगी ? वह वर्षा की तैयारी करके आई थी, पर ऐसी प्रलय की बाढ़ की नहीं। घंटों पहले तो यह उत्पात थमता नहीं।

उसने जवाब दिया—"मुझे वर्षा में चलना पसन्द है। मैं एक मिनट में चल दूंगी।"

उसने उसकी कल्पना को हाथ के इशारे से हटा दिया।

"चलना ? बेकार ! तुम जीप में घर जाओगी।'

"नहीं। कृपया चिन्ता न करें।"

"यह सिर्फ वर्षा की बात नहीं। हवा ! वह आंधी की तरह जान पड़ती है। बिजली, तूफान। वैसे ही अधियारा छा गया है—सूर्यास्त से पहले।...आओ सुमिता, छोड़ो अपना छाता, वह एक बाधा होगी।"

वह दरवाज़े तक उसके साथ चलता गया। उसे जाने के लिए वह खुला रखे खड़ा रहा। अन्दर वर्षा की झड़ी घुस आई थी और जब वे बरांडे से जा रहे थे तो उन्हें सिर से पैर तक उसने नहला दिया। उसने चेतावनी के स्वर में चीखकर कहा, "सीढ़ियों का ध्यान रखो !" पर यह कहने में भी बहुत विलम्ब हो गया। बिजली चमकी, आग की सर्पिणी जैसे बल खा रही थी और कौंध में उसका पैर एक सीढ़ी पर फिसला। वह नीचे लुढ़की। उसी क्षण उसके हाथ उसकी कमर में थे। उसने उसे गिरते-गिरते बचाया, वे सीधे खड़े हो गए। वह उससे चिपटी खड़ी थी...

"मुझे पकड़े रहो। जीप पचास कदम पर है।"

उन्हें एक बाधा का सामना करना था, अदृश्य पर ठोस। उसने उसे आगे ठेला, पूरी शक्ति से। दस कदम भी बढ़े नहीं थे कि फिर गरज के साथ कड़कती बिजली की आवाज़ हुई और भयानक तीखी चीख के साथ वह मानो निष्प्राण-सी ठिठक गई। उसने उसकी बेहोश आकृति को अपनी ओर खींचा। और आगे आनेवाले प्राकृतिक कोप का सामना करने को अपने आपको सन्नद्ध किया। पैर मज़बूती से जमाकर उसने उसका पूरा भार सहन किया, उसके बाहु मज़बूती से उसे थामे रहे। सुमिता के वर्षा में भीगे बाल उसकी ठोड़ी और मुंह पर आए, और उसे लगा कि उसका समूचा शरीर कांप रहा है।

वह पागल हवा चारों तरफ चल रही थी। उसने उन्हें अंगों से अंग चिपकाए थाम रखा था। वह हवा जैसे विकृत आनन्द से चीख रही थी। और सहसा वह हवा एकदम थम गई। अब उसमें वह आक्रामक शक्ति नहीं रही थी। पर दोनों विचित्र ढंग से इस बात से जैसे अनजान थे। एक अभी भी दूसरे को मजबूत पकड़ में एकदम ढीली और हिमजड़ित-सी थी। उसके ब्लाउज़ के बटन ऊपर से खुले थे और कोमल वलों के बीच की गहराई स्पष्ट दिखाई दे रही थी।

भास्कर ने एकदम करीब-करीब जंगली ढंग से उसे गोल घुमाया अपनी तरफ, और तब सुमिता के चेहरे पर क्रोध के भाव दिखाई दिए। स्वाभाविक आवेग ज्ञान के स्थान पर आ गया था। शक्ति के लिए संघर्ष-सा करते हुए, वह एक कदम पीछे हट गई।

वह जैसे मांग करते हुए उस तक पहुंचने ही वाला था कि उसे विचार आया कि इस नई लड़की के साथ कोमल सम्बन्ध कहीं इस मूर्खतापूर्ण क्षण के आवेग में नष्ट न हो जाए। "सुमिता, आगे बढ़ो।" वह धीरे-धीरे चल रहा था। वह चाहता था कि यह यात्रा और लम्बी हो, सुमिता ने राहत की सांस ली, जबकि वह जीप तक उसे पहुंचाने आया और फिर कराह उठी—"मेरे टखने !"

कहीं फ्रैक्चर तो नहीं हुआ...एक बुरा विचार उसके मन में आया; फिर वह शान्ति-यात्रा पर जा नहीं सकेगी; और पीछे रह जाएगी।

जीप के पहिये पानी को मथ रहे थे। कुछ ज़मीन पर गड्ढे-से पड़े। आखिर वह लकड़ी का खम्भा दिखाई दिया, पर दीपक बुझ चुका था। एक मिनट बाद सड़क और ऊंची हुई। संकट टल चुका था।

'चलो, हम भाग्यवान् हैं। कहीं जीप फिसल जाती और फिर उलट जाती तो ?"

पर वह उदास होकर रोने लगी। "इस्पातनगर की यात्रा, अलविदा!"

उसने धीरज बंधाया, "अभी बहुत वक्त है। जब तुम्हारा पैर अच्छा हो जाए तब आना।"

"कल मेरे लिए मेडो हाउस नहीं होगा।"

"सुमिता, मैं तुम्हारे लिए वाहन भेज दूंगा।"

उसने सोचकर गर्दन हिलाई, "कोई जरूरत नहीं। हमारी बैलगाड़ी है ही।" जीप रुक गई।

"पिता तो बाहर गए हैं। मैं जानता हूं। मैं तुम्हारी मां से नहीं मिला। और यह अच्छा मौका है।'

"मां शालाघर में होगी।"

वह अपनी सीट से किसी तरह घिसटती हुई एक पैर जीप से नीचे रखकर दूसरा रखने ही जा रही थी कि वह वेदना से कराह उठी। उसका हाथ उसकी कमर में उसे संभालने के लिए था। सब्ज़ी की क्यारियों से लंगड़ाती हुई वह वर्षा के पानी से भरे बरामदे तक गई। अन्दर के कमरे का दरवाज़ा हमेशा की तरह खुला। यह अध्ययन-कक्ष था, जिसमें तंग लोहे की खटिया थी। उसके नंगे पैरों के छापे फर्श पर पड़े, साथ ही कीचड़-सने जूते के निशान भी थे। जब वह कुर्सी पर बैठी, तब उसने घुटने के बल बैठकर उसका कीचड़-सना घुटना अपने हाथों में लिया। पीड़ा को टटोलनेवाली उंगलियों के स्पर्श पर वह रो पड़ी।

"कहीं फ्रैक्चर तो नहीं है। मैं चाहता हूं..."

वह उसकी ओर देख रहा था। और वह मानो सपनों में डूबी फिर से आंधी देख रही थी, और सिहर रही थी। उसका चेहरा नीचा था और सहसा उसे अपने खुले ब्लाउज का ध्यान हो आया। चौंके हुए हाथ ऊपर उठे। उसने लज्जा की लाली देखी। परन्तु एक लम्बे क्षण तक उसकी आंखें वहां से पीछे नहीं हटीं।

वह जाने को खड़ा हुआ। "मैं तुम्हारे लिए एक तौलिया और कुछ कपड़े ले आऊं। मुझे वे कहां मिल सकते हैं?"

उसने पास के कमरे की ओर इशारा किया और वह दरवाज़े की ओर मुड़ा। "इतने बाल और एक तौलिये से...यह कैसे होगा?"

उसने जल्दी से चिन्ता व्यक्त करते हुए कहा—"आप भी कपड़े बदल लीजिए। मुझे तो बारिश में भीगने की आदत है।"

"पर तुम्हें बादल की गरज की आदत नहीं है।"

"ओह, मैंने आपको कितनी तकलीफ दी।"

"नहीं, यह मेरा सौभाग्य है!" उसने उसकी तरफ मुड़कर कहा, और फिर जैसे आंधी-पानी का तूफान उठा—एक नंगा प्रतिचित्र। जब वह स्थिर खड़ा था तो वह उसके चेहरे पर से अपनी दृष्टि नहीं हटा सकी। वह सहसा मुड़ा और चला गया।

वह उठी, सालस, उस रैक तक गई, जहां पिताजी के कपड़े टंगे थे। वहा से एक धोती, कुर्ता और जाकेट उठा लाई। उसने वे रस्सी की खटिया पर रख दिए जिसपर रंगीन चादर बिछी थी। और अपनी कुर्सी के पास लौट आई। एक मिनट बाद भास्कर अपने हाथों में भरे बहुत से कपड़े ले आया।

"तुम्हें क्या चाहिए था मुझे क्या मालूस? सो मैं यह सब ले आया।" उसने सफेद ढेर दिखाते हुए कहा। "तुम रामायण की कहानी जानती हो? लक्ष्मण युद्ध-भूमि पर शक्ति से आहत पड़े थे और हनुमान को कहा गया कि पर्वत से कुछ वनस्पति ले आओ। कौन-सी वनस्पति चाहिए, यह तो उसे मालूम नहीं था, सो उसने पूरा पहाड़ ही उठा लिया और अपनी पीठ पर लादकर वह राम के पास आ गया। और अब यहां यह बड़ा बंदर..."

उसने बड़े बंदर को लज्जा से देखा और बिस्तर पर के कपड़ों की ओर इशारा किया।

"अगर चीफ इंजीनियर बीमार पड़ जाए, तो लोहापुर का क्या होगा!"

"कुछ नहीं। उसका असिस्टेंट उसका काम करेगा। यन्त्रों की दुनिया में कोई भी व्यक्ति बदला जा सकता है।" उसने कपड़े लिए और वह दरवाज़े की ओर बढ़ा। "तुम्हारा काम हो जाए तो मुझे बुलाना।"

वह दूसरे कमरे में गया। अपने पीछे का दरवाज़ा उसने बन्द कर लिया। पर सुमिता ने अपने गीले कपड़े बदलने शुरू नहीं किए। वह पत्थर की तरह बैठी रही—और उसके आसपास जैसे आंधी बह रही थी। जब वह उन क्षणों को फिर से जीवित अनुभव करने का यत्न कर रही थी तभी एक विचित्र प्रकार की पीड़ा उसपर टूट पड़ी और उसे चीखने की इच्छा हुई। वह आंसुओं के समुद्र में अपना दुःख भुला देना चाहती थी। आवेग को थामना अब असम्भव था। वह अपने-आपको समझ नहीं पा रही थी, उसे मदद की ज़रूरत थी, और फिर भी वह मदद से शायद पीछे सिमटती। काश, वह थोड़ी देर अकेली रह सकती; अगर वह चला जाता तो!

पर वह उसे चले जाने देना नहीं चाहती थी। और जब बहुत समय बीतने पर भी वह लौटा नहीं, वह निराश चीख से चिल्लाई : "मि० राय !"

वह शायद दरवाज़े के पास ही होगा, क्योंकि वह झट से खुला। उसने अचरज से कहा: "तुम अभी तक गीले कपड़े पहने हो ! फिर तुमने मुझे क्यों पुकारा ?" और भास्कर की आंखों में, जो उसपर टिकी हुई थीं, फिर वह भूख जाग उठी।

वह सत्यजित के कपड़े पहने था और वे उसे ठीक फिट हो रहे थे। गांधीजी के चरखे से कते सूत की सफेद खादी के कपड़े थे। वह देखती रही,आश्चर्यचकित ढंग से, उन कपड़ों कीओर और उसके मन में विचित्र भावनाओं की बाढ़-सी उमड़ी थी। वह सहसा रुक गई, मानो एक बड़ी भारी पर्वतश्रेणी बीच में खड़ी हो। सत्यजित अपनी लड़की के बचाव के लिए आया था।

एक लम्बे मिनट के बाद वह बोली, "मैं सोचती थी," उसकी आवाज़ स्थिर थी, उसका चेहरा शांत था, "क्या तुम मुझे थोड़ा और समय दोगे ?"

डाइरेक्टरों के बोर्ड का एक 'अत्यन्त ज़रूरी' पत्र आया था, और सी० 1 ई० अन्तिम क्षण तक अपनी मेज़ पर उसीको लेकर बैठाथा।परन्तु उसने अपनी सेक्रेटरी को आदेश दिए थे कि ठीक समय पर वह उसे फोन करे। सत्यजित ने लिखा था कि वह शायद उत्सव में न आ सके—उसे लाइब्रेरी में काम था—परन्तु गांधीग्राम के और सब लोग अपेक्षानुसार वहां रहेंगे।

आधे घंटे बाद भास्कर मेडो हाउस के दरवाज़े पर आया। शो शुरू होने में अभी देर थी। सूती दरियां बिछी हुई थीं और उनपर श्रोता बैठे थे। दो स्त्रियों ने भास्कर का स्वागत किया, जब वह निऑन बत्तियों में आ रहा था।

लीना ने दौड़कर चिल्लाते हुए कहा, "सब कुछ आयोजना के अनुसार हो रहा है। यह अपना दूसरा घर समझिए, प्यारी बहिनो, ऐसा ही हमने उनसे कहा। आप देखिए कि इतना कहना था कि उन्होंने पूरी तरह विश्वास कर लिया।"

नम्बर दो की मोटी आवाज़ अपनी अस्वीकृति दिखाते हुए सुनाई दी, "हम साधारण लोगों को बिगाड़ने में कोई कसर बाकी नहीं रखते ! हम कम से कम उत्तर में ज़रा-सी कृतज्ञता चाहते हैं, पर वह भी नहीं मिलती।"

भास्कर श्रोताओं को देख रहा था, मिसेज़ मेहरा ठीक ही कह रही थी। कोई मिल-मज़दूर नहीं थे। इस्पातनगर की सिर्फ स्त्रियां ही आई थीं, सामाजिक पिरामिड के उच्चवर्ग की स्त्रियां। रेशम और शिफोन और ज़री। सुमिता को खुब हंसी आई होगी। और जब क्लब की लड़कियां अपनी चमकदार पोशाक में किसान स्त्रियों का फसल-गीत गाती हुई आएंगी तब तो उसे और भी हंसी छूटेगी।

वह श्रोताओं की ओर जा रहा था कि उसके साथ की दो स्त्रियों ने उसे रोका। "आपको हम स्टेज पर पर्दे के एक ओर विंग में चाहते हैं—वहां कुसियां रखी हैं।" उसने बहुत तेजी से मना किया। वह सब अतिथियों के साथ बैठना चाहता था। वह आगे चला और पीछे की पंक्ति में उसे एक स्थान मिला। वह भी पालथी मारके बैठा, सब लोगों की तरह। सत्यजित की तरह वह भी सादा कपड़ों में था, पर खद्दर के नहीं।

दोनों स्त्रियां चकित थीं। एक लम्बे क्षण तक वह चुपचाप खड़ी रहीं। नम्बर दो सबसे पहले होश में आई। "आइए।" उसके क्रोध से भरे कदम स्टेज के दरवाज़े की ओर तेज़ी से बढ़े। मिसेज़ मेहरा वहीं खड़ी थी, देखती हुई और उसने अपनी मुस्कान मुश्किल से रोकी। उसे देखते ही नम्बर दो रुकी, और लीना भी। दोनों के मन में एक ही विचार आया।

"विंग के पीछे आप हमारे साथ बैठेंगे !"

"हम आपको नृत्य के बारे में बताएंगी, आप सुनेंगे न ?"

मिसेज़ मेहरा आगे-आगे तेजी से बढ़ी। उस गत्ते के विंग के पीछे उसे कुर्सी दी गई थी, वहां वह बैठी।

"ठंडा लेमन ?" लीना ने गिलास आगे बढ़ाया।

"चॉकलेट ?" नम्बर दो ने एक बड़ा-सा टुकड़ा काटा।

टेप किया हुआ पार्श्व-संगीत रुक गया। पांच लड़कियां स्टेज पर दोनों ओर की विगों में से आगे बढ़ीं—ग्रीन रूम उधर ही था। पर्दा उठा और एकसाथ सामूहिक स्वर भी। पुराने ज़माने का कोई लोकगीत था। कई तरह की विचित्र वाद्यावलि से उठते संगीत से आधुनिकता का स्पर्श आ रहा था। साइक्लोस्टाइल करके प्रोग्राम

बांटा गया था। उसमें दूसरे कार्यक्रम का समय था। लीना बहुत ही उत्कंठित हो उठी। वह एक अकेले का नाच था। एक तरुणी लाल कपड़े पहने, हलके पैरों से आगे आई। अंधेरे स्टेज पर एक प्रकाशवलय उसे बराबर दिखा रहा था। वह जैसे चलती हुई अग्निशिखा थी।

"मिसेज़ मेहरा, आप उसे पहचानती हैं ?"

"उसके चेहरे पर इतना मेक-अप होने पर वह कैसे उसे पहचानेगी ?" नम्बर दो ने झट से जवाब दिया, "यह कहना ही मुश्किल है कि रंग कहां खत्म होता है। और चेहरा कहां शुरू होता है।"

"मेरी बेटी मीनाक्षी है। उस दिन आपने 'हाउस' जीता था क्लब में, तब आपने उसे देखा था।"

मिसेज़ मेहरा ने मुस्कराकर सिर हिलाते हुए कहा, "सुन्दर लड़की है !

लीना जैसे कृतार्थ हुई। उसने कहा, "मैं मुद्राओं का अर्थ बताती हूं।" और आवाज़ धीमी करके बोली, "दुःख की बात है, भास्कर वह सब नहीं समझ सकेंगे। अमेरिका में उन्हें कहां भारतीय नृत्य देखने को मिला होगा।"

नम्बर दो ने तेजी से कहा, "इसमें पश्चिमी बैले भी आपको रखना चाहिए था। मेरी लोतिका ने कलकत्ता में एक फ्रेंच शिक्षक से उसकी शिक्षा ली थी। पर तुमने आग्रह किया कि सिवा लोकनृत्य के और कुछ न हो। यही भास्कर की इच्छा थी, तुमने कहा था। और वह वहां बैठा है देखता हुआ। बेचारे की समझ में कुछ नहीं आ रहा होगा।"

अब मिसेज़ मेहरा समझ गई थी कि वह सी० ई० के बदले में वहां बैठी है। उसने तो सारी योजना को चौपट कर दिया था और अपनी ही इच्छा से वह कहीं और जा बैठा था, परन्तु सब कुछ बिगड़ा नहीं था। उसकी एवजी मिसेज़ मेहरा थी और उसे क्यों छोड़ें।

"उसे मेरी मीनाक्षी को पसन्द करने दे, हे भगवान..."लीना मन ही मन प्रार्थना कर रही थी। वह सचमुच सुन्दर लड़की थी। वह तो सचमुच ज्वाला की आत्मा लगती थी जो इधर-उधर मंच पर थिरक रही थी।

"मेरी मीनाक्षी कैसी सुन्दर हाथों की मुद्राएं कर रही है, देखो। पन्द्रह सौ वर्ष पुराने नाट्यशास्त्र के आधार पर ये मुद्राएं हैं।"

नम्बर दो ने टोका, "मिसेज़ मेहरा तुम्हारी आवाज़ सुनने के बजाय स्टेज की तरफ देखें तो अच्छा होगा, लीना।"

"वह दोनों कर सकती हैं।" लीना ने मीठा जवाब दिया। पर उसमें साफ-साफ आलोचना भी थी।

मिसेज़ मेहरा ने सारी बात को समझ लिया, यह सारा शो वधू दिखाने की पार्टी-मात्र था। सी० ई० को फंसाने का एक जाल थाउसे लीना और नम्बर दो की लड़कियां देखने के सिवा और चारा नहीं था। एक भावी वधु दिखाई गई, अब दूसरी की बारी थी।

पर्दा गिरा नहीं कि फिर उठा। मिसेज़ मेहरा नम्बर दो की मोटी कुहनी की उत्कंठित कुरेद का अनुभव कर रही थी।

उसने स्टेज की ओर इशारा किया—"देखो!"

एक तरुण शिकारी नाचता हुआ आया। हाथों में एक काल्पनिक धनुष-बाण थामे था, दबे पांवों किसी जंगल के पशु का पीछा करते हुए। चेहरे पर मूंछों की रेख अंकित थी, तना हुआ, शरीर सुगठित, शिकार की खोज में उत्कट।

नम्बर दो ने अपना अच्छी तरह से रटा हुआ नृत्य-कार्यक्रम शुरू किया :

"अनन्त काल से हमारी जनता की कल्पना में शिकारी का चित्र रहा है। उसकी मुद्रा की शक्ति देखिए। वह रूढ़ कला-परम्परा जोकि प्रायः एक संस्कार बन गया है, उससे बहुत भिन्न यह वास्तववादी प्रबोधन था..."

लीना हलके-से प्रतिरोध में चीखी, "शिकारी नृत्य की भी अपनी सुनिश्चित टेकनीक होती है।"

"बीच में मत बोलो," नम्बर दो ने बात को टोकते हए रटी-रटाई बात कहनी शुरू की, "यह अत्यन्त यथार्थवादी नृत्य-विषय अधिक क्लासिकी नृत्य-रूपों की अपेक्षा कहीं अधिक जीवन का आभास देता है।"

नम्बर दो की आवाज़ कुछ ठिठकी, उसके मन में यह प्रश्न उठा : 'मैं इसे कहूं कि यह मेरी लोतिका है? या रुकं जब तक कि लोतिका अपने सर्वोच्च बिन्दु पर न पहुंच जाए, जबकि बाण छूटकर शिकार के हृदय में सीधे पहुंचता है।'

इस क्षण पर मिसेज़ मेहरा को कुछ शरारत सूझी।

उसने यों ही कहा—"सुन्दर लड़का है।"

एक मिनट नहीं बीता होगा कि नम्बर दो को इस बात का अर्थ समझ में आ गया। सुन्दर लड़का! लोतिका का ऐसा प्रभाव तो कहीं नहीं पड़ता है। नम्बर दो एकदम भीतर ठंडी हो गई। लोतिका को इस तरह शिकारी की पोशाक पहनाने में गलती तो नहीं हुई? लीना ने शायद इस गलती को चुपचाप घटित होने दिया हो, जान-बूझकर!

सुन्दर लड़का ! लड़का !

नम्बर दो का चौड़ा चेहरा कालाहो गया। और ज्यों-ज्यों शिकारी मंच पर अपने नाट्यमय गतिमान पुरुष अंग-विक्षेप दिखाता त्यों-त्यों

चेहरे पर की कालिमा गाढ़ी होती गई। जब दूसरा नृत्य-कार्यक्रम शुरू हुआ—एक सामूहिक नाच—तो उसने लीना के दुबले-पतले हाथ को और पक्का थाम लिया। उसका वक्ष सांसों से फूल रहा था।

"चलो ग्रीन रूम में एक मिनट के लिए चलें।"

लीना ने नम्बर दो के चेहरे की ओर देखा। उसने छपे हुए अक्षरों की तरह साफ-साफ जान लिया, और वह पीली पड़ गई। उसने कुछ ज्यादा चतुराई दिखाई थी और इस तरह से अपने पति पर वह संकट ले आई थी। उसने कहा था कि नम्बर दो की पूंछ पर पैर मत रखना। ज्योंही उसके हाथ के खिंचाव के आगे वह झुकी और स्टेज के पीछे की ओर चली, वह बेबस और अकेली जान पड़ती थी। मिसेज़ मेहरा देखते हुए उसके कारण दुखी लगी। परन्तु नम्बर दो का गुस्सा दिखाना बेकार था। लीना ने अपनी बेटी की प्रतिस्पर्द्धिनी को एक सरल ढंग से नकारा था—उसे लड़का बनाकर दिखा दिया था ! यह मूंछ की रेख उसने बाद में जोड़ी थी और लम्बे बाल छिपाने के लिए पगड़ी भी ऊपर से। वह जो भी हो, उसकी चालाकी बेकार गई थी। सी० ई० उस क्लब के लोगों में से किसी लड़की से थोड़े ही शादी करने जा रहे थे। वह ये सामाजिक सीमाएं पसन्द नहीं करते थे और हर संभव प्रयत्न करते थे कि वह उन्हें पार करें। वह हमेशा सामान्य कार्यकर्ताओं के साथ बातचीत करते हए दिखाई दिए थे, उसका प्रेम का हाथ वर्दीवाले मज़दूर के कंधे पर भी रहता था। दफ्तर हो या घर, कोई भी उस तक सहज पहुंच सकता था। सिर्फ क्लब की स्त्रियां उस तक नहीं जा सकती थीं। यह सी० ई० भी अजीब आदमी था। उसे तो ऐसी बहू चाहिए जो उसके विचार, उसके दृष्टिकोण से मिलती हो।

मिसेज़ मेहरा उस दुबली-पतली पीले चेहरे की स्त्री के लिए दुःख मानती रही, जिसने कि अपनी बेटी के लिए योग्य पति पाने के लिए इतनी मेहनत की।

और वह यहां आ गई ! वह घबरा गई, और अपनी आवाज़ को मुश्किल से टूटने से बचा सकी।

"कार्यक्रमों में ज़रा-सा अन्तर। एक और कार्यक्रम होगा—समाप्त होने से पहले। देवदासी—मन्दिर की नर्तकी।"

दो और समूह-नृत्य हुए। उसके बाद एक दुबली, ऊंची-सी लड़की मंच पर आई। उसके मंजीरे धीमे-धीमे बज रहे थे जब वह चलती थी। शिकारी की पोशाक में कितना स्त्रियोचित आकर्षण छिपा हुआ था—ज़रा सोचिए तो। कोई आश्चर्य नहीं कि लीना ने जान बूझकर भास्कर की दृष्टि में उस सौन्दर्य को बनाए रखा था। अब तो वह ऐसी लग रही थी कि सारे दुःख दूर हो गए। और नम्बर दो अब अपनी विजय में आश्वस्त थी। उसने जैसे मैदान जीत लिया हो और सीधे मुद्दे पर पहुंच गई थी। "देखती हो, मेरी लोतिका को ! वह सिर्फ पश्चिम के बैले नृत्य में ही नहीं, हमारे नृत्यों में भी शिक्षा लेती है।" लीना की ओर मुड़कर "शायद तुम मिसेज़ मेहरा से कहना चाहोकि यह सब क्या है, हमारी प्यारी लीना ! उस तरह की बातें करने में मुझे महारत नहीं है। और वह अच्छा-सा अंग्रेजी शब्द चीरिओ—या कोरिओ कहना मत भूलना..."

"इस नृत्य की अंग-भंगिमा-पद्धति क्लासिक टेकनीक पर आधारित है, परन्तु आधुनिक मंच के अनुसार कुछ अन्तर कर लिए गए हैं।" और अब जबकि उसके भावी पति के लिए अपनी पुत्री को उसने उजागर कर दिया तो वह अब क्यों न उसकी मदद करे और सारी बाधाओं को पार करे जिससे कि लड़की की विजय निश्चित रूप से हो। "देखती हो, मिसेज़ मेहरा, लोतिका सच्ची देवदासी है ! उस में आधिभौतिक वासना और पारलौकिक आध्यात्मिक गुणों का मिश्रण हुआ है—इस समन्वय पर मंदिर के देवता आग्रह करते रहे हैं।"

अब यहां अपने सपने का साधन था, वह प्रयोग के लिए बनाया गया था और काम में लाया जा रहा था। उस क्रीम और लाल रंग के मेडो हाउस की इमारत की ओर देखकर भास्कर ने सोचा—उस हाउस पर तेज़ रोशनी डाली गई थी। वह अपनी नौकरी और सारा जीवनविकास दांव पर लगा देता, यदि यह साधन न मिलता। अब यह साधन हाथ में आ गया था तो क्या उसका स्वप्न अधूरा रहे !

बुरी शुरुआत थी। पर शुरुआत तो अन्त नहीं होती। अभी कई पाठ सीखने थे। इस्पातनगर का अज्ञान। बेचारी स्त्रियों को दोष देकर क्या फायदा ! वे अपनी मान्यताओं और विश्वासों से चिपटी हई थी, प्रामाणिकता से। नम्र किसान, अंधेरे से प्रकाश में खींचकर लाए जाएं एकदम चकाचौंध में तो वे आसानी से अपनी जड़ें तोड़ने देंगे।...

एक इच्छा, जो भास्कर ने बड़ी देर से दबा रखी थी, अब उसके हृदय में उमड़ आई। एक मिनट के लिए सुमिता को देख ल। शो पूरा होने तक राह देखनी होगी। उसकी इस स्पष्ट पराजय के प्रति उसकी क्या प्रतिक्रिया होगी? 'मेडो हाउस' का प्रभाव कुछ नहीं होगा, उसने भविष्यवाणी की थी।

उसे ज़रा भी गौरव नहीं जान पड़ा—वह तो एक तरह से हिंसा के आगे झुकना होता। जब तुम्हारा शत्रु हार रहा हो तब तुम आनन्द नहीं मना सकते। उसके जख्मों को तुम्हें मरहम लगाना होगा। परन्तु सुमिता के हाथों मरहम केवल उसे और लड़ने के लिए शक्ति देता।

अपनी कुहनियों के बल बैठी, पैर एक-दूसरे पर रखे, सुमिता नाचनेवालों का समूह विचित्र आकर्षण से देख रही थी। और अपने से एक अजब सवाल पूछ रही थी, ऐसे कपड़े पहनकर कैसा लगता होगा?

एक प्रकाश-वलय में सुसज्जित शरीर के मंडलाकृति फेर और नृत्य-भंगिमाएं। गुलाबी रेशमी साड़ी इस तरह कमर से पक्की बांधी हुई कि उससे कमर की क्षीणता और नीचे के कोमल वर्तुल स्पष्ट दिखाई दें। कमर और ऊपर तंग कंचुकी के बीच का खुला भाग। कपड़े शरीर को कुछ करते ज़रूर हैं, इसमें सन्देह नहीं। और शरीर भी कपड़ों को कुछ करता है।

उसका अपना मोटा खद्दर आत्म-तुष्ट था—वह निरा तन ढांकता था। और यह विचार कभी मन को नहीं छूता था कि साड़ी इससे भी अधिक कुछ हो सकती है—अधिक अर्थपूर्ण हो सकती है।

प्रकाश की उंगलियां नृत्य-रत पैरों पर गिरकर मानो गति, सौन्दर्य, सूक्ष्मता को मुखर कर रही थीं। पैरों के तलुओं को लाल आलता लगा था, परंपरित ढग से वे सुन्दर लग रहे थे। सुमिता का हाथ सहज अपने तलुओं की ओर गया। उसके पैरों में गड्ढे-से हो रहे थे, सख्त, क्योंकि वह कभी जूते या स्लीपर नहीं पहनती थी। पैर इस तरह फटे, काले, दागवाले, सिर्फ चलने के लिए ही नहीं होते। और उसका हाथ वहां से इस तरह भागा मानो किसी कुरूप वस्तु को छू गया हो।

एक आदमी उन टखनों पर झुका था। उसकी उंगलियां चोट को देख रही थीं। क्या उसे भी वैसी ही वितृष्णा हुई होगी?

उसके पास मां अपनी सिकुड़ी हुई मुद्रा बदल रही थी, अपने पैरों की पालथी

हटाकर वह एक पैर खड़ा रखकर बैठी। वह पैर तो नरम, सुन्दर था। उसे प्रेम से छूआ जा सकता था। उसके पैर शायद किसी नर्तकी के हों।

वह साड़ी जो पहने थी—उसकी सादगी पर हरी किनारी और हरे ब्लाउज़ का थोड़ा-सा अन्तर था। अगर वह भी अपनी लड़की की ही तरह कपड़े पहनती तो ? नहीं, सुमिता ने अपने-आपसे दृढ़तापूर्वक कहा—नहीं, वह मां को कभी सिर्फ सफेद कपड़े नहीं पहनने देगी।

उसकी दृष्टि से मंच ओझल हो गया। वह अपने-आपको तूफानआंधी में घिरा पाने लगी। अपने साथी द्वारा झेली, दबाई हई। पर उसे अपने आसपास उसके बाहुओं का शायद ही भान हुआ, क्योंकि वह अपने पैरों पर खड़े होने की कोशिश बराबर कर रही थी; अपने अंगप्रत्यंगों में एक विचित्र नये सुख के प्रवाह का उसे अनुभव हुआ। वह पहले कुछ कम था, परन्तु वह बढ़ता गया, जबकि उसकी तीव्रता ने उसमें कंपन पैदा कर दिया।

वह समय था जब उसने उसे अपनी ओर पलटाया और वह उसके चेहरे की ओर देख सकी, कुछ ही इंचों के फासले पर, उसमें एक विचित्र भाव था। उसने वह भाव फिर से देखा जब वह उसके सामने झुका था, जख्मी पैरों को अपने हाथों में थामे। और फिर एक बार...

वह बीच ही में छोड़कर चला गया, कमरे में वापस नहीं आया। उसने अपने गीले कपड़े उतार दिए थेऔर वहतौलिये से अपने-आपको पोंछ रही थी, जब उसने जीप के इंजन को घरघराते सुना। नग्न, वह बाहर दौड़कर उसे बुला नहीं सकती। और जैसे ही जीप के इंजन की आवाज़ दूर धीमी होती गई, उसे फिर अपने अंग-प्रत्यंग में एक प्रकार का खाली-खालीपन लगा, और एक मिनट में मानो उसका सारा शरीर किसीने निचोड़ लिया हो और एक रिक्त सीपी बची हो।

वह अपने-आपको स्पष्ट दृष्टि से देखने लगी। कुछ ही मिनटों में एक आदमी ने शायद उसपर एक रहस्यमय विचित्र विजय प्राप्त कर ली थी। वह ऐसी विजय थी कि ज्योंही वह गया, उसकी उपस्थिति की आवश्यकता चाह के स्पन्दन के रूप में छा गई।

पिताजी जब एक वर्ष पहले सेवाग्राम चले गए थे, तब उसे एकाकीपन लगा था। और दुबारा जब मां एक पखवाड़े के लिए विदेश गई थीं। पर उसमें कभी ऐसी विचित्र चाह नहीं जगी थी, कभी भी।

गुस्सा उसमें बढ़ा था। वह क्यों ऐसी मूर्खतापूर्ण बातों में उलझती है ? वह ऐसी शक्ति के आगे क्यों झुकती है जो बुराई लाए ? पाप लाए ?

बुराई, पाप !

उसके भीतर किसी चीज़ ने ज़ोरों से विद्रोह किया। जो ऊष्मा उसके सब अंगों में उमड़ी और जिसने उसे डुबो दिया था, उसमें कोई बुराई नहीं थी, पाप नहीं था।

और फिर भी वह इसी ऊष्मा से छुटकारा पाना चाहती थी। उससे वह वेदना पा रही थी।...

...शो समाप्त हुआ। श्रोता उठे जबकि राष्ट्रीय गीत गाया जा रहा था। मां ने कहा, "मेरी बांह का सहारा लो।" थोड़े कदम ही वे चली होंगी कि मां ने कहा, "वे आ रहे हैं—हमारे मेज़बान ! उन्हें धन्यवाद देना चाहिए।"

परन्तु सुमिता की बिलकुल इच्छा नहीं थी कि भास्कर से वह सामना करे—उसकी आंखें इतनी सुन्दर नर्तकियों से भरी होंगी। वह उसके सामने, ऐसे सादा कपड़ों में कुरूप की तरह नहीं खड़ी रहना चाहती थी। वह उसके टखनों को उन्हीं आंखों से देखेगा जिनसे उसने वे नाचते हुए पैर देखे थे !

"मां, तुम उनसे बोलो। मैं गाड़ी में जाकर बैठती हूं।"

'मेडो हाउस' के दरवाज़े तक आई हुई गाड़ी में वह बैठी ही थी और बैलगाड़ी को जोता गया था कि फिर भास्कर उसकी दृष्टि में आ गया। मां उसके साथ-साथ एक तरफ चल रही थी। दूसरी ओर वह बड़ी-सी औरत। वह औरत अपनी मोटी गर्दन झुकाए गाड़ी में झांक रही थी।

"हम तुम्हें घर ले जाना चाहते हैं, सुमिता, मगर तुम्हारी मां हमारे साथ नहीं आ सकेंगी।"

"आपकी दया है। पर यह बैलगाड़ी अच्छी है।" उसकी आवाज़ में एक तरह का ठंडापन था जो स्पष्ट था।

"सुमिता, कभी शहर आया करो न ! उस चूहे के बिल में रहकर तुम्हारा दम घुट नहीं जाता ?" एक अंगूठीवाली उंगली ने गांव की ओर इशारा किया।

यह चुनौती अब असर कर गई, "मैं उस चूहे के बिल में ही सुखी हूं

उस स्त्री ने प्रामाणिक अविश्वास से सिर हिलाया।

'तुमने दूसरी ज़िन्दगी देखी नहीं है। देखो सुमिता, मैं तुम्हें और तुम्हारी मां को अपने घर पर भोजन के लिए बुलाती। तुम्हारे पिताजी तो आएंगे नहीं, मैं जानती

हैं। वे हमसे नफरत करते हैं। हम इस्पात वाले लोग उनके विचार में मनुष्य-रूप में राक्षस हैं।"

अब उत्तर के स्वर में एक तीखी धार थी, "गांधीग्राम के आदमी नफरत कर नहीं सकते। नफरत शहर के आदमियों का दुर्गुण है।"

वह स्त्री एकदम सन्न रह गई, चुप हो गई, पर भास्कर खिलखिलाकर हंस पड़ा। उसने हंसी रोकी और उसकी गम्भीर आवाज़ सुनाई दी : "तो हमें सिखाओ कि हम कैसे नफरत न करें। वह रास्ता दिखाओ। हमें तुम्हारी जरूरत है। हमें मना मत करो। हमसे इतनी दूर मत रहो।"

गाड़ी के अंधेरे हिस्से में सुमिता ने उसे एकटक देखा। वह मजबूत दृढ़ होंठों का आश्वस्त चेहरा। यह सोचना कठिन था कि वह इतना बदल गया था, इतना तन गया था।

वह मोटी औरत चिढ़कर बोली, "हम शहरवालों को नफरत करने का क्या कारण है। नफरत में ईर्ष्या भी होती है। है न ? हमें ईर्ष्या करने का कोई कारण नज़र नहीं आता। हम अच्छी तरह से जीना जानते हैं। जो कुछ हमारे पास है, उसका पूरा उपयोग करते हैं।"

भास्कर फिर बोल रहा था, "सुमिता, मैं कृतज्ञ हूं कि तुम आईं। यह घर तुम सब लोगों के लिए बना है। हम सिर्फ चाहते हैं कि आप उसका उपयोग करेंगे।" मां को गाड़ी में चढ़ने में मदद देने के लिए वह मुड़ा। ज्योंही पहिये घूमे, उसने हाथ जोड़कर उन्हें नमस्कार से विदाई की।

वह वहां खड़ा था, दरवाज़े की निओन रोशनी में नहाता हुआ, गाड़ी की ओर एकटक देखता, जो दूर-दूर होती जा रही थी। मां भी उसकी ओर विचार-भरी देख रही भी, जबकि सड़क पर एक मोड़ आया। उसकी आंखें फिर बेटी की ओर गई।

उसने कहा, "अच्छा लड़का है।"

"लड़का ? ओ मां !"

"हां.. अच्छा आदमी है।" और थोड़ा रुककर बोली, "उन लोगों ने उसे इस तरह निराश किया। ऐसा 'शो' न होता तो अच्छा था।"

सुमिता ने उसकी ओर आश्चर्य से देखा। भास्कर और उसके उद्देश्य के बारे में मां क्या जानती है ! 'मेडो हाउस' किसलिए बना है। मां को अन्तर्दृष्टि से समझने की शक्ति थी।

"सर..."

"हां, रूपा !"

"आप चीनियों से हृदय-परिवर्तन की आशा क्यों करते हैं ? उनके उद्देश्य और आदर्श तो आपके नोट्स में स्पष्ट हैं।"

उसके उत्तर के बीच में दरवाज़े पर एक थपकी आई। कैंटीन से बैरा कुछ खाने की चीज़ें लाया था। रूपा ने दोनों के लिए खाना मंगाया था। गए दिन सत्यजित अपने साथ लाए हुए कुछ मूंगफली और किशमिश खाकर रह गया था। उसने रूपा को नीचे कैंटीन में खाना लेने के लिए भेजा था। उसके पास समय बहत सीमित था और वह उसे नष्ट नहीं करना चाहता था। पर यदि कोई खाना उसके कमरे में ही ले आता तो ?

रूपा ने उस बैरे को अन्दर आने दिया और किताबों से भरी मेज़ पर जगह बनाई। सत्यजित आश्चर्य से देखता रहा।

"खाना किसने मंगाया था ?"

"क्या आप समझते हैं कि कोई स्त्री किसी पुरुष को भूखा रखना सह सकती है ?" उसने अपने लिए जो सैंडविच मंगाए थे वे लिए।

"यह फर्क क्यों ? मेरे लिए इतना सारा खाना और अपने लिए कुछ भी नहीं !"

उसने आश्वासन दिया, "यह सब शाकाहारी भोजन है। मुझे इतनी बुद्धि है।"

उसने कहा, "बुद्धि तो तुममें ज़रूरत से कुछ ज़्यादा ही है।"

"सर, यह व्यंग्य है क्या ?"

"नहीं, यह सत्य है, रूपा !"

"आपकी इस प्रशंसा के लिए धन्यवाद !" और एक मिनट बाद वह बोली, "क्या आप हमेशा शाकाहारी थे ? आप तो विदेशों में कई वर्ष रहे हैं।"

उसका चेहरा कुछ आनंदित हुआ, "लगता है तुम्हें मेरे सारे पूर्वजीवन का पता है।

"सिर्फ ऊपरी-ऊपरी तथ्यों का। सन्दर्भ ग्रंथ में और क्या लिखा होता है ?"

उसने उसकी तरफ तीक्ष्ण दृष्टि से देखा। "और क्या जानने को शेष है ?"

सब कुछ। जीवन-वृत्त के कुछ तथ्यों से कैसे किसी आदमी का पूरा पता चल सकता है ?"

वह हंसने लगा। "रूपा, तुम्हें मुझे जानने की ज़रूरत है ?"

गम्भीरता से सिर हिलाते हुए, वह विषय से दूर दूसरी बात करने लगी—"आपका खाना ठंडा हो रहा है। अगर आप और कुछ चाहें..."

टेबल पर बांहें बढ़ीं। वह रूपा की प्लेट में अपने खाने में से चीजें रखता जा रहा था।

"नहीं...नहीं..." कहते हुए रूपा ने उसका हाथ थाम लिया।

वह रुक गया, वह उस छोटे-से गोरे हाथ की ओर देखने लगा जो प्रार्थना में उसके हाथ को मजबूती से पकड़े था। उसके चेहरे पर एक विवशता आ गई। उसकी दृष्टि जब रूपा की ओर उठी तो उसमें एक तरह की चिन्ता थी, मानो वह किसी अज्ञात से भयभीत था।

रूपा का हाथ उसके हाथों में बिना ढीला हुए, दृढ़ता से थोड़ी देर रुका रहा। और उसकी हरी-सी आंखें उसकी आंखों से मिलीं, गहरी और निर्मम।

उसने वह दृष्टि औरों के चेहरों पर भी देखी थी, यही तो वह चिह्न था जिसके लिए वह प्रार्थना कर रही थी। शान्ति-मिशन का स्मरण-पत्र अब चाहे कूड़े के ढेर में जाए।

फिर उसकी आंखें शर्मा गईं, और नीचे झुकी; परन्तु उसका हाथ थोड़े क्षणों के लिए वैसा ही रहा, दूसरे हाथ के सांवले रंग की तुलना में पीले, सफेद मोम के हाथ की तरह।

उन क्षणों के अन्त में संन्यासी ने लकड़हारों की लड़की से अपनेआपको खींच लिया था। उसकी आवाज़ गम्भीर थी : "तुमने पूछा है कि चीनियों से हृदय-परिवर्तन की आशा क्यों की जाए। अंग्रेज़ कवि शैले। कविता का नाम है 'मास्क आफ अनार्की' (अराजकता का मुखौटा)। गांधीजी को यह कविता बहुत पसन्द थी। मैंने उनके मुंह से वह सुनी है। अब उनके अपने शब्द सुनो : 'मनुष्य-स्वभाव मूलतः एक है और इसलिए आक्रामक (अन्ततः) अचूक उत्तर देता है प्रेम के आग्रह का'. 'और 'एक शांत, सुदढ़, ईश्वर-विश्वासी जनता के मोर्चे के आगे दुनिया की कोई शक्ति खड़ी नहीं रह सकती। अहिंसा दुनिया के सब शस्त्रों से कहीं अधिक शक्तिशाली है। और यह भी : 'यदि रक्त ही गिरना हो, तो वह हमारा अपना रक्त हो। बिना मारे हुए मरने की शांत धीरता अपने में पैदा करो।' गांधीजी के उद्धरण तो मैं कितने दे सकता हूं। शैतान को शैतानी से दूर नहीं कर सकते—हिंसा का उत्तर हिंसा नहीं है—यही उनके विचारों का सार है। मनुष्य की आत्मा शस्त्रास्त्रों से अधिक बलवान् है, वही

अंततः जीतेगी। उनके सब कर्मों के पीछे यही विश्वास था। और उन्होंने हमें अपनी स्वतन्त्रता का पथ दिखाया।"

सत्यजित रुका, उसके चेहरे पर जैसे स्वप्न हो। एक मिनट बीता। फिर उसने कहा, "चलो जल्दी से खाना पूरा करें। यह स्मरण-पत्र कल पूरा करेंगे। यह टाइप किए हुए कागज़ मेरे पास न हों तो मैं दिल्ली को परसों नहीं जा सकता।"

रूपा ने सोचा, लकड़हारे की लड़की को समय की इतनी कमी नहीं है। फिर भी, अभी एक और लम्बी दोपहर शेष है और एक और दिन है...

गांव में सब लोगों का सुमिता के सहसा परिवर्तन पर ध्यान गया और सबको यह अच्छा लगा—सिर्फ दो सफेद कपड़ोंवाली लड़कियों—विजयन्ती और राधा—को यह ठीक नहीं लगा। वे पहले चकित हुईं, फिर क्रुद्ध : सुमिता ने उन्हें धोखा दिया; उसने पहले से ज़रा भी संकेत तक नहीं दिया कि वह क्या करने जा रही है। एक चिल्लाई, "सोचा नहीं जा सकता!"

दसरी ने कहा, "सरासर विश्वासघात!"

"क्या इसी तरह अन्त शुरू होगा? इतने दिनों तक ये सब आदर्श किसलिए थे?"

दूसरी ने गुस्से से तमतमाते हुए कहा, "अन्त।"

परन्तु विजयन्ती का गुस्सा एक घंटा भी नहीं टिका था कि उसने वह विस्मयकारक समाचार सुने: सुमिता शान्ति-दल की सदस्या बनने जा रही थी, ग्राम-पंचायत के अन्य चार व्यक्तियों के साथ। शायद वह कभी न लौटे।

विजयन्ती आश्चर्य से काठमारी-सी रह गई। फिर रो पड़ी।

अपनी प्यारी सहेली को यों गलत समझा था, उसे विश्वासघातक कहा था! राधा भी उतनी ही अपराधिनी थी, उसे भी एकदम समझना चाहिए और पछतावा करना चाहिए।

राधा के घर के रास्ते पर उसे एक स्त्रियों का झुंड मिला जो बड़े कुएं के पास जमा हुआ था और तेजी से बोल रहा था :

"अब हम लोग रंगीन कपड़े पहन सकेंगी और उसमें शरमाने की कोई बात नहीं होगी। अब तक हम लोग हंस के पंखों में कौए थे। सच्चे पंख छिपाकर हमने

उधार के पंख लगाए हुए थे।"

"उस वेश में भी वह सौंदर्य की प्रतिमा लगती थी...और अब तो..." प्रशंसा अनकहे शब्दों में छोड़ दी गई थी।

"इसकी मुझे चिन्ता है। सुमिता को अपनी मां की साड़ी और ब्लाउज़ पहनना पड़ा। पर दोनों के लिए उतना काफी नहीं है। हम उसे कुछ कपड़े क्यों न दें ? अगर हम सब कातें...'

"हम लोग उसके पास अलग-अलग उपहार लेकर न जाएं; वह शायद नापसन्द करे। हम सब उसके पास इकट्ठे जाएंगे। फिर हमारी सम्मिलित इच्छा को वह मना नहीं करेगी।"

"गए आधे महीने मैंने काफी सूत कात लिया है। उससे एक नई साड़ी खरीदी जा सकती है; पर अभी उसे बुनना है।"

"फिर रंगना है। उसमें भी समय लगता है।"

"हमें जल्दी करनी चाहिए। अगर वह अपना इरादा फिर बदल दे तो ?"

'यही तो मैं भी कहती थी। एक बार उसे रंगीन कपड़े पहनने की आदत लग जाए तो वह फिर सफेद कपड़े नहीं पहनेगी। उसकी मां की साड़ियों की तो सिर्फ रंगीन किनारियां हैं। हम जो देंगी वे फिर रंगनी पड़ेंगी।"

उस बात पर विजयन्ती ने एक प्रस्ताव किया, "हम उसके कपड़े इकट्ठे करें और सबको एक-एक कर रंग डालें।—लाल, नीला, हरा रंग दें। फिर तो वह सफेद पहन ही नहीं सकेगी।"

शनिवार को सवेरे तीस लड़कियां एक जुलूस बनाकर सुमिता के घर के सामने जाकर खड़ी हुईं। और वह भी फाटक पर ही थी, मानो उनकी प्रतीक्षा कर रही हो। परन्तु वह चरागाह की ओर देख रही थी, विचारों में डूबी। वह 'मेडो हाउस' गई थी और वहां उसके पोर्च की सीढ़ी पर बैठी थी, भास्कर अपनी बांस की वंशी पर उसकी प्रिय धुन बजा रहा था।...

"सुमिता !"

चौंककर उसने पीछे देखा तो इतनी सब लड़कियां चली आ रही थीं। सावित्री सबके आगे थी, उसकी बगल में एक गठरी थी। "यह लीजिए !" उसने हाथ आगे बढ़ाया।

उन्होंने आग्रह किया, "सुमिता, ले लो न !"

उन्होंने चीखकर कहा, "खोलकर देखिए तो !"

उसे उत्सुकता हुई, और उसने ऊपर का लिपटा हुआ अखबार हटाया, और वह एकदम जैसे अवाक् हो गई।

लड़कियों ने और उत्साह से चिल्लाते हुए कहा, "सुमिता, तुम्हें कौन-सा रंग सबसे ज़्यादा पसंद है ? हम लोग इस बात पर सोच रहे हैं। वीना कहती है...'

"मैं कहती हूं हरा। है न सुमिता दीदी !"

"नीला। उसमें तो समुद्र की सीपी की तरह कांति है। वह तो नीले रंग में अच्छी लगेगी। यह साड़ी वह ज़रा पहने तो, फिर देखना।"

"ईंट के रंग का लाल ठीक रहेगा। यह रहा। इससे तो वह स्वर्ग की अप्सरा जंचेगी।"

"मानो स्वर्ग की अप्सराएं कपड़े ही पहनती होंगी !"

"कपड़े नहीं पहनती होंगी ? क्या वे नंगी घूमती हैं ?"

खूब जोरों से हंसी छूटी। सुमिता उसमें शामिल हुई और फिर उसके लिए प्रतिषेध करना बहुत मुश्किल था। उसने अपनी मां को बुलाया। वह भी बरामदे में खड़ी ही थी—उसने आवाज़ें सुनीं और वह बाहर आ गई थी।

"मां..." अब उसने शिकायत-भरे स्वर में कहा। पर मां ने समझाया, "मुझे इतनी खुशी है...इतनी खुशी है..." उसकी आंखों में आंसू छलक आए। और उसने कहा, "बरसों पहले मैंने देवताओं से प्रार्थना की थी कि मेरी सुमिता को अच्छे कपड़े पसन्द करने दो, और हमउम्र लडकियों की तरह।"

लड़कियों की बातचीत जारी थी। उन चार साड़ियों में सुमिता कैसी दिखती है, देखें तो। जो चाहे वह पहले पहन ले। फिर हम आज के मंगल-दिन की खुशी मनाएंगी।

"हम क्या करेगी ?" थोड़ी देर रुककर सोचती रहीं। हर लड़की अपना दिमाग खुरच रही थी। सुमिता को जैसे एकदम सूझा :

"हम भी एक शो करेंगी—अपने लोकगीतों का, अपने गांव के नृत्यों का, अपने पुराणों की कहानियों का। हम इस्पात मिल से स्त्रियों को बुलाएंगी — मज़दूरनियों को।"

अच्छी कल्पना है। सब लड़कियों ने 'हां' कही। पर वह बड़ा 'घर' जो वे बना रही थीं उसपर अभी छत नहीं थी। हरएक गांववाला भी मदद करता तो भी वह घर पूरा होने में दो माह लगते।

सुमिता के मन में 'मेडो हाउस' था। उसीका उपयोग गांधीग्राम क्यों न करे ?

बाद में, जब बन जाएगा तो इस्पातनगर को भी गांव के बड़े घर में निमंत्रण देंगे।

"हम लोग यहीं क्यों नहीं अपनी योजना बना लेते ?" उसका उत्सुक सुझाव आया।

"सुमिता, तुम तो लकड़ी के सहारे चलती हो।"

"नहीं, मैं चल सकती हूं। तुम लोगों को मेरे साथ ज़रा धीरे-धीरे चलना होगा और मुझे पीछे मत छोड़ देना।"

"हम वहां कब जाएंगी ?"

"अभी ! ज़रा एक मिनट ठहरो।" वह मुड़ी और कहीं गायब हो गई। लड़कियां सुरुचि की ओर अचरज से देखने लगीं। उसने हंसते हुए कहा, "हमें क्या मालूम। जरा रुकें और देखें। शायद वह सोने की चेन पहनकर आए।"

नरगिस ने कहा, "उसे अपनी चूड़ियां पहननी चाहिए। ऐसी सुन्दर कलाइयां हैं।"

"हां, हमें उसके बारे में सोचना चाहिए था।पर.. अभी समय है।"

"शांति-यात्रा के लिए बहुत दिन नहीं हैं।" "शांति-यात्रा में एक स्त्री क्यों हो ? यह तो आदमियों का काम है।"

"चुप, सावित्री !" सहमी हुई आंखें सुरुचि की ओर मुड़ीं। ज़रासा अविचारा कुछ कहा होता तो बुरा लग जाता। पर सुरुचि ने कहा, "शायद वह शांति-यात्रा में न जाए।"

सब लोगों ने उत्कंठित चीख के साथ कहा, "वह नहीं जाएगी ?"

"सुनो। उसे 'मेडो हाउस' में व्यस्त होने दो। उसे उसकी सफलता की अपने पर ज़िम्मेदारी लेने दो और उसीमें वह पूरी श्रद्धा के साथ डूब जाएगी। उसका अपना शांति-मोर्चा मानो वही हो।"

"सच है।"

"हम लोग जो शो करने जा रही हैं उसका पूरा जिम्मा उसे लेने दो।"

"हम उसे एक नृत्य-मंडली में अपने साथ नृत्य करने के लिए मनाएंगी।"

"वह सारे इस्पात नगर को पागल कर देगी।"

वह आ गई कमरे में से नई साड़ी पहनकर; लाल। परन्तु वह बरामदे तक ही नहीं रुकी रही; वह नीचे सीढ़ियों से उतरी। "आओ ! चलो, जल्दी करें।" वह ज़रा-सा लंगड़ाकर चल रही थी। वह सोचती थी कि इस्पातनगर के सी० ई० के लिए यह एक आश्चर्य की बात होगी। उसने गांधीग्राम को जो कहा था, वह बात इतनी जल्दी मान ली जाएगी—उस 'शो' को हुए सिर्फ पांच दिन बीते थे। परन्तु उसके जाने से

पहले उन्हें चरागाह तक पहुंचना था। चलो, जल्दी चलें !

मेडो हाउस के दरवाज़े पर एक जीप खड़ी थी। लड़कियां उसे रोकना चाहती थीं। शायद कोई इस्पातनगर से आया हो। वह जाने तक रुक जाए।

पर सुमिता ने दृढ़ता से कहा, "वह घर अपना है। कोई शहर से आया हो तो उसका स्वागत है—वह अतिथि है। चलो।" उसके टखने का दर्द इस श्रम से बढ़ा था, परन्तु जल्दी-जल्दी कदम बढ़ाने में वह उसे भूल गई।

पोर्च की धूल-भरी सीढ़ियों पर भास्कर विचार करता हुआ बैठा था, वह अपने पाइप को अन्यमनस्क भाव से पी रहा था।...

रूपा फोन पर बोली थी : "मैं रोज़ की तरह साढ़े आठ बजे आई। सत्यजित अब तक नहीं आए थे, गो वह रोज़ बहुत समय से आते। वह आधा घंटा देर से आए और सीधे अपने काम में लग गए। उनका चेहरा थका हुआ और दुखी था। जब दस मिनट बीत गए, तब उन्होंने ऊपर नज़र उठाई और कहा, 'मुझे माफ करो।' 'किसलिए ?' 'मेरी इन सब प्रतारणाओं के लिए मुझे क्षमा करो।' 'कैसी प्रतारणा ?' मैंने पूछा। पर उनका चेहरा दुःख से भरा था और उन्होंने कोई उत्तर नहीं दिया। एक बात फिर भी मार्के की थी। उन्होंने मुझे 'रूपा-मां' कहा था।" रिसीवर से आवाज़ रुक गई। कई क्षण बीत गए जब वह फिर से सुनाई दी : "वह मध्य दिन के बाद ही चले गए। उन्हें दिल्ली एक्सप्रेस से जाना था।"

सत्यजित अपने सपने में खोया था—शांति-मोर्चे के। क्या वह केवल गांधीग्राम तक ही इस मोर्चे को सीमित रखे ? नई दिल्ली उसकी सब इच्छाओं कीर्ति शायद ही करे। बिना विभाग के मन्त्री विवेकवान् व्यक्ति थे। भास्कर को याद आया, वाशिंगटग में उनसे मिलना हुआ था। 'भारत को तुम्हारे जैसे आदमी चाहिए,' उन्होंने कहा था। जिस आदमी पर उनका विश्वास था उसीसे ऐसी जल्दी से अपील पाकर उनकी क्या प्रतिक्रिया होगी ?

उस अपील को किए बगैर दूसरा कोई उपाय नहीं था। गांधीग्राम के लिए यह एक निश्चित नामवरी की बात थी।

सुमिता को आश्चर्य का आघात लगेगा। उसने 'मेडो हाउस' एक अच्छी परीक्षा और चुनौती की तरह लिया था। पर अब शांतिपूर्ण प्रवेश के बदले आक्रामक ढंग की हिंसा थी।

इस जीवन में से सुमिता अदृश्य हो जाए, यह विचार सहने के लिए कठिन था,

यद्यपि वह इस बात की परवाह नहीं करती थी कि वह क्या सोचेगा और चाहेगा। अनासक्त, आत्मपूर्ण, स्त्री की सर्वसामान्य आवश्यकताएं उसे नहीं थीं। वह एक ऐसी ज्योति थी जो चीनी गोली से बुझा दी जाएगी। फिर भी वह जीवन के प्रति कृतज्ञ था कि कम से कम थोड़े समय के लिए ही क्यों न हो, पर सुमिता से मिल पाया। यह ऐसे ही हुआ कि मानो वह प्राचीन काल में रहते हों और उसने एक सुन्दर राजकन्या देखी हो; जिसने राजमहल छोड़कर, बाल कटाकर, गौतम बुद्ध के कठोर भिक्षुणी संघ में प्रवेश ले लिया हो।

उसने दरवाज़े से बाहर देखा। सूर्य-प्रकाश से अपनी आंखें बचाते हुए, वह उत्सुक भाव से देख रहा था। लोग इस दिशा में समूह में आ रहे थे, स्त्रियां भी। जो लकड़ी लेकर आ रही थी, वह सुमिता हो सकती थी, पर उसने तो लाल साड़ी पहनी है। ओह, वह सुमिता ही थी ! उसका सफेद वेश कहां गया ? सफेद तो आत्मिक और शारीरिक शुद्धि का प्रतीक था न ?

विचित्र बात यह थी कि उसकी ज्वाला उस मिट्टी के दीये में अधिक अच्छी तरह चमक रही थी, उस चमकदार धातु के दीये में नहीं।...

दिल्ली एक्सप्रेस लेट थी, हमेशा की तरह।

उनके नाम को पुकारती एक आवाज़ सुनाई दी और उनकी काव्यविचारधारा रुक गई। वे इधर-उधर देखते रहे। उन्होंने एक ऊंची-सी आकृति देखी, थर्ड क्लास के डिब्बे के सामने खड़ी थी। एक खुशी की पुकार और एक मिनट में वह ऊंची आकृति लम्बी-दुबली बांहों में आ गई थी। दोनों मित्र कसकर गले लगे।

सत्यजित ने धीरे-से शिकायत की, "मेरा सामान !"

वीरेश्वर जीवन की यथार्थता की ओर लौट आए, "सामान ! ओ हो !" वह चिल्लाए।

सूटकेस और बिस्तर, जो प्लेटफार्म पर उपेक्षित-सा पड़ा था, उसकी ओर वे लौटे। फिर वे लोगों की उमड़ती भीड़ में खो गए। एक दूसरे से अलग हुए। "इधर-उधर धक्के मत खाओ। याद है, कैम्ब्रिज में बोट-रेस में उस दिन तुम्हें क्या हो गया था ?"

सत्यजित प्यार से हंसता रहा।

एक टैक्सी आई। "नार्थ एवेन्यू, एम० पी० क्वार्टर्स," वीरेश्वर ने ज़ोरों से ड्राइवर से कहा।

"अब हम बोल सकते हैं।" वह बैठ गए तो उसने मित्र का हाथ दबाया। "हां, हम कहां थे? कैम्ब्रिज में? हां, मुझे अब याद है, मध्ययुगीन संतों की तरह तुम आत्मदंडन करते थे, उपवास और वह सब पागलपन। ब्रह्मचर्य से स्खलन पर शरीर की शुद्धि!"

सत्यजित ने प्रार्थना की, "देखो भाई वीरेश...मैं तुम्हें बता दूं कि दिल्ली क्यों आया हूं। लद्दाख में चीनी सेना है न..."

"ओ हो! लद्दाख का क्या सम्बन्ध है?" उसके चेहरे और आवाज़ में उत्सुकता थी।

'वीरेश, तुम चीन गए हो, सांस्कृतिक प्रतिनिधि-मंडल के सदस्य बनकर। तुम्हें कोई राजनैतिक प्रचार तो करना नहीं है। इसलिए मैं तुमसे एक सीधा प्रश्न पूछता हूं। तुम्हें उस देश के बारे में क्या लगता है।"

अब जैसे नया वीरेश्वर बोल उठा: "सबसे पहले सीधे इतिहास के तथ्य देखो। आधुनिक पीकिंग की पार्श्वभूमि। इतने सारे वर्षों से वहां क्रांति बनती-बढ़ती गई। त्याग, आत्म-बलिदान वीरतापूर्ण सहनशक्ति-वही तत्त्व जो दुनिया में सभी क्रांति-संघर्षों के पीछे होते हैं। फिर हम देखते हैं, लम्बे समय पर हम एक लम्बी उड़ान करते हैं। क्या दिखाई देता है? कुओमितांग, मध्यवर्गियों का एक साधन, साम्राज्यवादी सिंहासन से देश को स्वतंत्र करता है, परन्तु वह साधारण व्यक्ति को वह नहीं दे सका जोकि सब चीज़ों से ऊपर होना चाहिए था: जोतने के लिए एक एकड़ ज़मीन, खाने के लिए एक चावल का कटोरा। किसानों को उन्हीं सामन्ती परिस्थितियों में रहना पड़ा। भूख पहले की तरह नंगा नाच दिखाने लगी। करोड़ों की संख्या में जनता को मानवीय प्रतिष्ठा नहीं मिली। बीसवीं सदी चीन के द्वार पर रुक गई। और फिर मुक्त करनेवाली सेना की विजय हुई।"

"आपने नया चीन देखा है?"

"हां, मैंने नया चीन देखा है। वहांसारी जमीन का फिर से बंटवारा हुआ। बड़ी तेज़ी से उद्योगीकरण हुआ, बड़े पैमाने पर सोवियत मदद मिली। जनता की दृष्टि नये क्षितिजों की ओर लगी।" वीरेश्वर अपनी गद्दीदार कुर्सी में पीछे झुककर कहने लगा, "नये क्षितिज तो बहुत दूर हैं। लम्बा मोर्चा फिर शुरू हो गया है। सत्तर करोड़ जनता

का भाग्य उसमें निहित है।"

"फिर आगे क्या होगा ?"

"यही अगला सवाल है। ट्रेजेडी यह है कि इसी लम्बे मोर्चे के विश्वस्त नेताओं ने उन्हीं मानवीय मूल्यों को, जिनके लिए वे कभी लड़ते थे, भुला दिया है। उनके प्रति विश्वासघात किया है। पीकिंग में मैंने पचास लाख लोगों की गर्जना सुनी थी विश्वशांति के लिए, युद्ध को सदा के लिए नष्ट करने के लिए। तब से दस वर्ष बीत गए। अब वह मांग राज-द्रोह है। चीन के नेता आज दुनिया के एकमात्र विस्तारवादी हैं। कितना बड़ा विरोध है !" वीरेश्वर की आवाज़ तीखी हो उठी। "परन्तु शायद यह विरोध नहीं भी हो ! यह वही पुराना विश्वक्रांति का ट्राटस्की वाला सिद्धान्त हो, अब संगीनें लेकर जैसे दुनिया पर हावी हो रहा हो। इस बार संगीन नहीं होगी—केवल आणविक अग्नि होगी।"

सत्यजित ने कहा, "माओ वह खतरा उठाने को तैयार है। उसके सरल अंकगणित की याद दिलाने की ज़रूरत नहीं।"

"वह तो सीधी-सी बात है। चीन की जनसंख्या नष्ट हो जाने पर, उसी पुराने स्तर तक बढ़ जाएगी—यह सच है। परन्तु अब की बार माताएं राक्षसों को जन्म देंगी, ऐसा आणविक वैज्ञानिक कहते हैं। आणविक रेडिएशन का परिणाम जनन-शक्ति पर पड़ेगा। दो सिरवाले, एक आंख के, चार हाथों के राक्षस बच्चे जन्मेंगे। क्या ऐसे प्राणी एक नई समाजवादी दुनिया बना सकते हैं ? यह मान लेना अधिक अक्लमन्दी की बात होगी कि समाजवाद की कल्पना ही धूल में मिल जाएगी, क्षार-क्षार हो जाएगी !"

सत्यजित ने विरोध में सिर हिलाया, "दूसरी संभावना भी तुमने सोची है ? चीन की साधारण जनता इस गणित को नहीं देखेगी-वह करोड़ों की संख्याएं; वे तो सिर्फ पुत्र, पौत्र, पति-पत्नी ही देखेंगे। पुरुष चाहे एशिया के नेतृत्व के लिए फिर भी पिपासु रहे, परन्तु स्त्रियां नहीं। चीन की स्त्रियां उस देश की मुक्तिदात्री होंगी।"

सहसा मुड़कर वीरेश्वर ने अपने मित्र से हाथ मिलाया। "ठीक यही बात मैं भी सोचता हूं ! चीन की स्त्रियां स्वतन्त्रता से मत्त हैं। एक सेक्स की बात छोड़ दो। यह विचित्र बात है न कि कम्यूनिस्ट राज की पहली ही अवस्था सेक्स के मामले में दमन के युग की हो। सोवियत रूस में भी ऐसा ही हुआ था। परन्तु वह देश सामूहिक आदेश से ब्रह्मचर्य की अवस्था छोड़कर कहीं आगे बढ़ गया।" वीरेश्वर रुका, उसके

गाल एक तरह की व्यंग्य-मुद्रा से फूले। उसने आगे कहा, "आज रूसी स्त्री से प्रेम करना सहज है। कुछ भी हो, मनुष्य-स्वभाव के विरुद्ध जाना मूर्खतापूर्ण है। अब तो चीनी भी यही अनुभव कर रहे हैं, ऐसा मुझे लगता है।

सत्यजित प्रेम से मुस्कराया, "देखो, वीरेश..."

"मैं तुम्हें होटल पीकिंग की एक रात की बात बता दूं। मैं एक तरुण चीनी स्त्री के साथ नाच कर रहा था। चीनी नाच नहीं-सीधा फौक्सट्राट। हरे रेशम के फ्राक के नीचे वह स्त्री सुघर अंगोंवाली लगती थी।"

सत्यजित ने कुहनी से उसे टोकते हुए कहा, "हमारा टैक्सी-ड्राइवर सुन रहा होगा।"

वीरेश्वर ने उस बड़े से पगड़ीधारी सिर कोपीछे से देखा। उस सिख को धीमे से पूछा, "सरदारजी !"

"जी !"

"आपको मेरी बातचीत का मज़ा आया ?"

"अच्छी बात।" लाल पगड़ी दो बार हां हां करते हुए हिली, "आप आगे बात कीजिए। हम तो नॉर्थ एवेन्यू एक मिनट में पहुंच जाएंगे।" - "देखते हो, सत्यजित, वह चाहता है कि मैं आगे बोलता रहूं। मैं कहूं ?"

"नहीं !" तेज़ी से जवाब मिला।

वीरेश्वर विवश हो गया। वह चिल्लाया, "सरदारजी, मुझे खेद है!

सत्यजित ने कहा, "अब वीरेश, तुम्हें अब भी कल्पना नहीं है कि मैं क्यों दिल्ली आया हूं। मुझे मिलना है..."

"मैं समझता हं," वीरेश्वर का चेहरा फिर गम्भीर हो गया, "तुम सही आदमी से मिलोगे। लंच के बाद। मैं फोन पर तुम्हारे लिए समय निश्चित करूंगा। बिना विभाग के मंत्री से अपने विचार बताओगे, फिर तुम संसद में आ सकते हो—तुम्हें मेरी ही तरह से वाद-विवाद से नफरत होने पर भी।"

"तुम वहां किसलिए हो ?"

"मैं ? अच्छा, तुम्हें भी अपना भाषण सुना दूंगा। पर वह पद्य में होगा, वही आठ पंक्तियोंवाला। आओ, साढ़े तीन बजे संसद में आना। मैं तुम्हें विज़िटर्स गैलरी का कार्ड बना दूंगा।"

संसद-सदस्यों के लिए दो मंज़िलवाले अलग-अलग मकानों के सिलसिले का नाम था नॉर्थ एवेन्य। वीरेश्वर चिल्लाया, "एक कप चाय की तुम्हें प्यास नहीं लगी

है ? मैं तो कम से कम एकदम पिपासु हूं।" और उसने नौकर को चिल्लाकर बुलाया, "रोघुआ ? ओ, भाई—"

जब सत्यजित अपने कमरे में लौटा, हाथ-मुंह धोकर, तो वीरेश्वर चाय पर जुटे थे। वह बहुत गर्म थी और वह तश्तरी में डालकर पी रहे थे।

स्मरण-पत्न में दो टाइप किए हुए कागज़ थे। बिना विभाग के मंत्री धीरे-धीरे उन्हें पढ़ रहे थे। पेंसिल हाथ में लिए वे यहां-वहां उस स्मरण-पत्न पर पंक्तियां बनाते। उसकी नक्काशी की शक्ति शिल्पकारों के लिए आनन्द का विषय बनती, जब तक वह कठिन परिश्रम, बुढ़ापे से भी अधिक, अपनी थकान का प्रभाव न छोड़ता। वही बात एक और बड़े आदमी के साथ हुई थी-प्रधान मंत्री के साथ।

बिना विभाग के मंत्री गांधीजी के करीब रह चुके थे, जैसे नेहरू भी रहे थे। सत्यजित के पास उनके साथ सेवाग्राम की स्मृतियां थीं। यदि चाहता तो सत्यजित भी उस हरी मखमलवाले टेबल के उस तरफ मंत्री की कुर्सी पर सहज बैठ सकता था; गए चुनावों में प्रधान मंत्री की ओर से यह सुझाव आया भी था। उसने वह प्रस्ताव अस्वीकृत कर दिया था। क्या उसने गलती की थी ? क्या वह अधिकार-पद पर बैठकर देश की अधिक सेवा कर सकता था ? परन्तु वह सारा काम गांधीजी ने शुरू किया था। गांधीजी के हिसाब से स्वतन्त्रता अन्तिम ध्येय नहीं था; वह तो उस ध्येय के लिए केवल एक कदम था। हर एक आंख से आंसू पोंछना—वही महत्त्व की बात थी। वह केवल भौतिक ध्येय नहीं था। नई दिल्ली में बैठकर वह तुम नहीं पा सकते थे। इस पद पर बैठकर, तुम्हारे आसपास तीन टेलीफोन लगे हैं—यहां तुम चेहरे नहीं, मनुष्यों का जमा हुआ ठंडा समुद्र देख सकते थे।

वीरेश्वर की तरह सोचते हुए उसे हंसी आई। यही बात थी। लम्बे मोर्चे के आदमियों के साथ पीकिंग में यही हुआ था। उनके और जनता के बीच टेलीफोन आ गया था। यह यन्त्र एक ओर सुविधा बढ़ाने के लिए था और दूसरी ओर परस्पर-विरोधी बातों का संकेत था। वह जगद्विजय के और बड़े साधन दे सकता था, जबकि अपने भीतर तुम पराजय ही पराजय से खिसकते-टूटते जाते थे। एक दिन, शायद जनता तुम्हारे दरवाज़े तोड़कर भीतर आए और तुम्हारे हाथों से टेलीफोन छीन ले।...

इस स्मरण-पत्र का यही अघोषित उद्देश्य था, टाइप किए हुए मज़मून की पंक्तियों के बीच अलिखित शब्द यही कह रहे थे। उसके तर्कभरे मन से, मंत्री ने यह सब ज़रूर भांपा होगा।

मंत्री महोदय, इसीलिए कुछ अपना बचाव करते रहे-से लगे।

उन्होंने शुरू किया, "चीनी जनता के गणतंत्र को मान्यता देनेवाले हम सबसे पहले गैर-कम्यूनिस्ट देश थे। प्रतिवर्ष हमने लगातार उसे संयुक्त राष्ट्र संघ में लाने का यत्न किया। हमने तिब्बत में उसके प्रवेश और भूमिहरण का विरोध नहीं किया। यह अपने-आपमें चीन का एक अन्यायपूर्ण और अवसरवादी कार्य था। पर हमने प्रामाणिक ढंग से यही सोचा कि अविरोध ही सबसे व्यावहारिक उत्तर था। संयुक्त राष्ट्र तिब्बत के बारे में उस तरह से नहीं लड़ सकता था जैसे दक्षिण कोरिया के बारे में। इसके अलावा हमें चाऊ-एन-लाई ने वचन दिया था कि वे तिब्बत को स्वतन्त्र प्रदेश रखेंगे और उसकी संस्कृति का समादर करेंगे। हमने सोचा कि हमारी ओर से यह समझौता कर लेना तिब्बतियों के हक में बेहतर होगा, बजाय संयुक्त राष्ट्र संघ के मंच पर क्रोध-भरे शब्द बोलने के और एक कागज़ पर प्रस्ताव भी पास कर लेने के, जोकि इतिहास के प्रवाह को रोक नहीं सकता था। तुम इस बात को समझते हो, सत्यजित ?"

"सत्य का मार्ग समझौतों का मार्ग नहीं होता। आक्रमण के साथ कोई समझौता नहीं किया जाना चाहिए था।"

"यह तुम्हारा शांति-मिशन—यह भी एक तरह का समझौता ही नहीं है क्या ? परिणामतः ?"

"नहीं ! यह एक चुनौती है। इसके अस्त्रों का निशाना आक्रामक की आंतरिक भावना है। हमें चीनी जनता की अन्तरात्मा को छुना है, जिससे कि हम फिर भाई बन सकें।"

"भाई ? उसका अर्थ है हम चीनी नेतृत्व स्वीकार कर लें और सारे दक्षिण एशिया और अफ्रीका में चीन के आगे बढ़ने का पुल बन जाएं ? यह कभी नहीं होगा। पीकिंग के लोग इस तथ्य को मानते हैं। वे शांतिपूर्ण सह-अस्तित्व के सोवियत विचारों के एकदम भयंकर विरोधी हैं। वे उन विचारों को सुधारवादी कहते हैं, पनर्शोधवादी। और तटस्थता के नाम पर तो वे अट्टहास करते हैं; तीसरा मार्ग मन का धोखा या कल्पना है, ऐसा वे कहते हैं। कर्म द्वारा इसे सिद्ध करने पर उतारू हैं। वे ऐसी परिस्थितियां निर्मित करना चाहते हैं कि जिनमें भारत को कोई

रास्ता ही नहीं होगा सिवा तटस्थता छोड़ देने के और पश्चिमी गुट में शामिल होने के। भारत गया कि तटस्थ अगुटवादी दुनिया इतनी कमजोर बन जाएगी कि वह केवल कल्पना बनी रह जाएगी। तब फिर चीन एशिया और अफ्रीका के कई देशों के सिर पर, करोड़ों-अरबों लोगों पर राज्य करेगा और दुनिया की सबसे बड़ी शक्ति बन जाएगा। यह मार्शल लिन पियाओ की प्रसिद्ध प्रतिज्ञा है।"

सत्यजित बोलने से पहले थोड़ी देर सोचता रहा।

"लम्बे मोर्चे में विश्वास न करना मेरे लिए आसान नहीं है। चीनी जनता की चेतना में कहीं लम्बे मोर्चे के चिह्न बने होंगे, चाहे पीकिंग के सत्ताधारियों के दिल में वह भर चुका हो।"

मंत्री हल्के मुस्कराए और उनके चेहरे पर थकान की रेखाएं और गहरी हुईं।

"इस तरह से देखने की कोशिश कीजिए। चीन आज उतना ही अणु-केन्द्रित और अन्धराष्ट्रवादी है जितना कि ब्रिटेन साम्राज्यवादी उपनिवेशवाद के सर्वोच्च बिन्दुवाले युग में था—यदि वही विश्वास एकमात्र सचाई है और शेष सब मिथ्याभास है तो..."

"तो... ?" सत्यजित आशान्वित होकर टेबल पर आगे झुका।

"तो फिर दुनिया आणविक संकट से सुरक्षित है। परन्तु इतिहास ने बार-बार हमारी आशाओं को तोड़ डाला है..."

टेलीफोन की घंटी बजी।

मंत्री ने रिसीवर उठाया उसी थकान-भरे हाथ से। ज्यों-ज्यों शब्द उसके कानों में पड़े, उसका चेहरा और चौंक उठा। और उस थकान से परे एक तरह की छाया फैल गई।

उन्होंने रिसीवर वापस रख दिया।

"सत्यजित, अभी-अभी समाचार आए हैं कि चीनी सेनाओं ने गालवान घाटी में हमारी चौकियों को घेर लिया।"

"गालवान घाटी ? क्या वे उसपर भी अपना अधिकार बताते है।"

"उन्होंने हमारी रसद की पंक्ति को काट दिया है। चौकी आकाश से आवश्यक सामग्री डालकर ही जीवित रखी जा सकती है। और वे अगर हमारे हवाई जहाज़ को भी मार गिराएं तो ?"

"तुम समझते हो कि ऐसा हो सकता है ?"

"कुछ भी कहिए—गालवान घाटी भारत में है—इस बारे में कोई झगड़ा ही नहीं है। हमें अपने सिपाहियों के पास चौकी तक रसद पहुंचानी है। तुम जानते हो, उनकी क्या इच्छा है ? सशस्त्र मुठभेड़।"

एक मिनट फिर मौन। सत्यजित उत्सुक दृष्टि से मंत्री की ओर देखता रहा।

"सत्यजित, तुम्हारा शांति-मोर्चा सीधी आत्महत्या हो सकता है। चीनी यह नहीं समझेंगे कि यह मोर्चा तुमने क्यों आयोजित किया। तुम उन्हें इसके लिए दोष भी नहीं दे सकते। अगर तुम्हें उनकी क्रूरता का कुछ अन्दाज़ हो सकता !"

'हम उसके लिए तैयार हैं।"

"मुझे तुम्हें याद दिलाने दो। गांधीजी चाहते थे कि ऐसे युद्ध में सारा राष्ट्र संलग्न हो। एक अनुशासित राष्ट्रीय शक्ति उसके पीछे हो जो अहिंसा में विश्वास रखती हो। अहिंसा, हिंसा से भी अधिक सामूहिक कृति की अपेक्षा करती है।"

सत्यजित नहीं माना। ऐसे भी कई उदाहरण थे जब गांधीजी ने अपने कंधों पर सारी जनता के सामूहिक संघर्ष का सारा भार लिया था। वह सारी जनता के प्रतीक हो गए थे।

मंत्री एकटक देखते रहे, उनकी आंखें उत्सुक थीं। सत्यजित उस दृष्टि का अर्थ जानता था। गांधीजी की वह भूमिका निभाना उसके बस का नहीं था। सच था। पर जब कोई और तैयार नहीं था. अपने बड़े सेनानी की मृत्यु के बाद कोई भी सेना लड़ना नहीं छोड़ देती।

"एक सुविधा मैं देने को तैयार हूं," मंत्री ने फिर से कहा, "कम से कम सौ स्त्री-पुरुष तुम्हारी पुकार पर जुटे। फिर इस प्रश्न पर हम दुबारा विचार करेंगे।"

"जरा फिर से सोचिए... !"

"बस इतना ही। परिस्थिति शीघ्र परिवर्तनशील है। मैं वचन नहीं दे सकता। मैं भोले लोगों की जान इस तरह से बलिदान पर चढ़ाने के विचार से घबराता हूं। और यह सब ऐसे आदर्श के लिए जिसकी पूर्ति की आशा नहीं के बराबर है।"

मिसेज़ मेहरा कमरा नम्बर उन्नीस में जाने ही वाली थी कि कमरा खुला और रूपा बाहर आई, अपने-आपसे मुसकाती, डूबी हुई-सी। एक नज़र उसपर डालते ही मिसेज़ मेहरा का दिल धक् से बैठ गया। यह लड़की प्रेम में पड़ी थी। उसके चेहरे पर जो भाव-मुद्रा थी, उससे वह स्पष्ट था ! प्रेम के सिवा कोई शक्ति वैसा रूप और वैसी कांति पैदा नहीं कर सकती थी।

दरवाज़ा बन्द होने पर उसने उससे पूछा, "रूपा, तुम खुशी में हो !"

बिना उत्तर दिए रूपा ने उसके गाल पर एक चुम्बन दिया। मिसेज़ मेहरा इतनी चकित हुई कि उसके हाथ से फाइलें नीचे गिर पड़ी।

रूपा गलियारे से चली गई तो मिसेज़ मेहरा ने अपने चेहरे पर से लिपस्टिक का दाग पोंछ डाला, फिर दरवाज़े की भूठ दबाकर उसे खोला। वह अन्दर चली गई अपनी अन्तर्दृष्टि जाग्रत् रखकर-एक दृष्टि और सारा सत्य पता लग जाएगा।

सी० ई० के चेहरे पर किसी भावना का चिह्न नहीं था। वह ऐसा आदमी नहीं लग रहा था कि जैसे वह अपनी प्रेयसी के साथ एक क्षण पूर्व हो। मि० मेहरा भी उस कुर्सी में अलग दिखाई देते, अगर उनकी पत्नी आकर गई होती। सी० ई० का चेहरा, एक पत्र पर झुका हुआ, काष्ठवत् था। उसका मस्तिष्क सिर्फ दिखाई देता था; उसकी दृष्टि में उसके हृदय का कहीं पता नहीं था।

मिसेज़ मेहरा रूपा के कारण दुखी हुई।

एक सप्ताह बीता था, जब दूसरा सत्य उसकी चेतना में आया। और वह सचमुच एक आश्चर्य था। मेडो हाउस का समारोह। दो माताएं एक जमाई पकड़ने में एक-दूसरे से होड़ करती हुई। शो समाप्त होने पर, अतिथियों को विदाई। सी० ई० बैलगाड़ी में बैठी सुमिता तक चलकर आया, और उसका चेहरा चमक उठा था, इसमें कोई संदेह नहीं था। मिसेज़ मेहरा वह दृष्टि कभी भूल नहीं सकती। बैलगाड़ी चली गई, वह दृष्टि तब तक बराबर टिकी हुई थी।

बाद में, घर पर, मिसेज़ मेहरा को इस सारी बात का अर्थ समझ में आया। गांधीग्राम की उस लड़की ने इस्पातनगर के सी० ई० पर गहरा प्रभाव छोड़ा था। परन्तु वे दो दुनियाओं में रहते थे, इतना उनमें अन्तर था। वह एक आश्रम से सम्बद्ध थी, और यह कल्पना करना कि वह सी० ई० की पत्नी होगी, बहुत ही अजब बात थी !

ऐसा आदमी जो सब तरह से आधुनिक हो, सुमिता की तरफ कैसे आकृष्ट हो सकता था, जबकि रूपा अपनी चमक-दमक और सौन्दर्य के साथ अनन्त प्रेम से

भरा हृदय लिए वहां उपस्थित थी ?

यह विश्वास करना कठिन था। क्या उसकी आंखों ने उसे धोखा दिया था ? वह अपने पति से पूछेगी। वह मेडो हाउस तक साइकिल पर आया था, शो के बाद, उसे वापस घर ले जाने के लिए, और उसने सारी बात को ध्यान से देखा होगा।

मिसेज़ मेहरा ने अपनी योजना बनाई। बहुत सवेरे वह अपनी बाइसिकल पर चल पड़ी, आफिस की तरफ नहीं। वह पैडल घुमाती चरागाह की तरफ आई, वहां बैलगाड़ी के रास्ते से उसने पार किया। यह सोचना विचित्र था कि वह गांधीग्राम में पहली बार आ रही थी। भाग्य समझिए कि रास्ते से राहगीर जा-आ रहे थे काम पर और उन्होंने सीधा रास्ता बताया, उसके घर तक का। मां-बेटी बाहर जाने की तैयारी में थीं; वे शालाघर में पढ़ाती थीं। मिसेज़ मेहरा सीधे अपने उद्देश्य तक पहुंची। वह चाहती थी कि सुमिता एक-दो घंटे शहर में बिताए।

"भास्कर ने तुमसे कहा है हमसे मिलने के लिए ?"

मिसेज़ मेहरा ने मां के विचारों को ताड़ लिया। और वह मुस्कराई, "हां और ना"—उसने कहा।

"मैं नहीं समझी।" उसे यह बात खली कि बुलानेवाली तो साइकिल पर आई है और सुमिता के लिए कोई वाहन नहीं है।

पर मिसेज़ मेहरा इस पहेली को सुलझाना नहीं चाहती थी। उसने कहा, "सी० ई० मूल्यवान समय का हरएक मिनट अपने काम को देते हैं। कितनी ज़िम्मेदारी है ! हमारे उत्पादन का लक्ष्य अब बीस लाख इनगौट फौलाद तक बढ़ाया गया है। हर टन एक आदमी पर निर्भर है। इसमें क्या आश्चर्य है कि जितना उनके मन में होता है वे कर नहीं सकते। कुछ चीजें अपने प्राइवेट सेक्रेटरी पर उन्हें छोड़ देनी होती हैं। बीस लाख टन-बाबा रे बाबा ! और चीनियों ने तो हमें अपनी गति बढ़ाने के लिए विवश किया है। हमें तीन साल का काम आधे समय में पूरा करना है।" वह सुमिता की ओर लाड़ से देखकर बोली, "तुम्हें यह सब समझ लेना होगा; पर धीरे-धीरे, जब तुम कुछ किताबें पढ़ लोगी—मैं तुम्हें दूगी। मैं तुम्हें योजनाओं के नीले नक्शे, चार्ट, सब सामग्री दंगी। इसीलिए तो मैं तुम्हें इस्पातनगर ले जा रही हूं

"भास्कर चाहता है कि वह सब ऐसी चीजें पढ़े ?"

मिसेज़ मेहरा की आंखों ने शब्दों से अधिक संकेत से बहुत कुछ कह दिया, मां की प्रश्न-भरी आंखों के उत्तर में।

"सुमिता, अपनी इतिहास की कक्षा की चिन्ता मत करो। बच्चों को मैं कुछ काम दे दूंगी। तुम्हें मिसेज़ मेहरा के साथ जाना चाहिए।" मां के चेहरे पर आनंद बहुत स्पष्ट था।

"पर...कैसे ?"

मिसेज़ मेहरा ने बाइसिकल की ओर इशारा किया। "पीछे के पहिये पर जो कैरियर है उसपर तुम बैठोगी।"

कुछ मिनटों बाद बाइसिकल पर दोनों चरागाह की लालटेन के पार पहुंची। ज़मीन कुछ ऊंची-सीधी थी, सो सुमिता एक तरफ बैठी थी, उसने अपनी सीट को मजबूती से पकड़ लिया। मिसेज़ मेहरा के लिए यह कठिन काम था। यद्यपि उसने अपना इस्पात पर व्याख्यान बराबर चालू रखा, उसके शब्द जल्दी-जल्दी अटक-अटककर बाहर आने लगे, चूंकि उसकी सांस फूल उठी थी। थोड़ी देर बाद वह चुप हो गई। पसीने से उसकी गर्दन तर होकर चमकने लगी।

"मिसेज़ मेहरा, जरा रुको, हम चलते चलें थोड़ा।"

मिसेज़ मेहरा ज़ोरों से बोली, "तुम नहीं जानतीं...मेरी," और जोरों से— "शक्ति !"

आखिर चरागाह पीछे छूट गया। काली सीधी कोलतार की सड़क पर प्रगति आसानी से हुई। रास्ता ट्रैफिक से भरा हुआ चौड़ी सड़क का था। सामने एक लम्बी सीधी ढलान थी, और श्रीमती मेहरा चिल्लाई—"ज़ोरों से पकड़े रहो और डरो नहीं। हम अभी पक्षियों की तरह उड़ते हुए जाएंगी।" और सुमिता को लगा कि चीख उसके गले तक आ जाएगी जब साइकिल कार ट्रक, रिक्शा, जो सब पागल की तरह से जा रहे थे, उनसे बच-बचकर जा रही थी।

सेक्रेटरी का कमरा व्यवस्था और सफाई का नमूना था। टेबल की गहरी हरी सतह पर टाइपराइटर और दो टेलीफोन के अलावा कई प्रकार की लेखन-सामग्री थी। दीवारों से इस्पात की अलमारियां लगी थीं। एक खुली, गोल घूमनेवाली किताबों की रेक कोने में थी। सुमिता किताबों की रेक तक गई और उनके नाम पढ़ने लगी।

मिसेज़ मेहरा अपनी कुर्सी पर बैठी, एक दराज खोली और एक हरी फाइल खोली। अब 'विवाह-संबंधी' नामक फाइल को नष्ट करने का समय था।

"सुमिता !"

"हूं !"

किताबों में डूबी, सुमिता ने पीछे मुड़कर नहीं देखा। एक मिनट बीत गया। उस मिनट में मिसेज़ मेहरा की इच्छा जैसे समाप्त हो गई। सी० ई० की गुप्त बातें उनकी दुलहन को बताना ठीक नहीं होगा। वह पता नहीं, उसे क्या-क्या प्रश्न पूछेगी ? उसने विज्ञापन दिया ही क्यों जब च रागाह के उस पार उसकी बहू मौजूद थी। परन्तु यहां एक बात थी : उसने सुमिता को पहले कब देखा ? शायद विज्ञापन देने के बाद यह बात हुई हो।

वह उससे कहां मिला था ? कितनी बार तब से दोनों मिले ?

श्रीमती मेहरा को झुंझलाहट हई कि उसने अपना कर्तव्य पूरा नहीं किया; उसे पता नहीं चला और कैसे ये सब महत्त्वपूर्ण बातें हो गईं। एक टेलीफोन जोरों से बोलने लगा। सुमिता एकदम मुड़ी, चौंककर।

"सी० ई०," मिसेज़ मेहरा ने कहा, "मैं उनसे कहती हैं कि तुम मेरे कमरे में हो।"

"नहीं !" सुमिता चिल्लाई। उसका चेहरा शर्म से लाल हो आया। वह भास्कर से ऐसे तामझाम और घटाटोप में मिलने को तैयार नहीं थी। मिसेज़ मेहरा ने 'हां-हां' कहा। सी० ई० की बह को कमरा नम्बर उन्नीस में जाने का कोई अधिकार नहीं था।

वह दरवाज़े की ओर गई, "एक मिनट में आई।"

सुमिता को आश्चर्य की चुभन लगी। वह कमरा नम्बर उन्नीस को पवित्र मंदिर की तरह रहस्यमय रखना चाहती थी। सी० ई० की प्राइवेट सेक्रेटरी भी कोई सुन्दर-सी लड़की नहीं, पर ऐसी सुयोग्य पी० एस० है। क्या वह स्वयं इतनी अच्छी हो सकती थी, अगर वह प्रयत्न करे तो ? यह विचार विचित्र था।

दरवाज़ा खुला। एक आवाज़ ने पुकारा— "मैं आ सकती हं,मिसेज़ मेहरा ?" और दूसरे ही क्षण "ओह, मुझे माफ कीजिए !"

आगन्तुक अन्दर आई। "मिसेज़ मेहरा तो सी० ई० के कमरे में गई हैं।" सुमिता ने कहा, और एक अनपूछे प्रश्न के उत्तर में कहा, "मैं गांधीग्राम से आती हूं।"

"तो तुम सत्यजित की लड़की होगी," रूपा ने बहुत रुचि के साथ कहा, "मैं उस दिन मेडो हाउस शाम को नहीं जा सकी। आपसे मिलकर बड़ी खुशी हुई। मेरा नाम रूपा है।"

"आप कितनी सुन्दर हैं ?" सुमिता ने आश्चर्य से कहा, "मैंने आप जैसी कोई और नहीं देखी।"

रूपा हंसी, "आपको अपने-आपको देखना चाहिए था।"

"आप...आप भी सी० ई० की सेक्रेटरी हैं ?"

"एकदम सेक्रेटरी नहीं।"

इतने में मिसेज़ मेहरा जल्दी से भीतर आ गई।

प्रेस के लोग और बुरे समाचार लाए। नई दिल्ली और पीकिंग के बीच राजनयिक प्रतिनिधियों की बातचीत का अब कोई उपयोगी अर्थ शेष नहीं था। एक ज़िच की हालत हो गई थी। पीकिंग से आए हुए नवीनतम पत्न में गालियां थीं। उस दिन के अखबार में सुर्खियां थीं: चीनी फौजी मुठभेड़ के लिए उत्सुक...गालवान चौकी पर मदद भेजी गई... चीनी संख्या में हमारे जवानों से कहीं अधिक। और प्रधान मंत्नी ने सारे देश को सावधान रहने के लिए कहा।

प्रेस के लोगों ने तीखे प्रश्न पूछे, "क्या आज की दुनिया में शान्तिअभियान जैसे आदर्शवाद के लिए कोई स्थान शेष है ? क्या चीनी लोग शक्ति के सिवा और कोई भाषा समझते हैं ?"

सत्यजित ने उन्हीं शब्दों में उत्तर दिया, जिनमें वह पहले भी कहा चुका था। हिंसा से, जिसपर वह की जाती है तथा जो करता है, दोनों समान रूप से ही प्रभावित होते हैं। यह इतिहास का तथ्य है।

सत्यजित ने आशा प्रकट की—उसमें विश्वास की दृढ़ता नहीं थी—कि यह सांप्रतिक आक्रमण केवल राजनैतिक विशेषार्थ लिए सीमा-संघर्ष होगा। जितनी अधिक भारत विदेशी सहायता चाहता था, और उसके लिए पैसे भी देने पड़ते थे, फिर भी उतनी ही उसके तटस्थ ढांचे में दरारें पड़नेवाली थीं। "क्या सोवियत रूस ने गए दूसरे महायुद्ध में अमेरिकी सैनिक सामग्री की सहायता स्वीकृत नहीं की थी ?" एक प्रेस के आदमी ने पूछा, परन्तु यह प्रश्न ऐसा वक्तव्य था कि जिसका उत्तर आवश्यक नहीं था। और शान्तिपूर्ण सह-अस्तित्व का विकल्प था मृत्यु—और वह भी इतनी स्पष्ट थी !

एक घंटे-भर लम्बे भाषण के अन्त में सत्यजित ने बताया कि नया निर्णय लिया गया है। वहसौ ही स्वयंसेवक क्यों चाहता है ? यह संख्या सीमित न हो तो ? जनता हजारों की संख्या में आने दी जाए। इस कल्पना को अग्निपरीक्षा लेने दीजिए।

यह बिना अस्त्र का युद्ध होगा। मनुष्यता के अन्तिम भाग्य का निर्णय हिमालय की बर्फ पर होने दीजिए। इस विचार की विजय का अर्थ होगा दुनिया से युद्ध का सदा के लिए अन्त। एक दिन सारी मानव जाति रेडियो सक्रिय राख में परिणत हो जाएगी, इस भयानक दुःस्वप्न का अन्त।

वह फिर गांधीग्राम नहीं लौटेगा। यहां राजधानी में वह स्वयंसेवकों के आने की राह देखेगा। जब संख्या काफी बड़ी हो जाएगी, तो वे चल पड़ेंगे। पहले रेल से, फिर बसों और ट्रकों से। लद्दाख पहुंचकर वे अपना अभियान सीमा की ओर ले जाएंगे, सिंकियांग की ओर।

एक धीमा, तनावपूर्ण सप्ताह बीत गया।

"नदी सिर्फ एक फलांग दूर होगी; चलो सड़क की दूसरी तरफ चलें। और मोटर के नीचे मत आना!" वीरेश्वर ने एक बांह मित्र की बांह में डाल दी और उन्हें भीड़ में ले गए। आधा जाने पर वह एकदम रुका, चिल्लाया, उसकी आवाज़ तीखी हो रही थी : "सत्यजित, तुम्हें यह जानना चाहिए। अकेले गांधी और सिर्फ गांधी ही गांधीवाली बात कर सकते थे।" गाड़ी एक गज़ दूर तक आकर आवाज़ करके रुकी। उसने मोटर चलानेवाले को बड़ी-बड़ी आंखों से देखा और कहा, "आप दिल्ली की सब सड़कों के मालिक अपने-आपको समझते हैं क्या-क्यों साहब!"

सड़क की दूसरी ओर, फुटपाथ पर पहुंचकर सत्यजित ने उन शब्दों का मनन किया, "एक गांधी, और कोई नहीं...वह जानता था कि उस वाक्य का क्या अर्थ था। पचास आदमियों ने भी उसकी अपील का उत्तर नहीं दिया, इस प्रकार से आत्माहुति देने की इच्छा दरसाई थी।

गांधी शांति-अभियान पर थोड़े-से चुने हुए आदमियों के साथ जाते और हजारों उनके पीछे-पीछे आते—जनसाधारण, जिनके लिए राष्ट्रपिता उनके खाल और मज्जा जैसे थे। अनुशासित सिपाहियों की तरह, अगर देश की पुकार होती तो वे अपना जीवन अपित कर देते। कोई प्रश्न नहीं पूछते, न कोई कारण मांगते।

सारे समय वीरेश्वर के रिमार्क अर्द्धसत्य थे। एक गांधी सदा के लिए शारीरिक रूप से जीवित नहीं रह सकते थे। उनकी प्रेरणा ही रह सकती थी। वह प्रेरणा अब देश में उतनी ही शक्ति से छानी चाहिए थी जैसे कभी वह दुबला-पतला, चश्मा पहने हुए लंगोटीवाला छाया हुआ था। उसे सिर्फ एक व्यक्ति या एक ही आकृति

में अपनी अभिव्यक्ति नहीं पानी थी। उस व्यक्ति के स्थान पर सारी जनता की सम्मिलित शक्ति काम करती। बुद्ध के निर्वाण के कई सदियों बाद ही बुद्ध का मत शुरू हुआ था। ईसा के बहुत वर्षों बाद ईसाई मत सर्वोच्च बिन्दु पर पहुंचा। गांधी अपने विचारों का 'वाद' नहीं बनने देना चाहते थे। "मैं अपने बाद कोई पन्थ नहीं छोड़कर जाना चाहता," अपने एक सहयोगी से उन्होंने कहा, "मुझे दुनिया को कुछ नहीं सिखाना है। अहिंसा पर्व तो इतना प्राचीन है।" फिर भी, कोई भी विचार उसके गत्यात्मक पुनर्निर्माण की शक्ति पर ही युगों-युगों तक नये बने रहते हैं।

सिद्धान्त नहीं, परन्तु उस समय की समस्याओं पर उनको लागू करना—वही मुख्य बात थी।

सफलता का आश्वासन कहां था?

वीरेश्वर कह रहा था—"उस महात्मा के किए हुए गांधी-नीति के उपाय आखिर शून्य में पंख फड़फड़ाने की तरह थे।"

उसने जवाब दिया, "कोई शून्य नहीं था, जब लाखों नर-नारी देश की स्वतंत्रता के संघर्ष में लगे थे।"

वीरेश्वर ने अपने मित्र की ओर देखा और वे उदास मुस्कराए।

"मुझे बताओ : क्या हमने कभी अहिंसा को पंथ की तरह लिया? वह निरा साधन था। गांधी उसे समझता था, और एकाधिक बार वह स्वप्न-भंग होकर नेतृत्व से नीचे उतरा और उसने अपने अनुयायियों को अपने मन की करने दी। स्वतंत्रता की प्राप्ति के बाद मुट्ठीभर वर्षों में ही हमने उस स्वतंत्रता के महान निर्माता से अपने-आपको मुक्त कर लिया है, जमुना नदी के किनारे उसका एक मन्दिर बनाकर। हम राजघाट की पवित्र समाधि पर मालाएं चढ़ाते हैं। नई दिल्ली में जो विदेशी बड़े लोग आते हैं वे यह निश्चित औपचारिकता रुढ़ि की तरह करते हैं। पर कुछ है जिससे मुझे बहुत विचित्र लगता है..." वह हंसने लगा।

"क्या विचित्र लगता है?"

"मेरे मित्र झुनझुनिया, बड़े व्यापारी। वे गेहूं का व्यापार करते हैं। जब कभी वे किसी 'ब्लैक' या ऐसे ही गुप्त व्यापार से खूब पैसा कमाते हैं—चाहे उससे हजारों स्त्री-पुरुषों की भुखमरी ही क्यों न हो—वे राजघाट आते हैं फल लेकर। पुराने ब्रिटिश साम्राज्य के दिनों में वे ये ही फूल मन्दिर में चढ़ाने जाते थे।" वीरेश्वर फिर हंसने लगा—"और यह गांधी ही था जिसका सपना था प्रत्येक आंख से आंसू पोंछने का।"

सत्यजित फिर अपने विचारों में डूब गया। उसके लिए कोई भी महान विचार कभी भी भौतिक मूल्य की वस्तु नहीं था। उसका आन्तरिक अर्थ ही महत्त्वपूर्ण था। वह उस आदर्श पर जीवन जो बिता रहा था; क्या यह सच नहीं था ? और अब समय आया था कि उस विचार को कसौटी पर लगाए। पर यदि वह अकेला उस विचार को अमल में लाता तो उससे क्या लाभ था ? सामूहिक प्रतिक्रिया—यह सारी ताकत उसे हजारों की सम्मिलित शक्ति पर आधारित करनी थी। उसने अपनी पुकार प्रकाशित की थी, और उसे आशा थी कि उत्सूक समर्थन मिलेगा। एक सप्ताह बीत गया और कई उत्तर आए। परन्तु उनमें बहुत कम लोगों ने अपने-आपको समर्पित किया था। औरों ने यह कहा था कि शान्ति का अभियान ही छोड़ दें। देश उस तरह के कार्य के लिए तैयार नहीं था, उन्होंने कहा। मान लीजिए कि अभियान करनेवालों को चीनी गोली से उड़ा दें, तो ? फिर तो भारत और चीन के सम्बन्ध और भी बुरे हो जाएंगे।

उसने अपना सिर झुकाया और देखा कि सारे जीवन का काम धूल और राख में मिल जाएगा। इससे तो वह शान्ति-निकेतन में शिक्षक के नाते कहीं अधिक उपलब्ध करता। बिना किसी दावे के। अपनी योग्यता की सीमाओं का उसे भान था और उन्हें सुन्दरता से वह स्वीकार भी करता था। वह तिल से ताड़ या राई से पर्वत नहीं बनना चाहता था। न वह ईसप का मेंढ़क ही था।

"सुनो, सत्यजित ! मुझे तुम्हें कुछ कहना है। कुछ बुरी खबर है।" वीरेश्वर की आवाज़ भारी थी।

सत्यजित ने गर्दन हिलाकर कहा, "मैं जानता हूं। वे शान्ति-अभियान को रोकेंगे, मना करेंगे। मन्त्री को उसके बारे में शंका है, और वह गांधी का आजीवन अनुयायी था। जो हो। ठीक ही है। चूंकि मेरी अपील असफल रही है..."

"नहीं, यह कुछ दूसरी बात है, गुप्त। मैं चाहता हूं कि तुम्हें मुझे न कहना पड़ता।"

"आगे, कहो, वीरेश के शक्ति केन्द्रों में निस्संदेह समाचार-स्रोत थे।

"इस्पातनगर गांधीग्राम को छीनने पर उतारू है। इस्पातवाले लोगों ने सरकार से तार से प्रार्थना की है कि वह प्रसिद्ध स्थान राष्ट्रीय हितों के काम में लाया जाए।"

सत्यजित ने आश्चर्य से चौंककर कहा—"तुम सचमुच विश्वास करते हो कि सरकार ऐसी कठोर बात सहसा कर डालेगी ?"

"सच बात यह है कि चीनी आक्रमण और विस्तारवाद के विरोध में गांधीग्राम कुछ भी नहीं कर सकता। तुम्हारा यह प्रस्तावित शान्तिअभियान—तुम जानते हो कि प्रेसने उसे किस तरह से लिया है। पहले तो कुछ सुर्खियांदी, बाद में उन्होंने उसके समाचार बिल्कुल ही नहीं दिए हैं। सरकार ने उस बात को भी लक्ष्य किया होगा। दूसरी ओर इस्पातनगर को समय और सुविधा देने पर, वह सशस्त्र सेनाओं को सैनिक सामग्री, जो इतनी अधिक ज़रूरी है, दे सकता है। और फिर इस्पातनगर को उसके ऐवज़ में अपना सवाया सूद भी तो चाहिए।" वह रुका, उसने सामने के चेहरे पर भाव देखे, जैसे किसीने उसे तमाचा मारा हो, और फिर सहानुभूति और दया से हाथ सत्यजित के कंधे पर रख दिया। 'परन्तु सत्यजित को अपनी आन्तरिक शक्ति के भरोसे ही छोड़ देना चाहिए। उसे उसकी पहले कभी नहीं हुई, उतनी ज़रूरत थी।' वीरेश ने सोचा और वे सफेद रंग के बाहर के दरवाज़े तक पहुंचे, जहां से एक लम्बी पगडंडी जैसा रास्ता लाल पत्थरों से बना था और जिसके दोनों ओर खूब सुन्दर लान और चमकीली रंग-बिरंगी फूलों की क्यारियां थीं। बायीं ओर क्षितिज की तरफ जंग के रंग का जमुना के पुल का विस्तार दिखाई देता था। पास में मोती के रंग की भूरी छोटी छोटी मीनारें थीं एक सफेद ऊन जैसे फैले बादल के किनारे।

"यहां से तुम आगे अकेले जाओ। तीर्थयात्री को अकेले ही जाना होता है। मैं तो यहां हरी घास पर क्षण-भर बैठकर अपने मित्र झुनझुनिया के पुष्पदान पर कविता लिखूंगा।"

वीरेश थोड़ी देर चुप बैठा रहा, उसकी आंखें थोड़ी-सी झुकी हुई उस पैदल चलनेवाली आकृति पर लगी हुई थीं। उसने वह झुकाव पहले नहीं लक्ष्य किया था। एक लम्बे मिनट के बाद, उसने अपना सिर दुःख से हिलाया, 'गरीब बेचारा!' उसने अपने-आपसे कहा, जैसा कि वह कैम्ब्रिज के दिनों में कह चुका था।

उसके मन में एक चित्र खिसक आया, जब वह बगीचे की तरफ मुड़ा। सुरुचि एक पत्थर के टुकड़े को लेकर चूड़ियां तोड़ रही है। वह सिर्फ नक्काशीदार शंख की चूड़ियां ही नहीं तोड़ रही थी, बल्कि उससे कुछ अधिक तोड़ रही थी। और सत्यजित को उस संकेत का कोई ज्ञान नहीं था—न उस वास्तविकता का। गांधीग्राम जाने पर शायद उसे कुछ और मूल्यवान् प्राप्त हो जाए। काश, वह इतना समझ सकता!

सत्यजित जब चल रहा था तो सुरुचि उसके भी मन में थी। यदि गांधीग्राम

नष्ट हो जाए तो उसे अच्छा लगेगा ? यह कैसे हो सकता है ? उसने अपनी जड़ें नई जमीन में डाल दी थीं। वह उतनी ही गांधीग्राम थी जितना कि वह स्वयं। यद्यपि वह मास्को-यात्रा के बाद कुछ बदली थी। कई वर्षों बाद पहली बार ऐसा लगा था कि वह फिर शांतिनिकेतनवाली मनःस्थिति में लौट आई थी। उसने उस वृक्ष-घर में उससे बातें की हैं। क्या वह अब भी वहां होगा ?' वह उस घर को भूल गया था जहां उन्होंने अपने विकसित जीवन के पहले कुछ वर्ष बिताए थे। भूल गया होगा ? नहीं। यह विचित्र बात थी कि पुरानी स्मृतियां कैसे फिर लौट-लौटकर आ रही थीं। और उसीने तो सुरुचि को याद दिलाई थी कि आंगन में पीछे उसने कनेर उगाई हैं। जब लाल फूल आए, तो उनमें से वह कुछ रोज़ तोड़कर अपनी गर्दन पर नीचे झुक आए बहुत बड़े जुड़े में पहनती थी। क्या उसके बाल अब भी उतने ही लम्बे और उतने ही सुन्दर थे जैसे पहले उस समय थे ? वह फिर से निश्चय करना चाहता था। वह फिर से बाल खुले, कमर तक नीचे पीठ पर लहराते हुए देखना चाहता था।

वह लम्बे-लम्बे डग जल्दी-जल्दी भरता हुआ चल रहा था, तो उसे यह लगा कि सुरुचि उसे अभी-अभी धक्का सहने में मदद कर रही है। अगर सुरुचि उसके मन के भीतर न होती तो वह आघात असह्य होता। वह अब उसे आगे ले जा रही है—शांति-निकेतन को, उस स्थान तक जहां उसके साथ उसका जीवन शुरू हुआ था। एकदम किसी शक्ति से उसने जैसे उसे अभिभूत कर दिया था, और वह कुछ-कुछ सोचने लगा था कि वह नया जीवन कैसे होगा जिसे वह अकेली भर देगी।

क्या यह वीरेश्वर के प्रेम की आत्म-स्वीकृति के कारण था ?

परन्तु यह एक ऐसा प्रश्न था जिसका उत्तर वह नहीं जानता था।

अपने भीतर जो वेदना वह अनुभव कर रहा था, वह ज़ख्म की तरह से थी। थककर, वह उस नीची दीवार के सहारे पीछे झुका और आंखें मूंदकर खड़ा रहा।

परिताप का पथ कहां था ? कौन दिखाएगा वह बाट ?

एकदम बड़ी तेज़ी से जैसे प्रकाश उसपर फूट पड़ा। दूसरा गांधीवादी अस्त्र था, जो साधारण आदमी भी प्रयोग में लाते थे।

जब वह विचार उसके मन में कौंधा और उसपर छा गया, तो उसका शरीर सिहरा। उसने मानो मंत्रविद्ध होकर, रुक-रुककर, धीमी सांस से कहा—मृत्योर्माऽमृतं गमय !

सत्यजित ने राष्ट्र के नाम पुकार दी तो सुरुचि को जैसे कुछ सांत्वना मिली। उसने देखा था उसका प्रभाव अपनी बेटी पर, जिसका चेहरा पहले विचारपूर्ण हुआ, फिर कुछ चिंतित। ऐसा ही होना चाहिए था। उसे यह नया चित्र स्पष्ट परिप्रेक्ष्य में देखना चाहिए।

'अपील पर जनता का प्रत्युत्तर तो मिलेगा ही,' उसने अपने-आपसे कहा, 'छः व्यक्तियों के दल को अलविदा। यह संघर्ष कोई सत्यजित की घरेलू समस्या नहीं है। या केवल गांधीग्राम की समस्या नहीं है। इसमें पुरे भारत का प्रश्न जुड़ा है। और अब जनता इस बात को उठा लेगी। हर निर्णय उसके हाथ में होगा।

फिर भी, कोई नेता तो चाहिए, सुमिता ने कहा; कोई भी सत्यजित के स्थान पर नहीं हो सकता। परन्तु नेतृत्व तो, सुरुचि ने कहा, प्रारम्भ में आता है। फिर आती है जनता, सर्वसाधारण जनता, जो किसीका नेतृत्व नहीं चाहती; वह स्वयं का नेतृत्व करने लगती है। एक से अधिक बार ऐसा हुआ है कि गांधी को भी—केवल अपने पीछे की बाढ़ के आगे शरण जाने के सिवा कोई विकल्प नहीं बचा था और यह बाढ़ उनकी अपनी बनाई हुई थी, और उनका आयोजन, राष्ट्रीय संघर्ष के एक बिंदु पर आकर उसे रोकने का, बहा दिया जाता।

"सत्यजित गांधी के इतिहास पर जो पदचिह्न पड़े हैं उनका अनुसरण कर रहा है; और इतिहास अपने-आपको दुहराएगा। यह तुम्हें समझना चाहिए, सुमिता! जनता एक व्यक्ति से बड़ी होती है—किसी भी एक व्यक्ति से।"

घबराकर, चकित होकर सुमिता अब इस सत्य का सामना कर रही थी कि सत्यजित के पास का, उसका सुरक्षित स्थान अब छिन चुका था। उस जगह पर एक स्त्री-पुरुष की बहुत बड़ी भीड़ थी और उनमें से हर एक उससे कम महत्त्वपूर्ण नहीं था। उस भीड़भरे दृश्य में वह अदृश्य थी और सत्यजित भी प्रायः।

"दिल्ली से कोई समाचार है ?"

"पत्र तो आना चाहिए था।"

"मैंने डाकिये को चरागाह से आते हुए देखा था। शायद उसके पास उनके लिए कोई चिट्ठी हो।" झट से हाथ जोड़ते हुए, "सुमिता अपने पुराने इरादे पर अड़ी है ?"

"वह सत्यजित से कैसे मुकर सकती है ?"

वह फिर से कुछ कहे, उससे पहले हिचकिचाया, "मां, जो मैं कहना चाहता हूं, वह कहना मेरे लिए आसान नहीं है। अब परिस्थिति बदल गई

है। सुमिता की अब गांधीग्राम में कहीं अधिक आवश्यकता है, शांति यात्रा से अधिक !"

"क्यों भास्कर ?"

उसके जवाब से पहले उसके चेहरे पर उभरता द्वन्द्व उसने देखा, "जब गांव पर संकट आएगा तो तुम्हें और सुमिता को उसके समर्थन में खड़ा होना पड़ेगा।"

"संकट ? वह तो एक महीने से चल ही रहा है।"

उसके माथे पर गुस्से से बल पड़ गए। एक मिनट तक वह दूर देखता रहा, फिर उसने झट से पीठ फेर ली।

"निकट भविष्य में गांधीग्राम का अस्तित्व ही नहीं रहेगा।"

"ऐसा तुम निश्चयपूर्वक क्यों कहते हो ?"

वह उसकी ओर एकटक देखता रहा, उसका गुस्सा सहानुभूति में बदल गया। वह सही शब्दों की खोज करना चाहता था, जिससे कि वह उनका दिल न दुखाए।

"अब तक हमने आशा की थी कि एक सामान्य, स्वाभाविक परिवर्तन की प्रक्रिया होगी। इसीलिए हमने मेडो हाउस बनाया। परन्तु वह तो लम्बी प्रक्रिया होती: उसमें बरसों लग जाते। उतना समय अब हमारे पास नहीं। चीन ने हमपर जो शीतयुद्ध थोपा था वह जल्दी ही सशस्त्र युद्ध में बदल सकता है। एक यथार्थवादी अनुमान से उनके इरादे साफ दिखाई देते हैं। सो हमें शीघ्र ही कुछ करना होगा। हमने एक अतिवादी कदम उठाया है। हमने नई दिल्ली को तार से अपील भेजी है। राष्ट्रीय हित में सरकार के पास विशेष शक्ति होती है—पर उसके मुख्य विषयों में आती है।"

वह रुका कि शायद तीव्र निषेध हो। परन्तु उसके चेहरे पर कोई क्रोध नहीं था, केवल विचार था।

"बहुत कठोर निर्णय लिया तुमने।"

"कठोर।" उसने कहा, "बहुत कठोर।" वह कहना चाहता था। कई रातों तक वह उन्निद्र रहा।

"सुमिता से अभी कुछ मत कहो।" वह तीखी चिन्ता से चीखी।

"परन्तु..."

"उसके सामने शत्रुवेश में मत खड़े रहो। अभी नहीं, जबकि वह मुश्किल

से तुम्हें जानती है। मेडो हाउस में शो के लिए उसके साथ काम क्यों नहीं करते ?"

"अब मेडो हाउस का कोई महत्त्व नहीं रहा।"

"सुनो, भास्कर ! सुमिता को साथ ले जाओ। उसे कहो कि वह कार्यक्रम जिसमें उसने अपना दिल लगाया है वह उसके बिना एकदम बेकार हो जाएगा। लद्दाख वह में सौ लोगों में एक होगी। यहां वह ऐसी है कि उसके बिना कुछ नहीं हो सकता। उसे यह बात समझाओ। जहां तक तुम्हारी सरकार को ज्ञापन का प्रश्न है—ठहरो, भास्कर, जब तक कि वह तुम्हें इतनी अच्छी तरह न जान ले कि गलतफहमी न हो।"

"निर्णय एक माह के भीतर सार्वजनिक हो जाएगा, हो सकता है।"

"एक महीना बहुत लम्बा समय है।"

सुमिता पीछे आंगन में कपड़े धो रही थी। उसके हाथ साबुन के झाग से भरे थे। उसने बाल्टी पर सिर उठाकर देखा, मां के पीछे भास्कर को देखा, और उसका हृदय आनन्द से उछलने लगा। परन्तु आनन्द के साथ-साथ यह भावना भी मिश्रित हो गई कि अरे, वह इस समय कितनी अनसंवरी है ! उसने अपने चेहरे पर से बालों की लट हटाई तो साबुन के झाग की एक रेख उसके माथे पर रह गई। भास्कर सहसा हंसने लगा, तो उसने दूसरे हाथ से माथा पोंछा और साबुन की रेख दूसरी ओर भी फैल गई। सुरुचि आगे बढ़ी। उसकी हथेली लड़की के सिर पर आशीर्वाद की मुद्रा में टिकी। उसकी आंखें फड़कने लगीं। कुछ ही क्षणों में वह स्थिर-चित्त हुई और मज़ाक में कहने लगी :

"सुमिता, तुम मुझसे तीन इंच लम्बी हो गई हो। अगर इस तरह से तुम आगे बढ़ती ही जाओगी तो क्या होगा ?"

"मैं राक्षसी हो जाऊंगी।"

"फिर तुमसे शादी कौन करेगा ?"

"कोई भी नहीं ? ईश्वर को धन्यवाद !"

सुरुचि भास्कर की ओर मुड़ी, "कभी ऐसी बात भी सुनी थी ? एक बड़ी लड़की अगले जन्मदिन को इक्कीस बरस की हो जाएगी। कभी तुमने ऐसी लड़की देखी है ?"

उसने गंभीरता से सिर हिलाया, वह उत्तर देना चाहता था, पर उसने अपने-आपको रोका। एक मिनट पहले वह सोच रहा था कि पता नहीं किस वेश में वह

समिता को देखेगा। क्या उसने फिर सफेद खद्दर पहनना शुरू कर दिया था ? सफेद कपड़े उसकी सौम्य सुन्दरता को सुहाते थे। परन्तु यहां वह गहरे नीले कपड़े पहने थी, और उनमें भी वह और आकर्षक जान पड़ती थी ! बाल बिखरे हुए और चेहरे पर साबुन का झाग। वह अनोखी दिखाई दे रही थी ! हां, यही शब्द सबसे उपयुक्त था : अनोखी !

"मुझे और लड़कियों की तरह क्यों होना चाहिए ?" सुमिता ने पूछा।

मां मानो अपने-आपसे बोली, "यही तो बात है। अगर तुम औरों की तरह होती..."

"तो क्या होता ?"

मां का चेहरा गंभीर हो गया। "तो तुम्हें सुखी होने का मौका मिलता।"

"किसीको भी सुखी क्यों होना होता है ? जीवन में और भी महत्त्व की बातें हैं।"

सुरुचि ने बात टाल दी, "भास्कर तुम्हें अपने साथ बाहर ले जाना चाहता है।"

जवाब आश्चर्य से भरा था—"बहुत दूर ?"

"जितनी दूर तुम जाना पसन्द करो।" भास्कर ने उत्तर दिया।

वह झट से मुड़कर भीतर चली गई। सुरुचि ने भास्कर की झुंझलाई मुद्रा देखी और समझाया, "तुम अपने साथ में जिप्सी लड़की को तो नहीं ले जाना चाहते। ज़रा उसे ठीक कपड़े पहनक र चलने दो।"

जीप बड़े रास्ते की ओर जल्दी से चली।

जीप उस खंडहर जैसे मंदिर के पास से गुज़र गई। स्मृति के आवेग में उसने ब्रेक दबाया। फिर गाड़ी को लौटाने लगा। उसी बिना दरवाज़े के प्रवेश-द्वार पर जीप जाकर रुकी।

"सैर-सपाटा।" उसने सुमिता की दृष्टि से दृष्टि मिलाई, "हम यहां आ चुके हैं, याद है ?" उसने आश्चर्य से देखा, उसके चेहरे पर लालिमा। लज्जा की हो सकती थी ! परन्तु...लज्जा ? उसने तो केवल शिल्पिक प्रेम देखा था और केवल पत्थर। वह नीचे उतर रही थी, लकड़ी के सहारे उतर रही थी। वह बाहर कदकर आया, उसके पास जल्दी से पहुंचा, उसके हाथ से लकड़ी को छीनकर उसने दूर फेंक दिया।

उसकी आंखें विस्फारित हुई—"एक पंगु को देखकर तुम क्रुद्ध हो ?"

"पंगु !" वह गुस्से से बोला। उसे लकड़ी की क्या ज़रूरत थी; वह भी और सब चीज़ों की तरह निरी आदत थी। "जब आंधी और फान में तुम पकड़ ली गई थीं तब लकड़ी कहां थी ?" उसने पूछा।

"हाथ में लकड़ी होती तो मैं फिसलकर गिर नहीं पड़ती।'

कठोर शब्द उसके मुंह पर आए थे; परन्तु उसका चेहरा देखकर उसे मज़ाक सूझा और वह रुक गया। उसे देखकर वह एकदम हंस पड़ा, "आओ, सुमिता !" उसने अपना हाथ उसे दिया।

वह उसे प्रवेश-द्वार में से ले गया। वे दीवार पर की कई मूर्तियों और चित्रों के पास से गुज़रे। और वह उस गर्भगृह की ओर देखती रही जहां से भगवान गायब हो चुके थे। वे चलते रहे, जब तक कि उस बड़ी शिल्पकृति के सामने नहीं आ गए।

"कैसी कला है !" उसने प्रशंसा में सांस ली। पूर्ववत्, "क्या जीवन है !" उसने धीमे से कहा।

अब उसकी दृष्टि दोनों आकृतियों पर गई। उसने वह बड़ा-सा हाथ देखा जोकि गोल वृक्ष को थामे था। उसने मुंह फेर लिया, पर एक क्षण में उसने फिर उसे देखा और उसके गालों पर गुलाबी रंग जैसे फूट उठा, उसकी आंखें खुली थीं और विचित्र ढंग से तृष्णालु।

उसका हाथ सुमिता के कंधे पर था, उसका दबाव पहले हल्का था, फिर भारी हुआ; उसके भीतर एक भारी अलसता फैल रही थी, जैसे स्वेद हो।

"सुमिता !"

भास्कर ने उसे अपने पास खींचा, और सुमिता ने एक बार उन पाषाणी प्रेमियों की ओर देखा और फिर उसने आंखें मंद लीं एक हल्की आह के साथ।

पांच मिनट पहले वे उस बड़े अर्धोत्कीर्ण शिल्प की तरह हो गए, भास्कर ने विचार किया, एक हाथ जीप के पहिये पर, दूसरा पहिये के बीच में और उसके पास में वह खुली हुई मुट्ठी। सुमिता उससे दूर बैठी थी; चुपचाप और सिर्फ उसका हाथ ही एक सम्पर्क था। वह उसकी परिचित अन्य सभी स्त्रियों से भिन्न थी और वह उसके अनुभव के सन्दर्भ से कहीं नहीं जुड़ सकती थी।

मंदिर में, उसे बहुत आश्चर्य हुआ था। वह असुरक्षित खड़ी थी मानो रूपांतरित हो गई हो। उसने उसके चेहरे पर वह ऊष्मा देखी थी जो वह जानता था। उसका मुंह बन्द था और उससे एक तरफ पलटा हुआ था, परन्तु एकदम सहसा उसके आग्रह

के सामने वह झुक गई थी। और इस बिन्दु पर उसने अपने-आपको रोका था। यह विस्मयजनक विचार उसे सहसा छू गया कि उसे अब तक पहला चुम्बन भी मालूम नहीं था। और उसकी उम्र इक्कीस वर्ष की हो गई थी ! इतने में, जब वह उसके पास पुनः गया तो उसे उसके हाथ के स्पर्श में सहसा धक्का-सा लगा और उसने हाथ पीछे खींच लिया और वह रुक गया। वह उसे आघात नहीं देना चाहता था, उसकी सुरक्षा पर अतिरेक नहीं करना चाहता था।...

...एक महीना। महीने के अंत में गांधीग्राम के भाग्य का निर्णय होगा। सुमिता के भाग्य का भी।

वह अपने पुराने स्वत्व से कितनी दूर चली आई थी। काश, शान्ति-अभियान उसे अपनी राह दूर नहीं ले जाता।

वह उसे जाने देना नहीं चाहता था। उसका हाथ अधिक स्वामित्वपूर्ण, जो उंगलियां वह थामे था उन्हें भींचता हुआ, वह जानता था उससे अधिक कठोर हो रहा था। और सुमिता उंगलियां दुखने से चीखी। उसका चेहरा उसकी ओर मुड़ा, सप्रश्न दूसरे ही क्षण भास्कर उसकी सहानुभूति देने लगा।

"यह कठोर इस्पात मनुष्य !" उसने अपने-आपको डांटा।

उसकी कोमलता ने उसे जैसे और दुःख पहुंचाया। और वह सहसा रो पड़ी। वह समझ गया। उसने उसे रोने दिया। उसके गालों पर आंसू बहने लगे। वह इसलिए रो रही थी कि उसकी आत्मा का भोलापन वह अब खोनेवाली थी। यह स्थित्यंतर जब तक चलता रहेगा तब तक उसे बराबर रोना पड़ेगा।

उसने फिर उसकी उंगलियां पकड़ीं. पर इस बार हलके, मानो वह मुट्ठी-भर चमेली के फूल थामे हो। उसने अपना रूमाल उसे दिया जब कि जीप उसके घर की ओर धीमे-धीमे रेंगती जा रही थी। वह घर अब दिखाई दिया। बांस के फाटक के बीस गज़ दूरी पर वह रुका। मुड़कर उसने उसका चेहरा अपने हाथों में लिया और उसका मुंह मानो उसकी मांग के लिए उद्यत था।

एक विचित्र विचार उसके मन में आ गया। उन फटे होंठों को लाल रंग का स्पर्श चाहिए था एक बार उसने निश्चय किया था। कितना गलत !

वह राह देखता रहा जबकि दरवाज़ा खुला और बन्द हो गया।

सुमिता ने देखा, जीप मुड़ी और चली गई। वह अभी मां से मिलने को तैयार नहीं थी। मां रसोईघर में व्यस्त थी, रोटी बना रही थी। वह बरांडे में बैठी रही, सोचती।

ऐसा लगा कि जैसे उसके भीतर एक तूफान उठकर चला गया।

क्या इसीको पाप कहा जाता है ? ..

"सुमिता..." उसकी आवाज़ में एक खोखली गूंज थी।

"मां !" यह विचार उसके मन में कौंधा कि मां जानती थी। दरवाज़े पर राह देखते हुए, रास्ते की ओर देखते हुए, उसने देखा था कि जीप बीस गज़ पर थी...

"सुमिता, एक चिट्ठी है।"

"पिताजी ? क्या है यह सब ? मुझसे कहो।"

"तुम पढ़ो और तुम्हें पता चल जाएगा।" उसने हाथ बढ़ाया और सफेद कागज़ उसे थमा दिया।

एक मिनट में वह समझ गई, और गए एक घंटे का सारा आनन्द जैसे बह गया। वह फिर पत्र पर झुकी और पढ़ने लगी, फिर से।

इस्पातनगर ने सरकार को अपील भेजी थी कि उसके विशेषाधिकार से वह गांधीग्राम को छीन ले—राष्ट्रीय हित में। यह प्रार्थना अवश्य स्वीकृत की जाएगी। इस निर्णय से लड़ने का एक ही रास्ता था। यह गांधी-मार्ग था। एक अनिश्चित काल के लिए अनशन।

पुराने शब्द उसके कानों में गंजे : मेडो हाउस प्रेम का अड्डा है। वह गांव को स्वेच्छा से समर्पण की ओर ले जाएगा। वह यही चाहता था। न्याय्य समानता। वह अपनी विजय के बारे में निश्चित था। फिर भी उसने शस्त्र बदले थे—प्रेम से हिंसा में !

वह हिंसा उसके स्वभाव में जन्म से थी। शेष सब कुछ निरा धोखा था। साफ दाग। एक दोहरा दगा। उसने अपना इरादा सुमिता को नहीं बताया था। उसने ऊपर से अन्य झूठे बहाने नकाब की तरह पहने थे। यह विश्वास करके कि सुमिता तो मूर्खों के स्वर्ग में रहती है, और इस दृश्य में उसे मज़ा आया था।

वह प्रकाश जोकि उसके जीवन में थोड़ी देर चमका था, वह एकदम अंधेरे में खो गया।

उसका स्थान उसके पिता के पास था।

उसने उस गहरे दर्द के साथ संघर्ष किया, वह शांत चित्त से सोचने लगी। हां, उसे जल्दी से राजधानी जाना चाहिए। पिताजी को उनके अपने ऊपर स्वयं ओढ़ी हुई इस परीक्षा की घड़ी में उसकी सबसे ज़्यादा जरूरत थी।

"कल मैं दिल्ली जाऊंगी।"

मां ने ये शब्द चुपचाप सुने। सुमिता राह देखती रही।

अन्ततः उसे प्रत्युत्तर मिला, "मैं भी चलूंगी।" विद्रोह की सारी शक्तियों का मूल्य समाप्त हो गया था। उसका स्थान उसके पति के पास था।

"तुफानी सेनानी!"

ट्रेन से उतरते ही सुमिता ने वह कड़ाके की परिचित ध्वनि प्लेटफार्म पर जमे लोगों की भीड़ के ऊपर से सुनी, और उसने देखा कि एक हाथ बुला रहा है, हर्षोन्माद से इशारा कर रहा है। "तूफानी सेनानी"—वीरेश्वर चाचा के सिवा और कौन उसे इस तरह पुकारता! गए तीन वर्षों में वह बदले नहीं थे, बाल बहुत सफेद हो गए थे, फिर भी।

"मेरी बेटी, इससे अच्छा समय तुमने नहीं चुना होता। तुम जानती हो?" उसका चेहरा तना हुआ था, गाल फूले हुए, एक ऐसी मुद्रा जो उसे याद थी।

हां, वह जानती थी। रेल पर चढ़े चार घंटे बीते नहीं थे कि यह समाचार एक छोटे-से रेलवे के स्टेशन पर सुने गए थे। बिजली की तरह सारी रेलगाड़ी में वे फैल गए थे, इंजन से गार्ड के कमरे तक और सब लोगों को भयानक आघात लगा था। जनता एक-दूसरे की ओर चकित आंखों से देख रही थी, कहीं कोई शंका, अविश्वास को स्थान शायद मिल जाए। यह कहीं कोई व्यावहारिक मज़ाक तो नहीं था, कहीं मज़ाक का विकृत रूप तो नहीं था। शायद यही था। परन्तु अगले स्टेशन पर वही खबर थी, और भी स्पष्ट, और भी विवरणयुक्त। जब कि रेल उस नरम मिट्टी के बड़े प्रदेश में, जहां धान की ऊंची फसल और शांति की भावना फैली हुई थी, गुज़र रही थी, सुमिता ने खिड़की से बाहर देखा, हवाई जहाज़ की आवाज़ से आकृष्ट होकर। जेट विमान तीखी आवाज़ करते हुए जा रहे थे। सन्दूक जैसे हवाई जहाज़ बहुत नीची उड़ान कर रहे थे। शायद सिपाही और शस्त्रास्त्र ले जा रहे हों।

पूरा हमला एक सहसा चकित करनेवाले विस्फोट की तरह हुआ था। बड़ी भारी संख्या में चीनी सेनाओं ने सीमा प्रवेश पर हजारों मील दूर-दूर के स्थानों पर आक्रमण किया था।

"पिताजी?"

वे नहीं आए थे। क्या उन्होंने अपना अनशन शुरू कर दिया ? वीरेश्वर उसकी चिन्ता को समझता था।

"तुम गलती पर हो, सुमिता ! वे उपवास दिल्ली में नहीं करेंगे। उसके लिए तो सही जगह गाधीग्राम ही है। खैर, अब तो उसे कुछ समय तक यह मौका नहीं मिलेगा।"

"मौका ?"

"शहादत का। इस्पातनगर को धन्यवाद दो। उसे रुकना पड़ेगा, लगता है। अब किसीके पास समय नहीं है लम्बे दूर के आयोजन सोचने का—एक ब्लास्ट भट्ठी या फैक्टरी रातोंरात नहीं बनाई जाती। सरकारी निर्णय तभी लिया जाएगा जब परिस्थितियां कुछ सामान्य बन जाएं, उसीके बाद !"

आश्वस्ति के आघात से अवाक् वह वीरेश्वर का उत्तर सुनती रही। सत्यजित लोकसभा में दर्शकों की गैलरी में बैठा था, सारे वादविवादों में डूबा। राष्ट्रपति की आपात स्थिति की घोषणा पढ़ दी गई। प्रधान मंत्री बोले। उन्होंने गहरे दर्द के साथ कहा, "यह भारत पर आक्रमण है," और अब वे अपनी उम्र के या अधिक वृद्ध दिखाई दिए, हमेशा की तरह दस वर्ष तरुण नहीं।

"पिताजी के लिए कैसा आघात है !"

उसने उसकी ओर आंखें फाड़कर देखा, '...नेहरू के लिए' कहती तो ज़्यादा अच्छा होता। इस लड़की का सब कुछ, ध्यान का केन्द्रबिंदु पिता थे—वही उसके नायक थे। क्या सत्यजित हमेशा अपनी उस प्रतिभा की तरह जी सके थे, जो उन्होंने बनाई थी ? एक ऊंचे चबूतरे पर बने रहना कितना थका देनेवाला अनुभव था। यदि सुरुचि उसे हाथ से पकड़कर नीचे ज़मीन पर उतार सकती।

"मुझे दुःख है, वीरेश चाचा, तुम्हें मेरे लिए लोकसभा छोड़कर आना पड़ा। एक आधा घंटा बेकार गया। मुझे आप अपने निवास पर उतार दीजिए, फिर जल्दी से जाइए।"

"मेरे निवास पर नहीं। मेरे कमरे में एक और संसद-सदस्य रहते है, तुम्हारे पिताजी को एक अलग कमरा दिया है। तुम मेरी भतीजी नन्दिनी के साथ ठहरना।"

"नन्दिनी !" सुमिता ने प्रफुल्लित होकर कहा। मां मास्को से लौटी थी तो एक दिन नन्दिनी के यहां ठहरी थी, उसे याद आया।

"नन्दिनी करीब तुम्हारी उम्र की होगी। और वह सेना के अधिकारी की मंगेतर है। उसके पिता ब्रिगेडियर हैं। शायद तुम उन्हें जानती होगी ? दो बच्चे हैं—बड़ा एअरफोर्स

में है, छोटा एक बोर्डिंगवाले स्कूल में। और मां—ओह, वह तो मेजर-जनरल है!"

"नहीं!" सुमिता ने चिल्लाकर कहा।

"तुम अपनी ही बहन के बारे में मेरी बात का विश्वास नहीं करतीं? तुम खुद देख लेना। अब यह याद रखो। उनके घर में कई सेना के अधिकारी तुमसे मिलेंगे। तुम उनके प्रेम में मत पड़ जाना।"

"वीरेश चाचा!"

"नहीं, मुझे कोई आपत्ति नहीं है। मैं सोचता हूं कि तुम्हारे हृदय में एक बड़ा-सा ज़ख्म कभी से पड़ जाना चाहिए था।"

"ज़रा पिताजी को यह बातें सुनने दीजिए!"

वह ठठाकर हंसने लगा—"हां, हां, उसे भी सुनने दो! उसका भी भला होगा। गरीब बेचारा!"

उसने शिकायत की, "इसका मतलब है कि मैं पिताजी से दूर चली जाऊंगी।"

"उससे तुम्हारा भला होगा, सुमिता!"

उनकी टैक्सी लालकिले के पास तक आई तब तक सुमिता चुप रही। फिर भीड़-भरी सड़कें देखकर बोली, "क्या सचमुच लड़ाई शुरू हो गई है, वीरेश चाचा? यह विचार अच्छा नहीं है..."

"उन्होंने ज़ख्मी जवान लानेवाले एक हैलीकॉप्टर को अभी मार गिराया है। मैं संसद से आ रहा था तो यह नये समाचार आए।"

क्षत-विक्षत शरीर नीचे के अस्पताल में जा रहे हैं, फिर अपनेअपने घर भेजे जा रहे है। उसके इकलौते, मज़बूत बेटे के शव पर मां दहाड़ें मारकर विलाप कर रही है। एक पत्नी अपने पति की विकृत काया को देखकर धक् से रह गई है। उसके लिए तो रोज़-रोज़ सैकड़ों मौतें हैं। नहीं, चीनी बन्दूकों ने वे भयानक संभावनाएं भी समाप्त कर दी; वह दुर्भाग्यपूर्ण मानव-भार ले जानेवालाहैलीकॉप्टर अब गायब था। अब आपमें क्रोध और तिरस्कार के सिवा कौन-सी भावनाएं जागेंगी?

तिरस्कार? सुमिता ने अपने-आपको संभाला। तिरस्कार?

वीरेश्वर बोल रहा था, "खबरें आई हैं कि चीनियों ने पूर्व के मोर्चे पर एक ही जगह पर तीस हजार सैनिक युद्ध में झोंक दिए हैं। उन्होंने नामका-चू नदी पार कर ली है। मैकमोहन लाइन के दक्षिण में चार मील अन्तर पर। वह लद्दाख से हजारों मील दूर है। लद्दाख में हमारी सेनाओं को सख्त आक्रमण के कारण कई चौकियां

छोड़ देनी पड़ी। सुमिता, तुम रेडियो पीकिंग सुनो।"

"हां!"

"भारत ने चीन पर आक्रमण कर दिया है। चीनी सीमा-रक्षक आक्रामकों को ठेलने के लिए बहादुरी से लड़ रहे हैं। यही उनका विषय होता है। और नेहरू पर गटर की तरह गन्दी भाषा का अखंड प्रवाह बहाया जाता है। उनके हिसाब से सबसे बड़ा बदमाश नेहरू ही है। कम से कम उनकी भाषा सभ्य होती, ऐसी इच्छा होती है। पर माओवादियों के लिए सभ्य भाषा बुर्जुआ ढोंग होता।"

उसने अपना सिर हिलाया। "यह मेरी समझ से परे है। वे हमसे लड़ाई क्यों कर रहे हैं? निर्जन चट्टानों के कुछ हजार वर्गमील—वह क्या इतने मूल्यवान हैं लाखों भारतीय हृदयों से अलगाव के बदले में? बचपन से चीन के लोगों से प्रेम करना हमें सिखाया है। और कहा गया है कि उनकी प्राचीन बुद्धिमानी अब भी एक जीवित शक्ति है, फिर भी मैं..."

उसने बात रोककर कहा—"नया राज?"

"वह अच्छा और बुरा दोनों है, ऐसा हमें सिखाया गया है। यद्यपि हम गांधीग्राम में इस बात में विश्वास नहीं करते कि हिंसा से कभी कोई अच्छी बात हो सकती है..." वह रुकी, "परन्तु यह भयानक भावना..." वह रुकी, फिर अधिक विचारमग्न हो गई।

"क्या भावना, सुमिता?"

"तिरस्कार। यह पहली बार हुआ कि तिरस्कार मुझमें जगा। जब तुमने बताया इतने लोग मर गए—पुरुष मारे गए...."

"सारी दुनिया में लाखों-करोड़ों अब तक युद्ध में मरे हैं, मारना और मारे जाना। किसे है अधिकार तिरस्कार करने का?"

उसने इसपर विचार किया।

"जब दूसरा महायुद्ध समाप्त हुआ तब मैं तीन साल की थी। यह मेरा पहला अनुभव है कि कोई युद्ध मेरे देश को छू रहा है।" वह कार की खिड़की से बाहर देख रही थी, उसकी अपेक्षा थी कि एक गहरी काली छाया राजधानी की सड़कों पर फैली होगी। परन्तु वहां तो सूर्यप्रकाश चमक रहा था, जनता की भीड़ पर। सैकड़ों तेज़ चलनेवाली मोटरगाड़ियों में इक्का-दुक्का घोड़े से चलनेवाला तांगा था। एक भी सिपाही नहीं दिखाई दे रहा था—विचित्र बात थी। वह अपनी मूर्खता पर हंसी। राष्ट्रीय आपात स्थिति में सिपाही दिल्ली की सड़कों पर नहीं हो सकते थे!

"विचित्र बात है"—वीरेश्वर फिर बोल रहा था—"कुछ लोग अब भी विश्वास करते हैं कि यह निरा सीमा-संघर्ष है। मेरी कितनी इच्छा है कि यह ऐसा ही होता। परन्तु वह समय अब बीत गया कि भयानक तथ्यों को हम अनदेखा कर जाएं। अब बहुत बड़ी जोखिम है।"

"नहीं, वीरेश बाबू,अब भी यह हो सकता है कि यह छोटी-सी बात हो।"

"पर्वतों के भीतर से मोटर के रास्ते बनाए गए हैं उन्हें देखो। वे कोई भारत के साथ व्यापार के रास्ते नहीं हैं ! सुरक्षा की आवश्यकता है। भारतीय आक्रमण से बचने के लिए हैं वे। मान लीजिए तर्क के लिए यह भी हम मानकर चलें कि भारत विस्तारवादी है। फिर भी बहुत-से और भी कमजोर पड़ोसी हैं इतने निकट पड़ोस में। बर्मा कल तक भारत का हिस्सा था। चावल, इमारती लकड़ी, तेल ! परन्तु हम मूर्ख विस्तारवादियों ने अपनी लालच-भरी आंखें कहां डालीं तो तिब्बत के पहाड़ों में जहां सिर्फ बर्फ और सुन्दर प्राकृतिक दृश्य हैं। यह तो ऐसी वन्य निर्जनता है कि उसका कोई ठिकाना नहीं, खुद चीन के लिए भी नहीं, वहां दूसरी पर्वत की दीवारों से परे। और इस अद्भुत अभियान में हम शांत भाव से एशिया की सबसे शक्तिमान सैनिक ताकत के साथ सशस्त्र संघर्ष भड़का रहे हैं। इस प्रक्रिया में चिर-प्रस्तुत बेकारी और भूख के संकट से लड़ने के लिए बनाई गई अपनी बड़ी-बड़ी विकासयोजनाओं को हम नमस्कार कर बैठेंगे।" वह रुका, सुमिता की खोई हुई दृष्टि देखकर।

वह हंसा, "तुम सुन नहीं रही हो। तुम भी एक सम्माननीय संसदसदस्य हो सकती थीं।"

वह शिकायत-भरे स्वर में चिल्लाई—"वीरेश चाचा, कृपया मत रुको। मैं तुम्हारा भाषण सुनते रहना चाहती हूं।"

"सचमुच ? तब तुम सम्माननीय सदस्य नहीं हो सकतीं।"

उसने अपने-आपको समझाया, "वे लोग शायद न सुनने का नाटक करते हों और हमेशा सुनते रहते हों।"

"अजी नहीं, इसीलिए तो हर भाषण जो मैं करता हूं वह आठ पंक्तियों के पद्य में।"

"वे प्रसिद्ध कविताएं ! पिताजी ने मुझसे कहा कि आपने एक बार रेडियो पर क्रिकेट के खेल का आंखोंदेखा हाल मुक्त छंद में सुनाया।"

"मैं सुना सकता था। पहले ही छंद के बाद उन्होंने मुझे रोक दिया और मुझे नीरस गद्य की शरण लेनी पड़ी।"

"बेकारी और भूख का संकट—यहां पर आपने अपना पूर्व-भाषण रोका था।"

"हां। जरा दूसरा दृश्य देखिए। चीनी अपनी सीमाओं को एक तेजी के सिलसिले में बदल रहे हैं—यह तो सुरक्षा के लिए नहीं है। वे बैंक आफ चायना की भारतीय शाखाओं की मारफत करोड़ों रुपये खर्च कर रहे हैं जासूसी के जाल बिछाने के लिए। नई दिल्ली के दूतावास और शहरों में काउन्सेलेटों में ऊंची-ऊंची तनखाओंवाले अफसरों की बात तो छोड़ ही दीजिए। उन्होंने कई वर्षों से इस देश में बसे चीनियों को पंचमांगी देशद्रोहियों का काम करने को प्रोत्साहित किया है। मैंने जानकार लोगों से सुना है कि उनकी एक आंख हमारे बड़े-बड़े औद्योगिक संयंत्रों पर भी है। वे भीतर से धोखाधड़ी से देशविरोधी तोड़-फोड़ का कार्यक्रम चलाना चाहते हैं..."

उसने चिढ़ाते हुए कहा—"वीरेश चाचा ! हर मूर्खतापूर्ण अफवाह जो तुम सुनते हो, उसपर विश्वास नहीं कर लेना चाहिए। ये कहानिया तो जैसे कद्दू बढ़ते जाते हैं वैसी यों ही बढ़ती जाती हैं। खास तौर से जब कोई गड़बड़ फैलानेवाली हो, तब तो क्या कहने हैं !"

चिढ़कर, वह उत्तर देने ही वाला था कि उसने उसके चेहरे पर दबी हुई हंसी देखी। उसी क्षण उसका मूड बदल गया। सुरुचि कभी ऐसी ही दिखाई देती रही होगी—बीस-बाईस की उम्र में। परन्तु अधिक सुन्दर, क्योंकि उसका सुनहला-सांवला रूप था। यही रंग जोकि बंगाल की स्त्रियों की विशेष सुन्दरता को फबता था।

"गुस्सा हो गए, वीरेश चाचा ?" वह अपनी धृष्टता पर पश्चात्ताप कर रही थी। "सुनो, मेरी इच्छा आपको क्रुद्ध करने की नहीं थी। वह मेरी मूर्खता थी।"

'तुम्हारी मां तुम्हारे साथ क्यों नहीं आई।" वह एकदम चिल्लाकर बोला

"वह शालाघर के काम में व्यस्त है।"

"मानो अपने पति के सामने जो बड़ा संकट आया है, उससे वह शालाघर अधिक महत्त्वपूर्ण है। उसके उपवास की बात सुनकर ही तुम इतनी जल्दी चली आई। सुरुचि नहीं आई ?"

सुमिता को अपनी मां को छोड़ कर आने का एकाकीपन अनुभव हुआ। उसे गुस्सा-भरे शब्दों से इस तरह दुखी करना ठीक नहीं था। पर उसकी मां सदा माफ कर देती थी। रेलवे स्टेशन के पास, जबकि ट्रेन चलने लगी तो उसने सुना था 'तुम्हारी मां बहुत मूर्ख स्त्री है न ?

तुम्हें उसकी लाज लगती है न, सुमिता, सच है न?' 'मा, ऐसा मत कहो।' और दोनों फूट-फूटकर रोने लगी थीं। इस समय टैक्सी में, वे ही स्मृति के आंसू उसकी आंखों में झलक आए, और उसने अपना सिर फेर लिया, कहीं वीरेश चाचा न देख लें। परन्तु वह अपने ही विचारों में डूबा था।

"सर..."

उसके चेहरे से उसके भाव का पता चलता था।चीनी जूतेवाले को सवेरे-सवेरे पकड़ लिया गया था और सारे शहर में यही ची थी। आह तो पर जासूसी का आरोप था; उसे हवालात में रखा गया था, पूछताछ के बाद उसपर मुकदमा चलेगा।

"मिसेज़ मेहरा, हम आह तो के लिए कुछ नहीं कर सकते। तुम्हें यह बताने की ज़रूरत है?"

"मैं आह तो का विचार नहीं कर रही हूं," उसने कहा, उसकी गरीब बेटियां। उन्होंने तो कुछ नहीं किया था। उन्हें क्यों सहन करना पड़ रहा है? वे तो बेचारी छोटी-छोटी बच्चियां हैं।"

"मुझे तुम्हारा तर्क समझ में नहीं आता। क्या पुलिस उस प्रत्येक अपराधी पर से अपने हाथ दूर रखे, जिसे कि छोटे बच्चे हैं निहीं तो भोलेभालों को तकलीफ होगी?"

इसपर थोड़ी देर उसने विचार किया, "मेरे कहने का मतलब वह नहीं है। आह तो ने मुझे फोन किया था पुलिस आने से पहले, और उसने अपने बच्चों पर निगाह रखने के लिए मुझे कहा। उनकी एक आया है जो बरसों से उनकी संभाल करती आई है, पर अब बुड्ढी और बेबस हो गई है।"

"देखो, मिसेज़ मेहरा..."

"मैं जानती हूं आप क्या सोच रहे हैं, सर! परन्तु आहे तो को साधारण मुजरिम नहीं कहा जा सकता, उसके विरुद्ध मुकदमा भी सिद्ध हो, फिर भी। वह घर का अच्छा, धनी है। वह सिर्फ पैसे के लिए जासूसी नहीं कर सकता। यह हो सकता है कि वह सोचता हो कि वह अपने चीन की जनता के प्रति राष्ट्रभक्ति का कर्तव्य कर रहा है। हां, उसकी कीमत उसे चुकानी चाहिए।"

"अच्छा !"

वह और आशावादी स्वर में बोली, "अगर शहर में और चीनी परिवार होते, तो हमारी कोई ज़िम्मेदारी नहीं होती !"

भास्कर कुछ माना। "जाओ, जैसी मर्जी हो करो। सिर्फ मेरा समय बरबाद मत करो।" उसकी दृष्टि मेज़ पर जमा काम के ढेर की ओर थी, और वह निराश हो गया था।

उसका चेहरा चमका, "क्या मैं चाहे जो करने को स्वतन्त्र हूं, सर ?"

"अच्छा जाओ, चाहे जो करो।"

अब दोपहर के भोजन का समय हो चुका था और मिसेज़ मेहरा ने शेष दिन की छुट्टी चाही। उसकी सहकारी शेष कार्य करेगी। उसने यह भी नहीं बताया कि वह क्या करने जा रही है, और भास्कर जानना भी नहीं चाहता था।

शाम को जब वह अपने हमेशा के समय पर घर को लौटा तो रामलाल उसके लिए एक चूंट पेय ले आया। "मैं उन्हें खाने को क्या दं ?" रसोइया अपने-आपसे बुदबुदाया, जबकि बेंत की मेज़ पर वह तश्तरी रख रहा था।

"किन्हें देने की बात है ?"

"वे हमारे जैसा खाना खाते हैं ?"

"कौन ?"

"चीनी खाना हमारी तरह नहीं होता।"

चीनी खाना ! तो यह बात थी ! 'क्या मैं जो चाहूं वह कर सकती हूं ?' और मिसेज़ मेहरा ने इस स्वतन्त्रता का अच्छा उपयोग किया था। और यह सब दूसरे के भरोसे ? पांच बहनें उसके घर में रखी गई थीं, आया ने बताया। क्यों नहीं ? जब इतने सारे कमरे खाली हैं ? सी० ई० की लम्बी-चौड़ी तनखा में यह बोझ नहीं होगा।

ज़रा मैं देखू भी, क्या आफत आई है—भास्कर ने अपने-आपसे कहा। इन पांचों को जरा देखू।

वे बैठक के दरवाज़े तक आए। इसमें बहुत देर लग गई—बहुत इसरार किया गया, तब वे आए। सबके सब झुंड बनकर खड़े थे। अन्दर आना नहीं चाहते थे, तब बूढ़ी आया की आवाज़ उन्हें पीछे से ठेल रही थी, आगे बढ़ने के लिए।

"डरने की क्या बात है। दयालु मालिक ने तुम्हें शरण दी है। दो बड़े कमरे रहने

के लिए और जितना चाहो उतना खाने के लिए।"

मिसेज़ मेहरा ने अपना काम हमेशा की तरह बहुत ही व्यवस्थित ढंग से किया है, भास्कर ने सोचा। होशियारी से, वह खुद उससे अलग रही थी। नहीं तो उसे न जाने क्या-क्या सुनना पड़ता। और वहां उसके सामने लड़कियां खड़ी थीं जिनके लिए उसके मन में कोई सहानुभूति नहीं थी। एक संदेहास्पद विदेशी जासूस की लड़कियां। लड़कियों ने अपनी चप्पलें दरवाज़े के बाहर की चटाई के पास छोड़ दी और वे नंगे पैरों फर्श की कार्पेट पर चलने लगीं। वे रुकी, और वह जब उनके चेहरे की ओर एकटक देखने लगा तो उनपर कोई भावना के चिह्न नहीं दिखाई दिए। न गुस्से के, न भय के, न वेदना के। चेहरे एकदम निर्विकार थे, चीनी मिट्टी के सांचे में ढले।

पीले कच्चे रेशम का सोफा दिखाकर उसने कहा, "बैठोगी ?"

वे खड़ी रहीं—जबकि उनमें से एक ने इशारा किया और फिर वे सोफे पर एकसाथ बैठ गईं-एक-दूसरे से सटकर। तीन लड़कियों ने पैर ऊपर कर लिए और दो जुड़वां बच्चों को उन्होंने बीच में बैठा लिया। वे अच्छे पश्चिमी ढंग के एक ही कपड़े के फ्राक पहने थीं। कपड़े अच्छे थे, देखने में भले लगते थे। भास्कर ने सबसे बड़ी बहन को पुकारा।

"अब इस घर में शायद तुम्हें बहुत लम्बे समय तक रहना होगा। जानती हो ?"

एक हलकी-सी हां।

"तुम स्कूल में नहीं जाना चाहती ?"

"नहीं.. साहब !" आवाज़ साफ नहीं सुनाई देती थी, पर उसमें दृढ़ता थी।

उसे कैसे दोष दें ? चीनी राक्षस ! उसके छोटे-से हाथ ने नीले सूती फाक की बांह से निकलकर उसके पास के छोटे-से बच्चे के पास बचाव का घेरा बनाया। दूसरा चीनी राक्षस !

वह उसकी ओर एकटक देख रही थी मानो कुछ कहना चाहती हो, पर कहते-कहते हिचकिचा रही हो। और थोड़ी देर के मौन के बाद, "सर, हम आपके घर का काम कर सकते हैं. अपना कमा लेंगे।" उसके चेहरे पर आखिर भावना फूट पड़ी। भय। भय, मानो उसकी बात न मानी गई तो।

"तुम क्या कर सकती हो ?"

"मैं खाना बना सकती हूं, सर !"

"तुम चाहती हो गरीब रामलाल को छुट्टी देना ?"

उसने यह बात नहीं सोची थी। रामलाल ने उनके साथ दया से बरताब किया

था। पर इस समस्या का समाधान दिखाई दिया।

"मैं नम्बर दो कुक हो जाऊंगी, सर! चीनी खाना," वह बोलतेबोलते सिटपिटाकर रुक गई।

उसका तेज़ जवाब उसे भी विचित्र लगा। उसने बहुत कम अपने खाने के बारे में सोचा था। उसने कहा, "बहुत अच्छी बात है!"

"हां, सर, मेरी दोनों बहनें कुछ घर का काम कर देंगी। सिर्फ ये दो बहुत छोटे हैं।"

"पहले मुझे तुम्हारे नाम जानने दो। फिर हम तय करेंगे कि कौन क्या करेगा और क्या कमाएगा!"

"चांग-ङो। यह मेरा नाम है।" उसने उससे कहा।

उसने उसकी नकल करते हुए कहा, "चांग-ङो।"

उसने अपना सिर हिलाया, "चांग-ङो" उसने उसे शुद्ध किया। उसकी धष्टता से लज्जित होकर उसने झट से अपनी बहनों की ओर मुड़कर अपनी गोल ठोड़ी से उन्हें प्रोत्साहन दिया।

"नु-ह सिन"

"एई-कु"

जुड़वां चुप रहे। चांग-ङो उनसे चीनी में बोलने लगी, उनसे इसरार करती रही और फिर जुड़वां में से एक बोला, "त्ज़-चुन।'

"तिंग-लिंग,' दूसरे ने एकदम कहा।

अब सबसे बड़ी लड़की भास्कर की ओर मुड़ी, "फिर से आप यह नाम कहिए।"

"और तुम्हें हंसाऊं।"

"नहीं, साहब! हम कैसे हंस सकते हैं।"

एक कल्पना उसे सूझी। उसने चतुराई से कहा, "अगर मैं तुम सबके फिर से नाम रख तो?"

उनके चेहरे गिर गए। "हमारे फिर से नाम रखें?" "क्या यह अच्छी बात नहीं है?" "हम अपने नये नाम एक मिनट में भूल जाएंगे।"

"तुम भूल नहीं सकतीं। वे बहुत आसान हैं।" उसने अपना दाहिना हाथ उठाया, उंगलियां फैलाई, "तुम पांच उंगलियां हो।"

लड़कियां एकटक देखने लगीं।

"उंगलियां? हम में से हर एक उंगली?"

"हर उंगली का एक नाम है। पहले अंगूठा—वह तुम हो। चांगडो। फिर पहली उंगली, फिर मझली उंगली, फिर अंगूठी की उंगली, फ़िर सबसे छोटी उंगली।"

उसके बाद लंबा, तनावपूर्ण समय बीता।

"अच्छा नहीं ?" उसने अपना सिर समझदारी से हिलाया, "हां, मैं अपना नाम नहीं खोना चाहती।"

चांग-डो ने बीच में टोका, अपनी हथेली से अपनी छाती नाटकीय ढंग से पीटते हुए वह खुशी से चिल्लाने लगी। "अंगूठा !" उसने अपनी बहनों को बड़े अधिकार से देखा। और हर कोई एक-दूसरी को वैसा ही इशारा करके उसी तरह देखने लगी।

"पहली उंगली !" छाती पर एक थपकी।

"मझली उंगली !"

"अंगूठी की उंगली !"

पर दूसरी जुड़वां बच्ची चुप रही, ओंठ बन्द किए,मानो वह पसन्द नहीं करती थी।

"त्जु-चुन डरती है कि वह अपना नया नाम भूल जाएगी।" अंगूठे ने जल्दी से समझाया।

"उसे त्जु-चुन रहने दो। पर वह मेरे उच्चारण को क्षमा करे।"

"वह ऐसी बच्ची है !" पहली उंगली ने गम्भीर चेहरा करके, उस बच्ची को अपनी छोटी-सी गोदी में लाड़ से समेटकर चिल्लाकर कहा।

"पिताजी की लाड़ली है !"

पिताजी ! वह एक काली गाड़ी की लोहे की छड़ों के पीछे बैठा होगा। और उस कल्पना चित्र से बच्चों की आंखें चमकते-उमड़ते आंसुओं से भर उठीं।

पांचों लड़कियों ने धीरे-धीरे एकसाथ रोना शुरू कर दिया था, अपने चेहरे हाथों से ढंककर। एकदम जुड़वां भी रोने लगीं ज़ोर से।

जब उन्होंने अपने-आपको इकट्ठा कर लिया और अपने चेहरों से आंसू के दाग पोंछ लिए, तो फिर उसने आगे आनेवाले दिनों की बात सोची। बच्चे स्कूल नहीं जा रहे थे। यह समझ में आ सकता था। फिर भी उनकी शिक्षा टनी नहीं चाहिए। यह उसकी ज़िम्मेदारी थी। एक निजी शिक्षक ? ...कौन ? सुमिता ?

वह सुमिता से मिलने फिर गया।

"सुमिता !" वह उसका नाम घर के दरवाज़े से ही उत्सुकता से पुकारते हुए आया। "सुमिता !" उसने फिर पुकारा, आगे जल्दीजल्दी बढ़ते हुए। सामने का दरवाज़ा खुला था और मां बाहर आई। विचित्र बात थी, उसके चेहरे पर दुःख था ! "सुमिता दिल्ली गई है।"

वह योंही दुहराता रहा, "दिल्ली गई है !" उसने अपनी यात्रा का ज़रा भी इशारा नहीं लगने दिया था।

'वह सवेरे-सवेरे ही गई। उसके पिता की चिट्ठी आई थी।"

तो इस पत्र से वह जल्दी-जल्दी चली गई। सत्यजित इस्पातनगर वाली अपील की बात जानता था। उसकी ओर से जो और बात सुनाई दी उसके लिए सुमिता बिल्कुल अप्रस्तुत थी। वह सीधी लड़ाई करनेवाले आदमी पर विश्वास करती थी। परन्तु उस घोषित इरादे के पीछे उसने अन्यायपूर्ण, गुप्त उपायों से काम लिया था। वह दुमुंहा साबित हुआ था। और सुमिता, गहरे दुःख की मारी, पिता के पास भाग गई थी।

भास्कर ने अपनी मां से कहा, "क्या आपको और कुछ नहीं कहना है ?"

"बस इतना ही : सत्यजित इस्पातनगर की मांग से लड़ेगा और वह तुम्हारे लिए आसान नहीं होगा।"

उसे अब अपरिहार्यको स्वीकार करना ही है। वह सिर्फ चाहता था कि सुमिता सब तथ्य जानती तो अच्छा होता। मां उसकी बात को भांप गई, क्योंकि उसने कहा, 'समिता को सत्य जानना होगा। मुझे उसे लिखकर सब बताना होगा। मैं कहूंगी कि कैसे तुझे उसके साथ बोलने से मैंने रोका—यह कैसी दुखद निर्णय की भूल थी।"

शायद इससे लाभ हो। पर होगा भी ? कोई भी रूप हो संघर्ष का, सुमिता का स्थान सत्यजित के पास ही था।

...भारी हृदय से भास्कर बच्चों के पास लौटा जो उसकी राह देख रहे थे। प्राइवेट अध्यापक। कौन ? रूपा ? जल्दी से निर्णय करके उसने फोन उठाया, होस्टल का नम्बर मिलाया। वह एकदम चकित हो गई और उसकी आवाज़ में बड़ी सिटपिटाहट थी। "चीनी लड़कियों को पढ़ा दूं ? मैं ?"

'वे स्कूल वापस नहीं जा सकतीं। उन्हें घर पर ही पढ़ाना होगा। तुम और किसीसे बेहतर अध्यापक हो सकोगी।"

उत्तर कुछ आश्चर्य में डालनेवाला था। "आपका मतलब है—आपका

मतलब है। मैं आपके बंगले पर आया करूं ?"

"हां। कुछ ऐसी-वैसी अफवाहें लोग उड़ाएंगे। पर उनकी परवाह तो तुम नहीं करतीं। करती हो ?"

"प्रतिदिन ?" रूपा ने पूछा। उसकी सांस जैसे बंध नहीं रही थी।

"ना कहो और मैं समझ जाऊंगा।"

"कल से शुरू करें ?"

"हां, यदि तुम्हें सुविधा हो।"

थोड़ी देर चुप्पी। फिर आवाज़ आई, करीब-करीब कानाफूसी जैसी, धीमी, "कल !"

"शर्ते..." उसने शुरू किया,क्योंकि वे तै करनी थीं, परन्तु उसका उत्तर था एक सहसा टेलीफोन बन्द करने की क्लिक।

चीनी संख्या में और शस्त्रास्त्रों में कहीं अधिक श्रेष्ठतर थे। पैदल सेना के पास भी स्वयंचालित शस्त्र थे। एक के बाद एक तरंगों की तरह हमला करते हुए, पीछे भारी मोर्टार का उन्हें समर्थन था, उन्होंने कोरिया की तरह, यहां भी मानवी-समुद्र की टेकनीक का उपयोग किया। भारतीय सेनाओं ने प्रत्येक इंच की रक्षा का यत्न किया; परन्तु जैसे एक विदेशी संवाददाता ने कहा था, उनके पास लड़ने का कोई साधन नहीं था सिवा हिम्मत के।

एक देश जो शांति के तरीकों पर पला और बढ़ा हो उसे एकदम बड़े पैमाने पर युद्ध की चुनौती के लिए तैयार होना कठिन है, नेहरू ने कहा, पर देश की स्वतन्त्रता की रक्षा के लिए कोई भी कीमत बड़ी नहीं थी, और आक्रमण के विरोध में सारे उपलब्ध साधनों के संपूर्ण सक्रिय बनाने का उन्होंने देश को नारा दिया।

सत्यजित ने शहर छोड़ा था—उसके मित्र उसे उस पहाड़ी विश्रामस्थल की ओर ले गए थे जहां दलाई लामा रहते थे। एक रात का रास्ता था रेल से। सुमिता आई उसी दिन थोड़े-से समय के लिए अपने पिता से मिली थी। जब वीरेश चाचा उसे अपने घर ले गए। पिता ने उसे हमेशा की तरह सिर थपथपाकर आशीर्वाद दिया। फिर भी वे दूर, अपने में डूबे, जान पड़े। "सुमिता, यह युद्ध

है।" उसने धीमी आवाज़ में कहा, और उसका चेहरा ऐसा लगा जैसे उसके ऊपर भूत सवार हो। वह उसकी भावनाएं ताड़ सकी, पर कुछ नहीं कहना चाहती थी। अकेला, वह खड़ा था उसकी अपनी दुनिया में टूटे सपनों के खंडहरों में, और सुमिता को डर था कि कहीं वे खंडहर ही उसे लील न जाएं। वह, अहिंसा का भक्त, एक बहुत बड़ी समस्या के सामने खड़ा था, भारत पर आक्रमण हुआ था। और इसका क्या उत्तर हो सकता था? सशस्त्र प्रतिरोध। हिंसा के विरुद्ध हिंसा। क्या सत्यजित के पास कोई दूसरा उत्तर था? क्या उसके पास संघर्ष के विरुद्ध कोई स्पष्ट विकल्प था?

दिल्ली स्टेशन से एक टैक्सी लेकर, उसकी आंखें शहर को देख रही थीं कि कौन-से सैनिक संकेत दिखाई देते हैं? सुमिता को बहुत आश्चर्य लगा कि एक भी सिपाही कहीं नज़र नहीं आ रहा था। यह उसके सोचने से परे था कि उसे प्रतिदिन स्टेशन जाना होगा, वर्दीधारी सैनिकों की गुज़रती हुई एक बहुत बड़ी जमात के लिए कैंटीन चलाने को।

प्लेटफार्म छः पर कैंटीन छोटे पैमाने पर शुरू हुआ, सिर्फ चाय और बिस्कुट दिए गए। परन्तु पहले ही दिन यह स्पष्ट हो गया कि सच्ची मांग पूरे खाने की थी। स्टेशन का रेस्टोरां तो एक सीमा से परे अपनी सेवा बढ़ा नहीं सकता था, और इस कैंटीन को सब करना था। दो हाथों के लिए यह सम्भव नहीं था, रोटी-सब्ज़ी और दाल से असंख्य प्लेटें भरना।

"तुम्हारे बिना मैं कहां होती?" नन्दिनी चिल्लाई, क्योंकि कैंटीन की कल्पना उसकी थी। उसने अपने उत्सुक चेहरे से लगी दाल पोंछी। अपने कालेज के वार्षिकोत्सव के 'फेट' में उसने एक 'बुथ' चलाया था, पर वह तो बच्चों का खेल था।

"क्यों, नन्दिनी? मैं तो इस शहर में आई उससे पहले तुम्हारे लिए थी ही नहीं, और यह भी चार दिन पहले की बात है।"

नन्दिनी ने कहा, "चार दिन बहुत बड़ा समय हो सकता है, और चार वर्ष भी कुछ नहीं हो सकते। अगले चार दिनों की राह देखो।"

"किसलिए, नन्दिनी?"

"खाली पैरोंवाली सुन्दरी अपने-आपको एक नये दर्पण में देखेगी।"

"दर्पण?"

पर नन्दिनी ने अपना सिर हिलाया। वह इतना ही कहने को तयार थी।

सुमिता विचार करने लगी। राजधानी में आने के क्षण से ही मानो

उसे नये तथ्य बराबर देखने पड़ते थे, और वह नहीं जानती थी कि किस तरह से उनका सामना करे।

घर में पहले ही दिन, ब्रिगेडियर और श्रीमती चटर्जी लंच को आए। "तो तुम ऐसी दिखाई देती हो !" बड़े तगड़े आदमी ने चौड़े, सुन्दर, धनी मूंछों के चेहरे में आंखें चमकाते हुए कहा, "वीरेश्वर ने तुम्हारा जो चित्र खींचा था उससे बिल्कूल दूसरी हो !" वह जानना चाहती थी कि वह चित्र कौन-सा था, और उसने बताया। सिर से पैर तक संन्यासिनी की तरह। सच्चे अर्थ में सत्यजित की लड़की जान पड़नेवाली। जीवन-विरोधी—वीरेश्वर ने यह विचित्र शब्द प्रयुक्त किया था। सब गलत था।

नन्दिनी ने कहा, जब उसके पिताकमरे से गए, "जीवन-विरोधी... तुम ? वीरेश चाचा को कुछ पता नहीं है। अगर उसका मतलब यही है जो वह चाहते हैं। हम उसे, हम सबको बतला देंगे कि तुम सचमुच में क्या हो ?"

"देखो, नन्दिनी, यह लड़की अब मेरे ज़िम्मे है। मैं पूरी ज़िम्मेदारी लेता हूं। तुम्हें उसे अपनी तरह की ज़िन्दगी में लगाने का कोई हक नहीं। और मत भूलो, तुम तो उसकी उम्र की भी नहीं हो।"

"शायद ही एक वर्ष छोटी हूं।" उसने मधुर भाव से कहा : "सो, मां, तुम्हारी सुमिता के लिए योजनाएं हैं ? मैं कल्पना कर सकती हूं कि वे क्या हैं। तुम, उदाहरण के लिए उसे अपनी रसोई बनाने की कक्षा में ले जाओगी जहां समाज की बड़ी-बड़ी लड़कियां 'वोल-ऑ-वें' बनाना सीखती हैं !"

"आपके क्या विचार हैं, ज़रा सुनें !"

नन्दिनी उन्हें अपनी उंगलियों पर गिनाने लगी।

"एक; वह कैंटीन में नंबर दो की अधिकारिणी होगी। दूसरे : मैं उसे डिफेंस सर्विसेज़ क्लब ले जाऊंगी, जहां सारे लड़के उसकी ओर जमा हो जाएंगे। तीसरे..."

मां ने रोका। "वह क्लब में नंगे पांव जाएगी ? या उसे तुम जूते ला दोगी ? कम से कम एक जोड़ा ज़री के सैण्डिल।"

नन्दिनी के चेहरे पर भय दिखाई देने लगा। मां का मन विकृत था !

"क्या मैं पागल हो गई हूं ? सुमिता के लिए ज़री के सैण्डिल ! नंगे पांव भी वह अपना प्रभाव डालेगी।"

सुमिता चिल्लाई, घबराकर, "नन्दिनी, मुझे जूतों के विरुद्ध कुछ नहीं कहना है। सच बात यह है कि हमारे किसान बहुत गरीब हैं और जूते ख़रीद नहीं सकते, और मैं उनकी तरह रहना चाहती हैं। यहां दिल्ली में मुझे नागरिक जीवन से अपना समझौता करना होगा।"

नन्दिनी ने अपना सिर हिलाया,"नहीं,सुमिता, तुम्हें जैसी हो वैसी ही रहना चाहिए। तुम्हें कोई समझौता करने की ज़रूरत नहीं। तुम्हें औरों की नकल करने की ज़रूरत नहीं। औरों को अपनी नकल करने दो। आखिर सभी जानते हैं।"—आवाज़ आदर से कुछ नीची हुई—तुम किसकी लड़की हो, सुमिता !"

मिसेज़ चटर्जी हंसने लगी। "गांधीग्राम में क्या डिफेंस सविसेज़ क्लब है ?" उसने अपनी मज़ाक से भरी आंखें अपनी लड़की की ओर लगाईं। क्या वहां वे 'शेक' नाचते हैं ? क्या वहां लड़के सुमिता के पास मंडराते हैं ? क्या मूर्खता है ?" और नन्दिनी उसे जवाब देनेवाली थी कि वह जल्दी से कहने लगी : "नहीं, सुमिता को मेरी संगत होगी। मैं जानती हूं उसके लिए क्या अच्छा है। उसे युद्ध का काम करना चाहिए। मैंने सारी योजना बनाई है।"

आवाज़ निश्चयपूर्ण थी: "सो मैंने भी बनाई है। कल से मैं दिल्ली स्टेशन पर कैंटीन चलानेवाली हूं—सब कुछ तैयार है। हम मोर्चे पर जानेवाले सिपाहियों को खिलाएंगे। यदि यह कल्पना तुम्हें पसंद नहीं, मां, तो सारा मामला वीरेश चाचा के सामने क्यों नहीं रखती ? उन्हें कहने दो कि सुमिता के लिए क्या अच्छा है। कैंटीन या जिसे तुम युद्ध का कार्य कहती हो ?"

इस कठोर चुनौती के आगे मिसेज़ चटर्जी झुक गईं। उनकी इच्छा नहीं थी कि वीरेश्वर को अपील करें जोकि उसकी अपनी पुत्री की तरह पागल था।

नन्दिनी ने कहना शुरू किया, "जहां तक इसका सवाल है कि घर में कोई संग-साथ हो, मेरे भाई को मेस से लौटने दो और वह इस घर से यों चिपटेगा कि सी० ओ० जब तक बुलाकर डांटेंगे नहीं कि अपने कार्य में क्यों असावधानी दिखा रहा है, वह अपना हेलीकॉप्टर लेकर भी कहीं न आ जाए, इस नंगे पांव चलनेवाली लड़की की झांकी पाने।"

सुमिता नन्दिनी के प्रति कृतज्ञ थी—युद्ध के काम की सूचना ने उसे एकदम ठंडा बना दिया था। कैंटीन सिपाहियों के लिए सेवा ही थी। उस रात को खाने पर पता चला कि वीरेश चाचा ने क्यों अपनी बहन को मेजर जनरल कहा था।

युद्ध के मोर्चों पर से सारे दिन बुरी खबरें आ रही थीं। लद्दाख में कई चौकियां

डूब गई थीं और सामूहिक आक्रमण में खो गई थीं। पूर्व की तरफ एक दोहरा आक्रमण शुरू हो गया था। स्थिति गम्भीर थी। परन्तु श्रीमती चटर्जी ने अपने खाने के साथ खेलते हुए पति की ओर हंसता हुआ चेहरा मोड़ा।

"चीनी सेनाओं को 'पिंसर' ढंग से घेरकर एक जाल में पकड़ लेना चाहिए।"

वह उसके साथ बहस करके विरोध करने के मूड में नहीं था। उसने धीमे से दोहराया, "पिंसर।"

उसे उसकी हामी में कुछ शंका हुई, "मैं आपको बता दूं मैं क्या कहती हूं। चीनी पहाड़ी ढलान से यों उतरेंगे जैसे कोई पागल प्रपात हो। वे आगे बढ़ेंगे, अपनी ज़बर्दस्त गति से प्रेरित होकर। हम लोग इतनी देर पीछे हटते रहें। हम यों दिखाएं कि जैसे व्यवस्थित ढंग से हम लौट रहे हैं, पर हम गुप्त रूप से दोनों ओर से अपने 'पिंसर' बढ़ाते रहें, दोनों बांह लम्बी करते रहें, घने जंगल की ओट में। यह यों है—" उसने बताना शुरू किया। गुलाबी नाखूनों से मेज़ पर के टेबल क्लाय पर वह रेखाएं खींचने लगी। "यहां तेजपुर के पास एक बांह का आधार होगा, धीरे-धीरे आगे रेंगता-सा बढ़ेगा। दूसरी बांह भूतान से लगी भूमि के गले से शुरू होगी—यहां!"

"हां...हां," ब्रिगेडियर देखता रहा और हामी भरता रहा। "बड़ी अच्छी सैनिक चाल है!"

परन्तु उसकी पत्नी धोखा खानेवाली नहीं थी। "पहले देखो तो मैं क्या कह रही हूं। फिर उसे अच्छा या बुरा कहना। मुझे अपनी दियासलाई की डिबिया दोगे?"

उसने दियासलाई की डिबिया दी, "बड़ी अच्छी कल्पना है, पिंसर।"

"तुम्हें पूरी तरह विश्वास हो जाना चाहिए—और तुम अभी मानते नहीं। मैं मुर्ख नहीं हैं!" वह टेबल पर दियासलाइयां अपने विषय के उदाहरण के लिए जमा रही थी। एक मिनट भी नहीं बीता था कि फिर उसने शुरू किया: "शत्रु आगे बढ़ता है। आसाम घाटी की चाय! दूसरी पंचवर्षीय योजना में बहुत बढ़े हुए उत्पादन के तेल-क्षेत्र! आंखें लालच से ढंकी, शत्रु अपनी बाजुओं में संकट नहीं देख पाता है। संकट की घड़ी आती है। दोनों तरफ के 'पिंसर' और संकरे होते जाते हैं—यों!—जबकि उनके पंजे मिलते हैं। यों!" मोटी बांहें टेबल पर से उठीं और आगे बढ़ीं, हाथ दोनों बंधे थे। "यों—ऽऽ" बांहें पास-पास आने लगी,

मांसपेशियों पर ज़ोर पड़ा। "दबाओ !"—कोमल, नरम, नीली नसोंवाला मांस सिहरने लगा—"दबाऽऽओ !"

"अच्छी सैनिक चाल है," ब्रिगेडियर ने दुहराया शांत भाव से। "तीन शत्रु के डिवीज़न यों घेरे में आ गए,पकड़ लिए गए।" तब, मानो उसे सहसा शंका हुई हो, "हमारे कितने डिवीज़न लगेंगे इस तरह से दोनों तरफ से घेरने के लिए ?"

मिसेज़ चटर्जी की बांहें ढीली पड़ी, और मेज़ पर पूर्ववत् आ गईं।

"कितने ? देखो, मुझे मत धोखा दो। मिस्टर जनरल ? तुम्हें पता होना चाहिए कि कितने डिवीज़न ज़रूरी हैं। यह सिर्फ एक विवरण का मामला है, है न ? युद्ध के कमान पर जो स्टाफ है वह सारे विवरण बता देगा। तुम्हारा सम्बन्ध तो सैनिक चाल की बड़ी-बड़ी नीतियों से है"

"तुम्हारा भी," नन्दिनी की आवाज़ कूकी। उसकी मां ने उसके बीच में टोकने की ओर ध्यान नहीं दिया।

"यह जो सैनिक चाल की मुख्य नीति है जिससे युद्ध में सारा अंतर बनता है। तुम्हें यह सब बताने की जरूरत नहीं। नेपोलियन के एक जीवनीकार ने लिखा है..."

"रोटी ?" ब्रिग्रेडियर ने नीली रंगी हुई बेंत की ट्रे उठाई।

"नहीं, धन्यवाद," पत्नी ने कहा, "तुम स्लाइस लोगी, सुमिता ? या तुम्हें घर की बनी चपाती पसन्द है ?" सुमिता का मन वैसे अन्न पर उतना नहीं था।

उसने कहा, "मैं सुनना चाहूंगी..."

ब्रिगेडियर ने छुरी और कांटा नीचे रख दिया और अपनी कुर्सी में पीछे झुककर कहा : "सुमिता, हमारे हिमालय के मोर्चे पर क्या हो रहा है ? सुनो एक उदाहरण। कल ही काफी ज़ोरों की बमबारी के बाद, चीनी सेनाओं ने लद्दाख में रजेनगोला में हमारी कंपनी पर ज़बर्दस्त हमला बोल दिया और वह भी एक के बाद एक बड़ी संख्या में, बाढ़ की तरह। आक्रमण की पहली लहरें तो मारकर पीछे हटा दी गई, परन्तु कम्पनी को भयानक नुकसान सहना पड़ा—कई सिपाही मारे गए। कम्पनी-कमांडर गम्भीर रूप से जख्मी हुआ। यह देखकर कि अब मुट्ठी भर लोगों की सहायता से अपना स्थान-रक्षण सम्भव नहीं था, उसने हुक्म दिया कि इस मोर्चे से पीछे हटो। जब ये आदमी, जिनमें एक लान्स कारपोरल भी था, ज़ख्मी कम्पनी-कमांडर को ले जा रहे थे, तो उनपर बहुत सख्त मशीनगन की आग बरसाई गई।

आफीसर ने अपने सब आदमियों से कहा कि मुझे यहीं पर छोड़ दो और अपनी-अपनी जगह अपनी हिफाज़त के लिए जाओ, अपने प्राणों की रक्षा करो। परन्तु लान्स कारपोरल ने आग्रह किया कि मैं कमांडर के साथ पीछे ही रहूंगा।"

अवाक, सुमिता ने पूछा, "फिर क्या हुआ उनका ?"

"कौन जानता है ? हमने तो दोनों को लापता घोषित किया है।"

एक मिनट का लम्बा मौन।

"यह बात मैं तुम सब लोगों के स्मरण के लिए कहना चाहता हूं—नाटकीय संघर्ष जितनी ही शांत धैर्य में भी बड़ी वीरता होती है। कुमाऊं रेजिमेंट के उस लान्स कारपोरल को मैं सलाम करता हूं।'

फिर शान्ति।

"जब दिल्ली स्टेशन पर अपनी कैंटीन तुम खोलोगे तो यह याद रखना। जो लोग तुम्हारे पास से खाना लेंगे उनमें ऐसे भी कुछ हो सकते हैं जो भारत के सच्चे वीर बन जाएंगे।"

"हां, पिताजी !"

मिसेज़ चटर्जी की चिन्तापूर्ण दृष्टि अपनी पुत्री पर थिरकी। "मैं चाहती हूं कि अशोक को इतनी जल्दी में लद्दाख न जाना पड़ता।"

नन्दिनी की उस लड़के से शादी पक्की हुई थी।

नन्दिनी ने कहा, "उसे आदेश आ गए थे। उसकी कम्पनी मोर्चे पर जा रही थी।"

"आदेश !" उसका सिर अर्थपूर्ण ढंग से पति की ओर झटके से झुका। वह ऐंठकर बोली, "सेना के आदेश में मैं खलल डालूं ऐसी आशा नहीं की जा सकती।"

उसकी गलती उसकी समझ में आ गई। "मैं यह कहना चाहती हैं कि उस लड़के को दिमाग है।" उसने उसकी भावनाओं को शान्त करने का यत्न किया : "वह अपने विचारों और कल्पनाओं से सेना की आयोजनाएं कर सकता है। वह हेडक्वार्टर्स के लिए उपयोगी होगा।"

"यह तो उसके सी० ओ० को तै करना चाहिए।"

नन्दिनी ने कहा, "पिताजी, मैं इतना आपको बता सकती हूं। अशोक को दिल्ली में अपनी मेज़ से चिपके हुए रहना पसन्द नहीं था। जब उसकी नियुक्ति का आदेश आया—तो वह हर्ष से स्पन्दित हो उठा ! इतनी उत्कंठा और उमंग उसे पहले कभी नहीं हुई थी।"

दस मिनट बाद कमरे से बुजुर्ग चले गए।

बरांडे से आने के लिए जो दरवाज़ा था, वह धीरे-से खुला।

नन्दिनी एकदम खुशी से चिल्लाकर उठ खड़ी हुई, "भाई !" और फिर वह जल्दी से सुमिता की ओर मुड़ी—"मेरे बड़े भाई हैं।" फ्लाइंग आफीसर देवेश चटर्जी कमरे में आए। वह दुबला-पतला, मझले कद का, नीली एअरफोर्स की वर्दी पहने हुए था। उसने टेबल पर अपरिचित को देखा और वह रुक गया।

"यह सुमिता है ! तुम अनुमान नहीं कर सके थे ?" नन्दिनी हंसी।

"तुमने कहा था—जब तुमने फोन किया था, तुमने कहा था..."

"क्या कहा था ?"

"सिर से पैर तक संन्यासिनी, तुमने कहा था।"

"वह तो है ही। देखते नहीं ?"

चकित होकर उसने सिर हिलाया। "तुमने कोई अजीब-सा शब्द कहा था, मुझे याद नहीं पड़ता..."

"जीवन-विरोधी।"

"ओ भगवान !" देवेश चिल्लाया, उसकी आवाज़ और चेहरा आश्चर्य से भरा था।

नन्दिनी कुछ तेज़ी से चीखकर बोली, "अगर सुमिता जीवनविरोधी है तो वह इसलिए कि उसने हमारी तरह की ज़िन्दगी नहीं देखी है। उसे अपने लिए तय करने दो। परन्तु केवल उसके देखने के बाद... अनुभव करने के बाद ..."

सुमिता को हंसी आ गई। वीरेश चाचा ने उसे अच्छा विचित्र लेबल लगाया था। उनकी अजीब परिहास-भावना थी। उसे अपने मन से तय करने दो। पर ये अच्छे लोग थे, भाई-बहन दोनों। वे कितनी जल्दी अपरिचितों के बीच के पर्दे को हटा देते थे।

"मैंने कोई परी की कहानी सुनी हो, ऐसा मुझे लगा।" उसकी आंखें सुमिता के प्रति साफ-साफ आदर व्यक्त कर रही थीं।

पर नन्दिनी ने यह कहकर टोका, "उसके पैरों की ओर तो देखो !"

उसने उत्सुक होकर कहा, "देख सकता हूं ?" और टेबल के उस ओर सुमिता की तरफ गया और घुटने टेककर बैठा।

उसका चेहरा लाज से रंग उठा। उसी क्षण वह उस कच्चे मकान में पहुंच गई जो आंधी और वर्षा से बुरी तरह आहत हुआ था। भास्कर घुटनों के बल झुका। उसकी उंगलियों ने टटोला। उसने कहा, 'कोई फ्रैक्चर नहीं है। सिर्फ

ज़रा-सी मरोड़ है।' और वह दुखता हुआ टखना, उसकी सूजन, उस स्पर्श से जैसे राहत पा गया। परन्तु यह लज्जा भी थी कि उसने यह कुरूपता देखी। कुरूपता चली गई थी, परन्तु वह भी अब नहीं था। उसने उसे मूर्ख बनाया था। उस स्मृति से भी वह अपने-आपको दुखी नहीं करना चाहती थी। वह स्मृति को भी मिटा देना चाहती थी।

देवेश उठते हुए बोला—"ऐसे पैर तो चमड़े से ढंके रहने के लिए हैं।"

"वह एक नया फैशन शुरू करेगी ?" नन्दिनी ने ताली बजाई।

पर देवेश को इतना विश्वास नहीं था।

"क्या आप जूते छोड़ देंगी ?" अपनी बहन से उसने पूछा, "ये इतने बीसियों जोड़े जो तुमने जमा कर रखे हैं। जब तुम जूते और उनके साथ की चीजें खरीदना बन्द कर दोगी, तो कम से कम घर का बजट कुछ कम हो जाएगा।"

यह एक ऐसा विषय था जिसपर नन्दिनी बहुत आश्वस्त नहीं थी। मोटा सफेद खद्दर ? फिर उसे शंका हुई। देवेश जैसे उसके मन को पढ़ते हुए, तेजी से बोला, "यदि तुम सुमिता के उदाहरण पर चलो..."

उसकी बहन उदास हो गई। उसने अपना सिर हिलाया। 'मेरी सुमिता से क्यों तुलना कर रहे हो। वह तो सुन्दर है बिना किसी..."

देवेश ने गंभीरता से वाक्य पूरा किया। "कपड़े के ?"

उसने सुमिता के चेहरे पर झुंझलाहट देखी, "बिना सुन्दर कपड़ों के, बिना सौन्दर्य प्रसाधन के। हमारी असभ्यता अब बहुत हो गई। चलो वैयक्तिक आक्षेप कम करें। कल रात की और आगे आनेवाली रातों की योजनाएं बनाएं।"

"जब तक कि मैं अपने हेलीकॉप्टर में उड़ न जाऊं।"

उसने कहा बड़ी-बड़ी आंखों से, "तुम्हारा कहना है..."

"किसी नये मोर्चे पर मुझे जल्दी ही जाना पड़ेगा। मैं चीनियों को हिमालय के आकाश से अच्छी तरह देखूंगा। यह बड़ी बात है न ?"

"मां जाने ?"

"अभी नहीं। ठहरो। मैं तुम लोगों को एक आश्चर्य की बात बताने आई हैं। मुझे पता नहीं था कि एक आश्चर्य मेरे लिए यहां राह देखता होगा।" उसकी दृष्टि सुमिता की ओर मुड़ी और उसने उसकी ओर सावधानी से देखा।

सारी योजनाएं बन गई और सुमिता को अपनी स्वीकृति नहीं देनी पड़ी—वह मान ली गई। जैसे देवेश चटर्जी कमरा छोड़ रहे थे, उसने कहा—"सुमिता ! आपसे

मिलकर बड़ी खुशी हुई !" उसने फिर दुहराया, "सुन्दर !" और उसके चेहरे पर ईमानदार सुख-प्राप्ति की दृष्टि ने उसमें और बल जोड़ दिया।

सो यह हुआ कि सुमिता अपने-आपको एक नये दर्पण में देखने लगी, जैसे कि नन्दिनी ने पहले से कहा था। यह एक ऐसा अनुभव था कि उसने उसे डरा दिया; फिर भी, अनजाने, वह जो प्रतिभा देख रही थी उसके लिए तैयार हो गई। इसी बीच में, प्रतिदिन कैंटीन का काम और भी कठिन होता गया, क्योंकि सेनाओं के संचालन की गति बढ़ती गई। अपने हैवर-सैक और राइफलों को लेकर आदमी खाना लेने आते तो उसकी दृष्टि उनपर एकटक लगी रहती—आगामी कल के बहादुरों की खोज में नहीं, परन्तु उसके हृदय में एक विचित्र विस्मयभरा प्रश्न था, "आगे क्या ? आगे क्या ?"

पांचों लड़कियां अपने दोनों हाथों में फूल भर-भरकर बैठक में आई। फूल नये-नये गमलों में रखे गए थे—एक-एक फुट लम्बा हरे बांस का गमला था। भास्कर कोच पर पढ़ते हुए लेटा था। उसने पीछे मुड़कर देखा और उसका चेहरा आश्चर्य से भर उठा।

अंगूठा सबसे पहले अंदर आई, शेष पीछे रुकी रहीं। वे भी दरवाज़े की देहरी के पीछे झुंड में जमा थीं। फिर अपने हाथ के एक इशारे से, वे आगे बढ़ीं। हाथ भास्कर की तरफ आगे बढ़े हुए थे और हर गोल चेहरे में आंखें, उत्सुक बादाम की तरह आशा से चमक रही थीं। वह आगे बढ़कर उपहार लेते हुए बोला— "सुन्दर !"

हर बादाम छोटे-से कोटर में छिप गया। फिर कुछ विचित्र बात हुई। पहली उंगली ने कोच के पीछे जल्दी से आते हुए भास्कर के माथ पर अपना हाथ रखा। वह आश्चर्य से पीछे मुड़कर देखने लगा। परन्तु उसका सिर विचित्र ढंग से पक्की पकड़ में आ गया।

पहली उंगली ने अपने हाथ चलाकर कहा, "सिर !" वह सबसे बड़ी बहन से ऊंची थी और उसकी उंगलियां लंबी और पतली थीं।

अंगूठा बोली, "मालिश करूं, सर ! मैंने अपनी मां से सीखी थी। किसीका भी सर दर्द करे..."

"मेरे सिर में दर्द नहीं है।"

अंगूठे ने अपना छोटा-सा मह रुआंसा बनाया। "सर, दर्द हो या न हो, सिर को मालिश के बाद अच्छा लगता है। चार-पांच मिनट रुकिए, फिर बोलिए।"

छोटी-छोटी उंगलियां उसकी चांद पर थपथपाने लगीं। भास्कर को आखिर झुकना पड़ा और वह चुप हो गया। उसकी पलकें भारी हो गई।

'बस ? अब और नहीं ?" पांच मिनट बीत गए।

"बस, बस। काफी है।"

पर मालिश खत्म नहीं हुई। हाथ पलकों तक गए, धीमे-धीमे दबाने लगे, थकान सब शांत कर दी गई। जल्दी से वे हाथ ऊपर की बांह तक आए और फिर जल्दी-जल्दी थपथपाना शुरू हुआ।

"अच्छा ?"

"अच्छा। धन्यवाद !"

लड़की ने दूसरी बांह उठाई। बाद में वह और भास्कर की जूती के बंद खोलने लगी।

"देखो..." वह अपना पैर खींच लेने लगा।

"पैर !" पहली उंगली की आवाज़ दढ़ता-भरी थी, उसने वह पैर पकड़ लिया। फिर कुछ मिनट शांति से बीते। भास्कर बेबस होकर पड़ा था, जबकि लड़कियों को खुले छोड़े दरवाज़े से आश्चर्य की चीख सुनाई दी। वह उठ बैठा।

"यह शत्रु के मोर्चे में सेंध लगाना है, रूपा !" उसने अपनी प्रसन्न बातचीत से अपनी झिझक को छिपाना चाहा। रूपा निश्चित समय से आध घंटा पहले ही आ गई थी।

"शत्रु के मोर्चे में सेंध लगाना !"

"मालिश ! सोने की गोलियां ! दूसरे कमरे में पड़ी फाइलों का क्या होगा, और स्टेनोग्राफर अगले किसी क्षण आ सकता है ?"

रूपा ने कहा, 'तुम्हें इससे आनन्द आ रहा है, यह सच है न ?"

उसने कहा, "बन्द करो यह बेकार बातें !" और एक बड़ी कल्पना उसके दिमाग में चमक गई। "पहली उंगली," उसने कहा लड़की की ओर मुड़कर, "अपनी आदरणीय अध्यापिका को क्या दोगी ? तुम जानती हो उसे रुपये कैसे देंगे ?"

अगली उंगली ने सिर हिलाया और उसकी आंखों में कुहरा जमा हो आया। कुहरा सभी चीनी आंखों में जमा हो गया। उनके पास पैसा नहीं था। वे अपनी पढ़ाई के पैसे नहीं दे सकती थीं।

"यह तो आसान है मालिश के रूप में दक्षिणा दो। तुम्हारी अध्यापिका को उसकी बड़ी ज़रूरत है। उसे डर है कि कहीं वह ज़्यादा मोटी न हो जाए। वह देखो मोटापे के कुछ लक्षण दिखाई दे रहे हैं।" उसकी दृष्टि रूपा की ओर मुड़ी, जिसके अंग हिन्दू शिल्प के ढंग पर प्रगल्भ रूप से गठित थे।

सिर का एक चुनौती-भरा झटका। "अच्छा ?"

मुस्कराकर वह चीनी लड़की की ओर मुड़ा। "हाथ, पैर—अपनी गुरु की खूब मालिश करो।"

पहली उंगली पहले तोहिचकिचाई, फिर उसने गुरु की ओर देखा, फिर अंगूठे की तरफ देखा, कि कोई आदेश मिले। एक गंभीर 'हां' का जवाब गर्दन हिलाने से पाकर, वह फर्श पर धीरे-धीरे आगे बढ़ने लगी, रूपा तक पहुंची।

'यहां !" उसने एक मोटे गद्दे वाले कोच की ओर इशारा किया, जिसे भास्कर ने अभी खाली किया था।

"हर दिन मालिश।" रूपा के स्वर में एक निस्संकोच आनन्द था। परन्तु एक मिनट में उसका चेहरा गंभीर हो गया।

"देखो चांगङो।" उसने उसके नाम का उच्चारण ठीक चीनी ढंग से किया, "सबसे ऊपर कर्तव्य। मैं तुम्हारी ट्यूटर हूं और मैं यह काम छोड़ नहीं सकती, लोभ में पड़कर।"

भास्कर हंसा, 'मुझे कोई कल्पना नहीं थी, रूपा, कि तुम्हें और काम की इतनी सख्त जरूरत थी। अभी तो वेतन भी निश्चित नहीं किया गया है। मैं उस बात पर आने ही वाला था कि तुमने टेलीफोन बन्द कर दिया। क्या हम कहें..."

"कुछ मत कहो।" उसने दृढ़ता से कहा, "डबल वेतन की ज़रूरत नहीं। मालिश काफी हो जाएगी।"

उसने अस्वीकृति के भाव से कहा, "तुम्हारी कोई ट्यूशन फी होगी।"

"मैं कुछ मोटी होती जा रही हूं, आपने कहा न—उसके लिए आपने अंग्रेजी में मधुर शब्द 'बक्सम' कहकर विनय दिखाई।" और फिर जैसे कोई सहसा विचार आया हो। "मेरी ऑन कैसी थी ?" पर वह जवाब के लिए नहीं रुकी। पहली उंगली की ओर मुड़कर वह सख्त स्वर में बोली:

"उन्हें वह पसन्द नहीं है। उनके लिए मालिश कोई दक्षिणा नहीं, पर एकदम शारीरिक पीड़ा है। उन्हें छोड़ दो, अकेले।" और उसकी आंखें भास्कर की ओर चमकी, स्पष्टतः डांटती हुई, "समझती हो या नहीं ?" उसने अपने विचित्र विद्यार्थी

से पूछा।

"समझ गई," नम्र उत्तर मिला, और यह अंगूठा ने दिया।

भास्कर की नई गृहस्थी की इस तरह से नींव रखी गई।

यह विचित्र नया घर-परिवार एक अकेला द्वीप था अन्तर्राष्ट्रीय सद्भावना का। घटनाएं तेजी से बदल रही थीं। चीनियों के झंड के झुंड हिमालय के पार भारतीय भूमि की ओर अन्धड़ के वेग से आ रहे थे। 'निर्दय और नंगा हमला' जैसे उसे नेहरू ने कहा था। उससे राष्ट्रीय भावना का एक बड़ा वलवला जागृत हो उठा। "इतिहास ने एशिया में नया मोड़ लिया है और शायद दुनिया में ही, और भारत को उसका वार सहना है और इस संकट से लड़कर उससे मुक्त होना है।" नेहरू ने कहा। परन्तु उनका मानववादी स्वप्न युद्ध के ज्वर से कभी धुंधला नहीं हुआ था। उनकी स्पष्ट चेतावनी गूंजी:

"मैं इस बात को जोर देकर कहना चाहता हूं कि शीतयुद्ध या गर्मयुद्ध का वह पक्ष मैं नहीं चाहता जोकि सारी जनता के तिरस्कार तक पहुंचे। मैं आशा करता हूं कि ऐसी कोई भावना हमारे देश में नहीं जागेगी। हमें चीनी जनता के विरुद्ध कुछ नहीं कहना है। चीनी सरकार ने चीनी जनता के लिए जो कुछ किया है उसके प्रति अपना गुस्सा और कड़वाहट हमें नहीं स्थानान्तरित करना चाहिए।"

भास्कर अपने घर के भीतर के विदेशी निवासियों की ओर प्रेम से देख रहा था और उसे सहसा यह विचार सूझा कि ये पांच बहनें भी मानो लड़ाई में जुटी हैं! ये नाजूक, छोटी-छोटी लड़कियां मानवतावाद की लड़ाई लड़ रही हैं, जोकि उनका बड़ा, शक्तिशाली देश पहले ही हार चुका है। उस महादेश के प्राचीन वंश के नेताजन जो आन्तरिक दरिद्रता आज दिखा रहे हैं, उस सबकी पूर्ति सूक्ष्म आत्मिक प्रदेश पर उनकी विजय द्वारा करनी होगी।

फिर वह सख्त आघात आया।

एक दिन भास्कर जल्दी से दफ्तर छोड़कर घर गया, चूंकि सिरदर्द हो रहा था जिसे कि हमेशा की तरह टिकिया शान्त न कर सकी। वह आराम चाहता था। रास्ते में उसे लगा कि पहली उंगली की मालिश की कुशलता शायद सहायक हो। वह उससे कहेगा। सो वह भीतर सीधे बच्चों के कमरे में गया, जो बंगले के पूर्वी हिस्से में था। दरवाज़ा खुला। हलकी-हलकी आवाजें इकट्ठी हुंकार कर रही थीं।

उसे अचरज हुआ। उसने चुपचाप झांका तो पांचों लड़कियां पंक्तिबद्ध घुटनों पर झुकी, आंखें मंदे, हाथ जोड़े मानो भगवान की प्रार्थना कर रही हों, वैसे बैठी थीं। वे आदरपूर्वक मन्त्र जैसे पढ़ रही थीं। और उनके सामने, दीवार से लगा हुआ एक जड़ा हुआ छाया-चित्र था... एक चीनी चेहरे का...वह चेहरा माओत्से तुंग का था।

कैंटीन के आसपास फौजी वर्दी में जो जवान ज़मीन पर बैठे थे और जो पत्तों में से खाते थे, वे एकदम उठ खड़े हुए और उन्होंने आनेवाले तरुण फौजी अफसर को सैल्यूट दिया। उसने सैल्यूट का जवाब दिया, यह लक्ष्य किया कि ये जवान राजपूत रेजीमेंट के हैं, और कैण्टीन की उन दो चकित स्त्रियों की ओर जैसे नींद में हों, हंसे। नन्दिनी घबड़ाकर चिल्लाई, "कुछ न कुछ बिगड़ गया !" उसने अपना हाथ अपनी धड़धड़ाती छाती पर दबाया उत्तर की प्रतीक्षा में, और उसी क्षण सुमिता ने अपनी नई पाई बहन के प्रति सहानुभूति की बाढ़-सी अनुभव की। ऊपर के मुक्त हंसी-खुशी के आवरण ने अन्तर को खानेवाले डर के चिर-प्रस्तुत तनाव को छिपा रखा था—अशोक युद्ध के मोर्चे पर गया था।

उसने उसे जल्दी से आश्वासन दिया, "कुछ नहीं बिगड़ा है। मैंमैं तुम्हारे कैण्टीन की ओर देखना चाहता हूं। आप—आपको सहायता की ज़रूरत है। क्या तुम ऐसा नहीं सोचती, नन्दिनी ?"

उसका हाथ नीचे की ओर गिरा। उसकी दृष्टि उसकी ओर से सुमिता की ओर और फिर वापस उसकी ओर घूमी, और वह अपनी सांस के नीचे बहुत धीमे से बोली—"क्या आप कोर्ट-मार्शल चाहते हैं ?"

"क्यों ?"

"दिन में आपको ड्यूटी पर होना चाहिए। यह आपात् स्थिति है ?

"ओह !" उसने ठंडे मन से कहा, "वह !"

"हां, वही।"

जवानों ने अपना खाना खा लिया था। उन्होंने अपनी पत्तले उठाई और उन्हें एक खड्ड में छिपा दिया। अपनी दो आतिथेयाओं के सामने झुककर, वे नल की ओर

चले। वहां वे पानी पीने के लिए कतार में खड़े थे।

देवेश ने अब बताया उनके आने का सच्चा प्रयोजन॥

"देखो नन्दिनी, तुम सुमिता के साथ ऐसा नहीं कर सकतीं। यह उसकी पहली दिल्ली-यात्रा है और उसने अभी तक शहर का कुछ भी नहीं देखा है। उसे लालकिला, कुतुबमीनार, चांदनी चौक का पुराना बाज़ार देखना चाहिए। सोलहवीं शताब्दी के साथ-साथ उसे बीसवीं सदी भी देखनी चाहिए। नई दिल्ली, कल की एक मिश्रित रचना।"

"अशोका होटल की वह बड़ी-सी इमारत-एशिया में सर्वोत्तम। हां!"

"अच्छी कल्पना है। हम लोग वहां भी एक कप चाय के लिए जाएंगे।"

"पिताजी तुम्हें उस कोर्ट-मार्शल से बचाने में एक उंगली भी नहीं उठाएंगे। इस बारे में तुम निश्चिन्त रहो।"

"ओह!" फिर उसी उपेक्षा भाव से, "वह!"

नन्दिनी अपनी मित्र की ओर मुड़ी : "सुमिता, तुम इस बड़ी योजना के बारे में क्या सोचती हो? इस अनोखे गाइड के साथ भारत की राजधानी देखना कैसा रहेगा?"

"तुम मेरे स्कूटर पर बैठ सकती हो, सुमिता, है न?" और फिर उसकी ओर सन्देह से देखकर—'हम दोनों, चाहें तो टैक्सी ले लेंगे।"

सुमिता गम्भीरता से बोली, 'असंभव, मैं कैण्टीन नहीं छोड़ सकती। नन्दिनी अकेली कैसे सब कुछ कर लेगी?"

नन्दिनी अपने भाई की ओर टकटकी लगाए देखती रही। "तुमने यह सुना? अपने खिलाफ चार्ज लगने से पहले तुम्हें पालम हवाईअड्डे नहीं जाना चाहिए?"

एक मिनट तक वह मुस्कराता खड़ा रहा, फिर बोला, "नन्दिनी सही है—हमेशा की तरह।" उसने एक मिलिटरी सलाम दिया, "मैं जा रहा हूं। हम फिर थोड़े समय बाद मिलेंगे।"

"शाम को," उसकी बहन ने दृढ़ स्वर में वाक्य सही बनाया।

तीनों शाम को बाहर आया करते थे। अपने जीवन में पहली बार सुमिता इम्पीरियल में शनिवार की रात को बालरूम में खड़ी थी। देवेश ने कहा था—'कल घर पर मैं तुम्हें नाच सिखाऊंगा।' परन्तु सुमिता ने सिर हिलाकर मना किया था। 'क्यों नहीं?' 'जूते...' उसकी दृष्टि नीचे की ओर थी। नन्दिनी से जूते की जोड़ी उसने

उधार ली थी, और भाग्य से वे जूते उसकी माप के थे। परन्तु वह उन जूतों की आदी बने, इसके लिए कई दिन या हफ्ते बिताने पड़ते।

उस रात को वह नन्दिनी के ही कपड़े भी पहने थी। नन्दिनी ने ऊपर से कहा था कि जो तबीयत हो वह कपड़े पहन ले, पर भीतर-भीतर उसने उसे मना भी किया था। ज़री की किनारी की रेशमी साड़ी पहने, और उसकी विचित्नता से लज्जा-युक्त सुमिता एक परिवर्तित व्यक्ति लगती है, नन्दिनी ने सोचा। शांत आंखों में एक नई चंचलता। गंभीरता के बदले उत्साहपूर्ण उत्कंठा। फिर भी सीधी-सच्ची बात यह थी कि इस तरह बदलकर उसने जितना खोया उतना ही पाया भी था। उसने अपने जीवन का सार गांधीग्राम खोया था। जो अब तक सबसे अलग थी, वह अब एक आकाश-गंगा में एकाकार हो गई थी।

देवेश के जाने पर, दोनों लड़कियां अपने काम में जुट गईं। सब समेटने-अवेरने में, मिलिटरी स्पेशल से आनेवाले जवानों की दूसरी टुकड़ी के लिए तैयार होने में। आधा घंटा भी नहीं बीता था कि वे आश्चर्य से देखने लगे—देवेश वापस आ गया था और उसके साथ उसकी मां भी थी।

मिसेज़ चटर्जी थोड़ी देर चुपचाप खड़ी रही, हाथ नीचे झुकाए, वह खाने के कटोरे देख रही थी। सब्ज़ी के बड़े पीतल के बर्तन में झांककर उसने बड़ी नापसन्दगी से नाक चढ़ा ली। नन्दिनी को रसोई बनाना सिखाने के क्लास की मदद लेनी थी और सिपाहियों को कुछ स्वादिष्ट देना था। उसने बर्तन में एक चम्मच डुबोया, कुछ सब्ज़ी चम्मच में ली और जीभ बाहर निकालकर उसकी नोक से उसे चखा। उसके चेहरे से स्वाभाविक आश्चर्य टपका। बुरी नहीं है ! वह चम्मच मुंह तक ले गई, तब उसकी लड़की का गुस्से से भरा स्वर सुनाई दिया :

“मेरी समझ में नहीं आता। वह यहां क्यों आ गया वापस...’ भाई की ओर एक तेज़ निगाह। “यह ज़रूर कुछ न कुछ सज़ा पाएगा। इसके ड्यूटी के घंटे...”

मिसेज़ चटर्जी ने कहा, “उसने तुम्हें कहा है, नन्दिनी ?”

“मुझे कहने को कुछ नहीं है। उसकी इच्छा है कि वह सुमिता को दिल्ली घुमाने ले जाए। और तुम। मां...”

“उसने तुम्हें नहीं कहा कि वह दस दिन की छुट्टी पर है? फिर वह जाएगा...” उसकी आवाज़ भारी थी—“मोर्चे पर। उसे आज ही आर्डर मिला है।”

"अच्छा !"

"वह चाहता है कि सुमिता को दिल्ली दिखाने ले जाए तब तक मैं तुम्हारी मदद करूं।"

नन्दिनी नाराज़ी से भुनभुनाई : "मां, तुमने 'नहीं' कहा जब मैंने तुम्हें मदद करने को कहा था। तुम बहुत व्यस्त हो, तुम्हें एक मिनट भी देने को नहीं है। और ज्योंही तुम्हारे पुत्न का विचार बदला तो..."

"नन्दिनी, देवेश को तुमसे अधिक बुद्धि है। वह चाहता है कि सिपाहियों की प्लेटों में सिर्फ रोटी और सब्ज़ी ही मैं नहीं दं, पर उनसे बात भी करूं। वह कहता है, उससे अच्छा होगा। और वह इस बात को बेहतर जानता है।"

नन्दिनी ने अपने भाई को सख्त दृष्टि से देखा, और वह भी थोड़ा झुंझलाकर आंखें मिचकाने लगा।

"तुम क्या बोलोगी सिपाहियों से ? लीबिया में पिताजी की वीरगाथा ?"

"शायद मैं उसे कैप्टन अशोक बनर्जी के बारे में बताऊंगी !"

नन्दिनी गुस्से से पीली पड़ गई। उसने धीमे से पूछा—"यह क्या है, मां ?"

"यह खबर अभी आई है। तुम्हारे पिताजी फोन पर कहा।" नाटकीय ढंग से वह चुप हो गई।

"मां..." नन्दिनी तेज़ होकर बोली।

"सब कुछ उन्हींके मुंह से सुनना। शाम तक रुको।"

"मां..." आवाज़ और आंखें इसरार कर रही थीं।

"मैं तुम्हें बताती हूं। देवेश, तुम क्या सोचते हो ?"

देवेश ने झट से शुरू किया, "कैप्टन बनर्जी को उस क्षेत्न में चीनी सेनाओं का सामना करनेवाले स्थान पर एक बड़ी निरीक्षक टुकड़ी का सेनापतित्व करना है। और तीन दिन के लिए फारवर्ड अबज़र्वेशन आफीसर बनना है। इस पतरौल का उद्देश्य है शत्नु के ठिकानों पर तो दागने का मौका ढूंढ़ना।"

मिसेज़ चटर्जी ने उस कहानी को छीनकर कहा: "और इस तरह से शत्नु के जमाव और अगली चालों के बारे में अधिकाधिक जानकारी जमा करना।" एक-एक शब्द पर जोर देकर वह बोल रही थी, मानो उसके बिना कहीं अर्थ न खो जाए : "बीस जवान और एक अफसर का पतरौल बहुत मुश्किल ज़मीन पर पन्द्रह हजार फुट की ऊंचाई पर चल रहा था। दो रात उसने शत्नु के ठिकानों के पीछे बिताई और बहुत मूल्यवान जानकारी उन्होंने हासिल की। लौटते हुए पतरौल को शत्नु ने

घेर लिया।" वह रुकी, उसका चेहरा दुःख से खिंच गया। नन्दिनी का हाथ अपनी धड़धड़ाती छाती की ओर गया।

देवेश ने बीच में टोककर कहा : "संख्या में बहुत बड़ी चीनी सेना। और यह पतरौल..."

मिसेज चटर्जी ने फिर कहानी को रोक दिया, और उसे उठाया : "पतरौल को अपना रास्ता रोक दिया हुआ मिला। तीन बार उसने शत्रु पर हमला किया। हर बार वह बन्दूकों की गोलीबारी से वापस ठेल दिया गया। परन्तु शत्रुओं के हमारी बगल में रहने की खबर बिग्रेड हेडक्वार्टर में देना ज़रूरी था। कैप्टन बनर्जी ने तय किया कि अपना रास्ता वह लड़ते-लड़ते 'बेस' तक पा लेगा। सारी रात वह बचे-खुचे पतरौल को बहुत ऊबड़-खाबड़, दुर्गम भूमि से ले गया। चार आदमी और उनके अफसर 'बेस' तक पहंचे।"

नन्दिनी ने गहरी सांस ली और एक छोटी-सी चीख से वह छोड़ी। वह सुरक्षित था। उसे अब ज्ञात हुआ कि सुमिता का हाथ उसकी कमर के पास है। नन्दिनी ने कहा— 'सुमिता ! जंग ऐसी ही होती है !"

सुमिता गूंजी : "जंग ऐसी ही होती है !"

मृत व्यक्ति सौभाग्यशाली थे। पर जो ज़ख्मी थे...सिर्फ भारतीय नहीं। अपने घर से हज़ारों मील दूर चीनी भी। सुमिता उन लोगों को देख सकती थी। वे उन लोगों से भिन्न नहीं थे, जो रोज़ कैण्टीन में आते थे। मारना और मारे जाना। किसलिए ? क्या यह बात शान्तिपूर्ण साधनों से तय नहीं हो सकती थी ? क्या मानव-जीवन निर्जन पर्वत-प्रदेश की कई एकड़ जमीन से भी सस्ता था ?

मिसेज़ चटर्जी ने फिर कहना शुरू किया : 'जब हमारे जवान जो लद्दाख जा रहे होंगे, ऐसी कहानियां सुनेंगे, तो तुम विचार कर सकते हो कि उनका हौसला कैसे आसमान जैसा ऊंचा होगा। मैं उन्हें यह कहने वाली हं : चीनियों को भारत-भूमि से हटा दो। परन्तु इतना ही काफी नहीं होगा ! उन्हें उनकी सीमाओं तक ठेल दो, दूर सिकियांग में गहरे गोवी रेगिस्तान में। परन्तु वहीं तक मत रुको। उन्हें और आगे निर्मम भाव से ठेलते जाओ। इतना ठेलो कि वे पीकिंग के दरवाज़े तक पहुंच जाएं। और वहां तिरंगा झंडा गाड़ दो।"

देवेश को हंसी फूटी: "मां, इसकी खबर पीकिंग को लगने दो और उनके प्रचारकर्ता इन शब्दों को उड़ा ले जाएंगे। रेडियो पीकिंग इन शब्दों को अफ्रोएशिया की स्वतंत्रताप्रेमी जनता के नाम पुनः प्रसारित करेगा और कहेगा—'देखो ! कौन

साम्राज्यवादी है !"

यद्यपि मिसेज़ चटर्जी को एक क्षण कुछ बुरा लगा, फिर वह अपनी पर आ गई और समझाने लगी: "देवेश, तुम समझते नहीं। इस तरह का आक्रमण ही चीनियों की समझ को दुरुस्त करने का सही तरीका है। भारतीय दृष्टि में तो चीनी ज़मीन का एक इंच भी लेना राजद्रोह और पाप है। हम उन्हें आक्रमण का प्रदेश छोड़ने पर मजबूर करेंगे और अपने अच्छे पड़ोसी बनाएंगे। मैं अपने जवानों से इतना भी न कहं ?"

देवेश ने कहा, "मेजर जनरल को कौन रोक सकता है ?" वह उस समय मां को खुश करके सुमिता को दिन-भर बाहर घुमाने ले जाना चाहता था।

"सचमुच, मेजर जनरल हं !" अपने ऊपर हंसने के इस स्वर में उसका आनन्द छिपा हुआ नहीं था। वह उस उपनाम पर गर्व करती थी, यद्यपि यह नाम उसे मज़ाक में ही दिया गया था।

सुमिता को स्कूटर पर साथ की सीट पर बैठना पड़ा। पहले तो वह हिचकिचाई, पर कोई दूसरा विकल्प नहीं था। वह अपनी सीट पर राह देख रहा था, इंजन आवाज़ कर रहा था।

"मेरा कंधा पकड़ो, और ईश्वर के लिए, गिर न पड़ो।" उसने चेतावनी दी, "चूंकि तुम पहली बार स्कूटर पर चढ़ रही हो, इसलिए..."

"मैं एक बार साइकिल के पीछे बैठी थी," उसने कहा जब वे चल पड़े।

"साइकिल पर बैठा आदमी कैसा था ?"

"एक स्त्री थी। उसका नाम है मिसेज़ मेहरा।"

जब वह हंस रहा था तो उसके कंध हिले और उनका अनुभव सुमिता को हाथों से हुआ।

"सुमिता," वह चीखा, 'तुम भी खूब हो !"

स्त्री साइकिल सवार के साथ जाने में क्या खूबी थी ? वह पूछना चाहता था। परन्तु वह फिर हंसने लगा। वह उससे कई इंच दूर था, हैंडल पकड़े हुए आगे झुका, नीली ऊनी वर्दी पहने।

वह देवेश के बारे में बहुत कम जानती थी, सिवा उसके काम के। और वह भास्कर के बारे में भी क्या जानती थी ? उसने तो उसकी ईमानदारी पर भी शक किया था। यदि मां ने लिखकर सब स्पष्टीकरण न किया होता तो उसे सत्य का

पता ही न चलता। फिर भी, यह तथ्य अवश्य था कि गांधीग्राम उसके लिए निरा ज़मीन का टुकड़ा था। और उस हिसाब से वह भी थी उसके लिए केवल एक स्त्री, कोई भी स्त्री।

आंसू उसकी आंखों में छलक आए अपमान के कारण। क्या वह निरा अपमान था ? उस प्रश्न से वह गुस्से में दूर हट गई थी। फिर भी एक तथ्य था जो उसने अपने-आपसे कबूल किया, प्रायः कृतज्ञतापूर्वक : उसने उसे इस बात की ओर सचेत किया कि वह क्या थी, उन सारे बन्धनों के नीचे : भीतर से वह भी झनक ही थी !

इस सत्य का सामना करके उसे लगा कि वह विस्थापित है, उसके भीतरी आत्मा की जड़ों से उखड़ी हुई, और कितनी दिग्भ्रान्त। क्योंकि यह प्रश्न उसके कानों में गूंज रहा था, 'झनक बनना गलत है क्या ?" और उसके भीतर की झनक उसकी मां के शब्दों पर निर्भर थी। झनक सर्वसाधारण जैसी है, बस; मैं तरुण मनों का इस तरह आकार से बाहर तुड़-मुड़ जाना पसन्द नहीं करती। पिताजी के उत्तर में यह प्रार्थना थी, "अपने विचार अपने पास ही रखो। कहीं सुमिता न..."।

उसे सुनते हुए खड़े रहना चाहिए था और मां का उत्तर सुनना था और बाद में मां से सीधे सवाल पूछना था। तुम समझती हो कि या तो मैं झनक की तरह हो जाती, या मेरा मन विकृत हो जाता ?

उसका उत्तर पहले ही आ चुका था, पर मां से नहीं।

दिल्ली में उसका रहना उस उत्तर से भरा था।

उसे हलका-सा धक्का लगा, इस बात की याद से कि जिस शीघ्रता के कारण उसे यहां लाया गया था उसका महत्त्व अब कम हो गया था। अब, अनशन की सम्भावना कम हो गई थी, हुई थी न ? दिल्ली कम से कम इस संघर्ष का क्षेत्र अब नहीं होगी। सो अब वह अपने स्वयं के अस्तित्व के बारे में अधिक चिन्ता कर सकती थी। उसके अपने होने के बारे में।

ज्योंही लालकिले की बड़ी दीवार दिखाई दी, उसकी विचार-शृंखला टूट गई। स्कूटर लाहौरी गेट के सामने रुका।

इन दिनों झनक दर्शकों की चेतना पर यह प्रभाव डाल रही थी—गांव की ज़मीन पर चमकीले कैक्टस के फूल। उसका सांवला शरीर पूर्णाकार, उसका यौवन अंग-अंग से उमड़ता हुआ, चलती तो नितम्ब हिलते या अट्टहास करके हंसती, होंठ गीले चमकते, या गौशाला के सामने की घास पर जब वह बैठती, बड़े सींगोंवाली भैंस का दूध निकालती, और चिल्लाकर कहती, "तुम ऐसी काली हो जैसे झनक—तो क्या हुआ ? झनक ऐसी काली है, जैसे तुम—तो क्या हुआ ?" वह ये शब्द यंत्र की तरह दुहराती। परन्तु इस फूली कंटीली झाड़ी का चमकीला रसीलापन उस जमीन के लिए अजनबी था, सिर्फ वहां से उड़ा ले जाने लायक था।

ग्राम-पंचायत की डांट से उसका विरोध केवल कड़ा पड़ा था, और अब वह एक खुला विद्रोह था। इस्पातनगर के तरुण के संग उसने चरागाह के मैदान को पार किया था और वह एक सिनेमा देखने गई थी। उसने इस बात को छिपाया नहीं था, पर गर्व से सबसे कहा था। एक विदेशी सिनेमा—कई तरुण, कई तरुणियां। उसमें कई स्त्रियां समुद्र के किनारे पर प्रायः नग्न दिखाई देती थीं। तरुण हृदयों में एक भावना उठती थी...और...इस स्थल पर झनक को भी लगा कि रुके। उसके सुननेवालों ने इसरार किया, पर आगे उसने कुछ नहीं किया। बाद में जब वह अकेली थी तो सुधा ने उसकी बांह झकझोरकर विनती की, "मुझे बताओ, झनक, आगे क्या हुआ ? ऐसा तुमने क्या देखा जो तुम कह भी नहीं पाती हो ?" झनक ने दूसरी को ज़रा गौर से देखा। भारी पलकों के नीचे की कोयलों जैसी पुतलियां सहसा उत्सुक हो उठीं और एक तेज़ इशारे से उसने सुधा को अपनी बांहों में समेट लिया, उसके मुंह पर एक चुम्बन दिया, पहले धीरे से, फिर बड़ी देर तक और ज़ोरों से। सुधा अब जैसे चकित चुप हो गई, झनक ने समझाया, "यह हुआ, अब तुम समझीं !"

सुधा ने फिर सांस ली और खोई हुई आवाज़ उसे जैसे मिली, "लड़की लड़की को चूमती थी ?"

"अरी ओ मूरख ! तुम इस वक्त मुझे लड़का समझो !" और उसका चेहरा विचार करने लगा, उसकी आवाज़ ज्यादा उत्तेजित और कट हो गई जब उसने शिकायत की—"मैं विदेश में क्यों नहीं पैदा हुई ?"

विचिलता इसमें नहीं थी कि वह एक अजनबी के साथ सिनेमा गई थी, परन्तु उसका साथी और कोई नहीं था, बड़े चाचा का नाती था। गांववाले लोग

उसे सिर्फ उसी नाम से जानते थे, सिवा उसके रिश्तेदार और झनक के। गिरीश को एक बार उसने अपमानित किया था—इसलिए वह दुखी होकर इस्पात नगर चला गया था। वहां उसने अपने लिए ठीक किया था। वहां वह एल० डी० स्टील कन्वर्टर में एक आदमी की दूसरी लड़की से शादी करने जा रहा था। तब मेडो हाउस में जाते हुए, उसने भनक को देखा। वे पहले मिले थे, उसे तीन वर्ष बीत चुके थे।

उसने जो भावनाएं दबा रखी थीं, वे एक क्षण में उभर आई। वह इतना अधिक उत्तेजित हो उठा कि उसने झनक से एक शब्द भी नहीं कहा। उसे लगा कि उसकी आंखों में आनन्द और परिहास-मिश्रित स्वीकृति है, जैसे अब झनक ने उसमें एक नया आदमी देखा हो। अब वह वही पुराना आदमी नहीं रहा जो गांव के कारखाने में बैलगाड़ी की धुरी भूल जाया करता था। फिर भी, पुरानी हिचक कम हो गई थी, वह उस लड़की से अन्तर बनाए रखता था।

तब एकदम रातोंरात जैसे मेडो हाउस चला गया—केवल एक ढांचा बचा था। सुमिता दिल्ली चली गई थी। चीनी आक्रमण से नये दबाव अब आ गए थे ! गिरीश दुखी था। वह इस पछतावे से दुखी था कि झनक के साथ फिर मेल बढ़ाने का मौका हाथ से निकल गया। अब तो उसे दुर से देखने का मौका भी चला गया था।

उसने उसके मन को जैसे धधका दिया था। यह उसके लिए एक पागलपन बन गई। आखिरकार उसने निराश होकर कुछ न कुछ साहसिक कर बैठने की सोची।

गांव में वह आया तब सूरज डूब चुका था। झनक का कच्चा मकान एक फर्लांग दूर होगा, दो गलियों के दोराहे पर। उसकी गति धीमी हुई। वह अब क्या करे ? वह मुश्किल से आगे बढ़कर कह सकता था कि वह झनक से मिलने आया है। ऐसा लगता था कि अब बिना उसकी झलक पाए मानो उसे खाली हाथ लौट जाना होगा। डुबते हुए दिल से वह मकान की बांस की बागड़ से गुज़रा, तब उसे परिचित आवाज़ सुनाई दी। कान लगाकर वह कोने की ओर जल्दी से मुड़ा। वहां आंगन में झनक भैंस के सामने दूध निकालने बैठी थी। उसकी साड़ी ऊपर कमर में खोंसी हुई थी, घुटनों के नीचे की टांगें खुली थीं।

“झनक तेरी जैसी काली है तो क्या ? तू झनक जैसी काली है—तो क्या ?” यह चुनौती नित्य की आदत, एक तरह का धार्मिक क्रम हो गई थी।

अनुगूंज उसके कण्ठ से फूटी—"तो क्या ?" और भीतर की प्रेरणा से वह चिल्लाया; मगर फिर डर गया। वह उस आवाज़ का ठण्डा अपमान करनेवाला स्वर भूला नहीं था।

भैंस के भरे थनों पर उसकी उंगलियां जैसे ठण्डी पड़ गई। उसने मुड़कर देखा। परन्तु उसके चेहरे पर कोई गुस्सा नहीं था, अचरज भी नहीं था। यह भी हो सकता था कि वह जानती थी कि वह आएगा !

वह चिल्लाई—"तुम !" और फिर उसने पूरी तरह उसे सिर से पैर तक देखा। वह ताड़ गया कि यही मौका है, फिर बाद में कभी नहीं मिलेगा। वह लड़कों जैसी हिचकिचाहट पसन्द नहीं करती थी। मर्द को मर्द जैसा होना चाहिए। और उसने एक बार उसे खोया था अपने उसी दोष से। उसे इस औरत को आंधी की तरह लेना था अपना नया रूप दिखाकर, या फिर रेंगते हुए वापस जाना था, जैसे मुंह पर दो तमाचे मारे हों, दोनों टांगों में पूंछ दबाए।

बागड़ में एक बारीक दरार थी, वह उसमें से घुस गया।

"तुम्हें अचरज नहीं हुआ—हां ? तुम मेरे ही बारे में सोच रही थीं—हां ?"

"मैं क्यों सोचूं ?" उसकी अचरज-भरी आंखें और घूरकर देखने लगीं।

"ऐसे सुन्दर पैर तो विलायत की स्त्री के हो सकते थे !" वह उसे तीखे ढंग से देख रहा था।

वह अपनी खुली टांगों से एक मिनट देखती रही पर उसने उन्हें ढांकने का यत्न नहीं किया, जबकि उसमें झनक का रस साफ-साफ बढ़ गया था, "गोरी मेमों की काली टांगें ?" उसने धीमे से कहा।

"क्या गोरी क्या सांवरी—खिंचाव तो वही है। मैंने गोरी औरत को सिनेमा के पर्दे पर देखा, समुद्र के किनारे पर देखा था—सिर्फ दो रूमाल जैसे टांके थे। मैंने उन्हें देखा—मैंने तुम्हें देखा। अजब बात है न !"

उसने कहा, "अजब बात है !" फिर उसमें जोड़ दिया, "क्योंकि तुमने मुझे उस तरह कभी नहीं देखा।"

"उस तरह, यानी ?"

"रूमाल पहने। सिर्फ रूमाल !"

वह और आगे बढ़ा। सब कुछ दांव पर लगाना चाहता था। "मैंने तुम्हें सपने में कल ऐसे देखा, झनक ! तुम्हें भी दो रूमाल थे एक-एक हथेली-भर के। तुम भी समुद्र में से झूमती हुई आई, पानी और नमक से चमकती हुई। अपने लम्बे सुन्दर

पैरों से तुम रेत पर तेज़ी से चलती हुई आईं—औरों से ज्यादा भारी नितंबोंवाली... 'इसीसे तुम सबसे सुन्दर जान पड़ीं।"

उसकी आंखें फैली, विश्वास क़रने को उत्सुक। परन्तु उसने अपना सिर हिलाया। हंसी,"झूठे कहीं के!" वह चिल्लाई। पर उसकी आवाज़ में दोस्ती का भाव था।

उसने अपना अग्रसर होने का विषय बढ़ाया, "काले अंगर सफेद की तरह ही मधुर लगते हैं।" चुपचाप प्रशंसा करने की पुरानी बात उसे नापसन्द थी तो अब उसमें का कुछ न बचा रहे।

एक विचित्र मुद्रा से फिर वह अपने काम में जुट गई। उसके हाथ भैंस के दूध से भरे थनों को थपकाने लगे, "तू झनक जैसी ही काली है तो क्या ?" उसने फिर अपनी बैठक बदली जिससे बरतन बराबर पैरों। के बीच में आ जाए।

"तो क्या ?" आनन्द-भरी गूंज ने फिर उत्तर दिया।

एक मिनट शांति। गिरीश को कुछ बेचैनी हुई। कच्चे घर से शायद कोई देख रहा हो। या रास्ते पर सब चलते लोग देखें। अब इस कठिन सीढ़ी पर पैर रखा है तो वह फिसला नहीं है। अब आगे क्या ? झनक ने खुद उस प्रश्न को हल कर दिया।

वह चिल्लाई, ललककर, "सिनेमा में उन गोरी औरतों को देखने के लिए मैं क्या नहीं करूंगी ?"

उसने इस मौके को पकड़ लिया। "कल शहर में आना। वह चित्रपट अभी भी चल रहा है। आओ, शाम से बहुत पहले। चरागाह के किनारे मुझसे मिलना, शहर के बाहर।" और ज्योंही वह देख रहा था कि झनक इस निमंत्रण पर कुछ सोच रही है, उसने जोड़ा, "वहां से तुम्हें चलना नहीं पड़ेगा। एक रिक्शे पर हम लोग चलेंगे।"

"नहीं," उसने कहा।

"नहीं," झनक का यह सब नाटक था, जिसके बाद चेहरे पर एक चपत आती।

"बैलों के बजाय आदमी द्वारा खींची गाड़ी में बैठना!"

उसके मन में फिर आशा और आनन्द का संचार हुआ। 'ये रिक्शे साईकल से लगे होते हैं। आदमी नहीं खींचता; आराम से बैठे, वह दोनों पहिये घुमाता है।"

फिर भी उसने शंका से सिर हिलाया : "वह आदमी इस बोझ से कैसे हांफता होगा।" इस बाह्यतः आत्म-केन्द्रित लड़की के भीतर गरीबों के लिए कितनी सहानुभूति थी।

"कल। छः बजे शो शुरू होता है। समझीं।" और कुछ क्षणों के लिए वह चुप था। "अच्छा हो कि मैं मिल से कुछ जल्दी चला आऊं—फोरमैन मेरा अच्छा मित्र है। हम मेडो हाउस के पास मिलें। उससे मुझे एक-आध घंटा तुम्हारे साथ मिल जाएगा। पक्का है, झनक ?"

दूध का बरतन तीन चौथाई भरा था। "गरीब बिचारे बछड़े के लिए काफी रहने दो !" पास के पेड़ से बंधे शोक दृष्टि से देखते पशु की ओर जल्दी ध्यान दिया।

सो यह हुआ कि झनक इस्पातनगर में एक फिल्म देखने गई। दो घंटे वह बड़े चाचा के नाती कहनेवाले तरुण के साथ बैठी। उसके साथ वह वापस चरागाह को पार करके आई—तब चांद नहीं था, सिर्फ सितारों की रोशनी थी। उसने अपने माता-पिता से कहा था कि वह सुधा के घर भोजन करने जा रही है,पर दूसरे ही दिन उसने अपना झूठ कबूल किया और सारे तथ्य सारे गांव को सुना दिए। उसकी चुनौती की यह हद थी।

शहर के लोगों को एक लड़के-लड़की के साथ-साथ सिनेमा देखने जाने या चरागाह के पार चलने में कोई बुराई नहीं जान पड़ती थी। मुक्त संग-साथ। संगियों का आदान-प्रदान। जब एक-दूसरे को अच्छी तरह जान लेगा तभी शादी की बात उठती है। ऐसे विचारों पर शहर दिन ब दिन बढ़ता जाता था। पश्चिम से बहकर आनेवाले विचार।

वे विचार पांच लाख भारतीय गांववालों के मन के लिए अपरिचित थे। परन्तु गांधीग्राम उन पांच लाखों से बहुत दूर था क्योंकि उसके अपने स्वतन्त्र विचार थे। उनका पूराने स्त्री-पुरुष-अलगाव में विश्वास नहीं था। उनका आक्षेप लड़के-लड़की के प्रेम के बारे में अधिक मौलिक था, वह शारीरिक पक्ष को लेकर था।

जब कोई विद्रोही उसी पक्ष पर जोर देता तो क्या होता ? जब वह बनना चाहती थी—केवल नारी ?

पंचायत के सामने जब यह सवाल आया तो वह विस्मय-चकित और बेबस हो गई। ऐसे समय सत्यजित के निर्देशन की बड़ी आवश्यकता थी; पर वे तो बाहर दिल्ली में थे। उनके लौटने तक क्या कोई निर्णय न करे ? वे क्या कर सकते थे आखिर ? गांधीग्राम तो केवल नैतिक दंड न जानता था ? क्या सब लोग मिलकर तीन दिन उपवास ' करें और झनक के लिए प्रार्थना करें ? शायद उससे उसका

विवेक जागृत हो जाए और पाप-शुद्धि हो सके।

"सुरुचि उनका स्थान लें। वे ही अन्तिम निर्णय दें।" चित्तरंजन ने कहा। उसके साथियों से झट से स्वीकृति मिली। पंचायत ने आश्वस्ति की सांस ली।

पर सुरुचि के लिए यह बहुत कठिन था।

वह झनक से प्यार करती थी। एक बार उसने उसका समर्थन भी किया था। फिर भी आज अब वह इस विद्रोहिणी को अपना आशीर्वाद दे? सुरुचि जिन आदर्शों के सहारे अब तक जीवित थी, क्या उन सबको वह इस तरह से ठुकरा नहीं देगी?

यह सच है कि उसने गांधीग्राम को उसकी संपूर्णता के साथ ग्रहण नहीं किया था। परन्तु उसने उसे अस्वीकृत भी कहां किया था? नहीं तो अब उसके अस्तित्व को ही जो खतरा आ गया था, वह सहना इतना कठिन नहीं होता। वह उल्टे बांहें बढ़ाकर उसका स्वागत करती—इसका मतलब होता अपने पति के साथ नया समझौता और पुराने सम्बन्धों को पुनः प्राप्त करना।

वह इस विचार में डूब गई कि भास्कर ने यह जो आक्रामक रुख अपनाया था अब उसके सीमित दृष्टिक्षितिज के कारण, वह उसके परे के मूल्य नहीं देख सकता था—ऐसे मूल्य जो इस्पात नगर अपना ले तो और अच्छा हो। वह बड़ा शहर और उसके राक्षसकाय यंत्र, सबको कुछ प्राणमय मिल जाता आध्यात्मिक जीवन के उस छोटे-से केन्द्र से। उत्पादक शक्ति को आत्म-नकार की सन्तुलन करनेवाली शक्ति भी चाहिए थी। नहीं तो भ्रष्टाचार की सड़ांध फैल जाती। भौतिकवाद, असीम संग्रह का शस्त्र था, वह कभी भी आत्मनिर्भर न हीं हो सकता।

उसी तरह से गांधीग्राम भी केवल एक अरक्षित, एकांत, छुईमुई जैसा कांचघर बना नहीं रह सकता था, जिसके मोटे कांच की दीवारों से परे बड़े आकर्षक मूल्य खिल रहे हों। इसमें कोई आश्चर्य की बात नहीं थी कि उस कांचघर की दीवारों के भीतर यह झनक का अजनबी कलियाना हो रहा था।

सुरुचि के भीतर फिर एक दर्द जाग उठा। कितनी बड़ी आशाओं के साथ उसने देखे थे सुमिता की नई चेतना के चिह्न—वह एक तरह का जागरण था। और भास्कर की उसमें रुचि छिपी हुई नहीं थी। वह दिल तोड़कर रोने बैठने वाला नहीं था, उसके भीतर शक्ति के अपार स्रोत थे।

यदि वह उस सारी ताकत से गांधीग्राम पर हमला करे तो उसे क्या दोष?

सत्यजित ने अपने पत्र में लिखा था कि एकमात्र प्रतिरोध जो वह कर सकता है वह उपवास को बढ़ाकर ही कर सकता है। वही देश के नाम अपील का उसका ढंग था। जनता को बोलने दो। उन्होंने वैसा ही किया था जब गांधी ने उपवास किया था और वे मरण के करीब आते जा रहे थे। एक ऐसा उपवास अछुतों के सामाजिक अधिकारों के बारे में था।

उसके विचार फिर झनक की ओर मुड़े। यह विचित्र बात थी कि एक हरिजन लड़की गांधीग्राम का विरोध कर रही थी। वह उसे भीतर से नष्ट कर सकती थी, जैसे भास्कर बाहर से। भास्कर को उसके रूप में अच्छी सहायिका मिल गई थी।

सुरुचि उदास ढंग से अपने-आप मुस्कराई। वह भास्कर से कहना चाहेगी कि गांधीग्राम में यह नई शक्ति उदित हुई, जो उसके उद्देश्य की पूर्ति कर रही है। झनक के पास स्थूल बल-प्रयोग से भिन्न दूसरे साधन थे। _कौन उसे अपनी प्रेरणा से रोक सकता था, एक नारी की नारी के सिवा और कुछ न होने की आदिम प्रेरणा से ?

गांधीग्राम के लिए एक ही रास्ता बचा था। उसे फिर से समझौता करना चाहिए। इसका अर्थ होगा जीवन को उसकी संपूर्णता में ग्रहण करना।

विचारमग्न, उसने सिर हिलाया। उसे कई वर्षों पूर्व ये विचार क्यों नहीं आए थे। जब तक कि बाहर से आक्रमण नहीं आया था ? यह आक्रमण आकस्मिक नहीं था। इस्पातनगर न होता तो वह और किसी दिशा से आता। झनक, अचेतन रूप से, स्वयं युग की प्रतिनिधि थी। जैसेकि सत्यजित, सचेतन रूप से, एक बहुत वर्षों पुराने युग का, एक अर्ध-अजात युग का प्रतिनिधि था।

सुरुचि चरखा चला रही थी, उसे एकटक देखने लगी। गांधीजी द्वारा उसके पति को दिया हुआ उपहार। उसे चलाकर उसने एक तोला सूत भी अब तक नहीं निकाला था। पर वह प्रतिदिन एक घंटा चलाया जाता था, यह अलिखित नियम था, और उसके स्वामी के और सुमिता के अभाव में उसे ही वह चलाना पड़ता था। एक ऐवजी—वर्षों से उसका यही एक रूप था। विनम्र, आत्म-नकारक, यही स्वरूप उसने वर्षों से बिना शिकायत स्वीकार किया था। एक आदर्श पत्नी। आदर्श, सचमुच।

नहीं, वह झनक को नहीं रोकेगी। उस झनक में ऐसा कुछ था जो वह स्वयं कभी नहीं पा सकी: साहस, जीवन को अपने हाथों से पकड़ने का निश्चय, और

भीतर की गहराई से वह जो कुछ चाहती थी उससे प्राप्त करने के लिए सब कुछ दांव पर लगाकर अन्तिम रक्त की बंद तक लड़ने की बहादुरी।

देश-भर में एक नई भावना का ज्वार आ गया था। धूप से जलते मैदानों से जवान ऊंची पर्वतमालाओं पर भेजे जा रहे थे और वे बन्दूकों की गोलियों के साथ-साथ भयानक जलवायु के भी शिकार होते। आर्मी हैडक्वार्टर्स ने देश के नाम अपील की थी कि घर की बुनी ऊनी चीजें मदद में भेजें—बाज़ार से चीजें मिलनी मुश्किल थीं। हज़ारों चिन्तामग्न स्त्रियां सारे देश में जर्सियां, पुलोवर या मोजे बुनने में जुटी थीं।

लोहापुर क्लब अपना हिस्सा दे रहा था। नम्बर दो के हाथों में भी हमेशा सूई और ऊन का गोला होता। उसके पति अब जनरल मैनेजर थे, छुट्टी पर दूर कहीं और उसे इस संकट के नेतृत्व का भार सहना पड़ रहा था।

राजधानी से सन्देश आया कि राष्ट्रीय रक्षाकोश की मदद के लिए एक उपमन्त्री शीघ्र ही लोहापुर आ रहे हैं। बड़ी मात्रा में दान देने की अपील की गई। बड़े-बड़े अधिकारी सारे देश में चन्दे के कटोरे लिए घूम रहे थे।

लोहापुर के लायक एक उपमन्त्री ही थे। नम्बर दो ने अपने-आपसे बड़ी कटुता से कहा। उसे इतनी समझ थी कि राज्य के मुख्य मन्त्री शायद नहीं आनेवाले हैं, परन्तु उसके चौदह मन्त्री-सदस्य जो थे।

इतने में उसे एक बात सूझी। उपमन्त्री भी तो एक प्रकार के स० ब० आ० (सबसे बड़े आदमी—वी० आई० पी०)होते हैं। लोहापुर को अपने प्रधान अतिथि का ज़ोरों से स्वागत करना चाहिए। यानी लोहापुर क्लब को।

निश्चित दिन पर लोहापुर क्लब में भीड़ थी। भास्कर भी आया था—अगर वह नहीं आता तो एक तरह से राजाज्ञा का उल्लंघन होता। उपमंत्री ठिंगने-से, गोल चेहरे के आदमी थे। उन्होंने सिर पर

हाथकती खादी की सफेद टोपी पहन रखी थी। जब प्रदर्शित वस्तुओं के निर्णय का समय आया तो वह उस हाल में गए जहां जर्सी, पुलोवर और मोजे एक लम्बी पूरी कतार में रखे थे। वह धीरे-धीरे गए सबको देखते हए। आधे ही

रास्ते में वे एक प्रदर्शित वस्तु के सामने ठिठके। नम्बर दो को उसमें चिन्ता करने की कोई बात नहीं थी—वह क्लब में हर स्त्री की शक्ति जानती थी। परन्तु अतिथि के कंधे पर से देखती हई उसने आश्चर्य से मुंह बना दिया। यह कहां से आया ? यह तो जब उसने प्रदर्शनी का निरीक्षण किया उसके बाद किसीने ला रखा होगा ? लेबल पर नाम था, 'मीनाक्षी !' लीना की लड़की। कौन जानता था कि वह इतनी चतुर होगी, इस काम में ? लीना पीछे ही आ रही थी, उसका चेहरा उत्कंठित था। उसकी ओर देखकर नम्बर दो के पेट में जैसे डूबते समय होता है वैसा लगा। उसकी सारी चाल अब बेकार होनेवाली थी। क्या लीना ने भी वही चाल सोची थी ? सेक्शन बारह की उसी स्त्री ने दसरी बार काम ले लिया हो, क्या पता ?

उपमंत्री चलने लगे जबकि वह क्षण आया जिसकी प्रतीक्षा नम्बर दो इतने दिनों से कर रही थी। वह रुके, वे राह देखते रहे—पहले से ज्यादा देर तक ; जबकि वे आगे बढ़े, उनके चेहरे पर स्वीकृति का भाव था। वे उस पंक्ति के अन्त तक जाएं। यद्यपि वहां कुछ देखने लायक नहीं था। एक मिनट में वे अपने पैर पीछे लेने लगे। उन्होंने अपना चुनाव कर लिया था और वे फिर नम्बर दो की प्रदर्शित वस्तु के सामने रुकनेवाले थे।

पर वे आगे बढ़ गए। वे जल्दी-जल्दी चल रहे थे। वे उस जर्सी पर आए जिसपर लिखा था 'मीनाक्षी।'

उन्होंने घोषणा की, 'यह सबसे अच्छी है !"

सौ हथेलियों ने ज़ोरों से तालियां बजाईं। नम्बर दो वहीं खड़ी रही ठिठकी-सी, उसके चेहरे पर तूफान के भाव थे और ज्योंही शोर कुछ कम हुआ, वह एक धीमी सम्मिलित हास्य की ध्वनि भी सुन सकी।

उपमंत्री ! वह अपने भीतर ही भीतर फूत्कार कर उठी। अगर मुख्यमंत्री आते तो बात दसरी होती। या कैबिनेट स्तर के चौदह अन्य मन्त्रियों में से कोई एक आता। उपमंत्री !

भास्कर ने अतिथि को उस विजेता का परिचय कराते हुए कहा, "यह है मीनाक्षी ! इसका भाई गोरखा राइफल्स में अफसर है। वह मिलिटरी एकेडमी से कुछ महीने पहले उत्तीर्ण हुआ और अब लद्दाख "अच्छा, लद्दाख में ? तो यह तो और भी उचित हुआ कि उसके भाई को उपहार मिले !" उपमंत्री ने हंसकर सिर हिलाया। उसने झुककर प्रमाणपत्र में खाली स्थान पर मीनाक्षी का नाम लिखा और

नीचे अपनी सही की।

कार्यक्रम में एक परिवर्तन होना था। लंच से पहले सारे दान आ जाएं, अतिथि ने कहा। उससे शायद भूख और तेज़ होती—या मन्द पड़ जाती। लोहापुर क्लब उसे अपनी दया पर रखे हुए था।

बेंत की कुर्सियों की कतार के बरांडे की ओर सब लोग पहुंचे। पी० आर० ओ० ने अतिथि के कानों में धीमे से कहा और उन्होंने आनन्द से उत्तर दिया, "यह मेरी आशा से अधिक है !" उसने लोतिका का नाम उस माइक्रोफोन पर से पुकारा, जो हरी मेज़ पर रखा था। "मैंने सुना है कि तुम अपने सोने के गहने देनेवाली हो, मेरी बेटी ! तुम्हारे इस देशभक्तिपूर्ण निश्चय के लिए तुम्हारा अभिनन्दन !"

वह आगे बढ़ी, अपनी जामुनी साड़ी में चमकती हुई, अपनी कलाइयों में से सोने की चूड़ियां उतारी, और उन्हें अपने अतिथि के सामने रख दिया। वह खड़े हुए थे। बालियां कान के छेदों में अटकी रहीं, और उन्हें निकालने में कुछ समय लगा। बस, इतना ही था। मां, दस गज़ दूर खड़ी, नापसन्दगी से सिर हिला रही थी। कंजूस ! वह छोटी-सी गले की चेन पहनती ही नहीं, अगर उसे नहीं देना था तो। चूड़ियां, कान की बालियां—उसे लगा, उतना ही काफी है !

एक मोटी आकृति खड़ी हुई, गर्दन की ओर इशारा करके, "मैं एक और गहना देख रही हूं, बेटी ! वह सुन्दर है। तुम्हारा इरादा तो जो कुछ तुमने पहन रखा है वह सब देने का है..."

नम्बर दो चकित होकर लड़की के गले की ओर टकटकी लगाए देखती रही, और उसकी आंखें और भी विस्फारित हुईं। साड़ी के पल्ल में छिपा-सा था मोतियों का कंठा, सात लड़ों का एक साथ बुना हुआ, लोतिका का सबसे महंगा अलंकार। परन्तु यह कैसे हो सकता है ? उसने तो मोती पहले कभी पहने नहीं थे; यह बात निश्चित थी। घर से चली थी तब भी नहीं थे। एक घंटे पहले भी नहीं थे। यह कैसे हो सकता है कि वह पहने हो और मां की नज़र से चूक जाए।

इस संकट के सामने उसका आश्चर्य थम गया। उपमंत्री की उंगलियां लोतिका की गर्दन तक पहुंची थीं—उसके आंकड़े को खोलने के लिए यत्न करते हुए। लोतिका एक क्षण में अपना सिर उस खतरे से हटा लेती तो उसके दान का सारा प्रभाव समाप्त हो जाता। सिर्फ दबेदबे से हंसी के फव्वारे बने रहते।

गहना उतारने की कोशिश में असफल वह अब लोतिका की सहायता के लिए

प्रार्थना कर रहे थे, "मेरी बेटी, तुम मुझे मना नहीं करोगी।"

नम्बर दो ने अपनी तेज़ बुद्धि से एक बिजली जैसा निर्णय किया। उसने अपनी बेटी को गर्दन हिलाकर इशारा दिया। बेचारी बेटी बेबस आंखों से मां की ओर देखती रही। फिर उसने भी वही इशारा किया। "हां, हां!" लोतिका ने इशारा समझ लिया और वह उत्तर में हल्कीसी मुस्कराई। उसने अपना मोतियों का कंठा उतार लिया, उपमंत्री की मांगती हुई हथेली पर रख दिया और एक सुन्दर 'नमस्ते' किया।

यह आइडियल स्टूडियो के आदमी का तीसरी बार कैमरा क्लिक करने का मौका था। मां का उत्कंठित दिल फिर पूर्ववत् धड़कने लगा। एक बड़ा संकट टल गया था, बड़ी कीमत देकर। उसने मुथुस्वामी की ओर मुड़कर उसकी प्रतिक्रिया जाननी चाही, परन्तु उसका चेहरा निर्विकार था।

लड़की के चेहरे पर कोई पछतावा नहीं था,कोई नुकसान का भाव नहीं था, पर एक प्रसन्न, आनन्दित स्मित था। ऐसे लगा कि इस दान से उसे खूब हर्ष हुआ। वह शायद ये गहने अपने हैंडबैग में लिए घूम रही थी और अन्तिम क्षण पर उसने पहने। इसका और कोई स्पष्टीकरण नहीं था। पर उसने ऐसा किया क्यों? मोती दे देने की इच्छा वास्तव में होना—भयानक विचार! उसने अपना इरादा छिपाकर रखा था और उसने मां को धोखा दिया! वह बेबस मुद्रा! अपनी मां को स्वीकृति के लिए बाध्य करना! यह सब नाटक क्यों? मूर्ख लड़की! उसे मां से भी अधिक देशभक्त बनना था। अगर इस मोतियों के कंठे के बदले में कुछ नहीं लाकर दिया तो अच्छा होगा। इसीसे उसे नसीहत मिलेगी!

परन्तु...ऐसा भी हो सकता है कि वह शायद कोई बड़ा दांव लगा रही हो? इससे और अच्छा तरीका क्या था सारा यश लूटने का, अपनी ओर ध्यान आकर्षित करने का?

भास्कर को देखना था। इस बार वह प्रभावित हुए बिना नहीं रह सकता। कोई भी सेक्शन बारह की लड़की अच्छी ऊनी जर्सी बुन सकती थी। परन्तु लोहापुर में और कौन राष्ट्रीय रक्षाकोश में मोती दे सकता था? लीना की लड़की नहीं। अब देखें, वह क्या दान में देती है...लोतिका जामुनी साड़ी में आकर्षक, और भास्कर उससे मुश्किल से एक गज़ दूर, पास में बैठे हैं उपमंत्री।

उपमंत्री की आवाज़ माइक से गूंज रही थी जबकि वे एक नज़र सारे श्रोताओं

को देख रहे थे।

"एक बहुत अच्छा आदर्श उपस्थित किया गया है। अब बाकी सब लोगों को चाहिए। हरएक मां—हरएक बेटी...

एक-एक करके वे वहां तक चलकर जाती, टेबल पर अपनी दान दी हुई वस्तुएं रखती। सोना, नकद रुपये, चेक, अन्त में बड़ी आवाज़ फिर सुनाई दी:

"दुनिया में इस तरह पीठ में छुरे की आशा हम चीन से सबसे कम करते थे। इसलिए हमने अपनी उत्तर की सीमाएं अरक्षित रखीं। हमने एक भी पहाड़ी पैदलसेना की डिवीज़न नहीं बनाई। हमने उस इलाके में रास्ते नहीं बनाए। और अब हमारी स्वतन्त्रता पर यह लज्जाजनक आक्रमण हुआ है, हमारे लोकतन्त्र के आदर्शों पर, हमारी अन्तर्राष्ट्रीय शांति और प्रगति की नीति पर-और सबसे अधिक हमारी गरीबी के विरुद्ध लड़ाई पर, हमारे देश की आर्थिक स्थिति को मजबूत बनाने के हमारे कठिन संघर्ष पर। एक बड़ा भारी प्रयत्न करके ही इस चुनौती का हम सामना कर सकते हैं। अब हमें वह प्रयत्न करना है। जनता की आत्मा जाग उठी है। एक नया जागरण आया है।"

अतिथि के पास बैठे पी० आर० ओ० के पास एक बिना वर्दी का दूत आया और उसने उसके हाथों में एक भूरा-सा लिफाफा दिया, शायद एक तार था। भाषण में डूबे मल्लिक ने लिफाफा नहीं खोला, टेबल पर योंही रहने दिया।

"इस शत्रु को कोई हिचक नहीं है। आक्रमण के पहले दिन कीएक घटना सुना दूं। एक चीनी पतरौल नामकाच घाटी में चिल्लाया। दूसरी ओर घिरे हुए हमारे सिपाहियों और उसके बीच में एक गहरी दरार थी, फिर भी 'हिन्दी-चीनी भाई-भाई !' वही पुराना भाईचारे का परिचित नारा, जो दस साल पहले हर भारतीय के मुंह में था। उसका असर जादू जैसा था। एक क्षण में हमारे सिपाही खाई में से उछलकर बाहर आए और एक स्वर से बोले, हिन्दी-चीनी भाई-भाई !' दोनों जनताओं के बीच युद्ध एक झूठी मिथ्या कल्पना मात्र थी ! ... त्योंही चीनियों ने दरार के पार से राइफलें दागीं। हमारे जवान बहुत अच्छे निशाने आसानी से बन गए।"

जनता में से गुस्से से भरे भय की चीख उठी। अन्तिम क्षण लीना, अपने पति की ओर देखती हुई, उसके चेहरे पर मौत का पीलापन छाया देख रही थी। वह एक गुलाबी कागज़ पर झुका था। यह भयानक विचार उसे एक तीखे चाक की तरह भेद गया।

"नहीं!" वह अपने-आपसे, सांस लेकर, सिर से पैर तक सिहरते हुए बोली, "नहीं!"

जिन उंगलियों ने वह गुलाबी कागज़ पकड़ा था, वे असंयत शोक और क्रोध से जैसे मुड़ गईं। टेलीप्रिंटर से शब्द छप रहे थे:

"भारत सरकार को यह सूचना देते हुए दुःख होता है कि गोरखा राइफल के लेफ्टिनेंट एन० मल्लिक लद्दाख में खोए हुए रिपोर्ट किए गए हैं और शायद वे युद्ध में खेत रहे।"

भास्कर ने माओ त्से-तुंग के साथ अपनी निजी लड़ाई छेड़ रखी थी। वह अपने घर में उसकी पूजा कैसे सह सकता? यह चित्र निरा कागज़ और रंगीन स्याही नहीं था। वह एक भावना का प्रश्न था। राजनैतिक मतवाद था

उसके मन में यह विसंगत विचार आया कि गांधी इस पूजा को नहीं रोकते—शायद उनके विचार में वह एक प्रकार की हिंसा होती। परंतु भास्कर तो हिंसा के विरुद्ध नहीं था।

दर्शन के अलावा कुछ और था जो उसके हाथ बांधे था। वह बच्चों के प्रति अन्याय नहीं देख सकता था। वह उन्हें कैसे समझाता?

वह रूपा से बोला, उसकी मदद चाही कि इस समस्या का हल क्या हो?

रूपा ने कहा, "वे बच्चे वही करते हैं जो बचपन से उन्हें सिखाया गया है; जैसे चीन और बाहर लाखों लोग करते हैं। उसकी तुम्हें क्यों चिन्ता होनी चाहिए?"

"ये चीजें प्रतीकात्मक हैं, कुछ प्रतीक घृणित होते हैं।"

"माओ त्से-तुंग अच्छाई का प्रतीक बना हुआ चलता है। वह उस गर्भगृह में प्रतिष्ठित बना बैठा है जहां से पुराने देवता भगा दिए गए हैं। यह सब हमारे लिए शंका करने की बात नहीं। यह चीन का अपना सिरदर्द है।"

"वे बच्चे भारत की ज़मीन पर हैं। भारत चीन से लड़ रहा है।"

रूपा हंसी, "तुम अभी उन पांच छोटी लड़कियों से लड़ नहीं रहे हो। वे एक खास सनातनी ढंग की श्रद्धा में पनपी-बढ़ी हैं। उस श्रद्धा पर तुम हमला करो। और वे सिर्फ तुमसे तिरस्कार करेंगी। यह अच्छा है कि तुम उनका प्रेम पा रहे हो। किसी

भी सम्प्रदाय की नित्यनियमवाली रूढ़ि से प्रेम कहीं अधिक सशक्त होता है। एक दिन उन बच्चों के लिए माओ त्से-तुंग से तुम बेहतर होगे।" वह रुकी, "तुम मुझपर हंस रहे हो। मैं जानती हूं।"

"कुछ ऐसी बात है कि मुझे अचरज होता है।"

रूपा रुकी।

कई दिनों से उसके मन में जो सवाल था वह पूछने का यह समय था, "वे जुड़वां बच्चे तुम्हें मां कहते हैं।"

उसने उसकी ओर गहरी दृष्टि से देखा, "अविवाहित मां—यही तुम्हारी चिन्ता का विषय है ? कोई आश्चर्य नहीं ! अगर मैं उन दो लड़कियों को अपनी बच्चियां बना लूं तो।"

"मैं नहीं समझा...'

"उन्हें अगर गोद ले लूं।"

वह उसकी ओर आंखें फाड़कर देखता रहा। वह गम्भीर नहीं हो सकती थी। "दोनों नहीं," वह परिहास से बोला।

"क्यों नहीं ? दोनों मुझे चाहती हैं, दोनों मां कहती हैं।"

"आह तो के अपने बच्चों के बारे में शायद कुछ विचार थे। वह जेल से छुटकर एक दिन आएगा।"

"पांच बच्चे। अगर सबसे छोटे अपनी कोई मां खोज लें तो उसमें उसे क्या आपत्ति होगी। वे असहाय हैं। गरीब बेचारे !"

"भारतीय मां नहीं।" परिहास के स्वर में अब चिन्ता मिश्रित हो गई थी। रूपा इतनी अविचारपूर्ण हो सकती थी !

वह अब उस अंधेरे को देखने लगा जोकि दो पड़ोसी राष्ट्रों के बड़े जन-समुदाय पर फैल रहा था, दोनों पर व्याप रहा था; वह अब इस घर में भी घुस आया था। पांच बच्चे माओ त्से-तुंग के सामने घुटने टेककर प्रार्थना करते हुए, इस मुद्रा से परदेसी बन गए थे। वह उसके गुस्से को ऐसा ठंडा बना रहा था जिससे वह उसके प्रति दुलार को भगा देना चाहता था। परन्तु अब वह दुलार एक तरह की कोमल भावना बन गई थी।

एक नई दृष्टि आई थी—वह सत्यजित को समझने लगा था। कम से कम उसके कुछ सिद्धांत।

परन्तु रूपा—वह अकेली उस कोमलता से पूर्ण नहीं हो सकती थी। एक स्त्री

के जीवन में और चीजें होनी चाहिए थीं। जब वह शादी करेगी... "

"भारतीय मां में क्या बुराई है ?" रूपा ने पूछा, "आह तो निश्चित रूप से अपने बच्चों को सुखी चाहता है।"

"तुम्हारा भावी पति—वह तुम्हारे गोद लिए हुए बच्चे न पसन्द करे तो ?"

"कैसा पति !" उसने निन्दा से कहा, और उसकी आंखों के नीचे छोटी-छोटी सलवटें पड़ गईं, "जो ऐसे बच्चे पसन्द न करे।" उसकी दृष्टि उसके चेहरे पर और तीक्ष्ण हुई, "तुम्हारे लिए एक आश्चर्य की बात बता दूं ?"

"आश्चर्य...मेरे लिए ?"

"सुनो। कल मैंने जाना कि एई-कू ने अपनी सब कापियों पर अपना नाम काट डाला था। उनकी जगह उसने लिखा था— " एक नाटकीय वक्फा !

"मझली उंगली।" भास्कर ने कहा, "यह कोई अचरज की बात नहीं।"

"एई-कू राय !" रूपा ने सांस ली।

"राय ?"

"एक बच्चे के सरल तर्क के हिसाब से उसने अपना नाम बदल डाला था। उसने अपने-आपको हममें से एक बना लिया था। जब हम अकेले थे तो उससे बोलना पड़ा। वह कह रही थी वह फिर से स्कूल जाना चाहती है। उसकी बड़ी बहनें नहीं जाना चाहती तो न जाएं। 'अगर लड़कियां तुझे देखकर नाक-भौं चढ़ाए तो ?' मैंने पूछा। उसने उत्तर दिया, 'नहीं-ई !' मैंने कहा, 'वे तुम्हें नहीं चिढ़ाएंगी ? यह कैसे निश्चित है ?' 'जैसे एई-कू—हां। जैसे एई-फू राय नहीं !' उसने ऐसा जवाब दिया।"

आश्चर्य से भास्कर को उस लड़की की याद आई। वह लड़की उससे हिल गई थी, वह जानता था। हर दिन सूर्यास्त के बाद वह बंगले के दरवाज़े पर खड़ी रहती, उसके लौटने की राह देखती हुई। वह मोटर रोकता, सामने का दरवाज़ा खोलता। "अन्दर आओ," वह उसके पास दुबककर बैठ जाती। दरवाज़े से मोटर रखने की जगह तक मोटर में बैठने से ही वह सन्तुष्ट थी।

एई-कू राय नाम की लड़की के लिए माओ त्से-तुंग के चित्र का सचमुच कोई अर्थ नहीं होगा।

"वे बच्चे—जुड़वां लड़कियों की बात छोड़ दें—उनकी अपनी कोई पुरानी एकता नहीं है।" रूपा ने कहा, "चांग-ङो और इनहूसिन तो अपनी परम्परा रखने का अब भी प्रयत्न करती हैं। अपने घर के जीवन का प्रभाव उनके साथ है। एई-कू

की जड़ें चीन से अधिक भारत में हैं। तुम्हारे साथ उसका प्रेम इस तरह की जड़ों को गहरा बनाता है। आगे आनेवाले वर्षों में अपने पिता के लिए वह एक बड़ी समस्या होगी।" रूपा ने दुःख से कहा, "दुःख ही उसका भाग्य होगा जब बड़ी हो जाएगी।"

रूपा के उन अन्तिम शब्दों ने भास्कर को बहुत द्रवित किया। वह एई-कू को उसकी नई निष्ठा के कारण दुखी नहीं देखना चाहता था।

कार चालू करने के बाद उसने निर्णय किया। वह सुमिता की मां से मिलेगा। उससे मिलकर उसे अच्छा लगेगा, उसे यह निश्चित लगा। इस तरह से सुमिता की पुस्तकें भी वह वापस दे सकेगा—कई दिनों से वे उसके पास पड़ी थीं। पुस्तकें बंगले से लेनी थीं।

वह घर के पोर्च तक कार से गया। जब वह किताबें हाथ में लिए लौट रहा था तो वहां एह-कू खड़ी थी, उसकी बड़ी नीली कार की ओर ललकती दृष्टि से देखती हुई। वह चाहती थी कि उसे कोई बाहर कार में टहलाने ले जाए।

"एह-कू राय !" उसने कारका दरवाज़ा खोला,"आ जाओ ! नहीं, पहले अपनी बहनों से जाकर कहो कि तुम दो घंटे बाहर रहोगी।"

कार एक लम्बे बड़े रास्ते से घूमती हुई, चरागाह का ऊबड़-खाबड़ कच्चा रास्ता काटकर चली। पास में दुबकी बैठी छोटी लड़की की दृष्टि बीच-बीच में भास्कर की ओर देखती, एह-कू उसके विचारपूर्ण मूड को बिगड़ने नहीं देती थी।

सुमिता को छोड़कर जाना ही पड़ेगा, उसने सोचा। यह सब उसका ही दोष था।

पाषाणी स्त्री ने, अपनी भावनाओं और ज्ञान में परिपक्व, एक तरुण लड़की पर अपना जादू थोड़े समय के लिए डाला था। उसमें एक भावना जागृत की थी, जिसके लिए वह बिलकुल प्रस्तुत नहीं थी। इसकी प्रतिक्रिया भी हुई, और लज्जा, आत्मग्लानि, तिरस्कार से वह भर उठी। तब उसे भागना पड़ा, और सत्यजित एक सुविधाजनक मार्ग था।

इस तरह के पलायन से पिता के प्रति अत्यधिक मोह को और भी शक्ति मिलेगी।

उसका दोष ? किस चीज़ के लिए ?

उसने अपने-आपको सख्त संयम में रखा था—और वह उसके स्वभाव का था। नहीं था। उसने तो सब प्रकार की सावधानी बरती कि उसकी संवेदनशीलता को वह न दुखाए। पर उसकी भी सीमा थी। वह सब प्रकार की छूट देने को तैयार था। परन्तु क्या वह स्त्री नहीं थी, अन्ततः ?

वह अपने-आपको उस अपराध से मुक्त करना चाहता था, परन्तु दुःख शेष था।

मुख्य मार्ग के पूर्व किनारे पर शालाघर—शायद इस समय मां वहीं पर होगी।

कार की आवाज़ सुन, क्लास-रूम से वह बाहर आई। उसे आश्चर्य था।

"भास्कर !"

"यह एह-कू है," उसने कहा।

"एह-कू-क्या सुन्दर नाम है !"

"वह सब तरह से सुन्दर है।"

"एह-कू ! क्या तुमने कभी चरखा चलाया है ? नहीं ? आओ, हमारे चर्खा-क्लास में आओ, और अपना पहला पाठ सीखो।"

एक मिनट में वह अकेली लौट आई और शालाघर के सामने के लॉन पर वह भास्कर को ले गई। वे वहां घास पर बैठे।

"झनक !"

वह सांवली लड़की कक्षा के दरवाज़े पर आई, वह काफी सिटपिटा गई।

"नीचे आओ, झनक ! यह हैं इस्पातनगर के सी० ई०। तुमने इनके बारे में सुना होगा।"

उसने सिर हिलाया। यह वही आदमी था जिसके बारे में बड़े चाचा के नाती ने गहरे आदर से कहा था। उसने कहा था, "यह सच्चा आदमी है !"

"तुम्हारे और मेरे बीच यह समझौता है: अपनी मर्जी से जब चाहो तब तुम इस्पातनगर चली जाना। धीरे-धीरे समय बीतता जाएगा तो और लड़कियां तुम्हारे आदर्श पर चलेंगी। यह चरागाह अब दीवार नहीं होगी। मैं यह सब दुहरा रही हूं कि सी० ई० भी सुनें। वह चाहते हैं कि यही हो।"

लड़की ने सिर हिलाया, चुपचाप, और जो शंका उसे पहले हुई थी वही भास्कर की ओर से व्यक्त हुई।

"ग्राम-पंचायत तो यह बात नहीं जानती। वह अपने एक मूल सिद्धांत का यों

उल्लंघन नहीं होने देगी।"

"तब मुझे भी ग्राम-पंचायत से मतभेद है।"

"तुम सत्यजित से भी मतभेद व्यक्त करोगी ?"

उसने मुस्कराकर 'हां' कहा।

उसने पलटकर उस सांवली लड़की को देखा। एक बड़ी-सी लाल कनेर उसके काजल-से काले केशों में खोंसी हुई थी। उसकी आंखें उससे मिलीं और नीचे नहीं झुकीं। उन आंखों की गहराई में एक तरह का धुआं-सा उठ रहा था, ऐसा उसे लगा। झनक जीवन से बहुत कुछ चाहती थी, और अपनी मांगें पूरी करने के लिए वह कुछ भी करने को तैयार थी। इस तरह से इस्पातनगर और उसमें समानता थी ! विचित्र बात थी कि एक इस्पात नगर की आकृति गांधीग्राम में खड़ी थी और निर्णयात्मक रूप से काम करने के लिए तैयार थी।

"झनक, अपने चुनाव के बारे में तुम निश्चित हो ? वही जो बड़े चाचा का नाती कहलाता है ?"

उसके जवाब से इस बात की पुष्टि हुई कि जो उसने स्वभावतः अनुभव किया था : 'वह !"

एक शब्द में उसने सब कुछ कह दिया। परन्तु उसकी आंखों की चमक में आधा आनन्द और आधा तिरस्कार था।

भास्कर कोअपनी ओर मुड़ते देखकर वह योंही बोलती गई मानो कोई व्यवधान नहीं हुआ हो। "मैं यह विश्वास करती हूं : संन्यासिनी और स्त्री यह परस्पर विरोधी शब्द हैं। इस सादा सत्य को समझने के लिए मुझे वर्षों लगे हैं।" उसकी आवाज़ और तीखी हुई—"एक ग्रामपंचायत को एक लड़की की भावनाएं क्यों समझ में आती ?"

वह उसकी ओर आश्चर्य से देखने लगी। अगर यही उसकी भावना थी तो... सत्यजित भी अपनी पत्नी के आगे असमर्थ हो जाता। उसकी एकमात्र आशा थी सुमिता।

भास्कर चाहता था कि चीजें और रूप लेती। कौन-सा नाटक पैदा होता, अगर शक्तियां अपने पक्ष बदल लेती ! सुरुचि सत्यजित की स्वाभाविक मित्र थी, सुमिता नहीं।

एई-कू दरवाज़े में से एक चरखा लेकर बाहर आई।

उसने घोषणा की, उसकी आवाज़ में और मुख पर गर्व था। "उन्होंने मुझे

यह दिया।"

सुरुचि झट से मनोभाव बदलकर आनन्द से चिल्लाई—"इस्पातनगर के सी० ई० के बंगले में चरखा घुस रहा है। भास्कर,सावधान !"

तब भास्कर को कार की सीट पर की पुस्तकें याद आईं, "एक मिनट" कहकर वह जल्दी से गया और सारी किताबें लेकर वह लौटा।

"ये सुमिता की हैं। ये मिसेज़ मेहरा के हाथों मुझे मिलीं।"

"मैंने उसे लिखा है, भास्कर ! मैंने उसे समझाया है।"

उसका उत्तर था कंधों को ज़रा-सा उठाना और उसका हृदय कड़ुवा हो रहा था।

उस छोटे-से शहर पर वह बड़ी चट्टान की राड जैसे ऊपर लटकी हुई थी। नीचे गहरे में खूब घनी हरियालीवाली कांगड़ा घाटी फैली थी। नंगी ऊबड़-खाबड़ पहाड़ियों के पैरों तक उसके छोर थे। ऊपर चकरीली पगडंडी जो जाती थी उसपर दोनों ओर ऊंचे-ऊंचे रोडोडैंड्रान पूरे फूले हुए और तिब्बतियों से भरे थे-केसरी रंग के कपड़े पहने लामा, फटे-चीथड़े पहने खानाबदोश, खम्पा सेनापति ऊंचे जते और तुड़ी-मुड़ी हैट पहने। महान पवित्र लामा के आशीर्वाद लेने के लिए बराबर अतिथिगण आते थे उस शांत पर्वतीय शहर में। दलाई लामा इस सुन्दर और शान्त स्थान पर उचित ढंग से रहता था, मानो उसीके अपने देश तिब्बत का ही यह एक आंगन हो। पर ठीक वैसा नहीं था यह प्रदेश। क्योंकि सौन्दर्य और शान्ति एक-दूसरे से मिले हुए होते हैं। जब शांति मर जाती है, तो सौन्दर्य भी समाप्त हो जाता है। पुरानी स्मृति की उदासी-भरी मनःस्थिति में दलाई लामा उन हिंसा से हई कई मौतों की याद से कांप उठता-यह मौतें सिर्फ जनता की नहीं थीं, न धर्म की और न पंचशील की ही मौतें थीं। यह मौत सैकड़ों धरती से बंधे सामाजिक मूल्यों की थीं। यह मौत एक हजार प्रारम्भिक अच्छाइयों की थी, सभ्यता और मानवता के विवेक की हत्या थी।

सत्यजित का यही भाव हुआ, जब वह परम पवित्र दलाई लामा से कई बार मिला। उस बड़े-से बंगले स्वर्गाश्रम में। उसका हृदय इस तरुण के प्रति आकृष्ट हुआ-ऐसा तरुण जो अपने देश में भगवान माना जाता था। फिर भी जो इतना

विनयशील और सौम्य था। उसने गांधी के बारे में कई प्रश्न पूछे थे, और इन प्रश्नों के पीछे ज्ञान था, उसमें उसने इच्छा व्यक्त की कि काश वह गांधीजी से कभी मिला होता ! उसे यह निश्चित लगता था कि यदि गांधी आज जीवित होते तो वह ज़रूर तिब्बत के लोगों की मुक्ति के लिए अहिंसक आंदोलन शुरू कर देते। दलाई लामा सच्चा बौद्ध बनने का यत्न कर रहा था, जोकि पूरी तरह अहिंसक होता। परन्तु जब से उसके देश पर चीनी आक्रमण हुआ, उसके लिए यह सम्भव नहीं हो सका था। उसके अपने लोगों ने दलाई लामा की सशस्त्र आत्मरक्षा के प्रति नापसन्दगी को नहीं माना था।

पहली बार आधघंटा मिलने के बाद ही दलाई लामा ने उसे बहुत स्पष्ट रूप से कहा : "अब भारत के सामने भी यह संकट है, तो क्या तिब्बत के दुखी लोगों ने जो कुछ सहन किया, उसके प्रति थोड़ी-अधिक सहानुभूति जागेगी ? क्या दुनिया कुछ उत्तर देने लगेगी ?"

सत्यजित का उत्तर कुछ हिचकिचाता-सा था, "आपने अपने ग्रंथ में अपनी बातें ठीक से लिखी हैं। फिर भी हमारी शंकाएं पूरी तरह से दूर नहीं हुई हैं। हमें तिब्बती जीवन-पद्धति से अलग करनेवाली चीज़ है अर्द्ध सामन्ती समाज-व्यवस्था। पुरानी दुनिया का भग्नावशेष नये खोल के भीतर नहीं रह सकता। कठिन दबाव के नीचे वह चूर-चूर हो जाएगा।"

दलाईलामा ने कहा, "आप ठीक कहते हैं, महाशय ! परन्तु आप यह भी लक्ष्य करें कि हम उस पद्धति से बदलने के मोड़ पर थे, हम एक नई शुरुआत करने जा रहे थे, जबकि चीनियों ने हमारी भूमि पर आक्रमण किया। जो सुधार हम अब शुरू करने जा रहे थे, वे जैसे धीरे-धीरे आनेवाले थे। तिब्बती लोग अपनी परम्पराओं से पूरी तरह उखड़ने के लिए तैयार नहीं थे जिनपर उनका राष्ट्र के नाते जीवनेतिहास अवलम्बित था। नई वास्तविकताओं के साथ धीरे-धीरे समझौता करना यही सर्वोत्तम उपाय था।"

जो तिब्बती परम पवित्र दलाई लामा के अंग्रेज़ी दुभाषिए का काम कर रहा था उसका नाम कुसुङ फोदरंग था। वह अपनी तीखी टिप्पणी भी जोड़ते जाता था : "वे पक्के धूर्त जिन्होंने कार्ल मार्क्स को धोखा दिया, जबकि वे अपने-आपको मार्क्सवादी कहते थे ! उसके बाप-दादों ने तिब्बत को सैनिक विजय से प्राप्त किया था और उसके लोग अब चीन के वैध वारिस हैं। वे तिब्बत को शरीर और आत्मा से ग्रहण करेंगे और दोनों को नष्ट करेंगे। वे बड़े पैमाने पर नर-मेध

करेंगे, मत तिब्बतियों के बदले वे चीन से हान जाति के लोग लाकर बसाएंगे।"

दलाई लामा ने हां कहकर सिर हिलाया—अंग्रेजी सीखने में उसने अच्छी प्रगति की थी और उसने विषय आगे चालू किया, "भारत के प्रधान मंत्री ने कहा है, 'हम यह मानकर चले थे कि इस तरह का आक्रमण अब पुरानी बात हो गई।' उनका आशय था भारत के विरुद्ध आक्रमण। परन्तु—" परम पवित्र दलाई लामा रुके, उनके चेहरे पर एक उदास स्मित आ गया। यह स्पष्ट था कि उसे लगा कि अपने उदार यजमान पर जिसने कि उसे राजनैतिक शरण दी थी, कोई तीखी टिप्पणी करना वह नहीं चाहता था। वह शरण देना ही आज के भारत के संकट का मूल कारण था। उसीके कारण इस देश पर पीकिंग का प्रतिशोधभरा क्रोध बरसा। पर यह सब इतना सरल नहीं था। दलाई लामा या उसका मानव-रूपी शरीर जो कुछ भी चीनी पकड़कर नष्ट करना चाहते थे, वह इतना महत्त्वपूर्ण नहीं था। वह चालीस करोड़ लोगों की मैत्री किसी और गहरे कारण के बिना इतनी आसानी से छोड़ नहीं

परम पवित्र दलाई लामा ने कहा, "जब तक चीनी तिब्बत पर अधिकार किए हुए हैं, तब तक दक्षिणपूर्वी एशिया के देशों की शान्ति और प्रगति को सदा खतरा बना रहेगा। परन्तु मेरी बात मानिए, श्रीमान्, मुझे चीन के जनसाधारण के विरुद्ध ज़रा भी दुर्भावना नहीं है इससे अच्छे लोग कहीं नहीं हो सकते। मैं पूरी तरह जानता हूं कि एक देश को थोड़े-से व्यक्तियों के गुनाहों के लिए जिम्मेदार नहीं माना जा सकता।"

हां, जितने भी अत्याचार उसने देखे थे उनके बावजूद, उसने अपने हृदय को कड़वाहट से दूर रखा था। एक बौद्ध के लिए और क्या था? बाद की भेंटों में वह राजनीति का कोई विषय नहीं लाया और जनता के धार्मिक जीवन की ही बात करता रहा। धौला धार की ऊंची चट्टानी दीवार पर आंखें लगाए, वह अपने-आप में खो गया! परन्तु वीरेश्वर एक दिन के लिए वापस आया था और उसके साथ गया था—उनके विचारों को आकर्षित करने लगा—ऐसे विचार जिनका शाश्वत मूल्यों से सम्बन्ध नहीं था। वीरेश्वर अपने मित्र को लड़ाई के मोर्चे पर के ताजा समाचार देना चाहता था।

भारतीय सेना पर बड़ा दबाव था। वह अब भी चीनी आक्रमण को किसी मोर्चे पर रोक नहीं सकी थी। परन्तु उलटे आक्रमण करके उसने कुछ छुटपुट सफलताएं प्राप्त की थीं। प्रेसिडेंट नासिर द्वारा पेश किया हुआ चार-सूत्री

फार्मूला पीकिंग ने अस्वीकृत कर दिया था। शत्रु पांगौंग झील प्रदेश पर जमा होकर चुशूल पर बड़े आक्रमण की तैयारी कर रहा था। चुशूल दक्षिण लद्दाख में भारत की सबसे बड़ी चौकी की, चौदह हजार फुट ऊंचाई पर विमान उतरने की वहां विमान-पट्टी बनी हुई थी। उन्होंने आसपास की पहाड़ियों पर अपनी मौके की जगहें पक्की कर लीं, मशीनगनों के लिए घोंसले जैसी छिपी हुई जगहें बना लीं जहां से उस विमान-पट्टी पर उतरनेवाले भारत के रसद के हवाई जहाज़ों पर हमला कर सकें। अब वे सामने से सीधा हमला करने के लिए टैंक और फील्ड-गन ला रहे थे।

एक आश्चर्यजनक समाचार था। क्यूबा द्वीप से सोवियत शस्त्रास्त्रों की बिना शर्त वापसी के लिए क्यूबा के विरोध को और कठोर बनाने के हेतु शान्ति चाहनेवाले चीन ने ज़ोरों से प्रचार-प्रतिरोध शुरू किया था।

वीरेश्वर ने कहा, "संसद की लॉबी में हमारी बहुत गर्मागर्म बहसें हुईं। कहीं ऐसा तो नहीं हुआ कि चीनियों ने भारत पर हमला इस इरादे से किया कि क्यूबा भी बहुत थोड़े समय में आणविक युद्ध छेड़ देगा ? अमेरिका अपनी रक्षा के लिए इस युद्ध में बंधा हुआ रहेगा और भारत की मदद को नहीं आ सकेगा। जिस समय यह हमला हुआ उससे तो यही निष्कर्ष निकलता है। एक महीना बाद, पूर्वी हिस्से के पहाड़ी दरें धीरे-धीरे बर्फ से ढंक जाएंगे और रास्ता रुक जाएगा।"

"सो फौजी निर्णय कुछ ही हफ्तों का मामला है—यही बात है न ?"

"हां। क्यूबा में रूसी शांति-प्रयत्नोंपर चीनियों का क्रोध इससंदर्भ में आता है। रूसियों ने उन्हें धोखा दिया, उनका बड़ा भारी एशियाई मनसूबा उलट-पुलट दिया, इस तरह से आणविक युद्ध को टालकर।"

सत्यजित अविश्वास के आखिरी तिनके को पकड़े हुए था, "क्या वे एक नये सीमा रेखांकन से अधिक कुछ चाहते हैं, इसके लिए तुम पूरी तरह आश्वस्त हो ? वे निर्जन चट्टान के कुछ हजार वर्गमील हिस्से से ज्यादा क्या मांग रहे हैं ? कम से कम उन्हें शंका का लाभ भी देना नहीं चाहिए ? इस तरह समझौता करने से हम कितना पा लेंगे। आगे आनेवाली सदियों तक हमारा इतिहास इस नाजुक धागे से अटका है।"

"प्राचीन काल में भी इस तरह से जो चाहते हैं वही सोचते रहने से हमारी कोई मदद नहीं हुई। हम तथ्यों को उनकी उपेक्षा की सरल युक्ति से नहीं बदल सकते।

विश्वसनीय रिपोर्ट कहती हैं कि चीनी मुख्य प्रदेश की कुल मोटर-ट्रकों का एक छठा हिस्सा इस हमले में लगा है। ज़रा उसके प्रचंड व्यय को सोचो। वह सब, केवल नेहरू की प्रतिष्ठा एक-दो खूंटे नीचे गिराने के लिए होगा ? या मैकमोहन लाइन में छेद करने के लिए होगा ? नहीं। यह आक्रमण किसी बड़े भारी षड्यन्त्र की योजना का भाग है।"

वह सत्यजित के उत्तर के लिए राह देखता रहा, परन्तु कोई उत्तर नहीं आया। उसने फिर शुरू किया : "ट्राटस्की पीकिंग में आया है। इस तरह से, तुम कहोगे कि प्राचीनकाल के साम्राज्यवाद की निरी पुनरावृत्ति नहीं है यह। परन्तु ट्राटस्की भी माओ त्से-तुंग के इस अति-अन्धराष्ट्रवाद को स्वीकृति नहीं देता। चीन के विस्तारवाद के पीछे जो नंगा स्वार्थ निहित है। उनकी प्रचार की शक्ति में बड़ी आस्था है, जो काले सत्य को भी सत्य में परिणत कर दे। गे चौदह अंग्रेजी में और तीन हिन्दी में समाचार-प्रसारण पीकिंग रेडियो से कर रहे हैं, इसी आशा से कि वे कुछ उग्र वामपंथी तत्त्वों को अपनी तरफ न खींच लें—उन्हें इंडोनेशिया में सफलता मिली है। नई दिल्ली में चीनी दूतावास अपना काम बहुत मुस्तैदी से कर रहा है। फिर भी तुम जानते हो कि भारत की कम्यूनिस्ट पार्टी ने भी आक्रमण की निन्दा की है।"

सत्यजित ने अपना मुख पूर्व की ओर किया। वह पिछला हिस्सा एक पत्थर फेंके तो वहां तक पहुंच जाए ऐसी निकट की दूरी पर था। लद्दाख भी बहुत दूर नहीं था, सिर्फ बीच में चट्टानी दीवारें थीं। यदि आप एक पक्षी होते—

वीरेश्वर फिर बोल रहा था :

"दो और दष्टिकोण, जो कम नाट्यात्मक हैं, संसद में सुनाई दे रहे हैं। एक: चीन आर्थिक विकास को रोकने के लिए अपनी शक्ति में जो कुछ है वह सब करेगा, नहीं तो कहीं भारत ही एशिया में प्रजातन्त्र कीसफलताकासबसे बड़ातर्क न बन जाए। दूसरे : चीन अफ्रीका-एशिया की एकता को तोड़ने की सबसे अधिक कोशिश करेगा, ऊपर से उसका पूरा समर्थन करते हुए दिखाएगा। जब तक भारत को बदनाम न किया जाए, चीन अपना बड़ा कठपुतली का तमाशा एशिया और अफ्रीका में दिखा नहीं सकता !" उसने अपनी बात जल्दी रोक दी, उसके कान खड़े हो गए, दूर की आवाजें उसे सुनाई दीं। झट से दोनों ही घाटी की तरफ देखने लगे।

चिल्लानेवाले स्वरों की सम्मिलित ध्वनि बलवती हो रही थी, "चाऊ एन-लाई,

हाय-हाय ! ...चाऊ एन-लाई, हाय-हाय !"

देवेश आ धमका—प्लेटफार्म के उस भीड़-भरे हिस्से की ओर वह राह देख रहा था, जहां ट्रेन आनेवाली थी। वह स्टाल पर किताबें और अखबारों में डूबा हुआ दिखाई दे रहा था।

वह खुशी से चिल्लाया—"सुमिता को अभी कुतुबमीनार देखनी है। वाह, क्या भाग्य की बात है कि मां, आज भी तुम यहां हो !"

उसका उत्तर सख्त था, "मैं अभी एक मिनट में जा रही हैं। और तुम देवेश, तुम भी मेरे साथ जा रहे हो।"

"मैं ? परन्तु..."

"तुम कारण जानना चाहते हो ? पहले तो वर्दी पहने हुए एक अफसर का यहां कोई काम नहीं। सफर करनेवाले जवानों के लिए कैण्टीन चलाना उसका काम नहीं। दूसरे..."

"मां, मेरा यहां रुकने का इरादा नहीं है। मुझे सुमिता को कुतुबमीनार दिखानी है। कल लालकिले के बाद समय नहीं था, आज हम सीधे मीनार के ऊपर तक पहुंचेंगे।"

"मीनार ? जबकि सारा देश आपात स्थिति में है तब सुमिता को सैर-सपाटा करने की कोई ज़रूरत नहीं। वह कोई सैलानी नहीं है। ऐसे समय में उसे अपने समय का सदुपयोग करना चाहिए।"

उसने संक्षेप में विचार किया, "यह बात ठीक है ! मैं उसे ले जाऊं..."

"तुम उसे कहीं नहीं ले जा रहे हो। वह यहीं कैण्टीन में काम करेगी। और देवेश, तुम मेरे साथ आओगे। अभी। वे दो स्त्रियां तुम्हारा यहां रहना नहीं पसन्द करतीं। नन्दिनी, तुम इसे चाहती हो ?

"नहीं !" नन्दिनी ने उत्तर दिया।"

"शायद सुमिता चाहती हो।" देवेश उसकी ओर आशा से देखता रहा।

उसकी मां ने बात काटी: "वह नहीं चाहती।" और वह नये बनाए हुए ऊंचे स्थान पर फूलदानी उठाने के लिए मुड़ी पर फिर उसे छोड़ दिया। "तैयार हो, देवेश ?"

नन्दिनी चीखी, "तुम फल नहीं ले जा रहे हो ?"

"हां, तुम कारण जानना चाहती हो ? एक तो..."

"ना ! ना ! मां, यहां से फूल ले जाओ। वे यहां पर अनुचित है।"

एक मिनट बाद, मां और देवेश चले जा रहे थे। वह नीली वर्दी की पीठ जिसे सुमिता देख रही थी, नीचे झुकी, जब वह प्लेटफार्म से जा रहा था।

तब नन्दिनी हंसने लगी। उसका हाथ परिचित ढंग से मुंह की ओर उसे चुप करते हुए पहुंचा।

सुमिता उसकी ओर आश्चर्य से देख रही थी, "क्या हुआ ?"

थोड़ी देर बाद जैसे शुरू हुई वैसे ही हंसी बन्द हो गई।

"सुमिता !" आवाज़ में एक नई उत्कटता की ध्वनि थी।

नन्दिनी पर आंखें लगाए सुमिता राह देखती रही। जैसे उसके दिल की धड़कन रुक गई हो। आखिर नन्दिनी इतनी गम्भीर क्यों हो गई, सहसा ?

"यह बताओ, कभी तुम प्रेम में पड़ी हो ?"

"कभी नहीं !" विचार की कौंध से वह कुछ हिचकिचाई—"कैसे...मैं कैसे जानं ?" उसने जल्दी से जोड़ा, "तुम अपने बारे में बताओ।"

नन्दिनी ने गम्भीर भाव से कहा, "मैं कभी प्रेम से बाहर भी रही हूं।"

आश्चर्य से सुमिता ने मांग की, "क्या मतलब है ? तुम अभी चार महीने पहले अशोक से मिली थीं, ऐसा तुमने कहा। अच्छा, तो ?"

नन्दिनी हंसी, "मेरा जन्म चार महीने पहले नहीं हुआ ! अशोक से मिलने से पहले मैं तीन व्यक्तियों के प्रेम में थी—एकसाथ। मुझे यही नहीं पता चल रहा था कि मैं किससे सबसे ज्यादा प्रेम कर रही थी। यह ज़रा गड़बड़ की बात थी न ? अशोक ने समस्या से की। उसे देखते ही तीनों बिलम गए। लगता है यह सब एक क्षण में हो गया।"

सुमिता ने बीच में टोका, "तीन आदमी—वह प्रेम नहीं हो सकता।"

'क्यों नहीं ? वह भी एक तरह का प्रेम है। प्रेम की कोई निश्चित परिभाषा नहीं है ! है क्या ? मुझे जैसे यह मानना चाहिए। जब अशोक उस स्थान पर आया, तब एक भीतरी आवाज़ ने कहा, यह अब अन्त का आरम्भ है। कई प्रेमों का अन्त। अब इससे आगे सिर्फ एक होगा, सिर्फ एक !'" वह रुकी। उसकी आंखें सुमिता के चेहरे पर तीखे ढंग से लगी थीं। "तुम अब मेरे बारे में सब कुछ जानती हो। मैं तुम्हारे बारे में कुछ नहीं जानती। देवेश के पहले वहां कौन था ?"

"देवेश ?' उसका चेहरा विस्मय-चकित हुआ, "तुम्हारा यह तो मतलब नहीं कि मैं ..."

"क्यों नहीं, देवेश भी प्रेम में पड़ा लगता है।"

सुमिता मुस्कराने लगी, "एक समय तीन, या अधिक ? अब पीछे की सीट पर कितने बैठे हुए हैं ?"

नन्दिनी के गम्भीर शब्दों में कुछ निर्ममता थी, जब उसने उत्तर दिया, "देवेश को तय करना होगा। परन्तु वह क्यों तय करे ? जैसे मेरे ही मामले में कोई निर्णय आवश्यक नहीं। एक प्रचण्ड तरंग आएगी और वह अपने सिर पर उसे उठा ले जाएगी—असहाय रूप से।"

सुमिता ने सिर झुकाया और बड़ी देर तक कोई उत्तर नहीं दिया। परन्तु जब उसने ऊपर नज़र उठाई, उसकी आंखों से बादल छंट गए थे।"

"धन्यवाद ! नन्दिनी, तुमने मुझे बताया।" उसने नम्रतापूर्वक कहा, "हां, तुम सही हो। मैं...मैं उसके लिए वह प्रचण्ड तरंग नहीं हूं।"

नन्दिनी उसे देखकर मुस्कराई...मेरे शब्दों में इतना अर्थ मत खोजो। मैं कैसे यह सुझाऊं ? मैं कितना जानती हूं, आखिर ? मैं जो कहना चाहती हूं वह कुछ ऐसे है : कोई प्रेम, हां, कोई प्रेम—एक तरह से मूल्यवान होता है, जब तक तुम इन्तज़ार करने को तैयार हो। क्योंकि, एक दिन वह प्रचण्ड तरंग तुम्हें भी पकड़ लेगी। सुमिता ! तुम भी तब वहां ले जाई जाओगी, निस्सहाय, मेरी ही तरह।"

सुमिता ने वक्र भाव से पूछा, "तुम्हारे इतने-से सिर में इतना ज्ञान ! कौन कहेगा कि तुम बीस से बड़ी नहीं हो !"

वह दुबला-सा चेहरा, बड़ा-सा मुंह, रोता-सा हंसी लिए हुए जैसे किसी किन्नरी का हो। "मेरी उम्र के हिसाब से मुझे ज्यादा विकसित कहने में न हिचकिचाओ। तुम निश्चिन्त रह सकती हो कि मैं इसकी ज़रा भी चिन्ता नहीं करूंगी—मैं इसे एक तरह से प्रशंसा भी मान सकती हूं।"

जो दिन बीते उनमें सुमिता ने जीवन की ओर एक नई दृष्टि से देखना शुरू किया। नन्दिनी ने उसके मन को सहज भाव से छ लिया था और उसमें उसने अपना दर्शन भर दिया था। वह दर्शन उसके पास उसकी मां से आना चाहिए था, सुमिता ने सोचा। विचित्र बात थी कि उसने मदद नहीं की। फिर भी उसकी झनक जैसों के लिए सहानुभूति स्पष्ट थी।

कई वर्ष बिताने पड़े जब नई दृष्टि आई, और वह भी एक उपहार था—नन्दिनी की ओर से। वह इसीलिए कि उधर उसके साथ इतना कुछ हुआ था। जिस ठंडे आत्म-संतोष में रहती थी उसको झकझोरनेवाली बात हुई थी-वह समर्पण अब समाप्त हो चुका था, एक शून्यता बची थी।

यदि मां को इसके बारे में पता होता!

इस नई दृष्टि ने उसके देवेश के साथ सम्बन्ध आसान बना दिए; वह निरी मित्रता थी। डिफेन्स सर्विसेज़ क्लब में दूसरे अफसर थे जो उसे कई सन्ध्याओं को ले जाते। देवेश के कई प्रतिरूप! हरएक के पास स्पष्टतः उसकी गाड़ी में साथ चलनेवाली कई थीं। वे हमेशा उसी सीट से चिपकी रहती थीं यह बात भी नहीं। सुमिता इस नई दुनिया के अनुभव से अपरिचित, इस जीवन-पद्धति को अपने में समोने का विचार कर रही थी। उसके लिए पसन्द-नापसन्द का सवाल ही नहीं था। वह सिर्फ चाहती थी यह देखना,जानना, समझना। बाद में गांधीग्राम में लौटकर वह सारे तथ्य छांटती और उनको मूल्यों की तराजू में तौलती। हां, तराजू ही टूट जाती तो बात दूसरी थी।

गांधीग्राम में वहां—ऐसा कब होगा? पिताजी कहीं दूर पहाड़ी गांव में थे। जब तक यह युद्ध हो रहा है तब तक क्यों न यह अग्निपरीक्षा टाल दी जाए? क्या भास्कर तब तक अपने हाथ रोके रहेगा? यह कहना मुश्किल था कि युद्ध कब तक चलेगा। महीनों? वर्षों? परन्तु पिताजी को घर जल्दी लौटना चाहिए। स्वयं उसे भी। कुछ ही दिनों में शायद।

यह सम्भव नहीं था कि वह भास्कर से फिर मिलती। अब उसके दिल्ली के अनुभव के आधार पर उस छोटे-से मन्दिर का दृश्य समझने में आसान था। दिल्ली और लोहापुर की आत्मा में समानता थी। एक स्कूटर, एक जीप। उसने शहर को खूब अच्छी तरह से जानने का यत्न किया, जिससे वह शहर के परिप्रेक्ष्य में भास्कर को जान सके।

नव प्राप्त जीवनानुभव से गहरी निराशा उसके मन में व्याप्त हो गई। उसे भास्कर की दूसरी 'पिछली सीट पर बैठनेवालियों का पता नहीं था। क्या उन्हें भी वह उस निर्जन मन्दिर तक ले गया था और

पाषाण-प्रेमी युगल दिखाया था? 'सचाई की एक झलक'-यही उसने पहली बार कहा था, और उसे पता नहीं था कि उसका क्या अर्थ है। यह कल्पना करना कि उसने भास्कर को सचाई का मार्ग दिखाया!

उसके हृदय में एक विचित्र जलन थी जब वह भास्कर की पिछली सीट पर जानेवालियों' को देखती। वे एक-एक कर आले में खड़ी होतीं और आगे बढ़कर एक-एक करके एकाकार हो जाती। वह उस दर्द से लड़ती रही, कैण्टीन में दिन-भर कष्ट करती रही, क्लब-जीवन के रंगढंग में रात में बड़ी देर खोई रही। थककर, बिस्तर पर लेटते ही सो जाती। परन्तु कभी-कभी जब नींद नहीं आती तो उसके हृदय में जलन भड़क उठती और उसमें शेष सब कुछ भस्म हो जाता।

कुतुबमीनार तक जाने की बात अभी तक नहीं हुई थी। अगले रविवार का दिन तय हुआ था। परन्तु एक दिन पहले, देवेश प्लेटफार्म से नीचे जल्दी-जल्दी आया। उसका चेहरा हमेशा की तरह उत्तेजित था। वह सुमिता तक गया और एक तेज़ अनपेक्षित मुद्रा से उसने उसके वेणी के बालों से एक इस्पात की बनी पिन निकाल ली। वह पिन अपनी जेब में रखकर, उसके कुतूहल और आश्चर्य से भरी दृष्टि के उत्तर में उसने कहा—"हम वायुसेनावाले अन्धविश्वासी होते हैं, तुम जानती हो ? हमारा विश्वास ऐसे तावीज़ों में होता है।"

"तावीज़ !" नन्दिनी ने हंसकर कहा।

"इससे ज़्यादा कीमती तावीज़ क्या हो सकता है ?"

"पर यह तावीज़ लेने की इतनी जल्दी क्या है ?"

"नन्दिनी, जल्दी है। मेरी छुट्टी कैन्सिल हो गई है। मैं कल सवेरे मोर्चे पर जा रहा हूं।"

"रूपा...बच्चे !"

"वे सर्कस में हैं। आया के पास।"

"ओह !"

क्या वह स्वयं ऐसा नहीं चाहता था ? वह बच्चों का हर बार हर समय वहां रहना पसन्द नहीं करता था। हां, अब बाधा गई, उसे एक विचित्र प्रकार का संयम जान पड़ा।

वह चाय ढाल रही थी। उसके हाथ हिले, चाय तश्तरी में गिरी। उसने उठकर तश्तरी हाथ में ली। बरांडे के सिरे तक जाकर उसने वह खराब छलकी

हुई चाय फेंक दी। वह लान पर घिरे हुए संधिप्रकाश देखने लगी। एक पक्षियों का झंड बराबर जमा होकर वहां तक आया और टूट गया, फिर वह आंगन के घने पत्तों के वृक्षों में खो गया। वही उनका रात का बसेरा था। एक झींगुर तीखी आवाज़ से चीखा। हर शाम को दो हफ्ते से रूपा इस निरन्तर झनकारती आवाज़ को सुन रही थी और अचरज करती थी कि इतने छोटे-से कीड़े से यह आवाज़ कैसे आती है।

फिर वह अपनी जगह पर आ गई और वहां बेत के टेबल पर उसे दूसरा कप दिखाई दिया। रामलाल आकर रख गया था।

"रूपा, तुम कुछ विचार में डूबी लगती हो।"

यह एक चुनौती थी। उसे ऐसी चुनौती ही चाहिए थी।

"मैं याद कर रही थी। पहली बार जब आपसे मिली थी। कमरा नम्बर उन्नीस में।"

उसने अपने मन में पीछे देखा। कई क्षण बीत गए फिर वह बोला, "मैं मिसेज़ मेहरा जैसी कोई मोटी और माता जैसी स्त्री आएगी ऐसी आशा करता था। पर जो आई उसे देखने को मैं उद्यत नहीं था!"

ज्यों ही वह दरवाज़ा खोलकर आई तो कमरा नम्बर उन्नीस के आदमी को उसने कुर्सी में घूमकर अपनी ओर देखते हुए देखा। उसने दरवाज़ा बन्द किया। दरवाज़े के पास वह फाइलों का गट्ठर लिए खड़ी थी, तब उसने उसे कहते हुए सुना, 'तुम सुरक्षा कार्यालय की नई लड़की हो?' उसने हां कहा, अवाक्। 'पर मैं तुम्हारा नाम ही नहीं जानता।—रूपा'। 'रूपा. 'क्या?''बस रूपा' 'सिर्फ रूपा?' वह हंसा। और ज्यों ही वह आगे बढ़ी और उसने अपना भार मेज़ पर रखा, 'तुम्हें वह सारा बोझ लाना नहीं था। वह तुम किसी चपरासी को दे देती।' 'मैं चीजें उठाने की आदी हं, सर।' 'सचमुच?' 'मैं एअर होस्टेस का काम कर चुकी हं।' 'ओह! पर प्लास्टिक की लंच ट्रेतो आफिस की फाइलों से हल्की होती है!' अब वह कुछ सहज अनुभव करने लगी और उसने भी उसके व्यंग्य का उत्तर दिया, 'पर खाना तो प्लास्टिक का नहीं होता!' उसने एक कुहनी बेंत की मेज़ पर रखी और आगे झुका, 'अच्छा?'

"आपने मुझे कमरा नम्बर उन्नीस में आने से पहले भी देखा होगा। मैं एक बार गलियारे में आपसे एक गज के फासले से गुज़री। और मैं पारदर्शक तो नहीं थी।"

"क्या मूर्खता है !"

"जब तुम भीतर आ रहे थे तो मैं जी० एम० के कमरे से जा रही थी।"

"जी० एम० की उपस्थित में मैं तुम्हें कैसे देखता ?"

उसने गम्भीर मुस्कान से सिर हिलाया। "तुम इतने वर्ष पश्चिम में रहे हो, वहां के जीवन को अपने में समोते रहे हो, उस जीवन का अंग बनते रहे हो। फिर भी, फिर भी घर को लौटते ही तुम्हें पांच हजार बरस की भारतीयता ने जैसे अपने में लील लिया।"

"मैं नहीं समझा, रूपा..."

"हर भारतीय के भीतर कहीं गहरे में एक ऐसा भारतीय होता है जो प्राचीन काल का है। गांधी कोई इतिहास का अकस्मात् नहीं था—वह हमारे आज के सारे वर्तमान और हमारे सारे भूतकाल का निचोड़ था ! परन्तु...मैं कैसे जानें ? एक दिन तुम गांधीग्राम के बारे में मुझसे कह रहे थे —ऐसे वीरतापूर्ण शब्द ! तुमने कहा था कि यह ऐसी वस्तु है कि उसे सारे देश में उसके विरुद्ध लड़ना होगा। मैंने तुम्हारा विश्वास किया था। काफी अमेरिका तुम्हारे भीतर घुस गया है कि तुम उस तरह की लड़ाई लड़ोगे, ऐसा मुझे लगा।"

उसने अपना कप नीचे रखा और पाइप सुलगाया। रूपा राह देखती रही, जब कि धुआं उठा।

"सचाई यह है कि समूचा अमेरिका तम्हारे लिए कुछ नहीं था। तुम वहां से औद्योगिक क्रिया-ज्ञान लाए। तुम जीवन का क्रिया-ज्ञान नहीं लाए। हर भारतीय की यही बात है। वह पश्चिम जाता है और एक नया व्यक्ति बन जाता है। वह घर लौटता है और फिर पूरा भारतीय बन जाता है। गए एक-दो महीनों में मैंने कुछ समझा है जिसने मुझे जब से मैं विचार करना सीखी तब से चक्कर में डाल दिया है। मैं अपनी अमरीकी मां को समझने लगी हैं। क्यों वह वापस चली गई ?"

यह कारण था कि उसकी मां को जाना पड़ा। वह भारतीयता को नहीं सह सकी। रूपा उसकी मां भी थी सब मामलों में, सिर्फ रूप में ही नहीं।

"तकनीकी ज्ञान ही तुम्हारा पश्चिम के साथ एकमात्र सम्पर्क-सूत्र है।" वह फिर उसी मुद्दे की ओर लौटी, जहां से उसने बात मोड़ी थी, "जहां वह ज्ञान समाप्त होता है, चरखा शुरू होता है। फिर भी, आश्चर्य की बात थी, कि तुमने एक दिन मुझे कहा, 'भारत में तुम्हारी जैसी स्त्रियां चाहिए, जैसे उसे पश्चिम के यंत्र भी

चाहिए !' तुमने यह कहा था। और : 'तुम हमारे सामाजिक जीवन की स्थिरता को नष्ट कर दोगी। तुम अराजकता निर्मित करोगी। परन्तु तुम हमें कुछ गत्यात्मक दोगी। तुम हमारे देश का यौवन पुनः ला दोगी।' मैं तुम्हारे वे शब्द सुनकर कितनी स्पन्दित हुई थी।"

हां, उसने ये शब्द प्रामाणिक विश्वास से कहे थे। औद्योगिक सभ्यता को समूचा लेना होगा। तुम्हारा शरीर तो पुनः यौवन प्राप्त करे और सिर बूढ़ा बना रहे, यह नहीं हो सकता। या फिर शरीर तो बुढ़ापे से सिकुड़ा हुआ हो और सिर तरुण हो।

भास्कर के मुंह से धुआं निकला—अपने दांतों में पाइप वैसा ही पकड़े वह देखता रहा। रूपा की आंखों में एक तरह की ज्वाला थी। उसका हाथ उठा, लकड़ी की मुड़ी हुई पाइप की नली को उसने देखा और उसने दांतों से उसे खींच लिया।

वह देखता रहा, अचरज से। उस लड़की ने अपने होंठों में पाइप कैसे लगा लिया था—उसे हंसी आ गई। वह खांसने लगी, जोकि होता ही।

"वह, लो !" उसने कुछ निन्दा, कुछ विनोद से कहा। उसकी उंगलियों में आराम करते पाइप को उसने फिर ले लिया।

रूपा की काली भौंहों की लकीरें आत्म-निन्दा से पास जुड़ आईं। वह एक किशोरी की तरह क्यों बरताव कर रही थी ? अगर पाइप ही चाहिए था तो उसके बिस्तरे के पास के टेबल पर तीन पंक्तियों में बीस पाइप रखे हुए थे। यह सब तमाशा क्यों ? यह द्वन्द्व, यह निर्णय, यह तैयारी.. और वह बच्चों जैसी हरकत, वह गले में जमा कड़ आ धुआं !

गले के बहुत नीचे कटे ब्लाउज़ में से उसके वक्ष सहसा सांस से फूल उठे। उसे बोलना ही होगा। अभी नहीं तो कभी नहीं।

"जो कुछ पश्चिम में तुमने पाया उसे फिर से यहां पाना तुम्हारे लिए कितना कठिन है ?"

रंग, स्वाद। उसके मन में ये शब्द उठे। पाप और पुण्य जीवन में रंग और स्वाद देते हैं।

क्या तुम कभी उन स्त्रियों को याद नहीं करते जिन्होंने तुम्हारे जीवनानन्द में इतना योग दिया ?"

"रूपा, मैं तुम्हारे साथ अन्याय नहीं कर सकता। मैं तुम्हारे प्रति कितना अधिक आकृष्ट हूं, तुम जानती हो ?"

परन्तु.. अधिक समय नहीं बीता था कि जब वह उसके साथ प्रेम करने के बहुत निकट आया था, जबकि उसने उसे बिना कपड़ों का देखा था। यदि बच्चे वहां न होते...

"अन्याय ?" उसके स्वर में मजाक था, "कितना सही भारतीय ! आपने अमेरिका की स्त्रियों के साथ क्या अन्याय किया था ? क्या उनमें से किसीने यह सोचा होगा कि तुमने उनके साथ अन्याय किया ?" वह उसकी ओर देख रही थी, आंखें सख्त कठोरता से भरी थीं।

वह विनती-भरे स्वर में रुआंसा हो आया, "तुम इतनी प्रतिशोधपूर्णपाश्चात्य क्यों हो ?"

सच्ची रूपा कौन-सी थी ? उस दिन उसकी ओर देखनेवाली। तब उसकी आंखों में उसने उदासी देखी थी। वह नहीं चाहती थी कि वह उसके विवस्त्र रूप से ही प्यार करे। फिर भी...उसे आज किस चीज़ ने आ घेरा था ?

वह अजीब शब्द बोल रही थी, "क्या तुमपर सत्यजित का प्रभाव होना ही चाहिए ? यह जो तुम्हारे भीतर का सत्यजित है ?"

उसने अपने-आपको उस तरह से इस प्रकाश में कभी नहीं देखा था ! क्या ऐसा तो नहीं हुआ कि उसके अपने पाप के बारे में विचार बदल गए थे ? पाप एक भोला-सा शब्द होता था। हर आदमी अपना निजी पाप कर सकता था, जब तक कि किसीको उससे नुकसान नहीं था और बहुत थोड़ों को वह खुश करता था ?

"मैं उन स्त्रियों में से एक क्यों नहीं हो सकती, जिन्हें तुम वहां जानते थे ? वे तुम्हारे जीवन में आईं और चली गईं। वे तुम्हारे जीवन में केवल क्षण थीं। मैं सिर्फ वही होना चाहती हूं। तुम्हारे जीवन में एक क्षण।"

वह केवल इतने थोड़े से सन्तुष्ट कभी नहीं रहनेवाली थी, वह चाहे जो उस समय जोश में कह रही हो। क्या वह उसे यह समझा सकता था ? शब्द खोजते हुए, उसने देखा कि उसकी आंखों का हरा प्रकाश धीरे-धीरे बिलम गया।

"भास्कर !" उसकी मलाई जैसे रंग की गोरी बांहें उसकी ओर बढ़ीं और उसके स्वर में एक खोखला स्वर था, "तुम सोचते हो और सोचते रहते हो ! भास्कर, तुम बहुत ज्यादा सोचते हो !"

उसके सारे बांध टूट गए एक विस्फोटक क्षण में। वह अपनी कुर्सी से उठा। "आओ...रूपा !"

"यह खतरा सिर्फ आसाम या लद्दाख या भारत को नहीं है, यह खतरा एशिया को है और सारी दुनिया को है। यह सबसे खराब ढंग का साम्राज्यवाद..."

यह भारत के प्रधान मंत्री का स्वर था।

लड़ाई ने एक खतरनाक रूप लिया था। भारतीय सेनाओं से छः या सात गुना ज्यादा, चीनी एक आंधी की तरह चले आ रहे थे, टूट पड़ रहे थे। सैनिक दृष्टि से स्थान-लाभ तो उन्हींके पक्ष में था। परन्तु उससे भी महत्त्वपूर्ण था उनका सैनिक जासूसी काम जो वह कई वर्षों से करते चले आ रहे थे—आसाम के हलके में अज्ञात भारतीय प्रदेश बड़े विवरण के साथ उन्होंने मानचित्रों में उतारा था और इसका अर्थ हुआ सेला दर्रे का पतन। जबकि पन्द्रह हजार फुट की ऊंचाई पर एक—दो बार भयानक सीधा हमला हुआ तो एक सशक्त टुकड़ी ने एक गुप्त वन-पथ से उस रक्षा करने वाले गैरीज़न को दूसरी तरफ से घेर लिया। और उस गैरीज़न को दुर्गम पथहीन पर्वत-कक्षों से भागना पड़ा, नहीं तो वे पूरी तरह घिर जाते।

वीरेश्वर देर से रात को घर लौटा और सत्यजित के दरवाज़े पर उसने थपकी दी। उसे अपने मित्र को ताज़ा खबर देनी थी।

"आसाम की निचली पहाड़ियों से वे अब पैंसठ मील की दूरी पर हैं। चायबागान छोड़कर लोग भाग रहे हैं। तेजपुर अब एक शहर की छायामात्र रह गया है। आसाम शेष भारत से कट जाएगा। तेल के खेत हाथ से निकल जाएंगे, यदि हम बड़े पैमाने पर प्रत्याक्रमण नहीं करेंगे। हमारे पास शस्त्रास्त्र नहीं हैं। अमरीकी सरकार ने हमें आधुनिक राइफलें और यातायात के हवाई जहाज़ देने का वचन दिया है। 'संयुक्त राष्ट्र अमरीका इस बात पर डटा है कि वह चीन-भारत संघर्ष को और लम्बा चलाता रहे,' मार्शल चेन यी, विदेश मन्त्री ने कहा। किसी देश कोआक्रमणकारी के विरुद्ध सुरक्षा के लिए सहायता देनायह युद्ध बढ़ाते रहना हुआ।"

"और सोवियत रूस के बारे में क्या ?"

"गए पखवारे से रेडियो पीकिंग रूस को गालियां दे रहा है। क्यूबा में जो समझौता हुआ उसीने चीनियों के मनसूबे नहीं उलट दिए। ऐसी रिपोर्ट हैं कि मास्को पीकिंग पर दबाव डाल रहा है कि यह झगड़ा जल्दी खत्म हो।"

सत्यजित एक सपने में डब गया।

"सत्यजित, क्या सोच रहे हो ?"

ये शब्द उसके होंठों से फूटे।

"बांह बांधे हुए और निश्चल आंखों से
बिना किसी भय के और उससे भी कम विस्मय से
उनकी तरफ देखते रहो जब वे मारें
तब तक कि जब उनका गुस्सा ठंडा न हो जाए।"

वीरेश्वर अपने मित्र के कारण उदास हो गया। "तुम्हारे एक दर्जन अनुयायी होंगे।" वीरेश्वर ने फिर से कहा, "मुझे आप उनमें एक समझ सकते हैं।"

"तुम,वीरेश ? तुम्हें अहिंसा में कोई विश्वास नहीं है, न तो नैतिक शक्ति के नाते और न व्यावहारिक उपाय के नाते। तुम क्यों चाहोगे ?"

"किसी आदर्श के लिए मरना? यह तुम्हारा व्यक्तिगत आकर्षण है, सत्यजित ! मैं तुम्हें तुम्हारी ज़रूरत के समय कैसे धोखा दे सकता हूं। परन्तु यह याद रखो : तुम और मैं और कुछ और—हम सब प्रकाश शन्य देवदूत होंगे ! तुमने ऐसे लोगों के किस्से सुने होंगे जो किसी अन्याय के खिलाफ अपने तेल-सने कपड़ों में आग लगा लेते हैं। हम भी ऐसा ही कुछ करेंगे। फिर कविजन हमपर काव्य लिखेंगे। इससे क्या भारत की स्वतन्त्रता टिकने में सहायता मिलेगी ?"

"कुछ मूल्य स्वतन्त्रता से भी बड़े होते हैं।"

"कुछ मूल्य...उदाहरण के लिए ?"

"गांधीजी स्वतन्त्र भारत में नहीं जन्मे थे। उनका सारा जीवन, कुछ महीने छोड़कर, एक उपनिवेशवादी राज्य की चौखट में बीता। उस जीवन का बहुत-सा हिस्सा जेलों में दबा रहा। फिर भी वे सदा स्वतन्त्र व्यक्ति थे, और जिन लोगों ने उन्हें जेल में डाल रखा था, वे बंधे हुए थे।"

रात को देर से, आंखें मुंदी हैं पर नींद नहीं है। सत्यजित का सत्य से साक्षात्कार ! गांधी के हिसाब से स्वतन्त्रता केवल एक साधन था, जिससे वह और आगे के साध्य पाना चाहते थे। वे साध्य अब उतने ही दुर थे, जैसे पहले।

आर्थिक योजना। मुख्य परिकल्पनाएं। प्रत्येक व्यक्ति की बढ़ती हुई आय। वह केम्ब्रिज से लौटा हुआ अर्थशास्त्रज्ञ, और वह यह सब चाहे ! भारत दुनिया की शक्तियों से अलग नहीं रह सकता। स्वाधीनता परस्पर-अधीनता का पुल थी। फिर भी यह भारत ही था जहां गांधी ने जन्म लिया। वह इस देश में अपूर्व या अकेले

नहीं थे। उन्होंने प्राचीनकाल से बाहर पहुंचनेवाले आन्तरिक कर्तव्यों की श्रृंखला में एक और जोड़ा था।

शृंखला ? सत्यजित आश्चर्य करता रहा इस शब्द पर। क्या आन्तरिक उत्तरदायित्वों और कर्तव्यों के लिए यह शब्द प्रयुक्त करेंगे ? भास्कर शायद करता। और उसकी तरह सोचनेवाले और लोग भी करते। परन्तु यह एक विचित्र तथ्य था। वह सत्यजित, आन्तरिक दायित्व को शृंखला कह रहा था ?

अनुशासित जीवन एक श्रृंखला बन सकता था, यह बात मानी जा सकती है। एक उपयोगी शृंखला। परन्तु...एक श्रृंखला तभी अच्छी है जब वह अच्छा उद्देश्य पूरा करती हो। एक जहाज़ के लंगर से भी शृंखला बंधी होती है। और लंगर जब फंस जाता है, तो क्या होता है ? शृंखला संकट भी हो सकती है। उसे तोड़ डालना होता है।

ऐसे विचारों के बीच में सुरुचि आई। उसका चेहरा अंधेरे में चमक रहा था, और प्रकाशमय था। और उसके दुबले-पतले हाथ लंगर की शृंखला को खींच रहे थे ! कठिन प्रयास के कारण उसकी सांस जल्दीजल्दी चल रही थी और पसीने से तरबतर थी। हां, शृंखला अटक गई थी !

चीनी आक्रमण के तीसवें दिन चीनियों ने इतिहास का एक विचित्र विस्मय घटित किया। उन्होंने युद्ध-विराम घोषित किया।

वह एकतरफा था। चीनी सेनाएं हिमालय की दीवारें पीछे छोड़ आई थीं और वे पर्वत के निचले हिस्से की ओर जमा हो रही थीं। एकदम वे रुक गए और फिर पीछे जाने लगे। पीकिंग ने मैकमोहन लाइन या उसके पास तक वापस जाने का हुक्म दिया था।

सत्यजित ने ये समाचार सुने। वह आनन्द से दंग हो गया। उसकी श्रद्धा सिद्ध हई। चीनी मानवता ने अपने—आपको मनवाया थाअहिंसा की शक्तियों से सामना होने से पहले।

परन्तु जब वह संसद में गया तो इस वापस होने के कई और अर्थ लॉबी में दिए जा रहे थे।

आनेवाले जाड़े में पर्वतीय मार्गसब रुक जाएंगे, बर्फ के बड़े-बड़े ढेर आ जाएंगे और रसद और पुनः सामग्री मिलने की पंक्तियां टूट जाएंगी। लौटना ज़रूरी हो तो भी उसका प्रश्न ही नहीं उठ सकता था। एक महीने बाद चीनी एकदम अकेले पड़ जाते, उनके मूल आधार से उनका सम्बन्ध टूट जाता और प्रत्याक्रमण का उन्हें

सामना करना पड़ता।

"एक डंकर्क या पर्ल हारबर पर ही किस्सा नहीं खत्म हो जाता," सत्ताधारी पक्ष के ह्विप (सचेतक) ने कहा। युद्ध का एक चरण समाप्त हो गया था, दूसरा शुरू होनेवाला था। आश्चर्य की बात पूरी हो चुकी थी; भारतीय सेना फिर से जमा होने, मारक हमला करने के लिए तैयार थी। चीनी, वास्तववादी थे, और अपनी सीमाएं जानते थे। विजय के क्षण में वापस हो जाना यह एक बड़ा भारी उपकार का दिखावा था! सारी दुनिया पर इसका प्रभाव पड़ेगा कि पीकिंग बड़ा शांतिप्रेमी है। प्रचार के मोर्चे पर तो यह सबसे बड़ा प्रभावशाली कार्य था।

लॉबी में अफवाहें गूंज रही थीं। सोवियत रूस ने चीन पर बड़ा प्रभाव डाला था। अमेरिका का सातवां जहाज़ी बेड़ा बंगाल की खाड़ी की ओर आ रहा था। उसकी हवाई बांह मारने के लिए तैयार थी। यद्यपि ऐसी अफवाहों को सिद्ध करने का कोई रास्ता नहीं था।

सत्यजित ने विचार किया अब अपनी लड़ाई शुरू करने के लिए क्षेत्र तैयार हो गया था। अब राष्ट्रीय आपात स्थिति कुछ कम तनावपूर्ण हो गई थी, इस्पातनगर की मांग अब जल्दी से पूरी की जा सकेगी।

"सत्यजित..."

वीरेश्वर उस लॉबी में अकेले खड़े थे, दुःख से झुके। क्या हो गया? शस्त्रविराम समाप्त हुआ? फिर हमला शुरू हो गया?

"यह अशोक..."

अशोक? सत्यजित को सहसा भय लगा। लड़ाई के खत्म होतेहोते कहीं वह मारा तो नहीं गया? नन्दिनी इस भयानक आघात को कैसे सहन करेगी?

तोपखाने और मॉर्टर की गोलाबारी के सख्त आक्रमण के विरुद्ध एक निरीक्षण चौकी पर कप्तान अशोक बनर्जी डटा हुआ था। चीनियों ने बहुत बड़ी संख्या में हमला किया। परन्तु अशोक, अपने जवानों के साथ, बराबर उस मौके की रक्षा करते रहे। सभी छः सिपाही मारे गए। अशोक सिर की सख्त चोट से अचेतन होकर गिरा। बाद में उसे भारतीय सेनाओं ने उठाया और वहां से वे उसे ले आए।

सत्यजित को बहुत राहत जान पड़ी। "जख्मी हुआ" उसने सांस ली। वीरेश्वर की आवाज़ में तनाव था, "उसकी आंखें...'

"हां!"

"वे शायद अन्धी हो गई हों।"

फिर दुःख की बाढ़ आई। पच्चीस वर्ष की उम्र में अन्धे हो जाना। उसकी मां ने उसे बड़ी जन्मदिन की पार्टी अभी उस दिन दी थी।

"नन्दिनी ?" प्रश्न बनाना मुश्किल था, परन्तु वीरेश्वर समझ गया।

"उसे सब तथ्य पता है। वह अशोक के साथ मिलिटरी अस्पताल में रजिस्टर्ड ढंग से शादी करना चाहती है। उसके पिता ने कहा, 'नन्दिनी, तुम ऐसा न करो।' उसने उत्तर दिया, 'जब मुझे उसे पति कहने का पूरा हक मिल चुका है तो मैं कुछ भी हो उसके लिए तैयार हूं।' और वह केवल भावावेग से नहीं बोल रही थी। वह उस घर में सबसे शान्त व्यक्ति थी।"

सत्यजित ने कहा, "नन्दिनी अशोक से शादी करेगी, यह जानकर भी कि..."

"हां, नन्दिनी ऐसी ही है। तुम उसपर विश्वास नहीं करते, शायद हमेशा खूब मज़ाक उड़ानेवाली वह परिहासप्रिय लड़की देखकर। वह कल कश्मीर को विमान से जाएगी।"

"सुमिता को उसके साथ जाने दो, यदि उससे कोई लाभ हो।"

"नहीं। उसे अकेले रहने दो। जो भी शक्ति वह चाहती है वह केवल एक स्रोत से आएगी—उसके भीतर से।"

मिसेज हरा रूपा के कमरे में आई, हाथ में एक पत्र लिए। आह तो ने वह जेल से लिखा था। चीनी नागरिकों को यह सुविधा दी गई थी कि वे चाहें तो अपने देश को लौट जाएं। एक जहाज़ दक्षिण भारत के एक बन्दरगाह में राह देख रहा था ! आह तो ने लिखा था कि वह भारत छोड़ना चाहता है। नेहरू एवेन्यू पर एक दूसरा जूता बनानेवाला उसकी दूकान खरीद लेनेवाला था। वह मिसेज़ मेहरा के प्रति बहुत कृतज्ञ था कि उसने उसके बच्चों के लिए इतना सब किया। अब वे आनन्द से अपने मातृदेश को लौट जाएंगे।

मिसेज़ मेहरा ने कहा, "गए हफ्ते मैंने उसे जेल में देखा। मैंने कहा कि तुम्हारे बच्चे भाग्यवान् हैं—उनकी ओर कोई मां जैसा ध्यान दे रहा है। तुम बुरा तो नहीं मानोगे कि मैंने कहा, मां जैसा ?" वह उत्तर के लिए नहीं रुकी पर

कहती गई, "हमने अपना कर्तव्य किया। सी० ई० ने बच्चों को शरण दी। तुमने उन्हें प्रेम दिया। यह सब अब समाप्त होनेवाला था। यह अनिवार्य था।" मिसेज़ मेहरा ने सुमिता का दिल्ली से लौटना पहले ही जान लिया था—शस्त्रविराम के समाचार अभी आए थे। कुछ और गड़बड़ी भी हो सकती थी, अन्यथा.. और रूपा को भी उसके हृदय-भंग से बचाया था। स्पष्टतः वह सुमिता के बारे में कुछ भी नहीं जानती थी। यह दुःख की बात है कि उसकी कोई मां नहीं थी जो उसके लिए वर ढूंढ़ती। यदि सिर्फ—मिसेज़ मेहरा ने आह भरी—वह कुछ मदद कर सकती !

"रूपा !"

"हां, मिसेज़ मेहरा ?"

वह हिचकिचाई। उसे याद आई रूपा के चेहरे की अनुपम सुन्दरता जब वह कमरा नम्बर उन्नीस से बाहर आ रही थी। उसकी भावनाओं के उद्रेक में रूपा ने उसके गाल पर चुम्बन अंकित कर दिया था ! परन्तु उसे अब और दुखी होने देना बेमतलब था।

"तुम्हें याद है एअर इण्डिया का वह विज्ञापन ? एअर होस्टेस का ?"

"तुम्हारा मतलब है..."

"हां, अगर मैं तुम्हारी जगह होती. 'क्यों, वह तो बड़ा सुन्दर जीवन है।"

रूपा विचारों में डूब गई। मिसेज़ मेहरा सही थी। मिसेज़ मेहरा हमेशा अन्तःप्रवृत्ति से सही चीज़ करती थी।

"बहुत देर हो गई।"

"उन्होंने तुम्हें इण्टरव्यू के लिए बुलाया है। निर्णय का अनुमान कठिन नहीं है।'

रूपा गड़बड़ा गई, "मैंने प्रार्थनापत्र नहीं भेजा था। वे कैसे मुझे बुलाएंगे ?"

मिसेज़ मेहरा का हाथ ब्लाउज़ में गया और उस संग्रह करने के स्थान से उसने एक लम्बा लिफाफा निकाला। "वहां ! देखो मैं तुम्हें एक रहस्य बताती हूं। मैंने तुम्हारे लिए प्रार्थनापत्र लिख भेजा था। मैंने उन्हें तुम्हारा पता अपने घर का दिया था। उत्तर आज सवेरे आया। उसी डाक से जिसमें आह तो का पत्र आया।" वह रूपा के चेहरे की ओर देखती रही, जिसपर अब भी बहुत अव्यवस्था थी। "तुम्हारे हस्ताक्षर करना मेरे लिए उचित नहीं था। फिर भी.. फिर से विचार करो, रूपा ! वे तुम्हें अगले गुरुवार को कलकत्ता में चाहते हैं।

तब तक अपना मन पक्का करने को काफी समय है।" वह फिर रुकी कुछ क्षण के लिए। "इस बीच में उन्हें यह सूचित करने में कोई नुकसान नहीं है कि तुम इण्टरव्यू को आओगी। मैं तुम्हारे टाइपराइटर का उपयोग करूं?" और वह उसकी हामी के लिए भी नहीं रुकी।

यह सबसे अच्छा रास्ता था, रूपा ने सोचा, जब वह टाइपराइटर चला रही थी।

उसका मन फिर उस शाम की ओर गया जो उसने अपने और भास्कर के लिए निश्चित की थी। परन्तु—वह क्या चाहती थी? जब वह उसे अपने कमरे में ले गया तो यह प्रश्न उसके मन में स्पन्दित होकर आया: तुम्हें क्या चाहिए? जहां प्रेम नहीं है वहां एक प्रेम का कर्म—क्या तुम उसे सह सकोगी? सह सकोगी?

वह इस तीव्र भावना से ग्रस्त थी कि उसे वह चाहिए। उसका आत्मसंयम टूट चुका था, उसने यह पहले ही देखा था। यह कमरा। यह बिस्तरा। क्या बच्चे उस दिन उसे अकेला छोड़ गए थे. सर्कस की रात को उनपर कोई बाधा नहीं थी। फिर भी उसके साथ आमनासामना करने पर जैसे वह दो परस्पर-विरोधी शक्तियों में पड़ गई। क्या यह सच था कि वह उसके जीवन में केवल एक क्षण बनी रहना चाहती थी, जैसाकि उसने उसे कहा था? जैसे मेरी ॲन और वे सब स्त्रियां थीं जिन्हें वह जानता था और जिन्हें वह छोड़ चुका था! वह उसमें सिवा घृणा के क्या छोड़ जाती?

"उसमें बचा हुआ भारतीयत्व जल्दी दब जाता, और वही अपनी अन्तिम बात कहता और वह एक कठोर अन्तिम निर्णय होता।

जान वेकफील्ड अन्तर्गत हिचकिचाहट से इतना त्रस्त नहीं था। वह कहीं अधिक समझदार आदमी था!

एक विचित्र विचार बाद में आया। क्या उसके भीतर भी कहीं वही भारतीयता तो नहीं थी एक दूसरा लेबल लगाए हुए? मेरी ॲन को उतनी चिन्ता नहीं होती जितनी कि वह कर रही है। मेरी ॲन ने यह क्षण पूरी जलती हुई इंद्रियों से ग्रहण किया होता, उसके परिणाम की वह चिन्ता न करती। परन्तु वह, रूपा...

वह उसके लिए रूपा नहीं थी, परन्तु कोई भी स्त्री थी। वह केवल शरीर थी, जिसे प्रकृति ने इतना आकर्षक बनाया था। परन्तु वह केवल वही नहीं होना चाहती थी। उसे उससे कुछ अधिक होना था।

संपूर्ति की दहली पर ठिठककर उसने एक नई शक्ति से उसे रोका। थोड़ी देर के लिए वह पीछे हट गई; उसे ऐसे अन्तविरोध की आशा नहीं थी। वह उसे कैसे मिलनेवाला था ?

उसने बिजली के दीये का स्विच बुझा दिया। गहरा अंधेरा उन दोनों पर व्याप्त हो गया। उसने बांहों में उसे फिर भर लिया। उसने उसके ब्लाउज़ के बटन खोले। उसका मुंह उसके वक्ष पर पहुंचा।

रूपा की नसों में भी रक्त पागल हो उठा, और वह भी अब यह सब सह नहीं सकी। वह अब आत्मसमर्पण करनेवाली ही थी, परन्तु ॲन वह बनना नहीं चाहती थी। उन दोनों के बीच एक नई बाधा बनकर मेरी ॲन खड़ी हो गई। वह दूसरी बिना चेहरे की नारी। इस रात के बाद वह भी उन्हीं की तरह बिना चेहरेवाली हो जाएगी। उसने अपने-आपको एक सख्त नियंत्रण में रोक रखा, उसे मना किया। समय बीतता गया। और कई समर्पण के क्षण बीते। जब तक उसके कानों में बार-बार गूंजनेवाले स्वप्निल शब्द सत्य नहीं हो गए: 'मैं तुमसे प्रेम करता हूँ...रूपा !' उसके बाद फिर कोई चीज़ नहीं थी जिसका मूल्य रहा, न शरीर, न मन, न सुख, न दुःख।

उस रात के बाद उसने अपने-आपको उससे मिलने का मौका नहीं दिया था। वासना की उष्णता में बोले गए वे स्वप्नमय शब्द, जो एकान्त के गहरे अंधेरे में रत्नों की तरह चमक रहे थे, खुले दिन के प्रकाश में रंगीन कांच के टुकड़े साबित हुए थे। वह ऐसे प्रेम के शब्द बीसियों स्त्रियों से कह चुका था। नहीं, वह मेरी ॲन की तरह सन्तुष्ट नहीं हो सकती। कभी नहीं।

मिसेज़ मेहरा मुड़ी और उसने एक टाइप किया हुआ कागज़ आगे किया।

"इस बार तुम हस्ताक्षर करो तो अच्छा। चिन्ता न करो—मैं तुम्हारी अर्जी पर हूबहू तुम्हारी तरह हस्ताक्षर करने का काम अच्छी तरह करती हूं। अब मुझे भागना चाहिए, रूपा ! सम्पर्क रखना..."

इसके बाद मिसेज़ मेहरा चली गई। रूपा ने टाइपराइटर में एक दूसरा कागज़ डाला। अपने त्यागपत्र में उसने लिखा कि मैं जितना नोटिस चाहिए दे नहीं सकी। और उसके लिए उसने क्षमा-याचना की। उसकी उंगलियांलुंज पड़ गईं, और वे की-बोर्ड पररुक गईं, परन्तु फिर भी वह अपने पर जब करके आगे टाइप करती रही। उसने अपनी मेज़ पर पत्र खुला रखा और कमरे में एक दृष्टि डाली। यह कमरा उसका दूसरा घर बन गया था। हरे मखमल से ढकी हुई मेज़; लोहे की

अलमारियों में ये फाइलें। एक छोटे-से स्टूल पर मिट्टी की सुराही। लम्बी गर्दनवाला एक गिलास। उसने गिलास में पानी उंडेला और पी गई। "विदा !" उसने उस कमरे को कहा जब वह बाहर जा रही थी, दरवाज़े को धीमे से बन्द करके। उसने 'लिफ्ट' नहीं लिया, सीढ़ियों से वह नीचे उतरती हुई आई। चारमंज़िले, पालिश किए हुए पीतल के रेलिंग पर उसका हाथ था। उसने स्टैण्ड से अपनी बाईसिकल उठाई, वहां जो आदमी काम कर रहा था उसको देखकर मुस्कराई, और उस बड़े लोहे के दरवाज़े पर वह रुकी उस बड़ी प्रचंड इमारत की ओर देखती हुई। इस्पातनगर, अलविदा !

जब वह खाली गलियों से जा रही थी तो उसने अपने मन का निश्चय किया। आह तो बच्चों को कल ले जाएगा। उनके जाने से पहले ही क्यों न चली जाऊं ? आधे घंटे में वह सूटकेस में सब सामान भर लेगी। वह फिर तीन साल पुराना हलका-सा सामान लेकर चलनेवाली एअर होस्टेस हो जाएगी, पहले जैसी, या फिर मिसेज़ मेहरा के हाथों में बची रहेगी। फिर से हवाई सेवा में वह जा रही थी यह सुनना उसे अच्छा लगा। एक हवाई अड्डे और दूसरे हवाई अड्डे के बीच उड़ती हुई, सदा होटलों में सोती हुई। बाहर से आनेवाले यात्रियों के लिए भारत की वह पहली झांकी होगी। वह उन्हें कॉफी देगी और उनकी कमर की पेटियां बांधने को कहेगी। और वे प्रौढ़ उसका निरीक्षण करते रहेंगे। क्या साड़ी के नीचे उसकी आकृति ठीक वैसी ही भारतीय होगी—उन शिल्पों की तरह जो हवाई यात्रावाले विज्ञापित करते हैं ?

वह शायद फिर जान वेकफील्ड से मिलेगी—यह निश्चित था। वही नहीं जिससे वह मिली थी, पर कोई दूसरा। शायद वह उसके साथ फिर सैर को जाए। जब भयानक कीटाणु किसीके रक्त को चसते हों तो उससे कम भयानक ऐण्टीबायोटिक दवाई नहीं लेनी पड़ती। यद्यपि प्रतिक्रिया से दुःख हो।

उसे कोई पछतावा नहीं था। न जान वेकफील्ड के लिए, न भास्कर के लिए।

उनको भी कोई पछतावा होने की ज़रूरत नहीं थी।

उसकी आंखों में आंसुओं से धुंधलाहट छा गई। वैसे उसके पैडल पर पैर धीमे हुए। एक कार उसकी दिशा में आ रही थी, पर उसने परवाह नहीं की। वह धीमे से पास से गुज़री, फिर ब्रेक दबाने की आवाज़ हुई। कार चलानेवाले ने शायद उसके गालों पर बहते आंसू देख लिए थे। उसने और ज़ोरों से पैडल दबाया और ज़ोरों से।

वह आदमी आश्चर्य से पीछे देखने लगा। क्या करे इसके बारे में वह निश्चय नहीं कर सका। फिर एक मिनट बाद वह अपने रास्ते चलने लगेगा।

एक नया विचार उसे सूझा। यह सब मानसिक द्वंद्व क्यों बढ़ाया जाए ? आज ही क्यों न भाग जाया जाए ? कलकत्ता के लिए सवा छः बजे की गाड़ी थी। अब भी देर नहीं थी...

उसने झट से अपने मन का निश्चय किया। अब भी बच्चों से विदा लेने का समय था। उसने झट से बाइसिकल मोड़ी और वह पास की गली में घुस गई। दस मिनट में वह बंगले के करीब आ गई।

पहले यह बड़ी खबर सुनाना। आह तो जेल से बाहर कल आ जाएगा। बच्चे उसी दिन अपने पुराने घर जाएंगे। उसके बाद वे सब चीन चले जाएंगे। हांगकांग तक समुद्र-यात्रा, रेल से कंतान; और फिर आगे।

एक बहुत आकर्षक यात्रा-चित्र उसने उनके सामने शब्दों में खींचा। उसने अन्त में कहा, "कितनी मनोरंजक यात्रा होगी !" वह उसके सुननेवाले की प्रतिक्रिया देख रही थी। उसके और उन बच्चों के बीच यह सम्बन्ध, यह दर्द जल्दी ही समाप्त होनेवाला था। और उसने फिर कहना शुरू किया, एक श्वासहीन जल्दी में, उसकी अपनी योजना के बारे में भी। वह इस्पातनगर छोड़ रही थी। दो घंटों के समय में वह कलकत्ता एक्सप्रेस से चली जाएगी।

यह सब कहने के बाद उसने राहत की सांस ली। उसकी इस्पातनगर की जीवनकथा अब समाप्त हो रही थी।

चांग-डो और न-ह. सिन ने अपनी भावनाएं छिपाईं—यह उनकी चीनी परम्परा थी। जुड़वां बच्चियां अजीब सकपकाई दृष्टि से देखने लगीं; उनकी समझ में कुछ नहीं आया। एह-क एकदम फूट पड़ी। उसने अपना चेहरा दोनों हाथों से दबा लिया, गहरी सिसकियों से उसका शरीर हिल रहा था।

आंसुओं के रूप में सारी वेदना उसमें से निचुड़ जाए। रूपा ने सोचा, दबाने से और बुरा होगा। उसके बहाए हुए आंसुओं से उसे भी राहत मिली थी।

एह-क राय का यह अन्त था !

खाने पर न-ह सिन ने कहा, उसकी आंखें उन खाने की प्लेटों पर लगी थीं।

"रूपा !" गए हफ्ते से ही उसने रूपा बहन के बजाय 'रूपा' कहना शुरू कर दिया था। वह सिर्फ रूपा कहना पसन्द करती थी।

रूपा ने अपना चेहरा मोड़ा, उसके लिए जो 'चौपस्टिक' बच्चे लाए थे, वे उसके हाथ में उठे-से रहे।

"मुझे एक बार, आखिरी बार, तुम्हें मालिश देने दो!" रूपा ने कहा—"आओ!"

उस लम्बे रास्ते में नीचे बच्चे एक कतार में उसके पीछे चले। वह दूसरे सिरे पर कोने के कमरे में गई, अपने सब कपड़े उतारे और बिस्तर पर लेट गई।

न-ह. सिन के छोटे-छोटे हाथ उसके गोरे पेट के छोटे-से वर्तुल पर तबला-सा बजाने लगे। एक महीना और मालिश होती तो वह और छोटा हो जाता। पर अब तो कुछ थोड़े-से मिनट शेष थे।

आंखें मूंदे, रूपा ने उस परिचित बिस्तरे को अपनी सब इन्द्रियों से अपने में समो लिया। उसे भास्कर की उपस्थिति याद आई, उसने उसे घेर लिया। वह कल्पना में खो गई। आनेवाले दिनों में कल्पना ही उसकी एकमात्र मित्र होनेवाली थी।

चांग-ङो ने पूछा—"गर्म है? मैं पंखा चला दूं।"

छत का पंखा ज़ोरों से चलने लगा।

रूपा ने सोचा, मेरे पास उसकी कोई चीज़ नहीं। 'मैं इस कमरे से क्या ले जाऊं? रूमाल? नेकटाई!' उसकी आंखें इधर-उधर दौड़ने लगी और उसके बिस्तरे के पास के टेबल पर पाइपों की एक कतार उसे दिखाई दी। उसने उसमें से एक उठा लिया जिसका टेढ़ा मुंह था। 'मैं बिलकुल बच्चे की तरह क्यों व्यवहार करूं?' उसने अपने-आप से पूछा जैसे पहले भी एक बार पूछा था, फिर भी उसने पाइप अपने हैंडबैग में रख लिया।

देखनेवाली आंखों ने चेहरे पर कोई विकार नहीं दिखाया। चांगङो ने एक गुप्त इशारा दिया और लड़कियां कमरे के बाहर सेना की तरह कतार बांधे चलीं, सिर्फ न-ह सिन अपवाद थी। वह अपने काम में डूबी थी-उसने रीढ़ की हड्डी पर मालिश की और वह टांगों की ओर बढ़ी।

"रूपा, तुम्हारे पैरों का ऐसा सुन्दर आकार है!" उसने कई बार पहले भी यह कहा था, परन्तु यह अन्तिम बार था।

रूपा ने कहा, "जब तुम चीन में चली जाओगी तो कभी मेरी भी याद करोगी?"

न-ह, सिन ने बड़े तपाक से जवाब दिया, "रूपा, जब हम यहां नहीं रहेंगी तो

तुम हमें शत्रु कहोगी।"

"तुम... शत्रु ?"

"मेरे लोगों ने तुम्हारे देश पर हमला किया। तुम इसे कैसे कभी भूल पाओगी ? मुझे इसकी शर्म लगती है। चांग-ङो को भी। जब हम अपने देश में वापस जाएंगे, तो तुम्हारी नज़रों में हम अंगूठा, पहली उंगली थोड़े ही रहेंगे। हम तो सिर्फ चीनी हो जाएंगे। बन्दूकवाले लोग। हम यह सब जानते हैं, रूपा !"

न-ह सिन रूपा का चेहरा देख रही थी। उसपर उदास मौन उसने देखा। वह री पड़ी,"रूपा, इसकी बात मत करो, उससे मुझे दुःख होता है। परन्तु हम इसके बारे में आपस में बोल चुके हैं और हम अपने हृदय के भीतर कहते हैं : हम इस घर में सुखी रहे हैं। पहले से भी अधिक सुखी। हम ऐसे सुखी कभी नहीं होंगे। हमें जिन्हें कोई मां नहीं थी, एक मां मिली। हमें छठी बहन मिली। हमें दूसरा बाप मिला। वह सारा प्यार और खुशी और · · मेरे पास शब्द नहीं हैं। रूपा, पर शायद तुम समझ लोगी—यह सारी भावना हमारे हाड़ और रक्त में बस गई है। जब हम चीन में वापस जाएंगे और लोग हमें भारत के बारे में पूछेगे, तो हम उन्हें सत्य कहेंगे, रूपा !"

"नहीं, नहीं, न-ह सिन," रूपा डर से चिल्लाई, "भूल जाना ही तुम्हारे लिए सबसे अच्छा होगा।"

''भूल जाना ?"

"हमारे बारे में सब कुछ भूल जाना। तुम, निरे बच्चे एक भयानक ज्वार को कैसे रोक सकते हो ?"

न-ह, सिन का गुलाब की कली जैसा मुंह मुस्कान से खिल उठा, "रूपा, हम हमेशा निरे बच्चे नहीं बने रहेंगे।" और वहां उसकी जगह मानो एक प्रौढ़ स्त्री बच्चे जैसे चेहरेवाली उसकी ओर गम्भीरतासे घरकर देखने लगी। वह कह रही थी, "रूपा, हमपर कभी अविश्वास मत करो !"

रूपा ने जवाब दिया, "मैं कभी तुमपर अविश्वास नहीं करूंगी। मैं हमेशा उस चमकते उषाकाल की राह देखंगी जबकि यह छाया, यह मूर्खतापूर्ण परस्परशत्रुत्व नष्ट कर दिया जाएगा।"

"वे शब्द मैं कभी नहीं भूलंगी। और जब मैं अपनी बहनों से कहूंगी तो वे भी नहीं भूलेंगी। हमें कुछ वर्षों तक राह देखनी होगी, जब तक कि जुड़वां बच्चे भी यह सब समझने लगेंगे।"

बाकी बच्चे कमरे की ओर आ रहे थे। हरएक के हाथ में कुछ न कुछ था।

वे बिस्तरे पर एक कदम चढ़े और हथेलियां जोड़कर उन्होंने धार्मिक अर्पण की तरह मुद्रा बनाई। रूपा देखती रही आंखें खोले।

बिस्तरे पर छोटे-छोटे उपहार रखे गए। लड़कियां एक पंक्ति में घुटनों के बल झुकीं और उन्होंने फिर हाथ जोड़े। रूपा को उस क्षण वह दृश्य याद आया जिसका वर्णन भास्कर ने उसके सामने किया था-माओ त्से-तुंग के छपे हुए चित्र के आगे उनका घुटने टेकना। वही वृत्ति, वही भाव-भंगिमा

और वे मुद्राएं, वह जानती थी, फिर भास्कर के सामने दुहराई जानेवाली थीं।

न-ह. सिन कमरे से जाने के लिए तैयार खड़ी थी। रूपा उसकी मनःस्थिति पर विचार करने लगी।

"मत जाओ !" लड़की रुकी।

"यह लो, रूपा !" उसने अपने बालों में से एक इस्पात की पिन, जिसपर छोटा-सा नीला बत्तख था, निकाला और उसे दिया। वह भी फिर और लड़कियों की तरह घुटनों पर झुकी और नमस्कार किया।

"मैं तुम्हें बदले में क्या दे सकती हूं ?"

चांग-ङो ने उत्तर दिया : "तुम्हें हमें जो सबसे ज़्यादा चाहिए था, वह पहले ही दिया है। इससे बहतर तुम कुछ नहीं दे सकतीं।"

रूपा ने अपनी घड़ी की ओर देखा। अब उसे जल्दी वापस जाना चाहिए। बाइसिकल पर पन्द्रह मिनट जाना है। बस अब इतना-सा समय बचा था कि अपने कमरे से सामान वह उठा सके और रेलवे स्टेशन तक टैक्सी में जाए। बिस्तरे से बाहर निकलकर वह जल्दी से अपनी साड़ी बदलने गई। उस समय तक आया और रामलाल को पता चल गया था। वे भी बरांडे में दुखी चेहरा किए खड़े थे। रूपा ने हंसते हुए कहा—"रामलाल ! मालिक को अच्छा भोजन देना, ख्याल रखना।" और शान्त, स्थिरचित्त से रूपा ने अपनी बाइसिकल जिस दीवार के सहारे टिकाई थी, वहां से उठाई और वह चली गई।

फिर बच्चे एक कतार में खड़े हो गए, हाथ जोड़े और रामलाल और आया भी उनके पास में उसी रूप में खड़े हो गए। किसीने भी एक शब्द नहीं कहा। रूपा लौटकर नहीं आई और न उसने मुड़कर देखा—उस लम्बे, गोलाकार नीचे ढलान की तरह जानेवाले रास्ते से वह गई। परन्तु उस चौड़े फाटक तक जाने तक

बाइसिकल की घण्टी दो बार कूकी मानो कह रही हो—"विदा...विदा!"

शस्त्रविरम की घोषणा के छः दिन बाद, सत्यजित अपनी पुत्री के साथ गांधीग्राम लौटा।

अखबारों की सुखियों ने उसकी चुनौती के समाचार सब जगह पहुंचा दिए थे। यह चुनौती गांधीग्राम के विरुद्ध सरकारी निर्णय के एक घंटे के भीतर घोषित की गई थी। उसने सरकार को लिखा था: "आपके निर्णय का मुझे अपने जीवन से विरोध करना होगा। यह मैं केवल आमरण अनशन की घोषणा से कर सकता हूं। यदि इस अनशन के दौरान सरकार अपने कार्य से या जनमत के दबाव से अपना निर्णय बदल दे या योजना वापस ले तो अनशन मैं वापस ले लूंगा। मुझे ऐसा निर्णय लेना पड़ा, इसका दुःख है। परन्तु मेरे लिए और कोई मार्ग खुला नहीं है। हो सकता है कि मेरा निर्णय भूल से हो या मैं पूरी तरह गलत होऊ। यदि ऐसा है, तो फिर अपने जीवन-दर्शन के अन्य हिस्सों के सन्दर्भ में सही नहीं हो सकता। उस हालत में, मेरा आमरण अनशन मेरी गलती का पछतावा होगा।"

अखबारों ने अपनी टिप्पणी में लिखा था कि सत्यजित ने शब्दशः वही बात दुहराई जो गांधी ने ब्रिटिश सरकार से एक बार कही थी। गांधीवादी विचारों में पूरी तरह डूबे होने से तो कहीं उन्होंने यह प्रतिक्रिया व्यक्त नहीं की? या उन्होंने जान-बूझकर उन्हीं शब्दों का उपयोग किया था—उसी तरह के संघर्ष-तंत्र का भूमिका के रूप में, यद्यपि अबकी बार सामना भारत सरकार से था?

सत्यजित ने अपनी इच्छा व्यक्त की थी कि उनका गांधीग्राम में आना वहां के दैनिक जीवन-प्रवाह में खलल डालने के लिए नहीं था। पंचायत के लोगों ने यो व्यवस्था की थी कि वे अकेले उसे सुरुचि के साथ स्टेशन के प्लेटफार्म पर मिलें।

ट्रेन से उतरते ही पति और पुत्री के सामने सुरुचि आई। परन्तु अब वह सफेद साड़ी में लिपटी लड़की वहां नहीं थी। सुमिता शहर के कपड़े पहने थी। बस कपड़े?

"मां!" सुमिता की बांहें मां के गले में पड़ी।

"सुमिता: तुम तो एक इंच और भी ऊंची हो गई। अब मैं तुम्हारी ठोड़ी तक

भी नहीं पहुंचती।" वह अपने पति की ओर मुड़ी, "तुम्हारी बेटी तुम्हारे पर सब बातों में गई है, तुम्हारी ऊंचाई भी उसने पाई है।"

"रुचि, उसे तुम्हारा रूप मिला है, क्या यह काफी नहीं है ?"

वह उसकी ओर ऐसे आकर्षण से देख रहा था जो अंशतः भय था। क्या गए कई वर्षों में उसे केवल व्यर्थता और दुःख ही नहीं दिया था ? दुःख के बाद दुख उसके पलड़े में बोझ बने थे, और पलड़े की दूसरी ओर कुछ भी नहीं था ? और उसे डर था कि इस दुःख की मानो वह आदी हो गई थी, और उसे अब कुछ पूछना नहीं था...'न मांगना था... न आदेश देना था. वह सब कुछ की पूर्ति के लिए तैयार था। सब कुछ।

परन्तु अब समय कहां था ; मृत्यु दरवाज़े की देहरी पर थी। उसे मरने की इच्छा नहीं थी। परन्तु वह बात विषय से परे है। यदि वह टूट जाए और निर्णय बदले, फिर भी क्या वह उसे वह सब कुछ दे सकेगा जो वह चाहती थी ? शेष दिनों में प्रत्येक क्षण में वह मरता रहेगा। क्योंकि उसके आत्म-सम्मान की जो हानि होगी। तब उससे कुछ भी उसे मांगना नहीं होगा।

वह भी उसकी ओर एकटक देख रही थी, आंखें ममता से भर आई थीं।

उसने सोचा कि यह उसका दुर्भाग्य था कि उसमें उसके बाह्य स्वरूप के भीतर से मानो साफ कांच में से देख रही हो ऐसे देखने की शक्ति थी। वह भी उसकी इस शक्ति से परिचित था और इसलिए वह सदा अपने भीतर के अतरंग मनुष्य को उसकी दष्टि से ओझल रखता था, कहीं ऊंची निष्ठा, धैर्य की उदात्तता, निर्भय कर्म के पीछे छिपाकर। उसने कोशिश की थी कि वह अनेक कवचधारी बने। यहां इस कसौटी के परम क्षण में, वह अपने से भी आगे बढ़ने की तैयारी किए हुए था। वह उस सारे रास्ते से जाएगा जिससे गांधी गए थे। परन्तु गांधी उस रास्ते बिलकुल मनःशान्ति से गए होते। वह आत्म-आदिष्ट मृत्यु के वरण के लिए प्रस्तुत था, उसके मानसिक समतोल में ज़रा भी सलवट नहीं पड़ती। सत्यजित प्रत्येक घंटे, प्रत्येक मिनट कठिन लड़ाई लड़ेगा, अपने भीतर के अन्तनिव से, उस सामान्य मानव से वह लड़ रहा था जो असामान्य बनना चाहता था। क्या यह अन्तःसंघर्ष स्वयं उस प्रस्तुतीकरण के अभाव पर टिप्पणी नहीं थी ? यह संघर्ष वर्षों पहले समाप्त होना चाहिए था।

करुणा से सुरुचि का हृदय भर आया। काश, वह कुछ सहायता कर पाती ! और कोई नहीं था जो उसे सच्चे ढंग से जानता था, सुरुचि के सिवा उसकी और कोई

मदद नहीं कर सकता था।

ग्राम पंचायत के लोग एक मिनट के लिए दूर खड़े रहे। अब वे आगे बढ़े। हरएक ने सत्यजित को एक-एक कर बांहों में भर लिया। हरएक के चेहरे पर इस महानता की उपस्थिति में गर्व और नम्रता का मिश्रण था। राष्ट्रीय आन्दोलन अपना उद्देश्य पूरा करने के बाद, देश की स्वतन्त्रता-प्राप्ति के बाद, ऐसी दिशा में गया कि वह रुंध-सा गया। आत्मा के क्षेत्र में कोई नेतृत्व शेष नहीं था। सत्यजित एक अपवाद था जो उस बड़ी भारी रिक्तता को पूरा करना चाहता था।

कृष्णमूर्ति ने कहा, "रोम्यां रोलां के लिखे शब्द मेरे मन में उठे : यदि अहिंसक भारत की इस संघर्ष में पराजय हुई तो मानो ईसा को ही सलीब पर इस तरह कोई भाले से भोंक देगा। और इस बार कोई पुनर्जागरण नहीं होगा!"

चितरंजन ने कहा, "सत्यजित अकेले उपवास पर जाएं, यह ठीक नहीं है। एक सामूहिक प्रयत्न होना चाहिए। गांधीग्राम सारा इस संकट की घड़ी में जाग उठे। कम से कम बीस या तीस व्यक्ति।"

"नहीं!" सत्यजित के उत्तर में दढ़ता थी, "ऐसा पहले कभी नहीं हुआ है। हमेशा अकेले गांधी अपनी सारी जनता का बोझ अपने ऊपर लेते थे : तुम्हें सिर्फ याद करने चाहिए, वे एक दर्जन उपवास जो उनके जीवन में बार-बार आते थे।"

स्वामीजी ने कहा, आधा मानते हुए, "बहुत आग्रह करने पर भी गांधीजी ने सामूहिक अनशन को अपना समर्थन नहीं दिया। पर सारी पंचायत क्यों न उपवास करे! सत्यजित, इसमें तो तुम्हें कोई आपत्ति नहीं होगी। यह ठीक ही होगा।"

सत्यजित ने अपना उत्तर नहीं दिया, कहा, "चलो, आगे चलें।"

बाहर जाने के दरवाज़े से सब लोग निकले। स्टेशन के कार्यकर्ता आदरपूर्वक राह देख रहे थे। माणिक...गोरा...आनन्द, सत्यजित ने एक-एक कर उन्हें देखा। गांव के रास्ते पर जब वह चलने लगा तब तक उसने वह शब्द नहीं कहा, जिसके लिए वे सब राह देख रहे थे :

"अच्छा, जैसा आप चाहते हैं वैसा ही हो!"

ग्राम पंचायत के लोग आनन्द से भर उठे, परन्तु सत्यजित ने उन्हें हाथ के इशारे से रोककर कहा, "फिर भी हम लोग वैयक्तिक सत्याग्रह के मार्ग से चलें। जब जापानी सिपाही आसाम की घाटी को खूद रहे थे तब गांधी ने जो मार्ग बताया था। वह संकट से घिरी विदेशी सरकार को और संकट में नहीं डालना चाहते थे।

यदि शत्रु के संकट से जरा-सा भी फायदा उठाया गया तो वह अहिंसा के सर्वथा प्रतिकूल होगा। गांधी ने निश्चय किया कि एक व्यक्ति एक समय विरोध करे। ज्योंही वह व्यक्ति जेल में गया, दूसरा उसकी जगह आ जाएगा, फिर तीसरा। आज जवाहरलाल नेहरू की सरकार पर किसी तरह दबाव डालने की बात हम नहीं सोच सकते। फिर भी हम अपने ऊपर थोपे गए इस संघर्ष से बच भी नहीं सकते। इसलिए हम वैयक्तिक सत्याग्रह का मार्ग अपनाएंगे। जब मैं मर जाऊंगा तो मेरी जगह तुममें से कोई एक मेरे स्थान पर अनशन करेगा। इसी आधार पर विरोध चलता रहेगा, जब तक कि गांधीग्राम न बचाया जाएगा।"

सबके चेहरे उतर गए, पर किसीने विरोध में एक शब्द भी नहीं कहा।

"सत्यजित, आपका उपवास कब शुरू होता है ?"

'शाम को !"

"आज नहीं न ?"

"आज ही।"

फिर सब ओर मौन छा गया। सूर्यास्त को दो घंटे शेष थे।

माधव चाचा औरों के साथ चल नहीं सकते थे। सुमिता ने उनकी बांह पकड़ी थी। बूढ़े ने कृतज्ञतापूर्वक यह मदद स्वीकार की थी।

उनकी आवाज़ में दुःख भरा था, "इस उपवास का तुम क्या सोचती हो, सुमिता ? क्या यह आवश्यक है ?"

"कोई और रास्ता नहीं है, माधव चाचा ! जब तक इस्पातनगर अपना धमकी-भरा हाथ न हटा ले।"

"मुझे बताओ। मैं समझना चाहता हूं। किसकी अधिक कीमत है—इस गांव की या सत्यजित की ज़िन्दगी की ? गांव तो फिर बन जाएगा। वह बाहर से नष्ट नहीं हो सकता, सिर्फ भीतर से नष्ट हो सकता है। परन्तु सत्यजित एक बार जाएगा तो सदा के लिए चला जाएगा।"

"वह भी फिर उठ सकता है। ऐसा इतिहास में हुआ है। और पृथ्वी पर हर देश के इतिहास में हुआ है।"

माधव चाचा एक मिनट विचार करने लगे, "क्या गांधीग्राम फिर जन्म लेगा ?" उन्होंने आश्चर्य से कहा।

सुमिता ने उत्तर दिया, "बुद्ध फिर से नहीं जन्मे। पर सैकड़ों छोटे बुद्ध बाद

में हुए। और उनका सम्मिलित कार्य एक गौतम के काम के बराबर हुआ। हम सब चुपचाप बैठे नहीं रह सकते इस आशा में कि कोई मसीहा आएगा, यदि हम यों बैठेंगे तो हम यों हमेशा ही बैठे रहेंगे। यदि मसीहा हमारे दरवाज़े तक भी आएगा तो हम उसे देख नहीं पाएंगे, पहचान नहीं पाएंगे, हमारी आंखें प्रतीक्षा में झुके क्षितिज पर ही लगी रहेंगी। और किसी अकेले भिखारी की तरह मसीहा बिना उत्तर पाए लौट जाएगा।"

जब सत्यजित नहा-धोकर कपड़े बदलकर आया तो सुरुचि उसके सामने पीतल की थाली में भोजन लाई। उसने मना किया, उपवास शुरू होने से पहले वह बड़ा भोजन नहीं करना चाहता था। वह सिर्फ दूध और फल लेगा।

सुरुचि मोटी आवाज़ में बोली, "मैंने घंटों इस खाने के बनाने में बिताए हैं।" और उसका उत्तर एक मिनट की चुप्पी के बाद आया :

"अच्छा, तुम जो भी मुझे देने की कृपा करोगी मैं लूंगा, रुचि !"

इस तरह आसानी से मन जाने पर अचरज से वह चिल्लाकर बोली, "कृपा करना ? ऐसा क्यों कहते हैं ?"

"इतने सब वर्षों में मैंने तुमसे लेने लायक क्या किया ? और सिर्फ मेरी मांगें असीम थीं। अब मैं ये सब बातें साफ दृष्टि से देख सकता हूं। और यह बहुत देर से देख रहा हूं।"

सुरुचि की आंखों से आंसू फूटते, परन्तु उसने अपने को रोका, होंठ भिचे रहे। अब वह सब कुछ देख सकता है इसका उसे आश्चर्य हुआ। क्या फिर एक नया आरम्भ करने के लिए बहुत देर हो गई थी। वह आरम्भ फिर उन पुराने वर्षों से नहीं हो सकेगा। वह न तो वह चाहती थी, न उसके लिए प्रस्तुत थी। बीते हुए वर्ष भी, अपने साथ समृद्धि लाए थे और उन्हें मना नहीं कर सकती थी, उन्हें फेंक नहीं दे सकती थी। और वह सत्यजित को इस तरह से फिर भटकते छोड़ देना नहीं चाहती थी। वह चाहती थी कि उसके स्वामी के रूप में एक अंश तो सत्यजित हो और फिर अन्य अंश कोई दूसरा हो। वह कोई दूसरा शायद—वीरेश्वर था ! हां, वह दोनों हो सकता था। वह उस रूप में उसे चाहती थी। उसी रूप में अपने-आपको संपूर्त और पूर्णता-प्राप्त पा सकती थी। परन्तु—इसके लिए बहत देर हो चुकी थी।

फर्श पर पालथी मारे बैठे उसने एकटक देखा जैसे धुंधलके में से देख रही हो। वह चुपचाप हमेशा की तरह खा रहा था। उसने ऊपर निगाह नहीं उठाई जब तक वह थाली का भोजन समाप्त नहीं कर चुका। यह उपवास का आरम्भ गांधीजी

के ढंग का नहीं था, परन्तु उसे इस बात का दुःख नहीं था। कुएं पर हाथ धोकर वह बाहर के बगीचे में गया।अपना चरखा लेकर बेंत की चटाई पर बैठ गया। जाड़े का सूर्य-प्रकाश जल्दी मन्द हो रहा था। रास्ते पर लोगों की भीड़ जमा हो गई थी, शान्ति से देख रही थी। परन्तु उसने अपना मन उस भीड़ से दूर रखा। उसे कोई सन्देश नहीं देना था।

फिर सुमिता अपने पिता के साथ बैठी, और पुराने मंत्र दुहराने लगी :

"अरे, याद कर, जो कुछ किया उसे याद कर !
अरे, याद कर, जो कुछ किया उसे याद कर !"

(ॐ क्रतो स्मर...)

उस मंत्रध्वनि का मानो संकेत-प्रभाव हुआ कि सारा गांव वहां सड़क पर जमा हो गया। उस आनेवाले क्षण के स्पन्दन की अनुभूति से वह उस बांस के फाटक के पास और आगे बढ़ने लगा। वहां भावोद्रेक नहीं था। स्त्री-पुरुष फूल अपनी अंजुली में लिए एक पंक्ति बांधे बराबर आगे आ रहे थे और जब सूर्यास्त हो गया और यह निश्चय हो गया कि उपवास शुरू हो गया तो वह पंक्ति दरवाज़े में से रेंगती हुई आगे बढ़ी, सत्यजित के सामने रुकी, उसके चरणों में फल रखे, आगे बढ़ने लगी। वह उन्हें दोनों हाथ जोड़कर वे फूल ग्रहण करता रहा, विनीत भाव से।

सुमिता की आवाज़ में कहीं भी कंपन नहीं था। मंत्रों का अर्थ था "प्राणियों का न आरम्भ मालूम है न अन्त। हम तो केवल व्यक्त मध्य ही देखते हैं। तो फिर शोक का क्या कारण है ?"

रास्ते पर मोटर का हार्न बजा और एक कार दरवाज़े तक आई। उत्सूकता का मौन। इस्पातनगर से कोई दूत आया ! क्या संघर्ष समाप्त करने का कोई सुझाव है ? परन्तु कार से आदमी उतरा। वह बहुत दूर से आया हुआ जान पड़ता है। उसके हाथ में एक सूटकेस है। वह ड्राइवर को पैसे दे देता है, और वह भीड़ में से अपना रास्ता बनाता है।

उसने दुःख से सिर हिलाया, "बहुत देर हो गई ! उपवास शुरू हो गया !"

सत्यजित ने स्वागत किया, "वीरेश भाई, तुम्हें फिर से मिलकर प्रसन्नता हुई।"

वीरेश उसकी ओर एकटक देखकर बोला, "सुरुचि, घर में कुछ खाना है ?

सत्यजित से पहले ही मेरा अनिश्चित उपवास शुरू हो गया था, और मैं बिलकुल भोजन छोड़ना नहीं चाहता। आज का दिन मेरे जीवन में व्यस्ततम दिनों में से है। और बस हवाई अड्डे तक भागने का समय बचा था।" उसकी आंखें सुमिता की ओर मुड़ी, "मुझे फिर से देखकर तुम्हें खुशी नहीं हुई, प्यारी बेटी !" वह और भी कहनेवाला था, पर सुमिता के चेहरे पर तनाव इतना स्पष्ट दिखाई दे रहा था कि वह चुप हो गया।

"नन्दिनी...अशोक..." उसकी आवाज़ जैसे गूंगी हो गई।

"अशोक का आपरेशन हुआ है। जल्दी ही नतीजे का पता लगेगा।"

"क्या संभावना है ?"

"जो विशेषज्ञ इस काम को कर रहा है वह कहता है कि आंखें बच जाएंगी। सुमिता, खुश हो ? अब मैं एक दूसरी अच्छी खबर दूं। सत्यजित का उपवास अनावश्यक हो गया है। वस्तुतः यही सन्देश देने के लिए मैं यहां आया।"

वहां जमा हुए लोगों में से एक उत्कंठापूर्ण आवाज़ उठी।

"सरकार ने अपना निर्णय वापस ले लिया है ?" सुमिता ने सांस रोकते हुए पूछा, "क्या गांधीग्राम सुरक्षित है ?"

"एक तरह से।"

'किस तरह से, वीरेश ?" सत्यजित ने ठण्डे ढंग से पूछा।

"दिल्ली का सचिवालय एकदम जाग उठा है, मानो कोई राष्ट्रीय संकट आया हो। यह उसका नतीजा है।"

उसने मुख्य-मुख्य तथ्य सुनाए। सरकार ने व्यक्तिगत अधिकारवाली बड़ी ज़मीन के विरोधी कानून के द्वारा एक निजी ज़मीन ले ली है, जोकि नये गांधीग्राम का नया आधार होगी। वहां कोई पट्टे की जमीन नहीं थी, न किन्हीं किसानों की बेदखली का सवाल था—यह ज़मीन एक सहकारी संस्था के द्वारा उपयोग में लाई जा रही थी। ज़मीन अच्छी थी। पास में और भी कई उपयोगी सामग्री थीं जैसे टीक की लकडी। आत्मनिर्भरता बहुत जल्दी प्राप्त की जा सकेगी। पास की नदी घाटी योजना से एक नहर काफी सिंचाई देगी। बड़ा रास्ता कुछ ही मील की दूरी पर था। रेलवे ट्रेन उस गांव पर नहीं रुकती थी, परन्तु वहां नई व्यवस्था पूरी हो जाने पर एक छोटा-सा स्टेशन जल्दी ही खोला जा सकता था।

सत्यजित ने तीखे पड़कर कहा, "वीरेश, तुमने अपना समय व्यर्थ खोया। तुम्हें अधिक अच्छी तरह जानना चाहिए था। तुम निराश होकर काम कर रहे हो—और

तुम मुख्य बात भूल रहे हो-मैं यह सब समझता हूं।"

"मतलब ? तुम्हारा कहना है..."

"गांधीग्राम धान के पूलों की तरह कहीं ले नहीं जाया जा सकता।"

"क्यों नहीं ? गांधीग्राम केवल वह जमीन नहीं है जहां वह खड़ा है। वह तो एक विचार है। वह जनता है। विचार स्थानांतर कर सकते हैं; जनता स्थानांतर कर सकती है। बहुत दूर नहीं जाना है-सौ मील के अन्तर पर। यहां एक भी व्यक्ति नहीं बचा रहेगा जो इस्पातनगर को अपने में समोएगा। जनता अपने साथ अपना सब कुछ ले जा सकेगी। उनके लिए बीसियों ट्रक दिए जाएंगे। यहां का हरएक कारखाना आसानी से वहां जमाया जा सकता है। कच्चे मिट्टी के घर भी, यदि उनके बारे में कुछ ऐसा धार्मिक आग्रह हो ! केवल यहां की भूमि, वृक्ष और आकाश को छोड़कर हर चीज़ वहां फिर से बन सकती है।"

"वीरेश, जड़ें ?"

"जड़ें ?"

"जीवन की जड़ें। उन्हें तुम खोदकर फिर उन्हें लकड़ी के खोकों में निर्यात के लिए नहीं ले जा सकते।"

"क्यों नहीं ? अच्छा, ये जड़ें इतनी पुरानी नहीं हैं। बारह बरस पहले गांधीग्राम नहीं था। देखो सत्यजित, एक बड़ी बस्ती के लिए यह बहुत छोटी कीमत तुम्हें देनी होगी। संघर्ष समाप्त हो जाएगा..."

"संघर्ष ? यह शब्द मैं पसन्द नहीं करता। हम इसे कहें, चुनौती। चनौती सिर्फ गांधीग्राम और इस्पातनगर में नहीं है। यह दो परस्परविरोधी विचारधाराओं में है, दो परस्पर-विरोधी जीवन-पद्धतियों में है। चरखा बनाम इस्पात मिल। वे"—चरागाह की ओर उंगली से निर्देश करके वह बोला, "उन्हें कोई मुगालता इस मामले में नहीं है। वे जानते हैं कि उन्हें क्या चाहिए है। इतिहास उनके पक्ष में है। फिर भी, यह हो सकता है कि हम कहीं राष्ट्रीय चेतना में किसी प्रस्तुत चीज़ को छू लें और उसमें एक जागरण पैदा करें। यदि यह हुआ...परन्तु यह सब बोलना काफी है, वीरेश ! सुरुचि तुम्हारे लिए खाना लेकर राह देख रही होगी। जाओ, रसोईघर में जाओ और खाना खा लो।"

आधी रात हो गई थी, और गांव के लोग चले गए थे, परन्तु अभी इस घर में कोई सोया नहीं था।

वीरेश्वर एकदम खड़ा हुआ। "आओ,सत्यजित,चलो थोड़ा टहलें। सिर्फ हम दो। इस युद्धभूमि में हम विचरण करेंगे !"

'युद्धभूमि ?"

'चरागाह। सुमिता ने मुझे सब कुछ बता दिया है दिल्ली में। अब मुझे उस भास्कर राय नाम की घटना का पूरा चित्र मिल गया है। घटना उसे कहता हूँ मैं—समझाने की तो ज़रूरत नहीं ?"

वे चुपचाप चलते रहे, जब गांव पीछे छूट गया। वीरेश्वर अपनी विचारधारा आगे बढ़ाकर बोला, "तुम और वह, एक-दूसरे के आमनेसामने दिन और रात की तरह"—उसके स्वर में एक विचित्र तीव्रता थी, "रात और दिन सूर्योदय के समय से पहले और सूर्यास्त के बाद। सनातन द्वन्द्व-प्रकाश अंधकार के विरुद्ध, अंधकार प्रकाश के विरुद्ध। क्या एक के बिना दूसरा हमें मिल सकता है ? यदि केवल प्रकाश रहे तो क्या हम सो सकेंगे ? या यदि अन्तहीन अंधकार हो तो जाग सकेंगे ? तुम जो अपने-आपको प्रकाश समझते हो, सत्यजित,तुम भास्कर के बिना बेकार हो।"

सत्यजित हलका-सा मुस्कराया, "तुम काव्यमय मुड में हो वीरेश ! कुछ भी हो, रात और दिन एकसाथ नहीं रह सकते। एक के बाद दूसरा आता है। आज भारत में क्या होगा ?"

उत्तर चमका, "दोनों। भारत के राष्ट्रीय जीवन में यह समय सचेतन मिश्रण का है। यह समय उषा और संध्या का है। दोनों के भीतर एकरूपता है। वैसे ही हैं मांस और रक्त के प्रतीक ! वहां तुम्हारे भीतर गहरे में भास्कर है, सत्यजित ! और तुम्हारे भीतर कहीं भास्कर है, इसके बारे में भी मैं निश्चित हं।"

"तुम तो हर चीज़ के बारे में निश्चित हो। क्या तुम भास्कर से मिलने जा रहे हो, किसी संयोगवश ?"

"क्यों नहीं ?"

"मत मिलो, वीरेश !"

"यह हिंसा हो जाएगी, सत्यजित ! तुम्हारी आत्मा में। गांधी अपने शत्रु को सब प्रकार की सन्धि देते कि वह जीते। वे अपना व्यक्तिगत दृष्टिकोण ही सबसे महत्त्वपूर्ण न मानते। वह होता सदा सत्य, सत्य और फिर सत्य। सत्यजित, तुम्हें सत्य को एक सन्धि देनी चाहिए।"

सत्यजित मुस्कराया, "भास्कर को विजय का हर मौका मिल सकता है।"

उसने कहा, "हमारे लिए एक खाली विजय हार से भी बुरी होगी। यह तो आमना-सामना है जिससे हमारी आत्मा सशक्त बनती है।"

"तुम हमेशा युद्ध की गर्मी में नहीं रह सकते। कहीं न कहीं रचनात्मक प्रक्रियाओं को जीतना होगा। देखो सत्यजित, इस उपवास को लोग भावनात्मक स्तर पर भेद छिपाने के लिए घुस कहेंगे। यद्यपि तुम्हारा उद्देश्य उसके बहुत भिन्न है। क्या तुमने उसकी ओर उस दृष्टि से देखा है ?"

"गांधी पर भी वह आरोप लगा था। उन्होंने उसका उत्तर दिया था।"

"सत्यजित, हम सिद्धान्तवादी संकल्प न शुरू करें। तुम यह उपवास छोड़ दो, इतना ही मुझ कहना है।"

सत्यजित में अपने मित्र के प्रतिप्रेम जागा। कठिन परिश्रम के बाद, वीरेश अब पराजय का दुःख अनुभव कर रहा था। सत्यजित को याद आया यही उसकी अपनी भी भावना थी और कई और लोगों की भी थी जब गांधीजी ने सेवाग्राम में अपना एक उपवास घोषित किया था। किसी भी उपवास में इस पृथ्वी पर के एक अत्यन्त मूल्यवान जीवन का अन्त हो सकता था। यह एक दैवी चमत्कार था कि गांधी हर संघर्ष में से जीवित बाहर निकले।

वीरेश्वर की सहायता करने का कोई उपाय नहीं था क्या ?

परन्तु अब वीरेश्वर दुःख से अधिक क्रोध से बोल रहा था : "सत्यजित, तुम्हें याद है कैम्ब्रिज में तुम्हारे उपवासों का क्रम। प्रत्येक समय जब तुम किसी स्त्री के आकर्षण के शिकार बनते—और तुम अपनी शारीरिक प्रतिक्रिया की कोई सीमा नहीं रखते थे—तुम अपने आपको दंडित कर लेते। उसका क्या परिणाम था ? उससे लाभ क्या होता ? कुल परिणाम यह था कि तुम एक आकर्षण से दूसरे आकर्षण तक प्रवास करते, प्रत्येक समय झुक जाते, जबकि स्थिर प्रेम जिसमें कोई बन्धन नहीं होते, तुम्हें शारीरिक दृष्टि से कम सर्वसंगी बनाता और आध्यात्मिक दृष्टि से अधिक संपूर्त।"

अंधेरे में भी उसे अपने मित्र के चेहरे पर चौंकने के भाव दिखाई दिए। वह रुका। ये शब्द भीतर गहरे जाएं। सत्यजित को कैम्ब्रिज में अपनी सब स्वच्छन्दता याद आई। तब के सत्यजित के आगे वीरेश्वर स्वयं एक मध्ययुगीन सन्त जान पड़ता। सत्यजित तो वासना के प्रभाव में इस तरह व्यवहार करते थे कि मानो उन्मत्त हों। और वे स्त्रियां—उन्हें उसने सिवा दुःख के और क्या दिया ? उनमें से हरएक ने उसके इस प्रकार सहसा छोड़ देने पर किस तरह तिरस्कार किया होगा !

एक गुंडा भी इतनी क्रूरता याअमानवीयता से नहीं पेश आता।

उसकी वह वासना अब बदलकर कुछ और हो गई थी, परन्तु उतनी स्फोटक नहीं थी। यह उपवास पुराने उपवासों की ही सरणि में था। उतना ही निरुद्देश्य। बेकार। असंस्कृत। फिर भी उसमें यह शक्ति थी कि वह अंत तक उसे ले जाता।

गुस्सा शान्त हुआ। दर्द नये से शुरू हुआ। आशाहीन, बढ़ता हुआ, सब पर छा जानेवाला। अलग खड़े रहें और उसे दर्द से छटपटाता भी देखें ? हो सकता है—उसे मरते हुए देखें—यह कैसे होगा ?

"सत्यजित !"

"वीरेश ?"

"क्या जीवन ने अपना सारा आकर्षण तुम्हारे लिए छोड़ दिया है कि तुम उसे फेंकने को तैयार हो ? उसके आश्चर्यों का विचार करो। अपने घर में उस आश्चर्य को सोचो। वह, जिसने तुम्हारे कारण सब प्रकार का त्याग किया। जब हम पर्वतों पर थे तब ऐसी भावना मुझे हुई कि तुम अपने-आपको पुनः निर्मित कर रहे थे, उचित रूप से तुम जीवन के साथ फिर सम्बन्ध स्थापित करने जा रहे थे। परन्तु तुम्हारे जाने के बाद उसकी नियति क्या होगी ? तुम्हारे बाद बची रहनेवाली 'साधुता' से वह मंडित होगी ! हमारे लाखों लोग उसे परम माता कहकर उसकी जय-जयकार करेंगे। तुम अपने भौतिक जीवन में जितने प्रसिद्ध नहीं हुए उससे अधिक बड़े और शक्तिमान मरणोपरान्त बनोगे ! और वह बेचारी तुम्हारा छोड़ा हुआ कीर्ति का चोगा पहनने पर बाध्य होगी..."

सत्यजित ने अपने मित्र को विशुद्ध करुणा से देखा। परन्तु वह कुछ बोले उससे पहले वीरेश और तेजी से कहने लगा : "हो सकता है, कहानी दूसरा रूप ले। हो सकता है, उसमें इतना साहस जागे कि वह कीर्ति का चोगा फेंक दे और एक नये जीवन की आवश्यकताओं के प्रति वह जागरूक हो—तुम्हारे जाने के बाद, उसकी वर्जनाएं भी चली जाएं। यदि ऐसा हो तो मैं उससे बहुत दूर नहीं होऊंगा। सत्यजित, इसका तुम विश्वास करना।"

सत्यजित ने अपनी बांहें अपने मित्र के गले में डाल दी और कहा : "अब तुमने अपने सब अस्त्र मेरे विरुद्ध प्रयुक्त कर लिए, वीरेश, अब तुम्हारा हृदय शांत हो। मेरे कारण से तुम्हें इतना दुःख करना ही चाहिए क्या ? तुम क्यों अपने-आपको इतना पीड़ित कर रहे हो, मेरी संकल्प-शक्ति को तोड़ने के लिए इतने उतावले क्यों

हो, जब तुम जानते हो कि यह दुराशा-मात्र है ?”

भास्कर के लिए रूपा का यों सहसा चले जाना एक आघात की तरह था। यह माना कि उसे जाने के सिवा और कोई चारा नहीं था, फिर भी कमरा नम्बर उन्नीस में कुछ क्षण, उनके एकत्र क्षण, कोई हानि न करते। वह कम से कम उसे अपने भविष्य की योजनाएं बताती; वह अब दूसरे से यह सब सुनना नहीं चाहता था। मिसेज़ मेहरा ने सारे समाचार देकर उसपर अपनी एक टिप्पणी जड़ी, “उस लड़की के तो पंख हैं। वह एक जगह अधिक देर तक नहीं रुक सकती। वह तो पक्षी की तरह है, उसे तो उड़ते जाना है, बस उड़ते जाना। इस्पातनगर में करीब एक वर्ष—बहुत अधिक देर तक रुकी इस बार।”

भास्कर ने विचार किया—उसके जाने का यह कारण नहीं था।

उसकी वे सब बातें कि वह भी मेरी ऑन बन गई, केवल भ्रम था। जिस काल्पनिक प्रतिमा में वह अपने-आपको देख रही थी, वह उसके मन के बाहर कहीं नहीं थी। यह बात उसने जैसे अन्तःप्रवृत्ति से पहचान ली थी। परन्तु वह उसे अपनी इच्छा के ज्वार में जैसे बहा ले गई थी। उसने उसके आत्म-भ्रम को हर अवसर दिया था। यह भी हो सकता था कि एक थोड़े-से समय के लिए वह सन्तुष्ट और सुखी थी। बाद में, पीछे मुड़कर देखने पर उसे नंगा सत्य दिखाई दिया। फिर उसे अपने प्रति घृणा हुई होगी। उस रात के अनुभव के लिए घृणा नहीं, परन्तु वह जो कुछ बनना चाहती थी वह भीतर से बन नहीं सकती थी; इसके लिए उसे अपने-आपसे घृणा हुई होगी। इस खोज के लिए किसी शंका को स्थान नहीं था।

पक्षी की तरह, उसे उड़ते ही रहना है—इससे क्या आश्चर्य था ? वह बचपन से ही बिना घर के जीवन में बढ़ी। न मां का प्रेम मिला, न आश्वासन कि उसका दुनिया में कहीं स्थान है। उसके लिए कोई स्थिरता नहीं थी, कोई लंगर नहीं था। यौवन और सौन्दर्य में बढ़ कर, वह स्वेच्छाचारिणी ही बनती। चंचल, क्षण-क्षणजीवी। कठोर, शिकारिन। प्रत्येक परिस्थिति का वही अन्त बना। फिर भी, आश्चर्य की बात थी, कि एक अपवाद बनकर उसने जीवन के एक नियम को असिद्ध किया।

उसने उसे एक अंतर पर रखा था। उसने मुश्किल से उसे छुआ भी नहीं था जब उसके चेहरे पर मांग स्पष्ट पढ़ी जा सकती थी। बाद में आए पांच बच्चे। या अधिक सच तो यह कहना होगा कि जब सुमिता चली गई। सुमिता ने जो निकटता उसके और रूपा के बीच में निर्मित की थी वह केवल भौतिक अन्तर का प्रश्न नहीं था।

बच्चे भी कुछ दिनों में चले जानेवाले थे। आह तो जेल से निकल आया था, अपना व्यापार समेट रहा था। दक्षिण के एक बन्दरगाह में एक जहाज़ राह देख रहा था कि चीनियों को अपने देश वापस ले जाए।

रूपा के चले जाने के जल्दी ही बाद आह तो मिसेज़ मेहरा के साथ आया। बच्चियां पिता के पास दौड़ी गईं। पुनर्मिलन के उत्साह के बाद उसने उन्हें तैयार होने के लिए कहा-वह उन्हें घर ले जाना चाहता था।

वे गंगे की तरह खड़ी रहीं, हाथ झुके हुए। आह तो पहले मिसेज़ मेहरा की ओर और फिर भास्कर की ओर मुड़ा।

"मैंने तुम्हें कहा था, कहा था न?" मिसेज़ मेहरा ने गम्भीर होकर कहा, "बच्चे बहुत जल्दी प्रेम करते हैं।"

"परन्तु..."

आह तो को आश्चर्य हो रहा था कि इतनी जल्दी निष्ठाएं इतनी कैसे बदल गई। इतने वर्षों उसके बच्चे उसके प्रति भक्ति रखते थे और जब पुलिस की गाड़ी उसे ले जा रही थी तो उनका दिल टूट गया था। परिस्थितियों के प्रभाववश उन्हें एक अजनबी के घर में रहना पड़ा...यह आसक्ति...

एई-कू अपने पिता की ओर शांत भाव से चुपचाप देख रही थी। उसकी आंखें आंसुओं से डबडबा आई थीं, और जब पिता ने उसकी ओर देखा तो अश्रु बराबर बहने लगे। उसकी ओर आश्चर्यभरी चिन्ता से देखकर उसने उसे ज़ोर से डांटा भी, पर उसने कुछ भी नहीं सुना। चांग-ङो उसके बदले में बोली। एह-क जाना नहीं चाहती थी। चीन को नहीं। वह इसी घर में रहेगी। हां, सदा के लिए। यही एह-क की इच्छा थी।

और दूसरी बहनें भी, मिसेज़ मेहरा ने अपने-आप से कहा, और उसने अपने आश्चर्यचकित पिता को एक दयापूर्ण दृष्टि दी।

"उन्हें तैयार होने को थोड़ा समय दीजिए। जब तक प्रवास की 'घड़ी न आए, इसी घर में रहने दो।"

आह तो बड़ी देर तक अवाक रहा, परन्तु उसके भीतर कोई विचार नहीं दिखाई दिए। जब वह अन्ततः बोला तो उसकी आवाज़ से सन्तुलन नहीं गया था। उसने भास्कर की ओर मुड़कर कहा, 'साहब, मुझे पता नहीं था...बिल्कुल नहीं कि आप इन बच्चों के लिए इतने महत्त्वपूर्ण हैं, विशेषतः एई-कू के लिए।"

"आह तो, मैं दुखी हूं..."

उसने सिर हिलाया, "नहीं, आप दुखी क्यों होते हैं?" वह और भी कुछ कहनेवाला था, पर रुका।

आह तो आध घटे उस घर में रहा तब भास्कर ने उसे कभी भी शत्रु का एजेण्ट नहीं समझा। मानवीय समस्या ने अन्य सब बातों को जैसे पीछे ठेल दिया। एक वत्सल पिता अपनी पुत्रियों के इस तरह उसे छोड़ने से दुखी था। और आहतो ने किसीपर कोई आरोप नहीं रखा, कोई दुःख भी उसने नहीं व्यक्त किया।

अगले तीन दिन एई-कू, भास्कर जब घर पर होता तो उससे शायद ही दूर होती थी। उसके लिए वह दफ्तर से हमेशा से जल्दी लौटता था। वह दरवाज़े पर चुपचाप प्रतीक्षा करती खड़ी रहती। और फाटक से पोर्च तक कार में थोड़ी देर के लिए वह बैठना फिर होता। उसने बहुत कोशिश की कि बच्ची के मन में यह विचार जमाए कि प्रवास में और नये जीवन में कितनी उत्कंठा भरी है। एई-कू सुनती; उसकी आवाज़ को ध्यान से, पर उसके शब्दों को नहीं—उसकी आंखों में बीच-बीच में आंसू उमड़ते रहते। वह उन्हें पोंछती जाती अपने हाथ के पिछले हिस्से से। जब उसने उसे एक रूमाल दिया तो वह उसने अपनी मुट्ठी में बन्द रखा। चांग-ङो ने कहा।

इतना प्रेम पाने लायक मैंने क्या किया है? भास्कर अपने-आपसे आश्चर्य से पूछने लगा और वह नम्र हो आया। उसे तो अपने कई दोष दिखाई देने लगे। वहां से तीस मील दूर सरजू तक वह नदी में मछुआरों की नाव में बच्चों को ले जानेवाला था—पर वह वचन उसने कब पूरा किया।

वह जुड़वां बच्चों को जो वह चाहती थी वही बार-बार दिया—त्ज़-चुन को हवा में उछाला, तिंग-लिंग को देखकर चेहरे बनाए : परन्तु एक की उत्कंठित चीख और दूसरे की विचित्र हंसी कुछ दब-सी गई। वे यह नहीं समझ सके कि अब क्या होनेवाला है; फिर भी, हो सकता है कि मन के भीतर कहीं वे जानती थीं।

कैलेंडर के चेहरे पर काले-गोल-से चिह्नित किए जाने योग्य वह दिन आया। अखबारों ने सत्यजित के उपवास की घोषणा की। और आह तो अपनी बच्चियों को ले जाने के लिए आया; दक्षिण को जानेवाली गाड़ी एक घंटे बाद छूटनेवाली थी।

आह तो पास खड़ा था, एक विचित्र रूढ़ि देखते हुए। परन्तु वह केवल रूढ़ि नहीं थी। उसके निर्विकार चेहरे पर भी एक बार भावप्रवणता व्यक्त हुई—उसकी छोटी-छोटी आंखें और विस्फारित हुई।

भास्कर के आगे पांचों बच्चे घुटने टेककर कतार बनाकर नमस्कार करने बैठे। आंखें मूंदे ; अंजुलियां बढ़ाकर; हर एक में फूल।

इसी तरह वे माओ त्से-तुंग के चित्र के आगे घुटने टेककर झुकते थे। अब इसमें एक भारतीयता और जुड़ गई थी—फूल भी उसमें जुड़े थे।

बस यही मुद्रा। एक भी शब्द नहीं। परन्तु एह-क के होंठ कुछ हिल रहे थे चुपचाप। मानो वह कोई प्रार्थना कर रही थी। उसकी आंखों से आंसू छलक रहे थे। उसकी बहनों ने अपनी बन्द हथेलियां उंडेल दी, उठ खड़ी हुईं। पर एई-कू अब भी घुटनों के बल झुकी थी; अपने में डूबी, खोई। आंसू, अब खुब बह रहे थे, उसके गालों पर लकीरें बना रहे थे।

भास्कर ने उसे ऊपर उठाया। एई-कू की बांहें उससे चिपट गई और उसकी सिसकियों का बांध जैसे टूट गया। भास्कर को लगा कि उसकी आंखें भी अब छलकेंगी, और अपनी भावनाओं को छिपाने के लिए वह कुछ न कुछ करने लगा—पोर्च तक झूलता हुआ गया—बच्ची आधी-घिसटती हुई उसके साथ गई। "चलो, जल्दी करो तुम सब लोग, नहीं तो गाड़ी छट जाएगी।"

आह तो बाहर खड़ी टैक्सी में बैठने से पहले प्रेम से भास्कर की ओर मुड़ा। उसने भारतीय ढंग से उसे नमस्कार किया। दोनों के बीच की बाधाएं जैसे अर्थहीन हो गई।

बच्ची के सम्मान में,वहजानता था, एई-कू की मूल्यवान उपलब्धि भी थी—एक चरखा।

तुफान कुछ दिनों से जमा हो रहा था। भास्कर उसके प्रति अनभिज्ञ नहीं था—सुरक्षा अफसर ने उसे सब बताया था। मिसेज़ मेहरा ने भी।

वह रोज़ चरागाह पार करके कुछ समय सत्यजित के पास आती। पहले

दो दिन उपवास में भी सत्यजित अपना नित्य की तरह काम करते रहे। अपने नित्यक्रमानुसार बराबर वे ग्राम की परिक्रमा करते। तीसरे दिन गड़बड़ शुरू हुई। उन्हें गश आने लगा, मितली होने लगी, घंटेघंटे-भर बाद गश और भी जोरों से बढ़े।

दिल्ली से एक मित्र आए थे उपवास रोकने। वे सफल नहीं हुए। उन्होंने घोषणा की कि ऐसे घर में वे खाना नहीं खा सकते, जिसमें एक आदमी अनशन करके स्वेच्छा से धीरे-धीरे मर रहा हो। सो वे वापस चले गए। सचाई यह थी कि संसद सदस्य के नाते उन्हें सरकार को अपना निर्णय बदलवाने के लिए लड़ना था। वह इस्पातनगर को संसद में और बाहर चुनौती देना चाहता था।

मिसेज़ मेहरा जानती थी कि इस्पातनगर का आदमी अप्रभावित रहेगा। किस चीज़ का अधिक मूल्य है—एक व्यक्ति के जीवन का चाहे वह कितना ही प्रसिद्ध क्यों न हो, या राष्ट्रीय हितों का ? यदि एक बड़ा निर्णय यों अनशन की धमकियों से बदला जाने लगा या—किसी प्रेम या भावुकता के दबाव से बदला गया...हो सकता है सी० ई० के विचारों में अब सूमिता प्रधान हो और यदि यही कारण हुआ उनके झुकने का—

क्यों नहीं ? मिसेज़ मेहरा उस अज्ञात दोष लगानेवाले पर चिल्लाई। परन्तु वह उत्तर जानती थी। सी० ई० कर्तव्य-पथ से किसी व्यक्तिगत भावना के कारण नहीं विचलित होनेवाले थे।

उसके चेहरे पर एक नई कठोरता थी। वह अपने दफ्तर में राक्षस की शक्ति से परिश्रम करता जा रहा था, और अपने स्टाफ से भी वह यही चाहता था कि वह उसी गति से चले। एक-दो ज़रा आलसी आदमियों को उसने धमकी भी दी कि डिसमिस कर दिए जाएंगे। इन दिनों वह कभी मुस्कराया नहीं, कभी मज़ाक नहीं किया, कभी आराम नहीं किया। उसकी आंखों में उन्निद्रता की थकान थी।

दूसरी रिपोर्ट भी देनी थी, यद्यपि सुरक्षा विभाग ने पहले ही दी होगी। मिल के आदमी अनशन को लेकर उत्तेजित थे। सत्यजित का इतने दिनों तक उनके लिए कोई मूल्य नहीं था। परन्तु एक विचित्र खोज से सहसा उन्होंने जान लिया कि उसमें गांधीजी की ज्योति है। सरकार को जो शब्द उसने लिखे थे—वीरेश्वर ने मेडो हाउस में एक जोरदार भाषण में उनका उद्धरण दिया था—बहुत असर कर गए। "मुझे आपके निर्णय का विरोध अपने प्राणों से करना होगा। यह केवल एक ही ढंग से मैं कर सकता हूं और वह है आमरण उपवास। ...अब मेरे लिए कोई रास्ता बचा नहीं

है।" गो, दूसरा रास्ता भी था। जनता की इच्छा के दबाव के आगे सरकार को अपना निर्णय बदलने के लिए बाध्य किया जा सकता था।

जनता की इच्छा सारे देश में उत्तेजित हो उठी थी। अखबारों में बड़ी-बड़ी सभाओं और उनमें जोशीले भाषणों की रिपोर्ट छपती थीं। "तुम जो अपने-आपको गांधीवादी कहते हो—गांधी की ओर लौटो!" वीरेश्वर की आवाज़ गूंजी। परन्तु यह भी हो सकता था कि जब तक जनता की मांग तूल पकड़ती, सत्यजित शायद जीवित हीन रहता, अपने ही देशवासियों की निर्ममता का शिकार बन जाता। और इस्पातनगर पर इसका सीधा इलज़ाम होता। इस्पातनगर का गांधीवादी गांव पर हमला ही था जिससे यह संकट पैदा हुआ। इस्पात मिल के दस हज़ार मज़दूर क्या माफ किए जाएगे? यद्यपि उनका कोई हाथ नीति-निर्माण में नहीं था।

संस्था के सामने खेलों के मैदान में मज़दूर जमा हुए और नारे अपने-आप सहसा बन गए, 'गांधीग्राम से हाथ हटाओ! हमारी चरखे से कोई लड़ाई नहीं!... गांधीजी, उठो जागो! ...आत्म-शक्ति, पशुशक्ति नहीं!...गांधीग्राम के लोगो, हम तुम्हारे भाई हैं!"

ऐसी विचित्र परिस्थिति में भास्कर का एक सपना पूरा हुआ: इस्पातनगर गांधीग्राम की ओर चलने लगा। बीसियों मजदूर स्त्रीपुरुष सत्यजित के घर के पास उत्सुकता से खड़े थे, उसके स्वास्थ्य के बारे में नये से नये समाचार जानने के लिए। चुपचाप या उनके पास जमा होनेवाले देहातियों से फुसफुसाहट में बात करते हुए। इससे और अच्छा गांव और शहरवालों का आपस में मिलना नहीं हो सकता था।

सबसे आश्चर्य की बात यह थी कि गांव में अब भी उसकी हमेशा की शान्ति बनी हुई थी। उसका संभाव्य विनाश और सत्यजित के जीवन का अन्त—आनेवाले संकटों की यह भारी दुहरी छाया—कहीं नहीं दिखाई दे रही थी। संपूर्ण निर्विकार भाव से ग्राम-पंचायत ने अपना कार्यक्रम बनाया था—आमरण अनशन का। ग्राम-पंचायत के चार और व्यक्ति एक के बाद एक अपनी बलि देनेवाले थे। परन्तु बीसियों और अपने-आपको अर्पित करने के लिए उत्सुक थे। स्त्री-पुरुष दोनों। बूढ़े-तरुण दोनों। झनक भी, जो इतनी विद्रोहिणी थी, जो इस्पातनगर का अंग बनना चाहती थी। सब भेद मिट गए थे। गांधीग्राम अब एक चट्टान पर शिल्पित चित्र था। और यह चट्टान सजीव थी! और वह मरण को वरण करके अमरता प्राप्त

करने जा रहा था!

मिसेज़ मेहरा ने सारी रिपोर्ट सुनाई और भास्कर का भाव उसके चेहरे से ताड़ने की कोशिश की। और उसे अमिट कठोरता के सिवा और कुछ नहीं दिखाई दिया। यह विचित्र उसे छू गया कि उसमें भी गांधीग्राम की आध्यात्मिक शक्ति का पूरा भाग था। वह भी सत्यजित की तरह अपना जीवन सहज दे सकता था। पर उसके बाद इस्पातनगर में कौन उसका स्थान लेता ? दो आदमी अमोनिया प्लाण्ट में थे। दो और पाइप मिल में थे...उन आदमियों के नेतृत्व ने उन उभरती भावनाओं को कुछ ठोस बना दिया था। सक्रिय प्रतिरोध, सीधी कार्रवाई, पर किस रूप में ?

विचार-विनिमय का फल निकला। सत्यजित के उपवास को सत्रह दिन बीत चुके थे। वह पानी और नमक पर था।

सत्यजित को एक नई मुक्ति जैसी भावना मिली। उसने एक गांधीवादी मुद्रा लेने पर अपने-आपको बाध्य किया था और अपने ऊपर विजय पाई थी। और अब, मान लो कि वह जीवित रह भी जाए तो उसे अपने गुरु गांधी के तेज कदमों में हर कदम पर नहीं चलना होगा।

यह तथ्य अज्ञात रह जाएगा कि यह उपवास केवल गांधीग्राम के लिए नहीं था। यह एक तरह की आत्म-शुद्धि भी थी। वह उसकी शरीर को चुनौती थी, उसको सिद्ध करना था कि आत्मा शरीर से अधिक बड़ी थी। यह उसका निर्वाण था, वही मुक्ति था आत्म-विलयन जिसे भारत के लोग इतना चाहते हैं।

प्रति घंटे अपने शरीर में दस लाख कोशों को भूखा रखो और मरने दो। और इस तरह से तुम जीते चलो, जब कि कोश ही न बचे जोकि शरीर के काम का आधार बन सके। तव तुम अनन्त निद्रा में खो जाओगे।

आरम्भ में यह सुना गया। चौथा दिन सबसे खराब था, या सातवां। शारीरिक कष्ट ही केवल सहने नहीं थे। जैसे-जैसे दस लाख कोश मरते जाते तो वे ज़ोरों से दस लाख आवाज़ों से शिकायत भी करते जाते अपनी अन्तरात्मा से, जो मानो कराह रही थी नेति, नेति। ज्यों-ज्यों दिन बीतते गए यह कराह कम होती गई, फिर वह बन्द हो गई। जब पन्द्रह दिन बीत गए तो बिल्कुल शान्ति हो गई। फिर अपनी शारीरिक अवस्था को आनन्द मिलने लगा। शायद जीवन से कुछ हफ्ते अभी चिपटे रहोगे, परन्तु अब समय जैसे बेमानी हो गया था।

सुरुचि अपने पति को नमक और पानी देती रहती।

उसके जाने के बाद संतपन उसे मिलेगा : सत्यजित को अपने मित्र के शब्द याद आए। परम माता ! परम उपमान !

सुरुचि उसके लिए जीने का सम्बल थी, पुनर्जीवन के लिए...और गांधीवादी स्तर पर नहीं। उसे जो नवीन मुक्ति मिली थी। वह प्रत्येक मानवी आवश्यकता की सहज स्वीकृति की व्यंजना चाहती। परन्तु जीवन के वर्ष बहुत जल्दी बीत गए...अब क्या बहुत देर हो गई थी ?

बहुत देर, रुचि ? उसकी दृष्टि का यह मूक प्रश्न उसके संयमकवच को चीर गया। और वह रोने लगी। उसने अपनी आंखें साड़ी के पल्ले से पोंछी, परन्तु वे फिर भर आईं...और फिर।

उस क्षण में उसे वह तरुण स्त्री दिखाई दी जिसके सामने उसने निर्मम प्रस्ताव रखा था और वह इसी तरह रोई थी। और उसकी आवाज़ सुनाई दी।

"तुम मुझसे कुछ भी चाह सकते हो !"

और उसके मन में पहली बार यह चाह उठी कि यदि वह उसकी मांग ठुकरा देती; कि वह उसका प्रतिरोध करती, वह झुक नहीं जाती; कि वह उसके लिए अपने सम्पूर्ण व्यक्तित्व को यों मिटा न देती।

या शायद, बाद में, वह वीरेश्वर के पास ही चली जाती।

चली जाती... ? इस कल्पना से उसका शरीर सिहर उठा।

मिसेज़ मेहरा के चेहरे पर वेदना थी।परन्तु सी० ई० कुछ विचित्र ढंग से खुश था—वर्षों बाद। वह गाढ़ निद्रा के बाद जैसे ताज़ा हो गया था। वह चमकीला लग रहा था।

उसने पूछा, सन्तुष्ट होकर, मानो उसके भोले हृदय की किसी प्रार्थना का उत्तर मिल गया हो—"और अधिक कोई क्या चाहता ?"

बुलावा पहंच गया था और रात घिरने से पहले मिल के मजदूरों की बड़ी भीड़ मेडो हाउस में जमा हो गई थी। वे जुलूस बनाकर उसी दिशा में लौटकर जानेवाले थे, जहां से आए थे। उनके हाथों में तेल की मशालें होती। सेक्शन-सेक्शन, गली-गली वे जुलूस ले जाते, अपनी नई श्रद्धा को नारों में दुहराते, सी० ई० के बंगले के फाटक पर रुकते : "गांधीग्राम से हाथ हटाओ !..."हमारी चरखे से कोई लड़ाई नहीं है... गांधीजी, जागो !...विजय, विजय हो सत्यजित की !"

"साहब, इससे हिंसा हो जाएगी," मिसेज़ मेहरा ने चिन्ता से कहा, बता दिया हसली, पर वह जानती "जुलूस के लोग आपकी खिड़की के कांच पर पत्थर बरसा सकते हैं। अगर आपके नौकर बाहर आए तो उन्हें वे चपतें भी मार सकते हैं।"

उसने गुस्से से कहा, "तुम सोचती हो कि वे सत्यजित की जय चिल्लाते हुए उसके आदर्शों को इस तरह से नहीं मानेंगे ?"

वह समझ गई, क्या चाहता है वह ! फिर भी उसने कहना जारी रखा, "कल शाम को आप अपने बंगले से दूर रहें तो अच्छा होगा।

और सारी रात भी। आपके लिए इस्पातनगर में एक बिस्तरे की व्यवस्था कर दी जाएगी।"

वह मान गया। "जब जुलूस आएगा तब मैं बंगले में न रहूं।"

"हो सकता है सुरक्षा ने आपको यह सुझाव पहले ही भेजा हो।"

"मिसेज़ मेहरा, यह सुझाव उन्होंने भेजा है।"

उसने यह नहीं बताया कि सुरक्षा किस चीज़ से सबसे ज्यादा डरती थी। सीधी कार्रवाई की पुकार से हड़ताल हो जाती। पूरी पक्की हड़ताल।

और आप..." मिसेज़ मेहरा की उत्सुक आंखें उसके चेहरे पर टिकीं।

"मैंने उन्हें बता दिया है कि मैं अपने घर से मीलों दूर रहूंगा।"

उसने एक राहत की सांस ली, पर वह आधी दुःख की भी थी। यह वह लड़नेवाला पुरुष नहीं था जिसको वह जानती थी और जिसकी प्रशंसा करती थी।

यह दुःख पूजा-भाव में बदल गया, मेडो हाउस में दूसरे दिन।

एक हजार नर-नारी एक जुलूस बनाए खड़े थे, मार्च करने के लिए। जैसे ही आदेश मिला, मशालें जल उठीं। वे एकदम ऊपर उठी इस युद्ध-घोष से : "सत्यजित की जय हो, जय हो !" फिर एक आश्चर्यजनक मौन। एक जीप वहां आई, और उसमें से सी० ई० स्वयं उतरा !

वह आगे बढ़ा। न गुस्सा, न हंसी, न अकड़, न हिचकिचाहट, और वह इस तरह चल रहा था मानो वह हमेशा की तरह निरीक्षण पर आया हो। क्या वह यह जुलूस बन्द कर देगा ? वह कैसे कर सकता है ? या जो अपमान निश्चित रूप से होनेवाला था, उसकी पूरी तैयारी उसने कर ली थी। और कुछ लोग सी० ई० के प्रति दुखी थे और कुछ उसकी धृष्टता का विरोध कर रहे थे। इससे तो अच्छा था अपने बंगले में ही वह रहता। या उससे दूर, यदि वह डरता था।

हजार कंठों से चुनौती उठी—"सत्यजित की जय हो ! जय हो !"

तब एक विचित्र बात हुई। सी० ई० खूब ज़ोरों से हंसा। उसका चेहरा पूर्ण आनन्द से भर उठा ! उसकी आंखें सारे जुलूस में खोजती रहीं और एक पहचान के आदमी को उन्होंने खोज लिया। वह उसके पास जल्दी से गया और पूछा, "मैं आप सबके साथ चल सकता हूं ?"

ज़रा सख्त प्रतिक्रिया हुई, "हमारे साथ ?"

"चलो जल्दी चलें और आगे बढ़ें। हम गांव में बीस मिनट में पहुंचेंगे।"

"गांव में ? हम..."

"मूल्यवान मिनट हम न खोएं। हम सत्यजित से कहेंगे वह अपना उपवास जल्दी छोड़ दे।"

एकदम शोर उठा, गुस्से से भरा, कुछ विस्मय से दिग्भ्रान्त।

"वे उपवास नहीं छोड़ेंगे। जब तक कि उनकी मांग पूरी नहीं होगी !"

भास्कर ने कहा, "इस्पातनगर के मज़दरों ने अपनी सम्मिलित इच्छा व्यक्त कर दी है। उनकी इच्छा पूरी हो !"

उसने अपनी आवाज़ ज़रा भी नहीं चढ़ाई थी। वह योंही सहज भाव से बोल गया था। परन्तु उसके शब्द जुलूस की पंक्तियों में तेजी से पहुंच गए। उसके बाद जो शांति हुई वह एक मिनट के लिए अटूट थी। फिर—"यानी गांधीग्राम ज्यों का त्यों रहेगा ?"

"जब तक उसमें जान है तब तक गांधीग्राम रहेगा !"

"विस्तार की परिकल्पना ?"

"परिकल्पना में परिवर्तन होंगे। समय नष्ट होगा, परन्तु हम खुब कड़ी मेहनत करेंगे, हम सब जो मिल में हैं। और अपना नुकसान भर लेंगे। मेरे मन में परिवर्तन आकार ले रहे हैं।"

हां, समय नष्ट होगा, परन्तु मिल में मुकम्मिल हड़ताल से जितना समय नष्ट होगा उससे बहुत कम। वह यह तर्क चाहता था, उस आन्तरिक संघर्ष को दूर करने, जो वह चाहता था और जो कर्तव्य का आदेश था, इनके बीच चल रहा था। बोर्ड को नये सुझावों में हड़ताल की धमकी का वह उपयोग कर सकता था।

लम्बी पंक्ति में शिकायत के स्वर उठे। भास्कर ने फिर कहना शुरू किया। अब की बार उसकी आवाज़ अधिक ऊंची थी, "एक चीज़ मैं आपसे चाहता हूं। गांधीग्राम से मत जाओ—इस क्षण का आवेश समाप्त होने पर। तुम्हें उन्हीं लोगों के साथ सदा रहना है। यह भी समझने की कोशिश करो कि वे क्या चाहते हैं। अतः

एक मौका दो कि हम क्या उपलब्ध करना चाहते हैं, वह समझे।"

फुसफुसाहट दब गई। परन्तु एक मिनट में वे फिर ज़ोर-ज़ोर से बोलने लगे।

भास्कर के स्वर में त्वरा थी, "चलो जब जल्दी चलें।"

तब एक परिचित स्वरने उनसे कहा, 'साहब,आप जुलूस के आगेआगे चलें।" वह मिसेज़ मेहरा थी। वह पास में खड़ी थी, हांफती हुई, इस सारे विजय कांड में, उत्सुकता से।

कई स्वर एकदम 'हां'करते हुए उठे : "आप हमारे अगुआ होंगे !" हर पंक्ति से वही आवाज़ उठी। "सी० ई० हम सबसे आगे हों !"

मिसेज़ मेहरा ने आदेशात्मक सिर हिलाया—"साहब..."

उसने उसकी आज्ञा मानी और उसके साथ-साथ वह चलने लगा। उसने कहना चाहा, पर उसका गला रुंध आया था, "साहब..."

जब वह जुलूस की सबसे अगली पंक्ति में पहुंचा तो किसीने उसके हाथ में एक मशाल थमा दी। उसने गांव की ओर अपने कदम मोड़े, और जुलस आगे बढ़ने लगा, अंधेरे में, हज़ार आग की उंगलियों द्वारा उस अंधेरेको विदीर्ण करते हुए। सहसा एक आवाज़ चिल्लाई—"सी० ई० की जय, सी० ई० की जय।" और हज़ार स्वरों ने प्रतिध्वनि गुंजाई। और फिर "सत्यजित की जय, सत्यजित की जय हो !"

सड़क की लालटेन के पास जब जुलूस आया तो उसे एक नया विचार सूझा।गांधीग्राम की प्रतिक्रिया इस जुलूस के प्रति क्या होगी ? वह नहीं जानता था कि उसका क्या अर्थ है ? उसे खबर करा दी जाए। उसने मिसेज़ मेहरा से कहा और उसने झट से 'हां' कहा।

तीन आदमी सत्यजित के घर के सामने दौड़े। जुलूस धीमा हुआ और रुका, चरागाह के किनारे पर राह देखता रहा।

भास्कर रात के अंधेरे में घूरता रहा। वहां गांव था जिसने उसे अपनी मानसिक वृत्तियों को बदलने के लिए बाध्य किया था। सत्यजित का भी उसमें हिस्सा था और सुरुचि का भी। परन्तु उन दोनों से अधिक सुमिता का। वह चली गई, परन्तु वह जो शक्ति थी, बची रही।

उसे सुमिता से प्रथम भेंट की याद आई। उसे वह पसन्द नहीं थी। गाढ़ा मोटा कपड़ा। आंखें बहुत ही बड़ी और शांत। वह उसकी आकर्षक स्त्री की कल्पना से कहीं भिन्न थी। और बाद में जब उसे वह बहुत करीब से जानने लगा, तो उसे उसके पिता की प्रतिकृति पाकर वह और भी खिंच गया।

परन्तु गहरे में भीतर कहीं सुमिता अब भी परमोच्च स्थान पर थी। और उससे बगावत बेकार थी। उसने अपने-आपको रूपा में डुबो देने की कोशिश की पर कुछ लाभ नहीं हुआ और रूपा जैसे अन्तःप्रवृत्ति से सब जान गई। वह चली गई।

अंधेरे में से वह आ रही थी। एक हाथ में हरीकेन बत्ती झूल रही थी। वह अपने लोगों की तरफ से इस्पातनगर की ओर बढ़ा। मित्रता का हाथ अब स्वीकार करेगी। लम्बे तेज़ डगों से वह उससे मिलने आगे बढ़ी।

वह उसके आगे आकर खड़ी हो गई। उसका चेहरा उसकी मशाल के आलोक में स्पष्ट था। वे एक-दूसरे को एक मिनट तक मौन देखते रहे। फिर वह बोला :

"तुम्हें हमारा उद्देश्य पता होगा।" यह प्रश्न नहीं था। एक वक्तव्य था।

वह आकर्षक ढंग से मुस्कराई, "मैं जानती हूं।"

उसकी उंगलियों में दर्द उठा कि काश, उसके गालों में गढ़ा है, उसे वह छू लेता।

"चलो जल्दी चलें!" मुड़कर अपने पीछे आनेवाले जुलूस को इशारा दिया।

"मैंने यही स्वप्न में देखा था।" सुमिता का गला भावातिरेक से रुंध उठा। उसके कदमों में कुछ ठिठक-सी आई। उसके हाथ का दीया हिला।

सपना देखा था। आशा निराशा में बदल चुकी थी। और फिर भी प्रतिदिन प्रति घंटा वह इसी क्षण की प्रतीक्षा कर रही थी। उसने इसी क्षण को कई तरह के रूपों में देखा था, कुछ संभाव्य, कुछ चमत्कारिक, परन्तु इतना नाव्यात्मक नहीं। उसकी तनावपूर्ण प्रतीक्षा के इस प्रकार सहसा समाप्त होने से जैसे धक् से रह गई।

"हमारा नेतृत्व करो।" उसने सुमिता के हाथ में मशाल थमा दी, और गांधीग्राम में घुसते ही उसने सुमिता के हाथ की लालटेन स्वयं ले ली।

यह आश्चर्यकारक विचार उसे आया कि यह वह सुमिता नहीं है जिसे वह जानता था। वह नहीं है जो गांव की सड़क पर मिली थी। वह नहीं है जिसे उसने आंधी से बचाने के लिए थामा था। वह भी नहीं जो मंदिर के बाहर आई थी, कुछ क्षणों पहले से अधिक जाननेवाली। वह नहीं कह सका कि वह क्या था जिसने उसे बदल दिया था, वह केवल इतना ही जान सकी कि उसमें आज कुछ नया अचरज आ गया

"नई दिल्ली कैसी थी, सुमिता ?"

"वाह ! खूब सुन्दर !"

"क्या यहां गांधीग्राम में भी वह इतनी सुन्दर हो सकती है ?"

"हां ! और वहां ?" हाथ की मशाल उधर दूर इस्पातनगर की ओर हिलाते हुए उसने इशारे से कहा।

"वहां !" उसने अनिश्चय से प्रश्न किया।

परन्तु उसके शब्द उन जुलस के लोगों की ज़ोरों की चीख में खो गए। "सत्यजित की जय हो ! ...की० ई० की जय हो !"

"अच्छा ?" उसने उससे पूछा, "सुन रही हो ?"

उसने सिर हिलाया और मुस्कान ने उसके गाल में फिर वह गड्ढा बनाया "हां, और मैं समझ गई।"

उसका स्वर तीखा पड़ा, "तुम सब कुछ समझती हो। पर सचमुच समझती भी हो ?"

उसने एक मिनट रुककर उत्तर दिया, "अपना वचन याद है ?"

"कौन-सा वचन, सुमिता ?"

"तुम मुझे इस्पातनगर ले जाओगे और सब कुछ दिखाओगे। तुमने उस आंधी के दिन कहा था। परन्तु शायद वह दिन तुम भूल गए।"

"मैं तुम्हें इस्पातनगर ले जाऊंगा।"

क्या वह सत्य स्पष्ट हो गया था ? सत्यजित अपनी नई कीर्ति में ऊंचे खड़े थे। सारा देश उन्हें ऐतिहासिक व्यक्ति मान रहा था, वह अब अपनी बेटी को अपनी जादुई शक्ति में बांधे नहीं रह सकते थे ! वह मुक्त थी, अन्ततः मुक्त !

यह विचार ज्यों ही उसके मन में कौंध गया तो उसकी नसें सिहर उठीं। परन्तु उसे पता नहीं चला कि सुमिता के मन में क्या विचार उस क्षण उठ रहे थे:

"वह भयानक तरंग क्या यही है जिसके बारे में नन्दिनी ने कहा था ? वह तरंग जो तुम्हें अपने शीर्ष पर ले जाती है—निस्सहाय ?"

ooo